再靠近一点点

郭昊阳 著

海峡出版发行集团 | 海峡文艺出版社

图书在版编目(CIP)数据

再靠近一点点/郭昊阳著.--福州:海峡文艺出版社,2020.11
ISBN 978-7-5550-2396-8

Ⅰ.①再… Ⅱ.①郭… Ⅲ.①长篇小说－中国－当代 Ⅳ.①I247.5

中国版本图书馆 CIP 数据核字(2020)第 177837 号

再靠近一点点

郭昊阳 著

责任编辑	莫 茜
出版发行	海峡文艺出版社
经　　销	福建新华发行(集团)有限责任公司
社　　址	福州市东水路 76 号 14 层
发 行 部	0591－87536797
印　　刷	北京瑞达方舟印务有限公司
厂　　址	北京市怀柔区桥梓镇平义分村南 10 米
开　　本	700 毫米×1000 毫米　1/16
字　　数	320 千字
印　　张	18.25
版　　次	2020 年 11 月第 1 版
印　　次	2020 年 11 月第 1 次印刷
书　　号	ISBN 978-7-5550-2396-8
定　　价	58.00 元

如发现印装质量问题,请寄承印厂调换

目　录

1	第一章	我们两个人之间有些误会
17	第二章	既然你说没有，我就相信你
31	第三章	你真的离婚了
46	第四章	我可以天天给你们做饭
63	第五章	我为什么不能谈恋爱
78	第六章	你就没有一点吃醋吗
93	第七章	我就不是一个随便的人
104	第八章	关于你的事我都想知道
118	第九章	你会不会考虑和我谈恋爱啊
130	第十章	你参与了我整个人生
144	第十一章	只要你不惹祸，我就很开心
159	第十二章	你就真的一点儿都不想我
176	第十三章	我是你的宝宝呀
191	第十四章	我能为你做的，就只有这个
205	第十五章	我不能毁了他
220	第十六章	为你可以放弃我的一切
235	第十七章	至少我们三个人还在一起
251	第十八章	无论怎样我都会支持你
266	第十九章	是一个演员在跟我对话
279	第二十章	今后余生都为你

第一章　我们两个人之间有些误会

楚曼睁开眼只觉得头异常地痛，原本的感冒还没有好，昨天坐飞机因为冷气太重，使原来的感冒更加严重了。她揉了揉脑袋，睡了一觉头疼非但没觉得好一些，反而更加痛了。让楚曼没想到的是，感冒也就算了，她刚刚还做了一个梦。

一个关于男人的梦。

梦里男人很年轻，身体结实有力，皮肤光滑细腻，他紧紧地抱着她，亲吻着她的脸庞和嘴唇，动作时而粗暴时而轻柔……离婚三年，这些年来她一直忙于事业，此时突然做这样的梦，反倒让她有点不好意思。

楚曼揉了揉眼睛："一大把年纪了，真有点害臊……"

就在此时，她整个人便怔住了。

出现在她眼前的，是一个货真价实的男人，而且男人此时此刻就睡在她的身边。

"我去，原来不是梦！"

楚曼完全怔住的同时，翰墨也缓缓睁开了眼。

他先是迷迷糊糊地揉了揉眼睛，然后才看清了眼前的女人。

四目相对，两个人同时尖叫起来："你是谁啊？怎么会在我床上？"

他嘴里一股很浓的酒味，很显然昨晚喝了不少酒。

楚曼看着眼前年轻的男人，他英俊的脸庞、高挺的鼻梁、结实的胸膛……胸膛不是重点，不对，这些都不是重要。重点是，这人……不是当红明星翰墨吗？

"翰墨？你……你怎么在我房间？"

翰墨还在迷糊当中，根本没有听到她叫自己的名字。楚曼看着翰墨这张脸，想死的心都有了。

事情搞大了，她和谁睡都没关系，怎么和翰墨睡到一起了！

身为当下最厉害的宣传公司盛景的宣传总监，楚曼短短几年就坐上这个位子，除了聪明的头脑外，还有就是花费了高于常人的工作时间。可以说，在她的生活当中，工作就是一切。就像昨天，接到老板温沄的电话，即使还在外地工作并且连续感冒了好几天，但她仍然连家都没回，直接坐飞机来和温沄碰头，只为能尽早和翰墨商谈接下来的宣传安排。

是的，楚曼的新工作就是成为当红明星翰墨的宣传总监，正式接手他的宣传工作。

只是没想到，她刚下飞机就感到头痛欲裂，想来是吹飞机的冷空调所致。温沄体贴，知道她太过辛苦，给她的酒店房间安排了药并叮嘱她先休息好，其他的事明天再说。但她还是打算先去酒店吃了药洗个热水澡就去和老板碰头。

可惜楚曼对自己的身体太过自信，虽然她很想继续工作，但身体已经疲惫得不行了，当她吃了药洗完澡躺床上后，还没来得及翻身就睡着了。

楚曼做梦也不会想到，她和翰墨的第一次碰面，会是以这样的方式……

想到这些，楚曼的头更加痛了。

她咬了咬嘴唇看向翰墨，发现翰墨还沉浸在一副迷茫的神态当中。

这也不能怪翰墨，因为他还没弄明白自己怎么就和一个女人睡了一夜。他的思绪还得从昨天找起。

"等我，一定要等着我。"翰墨一边在医院的走廊里气喘吁吁地奔跑，一边在心里默默地呼喊。

可惜他心里那个呼喊的声音似乎并未得到上帝的垂怜，等他着急地推开重症监护室的房门抓住医生秦野的手询问情况时，得到的却是一句噩耗。

"对不起，我们尽力了！"

医生的一句话，宣告了他的期待彻底落空。

听到医生的话，翰墨整个人像是被抽空一般，脚下一软，险些跌倒。

他用尽全力移着沉重的步伐走向病床。

病床上的姚玥儿挂着呼吸机，旁边的心电监护仪已经发出了哀鸣的声音。她的脸色苍白，却仍然用微笑迎接着他的到来。

看到姚玥儿这个样子，翰墨再也控制不住自己了，眼泪缓缓地流了下来。

"对不起，我来晚了。"翰墨紧紧地拉住姚玥儿的手，似乎这样就可以紧紧地将她拉住，留在身边。

听到他的声音，姚玥儿努力张开嘴，喉咙里发出轻轻地声音："没关系，我已经等了十年，但现在我只想要一个答案……"

她已经太过虚弱，这句话似乎耗费了她所有的力气。

没等她说完，翰墨就已经吻住了她的嘴唇。

他的吻很轻，却很深情。

像是得到了想要的答案，姚玥儿缓缓地闭上了眼睛，心电监护仪屏幕上的心率极速下降，骤然变成了一条直线……

翰墨再也发不出任何声音了，他一直吻着姚玥儿的唇，再也不想离开了。他泪如雨下，像是在诉说最后的遗憾。

但他没有看到，姚玥儿已经没有了任何遗憾，她最后给翰墨留下的，是一个幸福的微笑。

这就是翰墨昨晚喝酒的起因。

当然不是因为姚玥儿真的离开，这只是他电影的最后一场拍摄现场。

作为当下一颗璀璨的新星，翰墨唱跳全能，去年连续几首杀入排行榜前列的歌曲更是让他的知名度一下子上升不少，演艺事业也越来越红火。

昨天杀青的《再靠近一点点》，就是特意为他量身定做的第一部大戏。不仅请了当下最火的导演来指导，还让公司的一众明星演员来为他作陪衬。

翰墨自然知道这部戏对自己的重要性，他也是倾尽了心血认真表演，最后一场哭戏杀青的时候，坐在监视器后面的导演哭了，在场的工作人员也哭了，大家都被他的演技征服了。

但翰墨并没有因此而骄傲，在杀青宴上他依旧像新人那样谦虚，更是对自己的经纪人马勒、导演，还有每一个部门的工作人员一一表示了感谢，翰墨的感谢方式很简单——直接喝酒。

"首先感谢导演和我的老板马哥的赏识，能给我这次机会，出演《再靠近一点点》。"

宴会厅的台上，翰墨说完，一饮而尽。

"另外也非常感谢秦野在拍摄期间给了我很多演技上的帮助，我能进入这一行，也是秦野的功劳，在这里也要感谢他。"

说完，又是一饮而尽。

"最后，我要谢谢剧组的每位工作人员，我们经历了一百多天的拍摄，你们辛苦了。"说完，还是一饮而尽。

一众感谢下来，让他的助理夏木最担心的事情发生了——他喝多了。

在翰墨身边这些年来，夏木什么都不担心，就是担心翰墨喝多。

如果说清醒的时候翰墨是一个谦谦君子，那他喝多了以后，用四个字来说：不提也摆。因为每次想到那些事，首先映入夏木脑海的便是翰墨喝多了亲自己的画面……

比如那次和一些投资人喝酒，当夏木把醉醺醺的翰墨扶进公寓让他在沙发上躺下时，他还在大喊："我没醉……"

喊完这些还不算，看着端来水给他喝的夏木，他忽然眯眼一睁，东倒西歪地起身捏起了夏木的脸，不停地揉捏。一边揉一边口齿不清地说："小夏木，你怎么这么可爱呢？脸嘟嘟的……快让我亲一口。"

夏木手里的水不断被撒了出来，他还没有开口劝翰墨躺下，翰墨就以迅雷不及掩耳的速度抱起了他的头亲了下去。

夏木："啊……我的初吻！"

……

这些画面有多辣眼，夏木就有多后悔在来酒店的路上没有让翰墨提前吃解酒药，解酒药因为司机的一个急刹车反而全都倒到了自己嘴里！

他怎么就摊上了这么一个主子啊，唉。

和往常一样，翰墨这次喝多以后也没有太安分。不过夏木这次没有担心自己的吻嘴，因为翰墨这次没有找他，而是在酒店的阳台找到了独自一人在喝闷酒的秦野。

秦野是翰墨大学同学，但是他比翰墨出道早，在翰墨还没有摸到圈里的门道时，秦野已经演过不少角色。当他有机会签了公司时，还把翰墨带了进去。

"哥，我特别感谢你，要是没有你，就没有我翰墨的今天。"

秦野知道他喝多了，让他坐下，翰墨的酒劲上来，哪肯承认自己醉了。

"我没喝多，哥，你记不记得，那会儿我刚毕业，你出道比我早，你有戏拍，我没戏，你就带着我一起拍，你签了公司，第一件事就是把我也签进来。"

回忆起那些心酸的往事，翰墨心里有点难受，原本这些事翰墨都压在心底，但今天借着酒劲，他终于说了出来。说完他还热情地给了秦野一个大大的拥抱，要不是《再靠近一点点》的女主角姚玥儿走了过去影响了他的情绪，翰墨估计还会靠在秦野的肩膀哭一鼻子。

翰墨记得，后来他好像没有哭，姚玥儿倒是哭了。

姚玥儿是他们同公司的女演员，长得漂亮，还是集万千宠爱于一身的千金小姐。

但翰墨最后的记忆好像是姚玥儿含情脉脉地看着他，嘴里在说些什么，而他还没有听清她的话，胃里就一阵不舒服，接着便直接吐了姚玥儿一身……

画面太美，翰墨现在想起来还觉得一身的酸臭味儿。

想到这些，翰墨还是没想明白自己怎么和眼前的女人睡在了一起。

按最后的记忆来算，他如果一定是和女人睡了，那也应该是姚玥儿啊，怎么会是眼前的这个女人呢？

翰墨抬头看着一直盯着自己看的女人，想到昨晚身体的反应，脸一下子红了。

"你，你贼喊捉贼，这分明就是我的房间……"翰墨脑子有点乱，说完这句话他觉得头痛，手机突然响了。

"哥，你在不在里面啊，你倒是开门啊，你开啊，哥！"手机铃声响起的同时，门外传来夏木熟悉的声音，这让翰墨彻底惊醒了。

要是让他发现自己和一个陌生女人睡在了一起，后果不堪设想。翰墨这样想着急忙寻找手机。

此时他才看清自己昨晚的杰作，衣服被甩得到处都是，就是没有一件在身边。看到距离床边很远的地上的手机，翰墨起身就要去拿，但也是此时他才意识到自己衣衫不整。

"那个你……"翰墨的话还没说完，楚曼已经扭过身去，用被子遮住了自己。

翰墨见此，急忙螃蟹似的横着挪到床下的衣裳前，顺手拿起床头的灯罩挡住了自己的重要部位，看到手机上夏木的名字，加上门外不停地响起夏木的声音，做贼心虚的翰墨完全忘记穿衣服这回事了。

"哥，你怎么不说话啊，你可急死我了，你再不开门，我可要硬闯了。马总等着我们开会呢，快点啊！"

听到夏木这样说，翰墨整个人更加凌乱了，他猫手猫脚地走到门前透过猫眼想看看下夏木是不是一个人，不看不知道，一看彻底吓蒙了。

他发现夏木正站在对面的房间在喊。

难道……真的是我进错了房间？

想到昨晚自己做的事，翰墨愣住了。不过现在情况紧急，不是石化的时候，他有些不好意思地想对楚曼说声对不起，转头发现楚曼已经穿好了衣服，正朝自己走过来。

"哥，我真的进来了哦。"夏木说着正要挂断电话。

"喂，木呀，我……我正在洗澡，"夏木见势不妙，急忙接起了电话，同时一把捂住了走到跟前的楚曼的嘴，对着电话说，"你先去餐厅等我，别站在门口了，我马上就来！"

"啊？好吧。"夏木郁闷地刚说完，发现电话已经挂了。

直到看到夏木转身离开，翰墨才松了一口气。

翰墨转过身才发现自己的另一只手还捂在楚曼嘴上。刚刚一紧张，他好像用力过大了。

"不好意思，你没事吧？"翰墨急忙松开手，一脸愧疚地看着楚曼，"昨晚的事……""昨晚什么也没有发生，"楚曼喘上一口气，愤怒地打断他，将手里的衣服扔给他，"你现在立刻给我穿上衣服，滚出去！"

翰墨自知理亏，但听到楚曼这样说，却有些委屈："怎么能当什么事情都没有发生过？你，你要负责任。"

"什么？"听到翰墨这样说，楚曼眉头紧皱，像是听错了一般，"老娘还没找你负责呢，你还要我负责？现在立刻马上从哪里来回哪里去。"

"可是我，我……"

"滚！"翰墨的话还没说完，楚曼已经彻底崩溃了。

原本和翰墨睡在一起就是一个错，现在他还要自己负责？

楚曼抓了抓头发，第一次有点慌。这些年来，职场上的风风雨雨她都扛了过来，从来也没有抱怨过一句，可是现在，她却一个头两个大。

就在楚曼不知所措的时候，忽然听到翰墨有点委屈地说："那你转过身去。"

"你还要干吗？"楚曼的声音已经有些烦躁。

"穿衣服。"

楚曼怔了一下，这才意识到翰墨还光着身子，然后无语地转过身去。

当翰墨穿好衣裳从洗手间走出来后，楚曼还在想着接下来应该怎么办，结果一抬头，发现翰墨丝毫没有准备离开的意思。

"还不赶紧走？"楚曼的声音有些慌，她在想如果翰墨真的要她负责怎么办……

"万一，要是那个……"翰墨盯着楚曼的肚子不好意思地挠了挠头，"你……"

"哪个啊？"说完，楚曼才发现翰墨一直盯着自己的肚子，瞬间明白了他的意思，"万一个什么！赶紧给我走。"说完，楚曼愤愤地朝他丢了一个枕头。

翰墨被枕头打中，却并没有马上离开，他见床头柜上有一张纸和笔，急忙走过去写上了自己的电话号码。

"这是我的电话，要是……"翰墨指了指楚曼的肚子说，"记得打电话给我。"

"滚啊！"

话音未落，又一个枕头朝着翰墨扔了过来，这一次翰墨赶紧离开了房间。

翰墨离开以后，楚曼拿起床上的小纸条，看着电话号码，整个人瘫倒在了床上。

为什么会是翰墨呢！

楚曼的头又开始痛了。

温沄接到楚曼的电话时，正和昨晚刚交的新男朋友在商场逛街。但是听到楚曼的话，她就没心情逛街了。

因为电话里楚曼说翰墨的案子她接不了。

"什么情况，亲爱的？临阵脱逃这可不是你的风格，你不是一向工作最积极的吗？而且都为这个案子准备了那么久，怎么突然反悔了？更何况合同咱都签了，违约可是要赔钱的，我可没钱给你赔。"

"可是我……"楚曼还想说些什么，温沄已经不管不顾地挂了电话。楚曼只听到她在挂电话之前的最后一句，"亲爱的，有什么事回头再说，别忘了一会儿去跟他们开会。记住呀，咱们是签了合同的，违约可是要赔钱的。"

"咱们是签了合同的，违约可是要赔钱的。"

这句话像是有回声功能一般，不停地在楚曼的脑海里重复。

挂断电话，楚曼又看了一眼手上的小纸条，然后将它慢慢撕掉，扔到了旁边的垃圾桶里。

温沄的一句话将她瞬间从颓废的悬崖边上拉了回来。临阵脱逃从来都不是她楚曼的风格！

于是一个小时以后，一身干练的职业西装，脚踩名牌小高跟的楚曼，手上抱着一沓文件，出现在了酒店的会议室门口。

翰墨在会议室的门口看到楚曼的前十分钟，他正在酒店的大厅被夏木追着问。

"哥，你怎么才来，我给你发了今天开会的消息，你看见没？"

当时翰墨满脑子都是昨晚的事，根本没有心情理会他。

"哥，你怎么了？从早上开始就一脸的心事。你昨晚到底干什么了？"见翰墨不说话，夏木穷追不舍。

听到夏木说起昨晚，翰墨立马回过神来。

"我能干什么，你这大嘴巴，别乱说。"翰墨抓着夏木的手指，有些紧张地急声说道，"对了，我问你，你昨晚跑哪去了？怎么让我一个人回房间？你这个助理可一点不尽责啊。"

"你还好意思说哦，昨晚你喝多了吐了姚玥儿一身，我好不容易把你从洗手间扶出来准备回房间，结果我去大厅找工作人员拿房卡，一转身你就一个人进了电梯。我的小祖宗啊，你喝了这么多酒，我真怕你昨晚又去哪里撒酒疯。"说到这里，夏木依旧后怕地看向翰墨，"哥，你昨晚不会真的跑哪撒酒疯了吧？"

"都说了没有，你是越来越婆婆妈妈了。"翰墨说完，心虚地朝着会议室走去。

他走得很快，没有看到身后的夏木盯着自己的背影，学着名侦探柯南的样子，若有所思地摸了摸下巴说："这么心虚，昨晚肯定有大事发生。"

如果翰墨听到这句话，肯定更加心虚了……

翰墨推开会议室的门就见马勒和一众员工已经就位，有些不好意思地朝他们点了点头。

"对不起，我迟到了。"

看到翰墨一脸的疲惫，马勒赶紧上前嘘寒问暖。

"哎呀，没关系，昨晚你辛苦了。"

不知道是不是自己太过敏感，听到"昨晚"两个字，翰墨一个激灵："昨晚？不辛苦不辛苦。"

怎么每个人都提昨晚，他的小心脏快要受不了了！

"你是怎么照顾我们家翰墨的，看把他累的。"马勒对翰墨笑了笑，转过头就质问刚进门的夏木。

一想到昨天晚上把翰墨一个人丢到了电梯让他自己回房间，夏木也有点心虚："我那个……"

不过马勒显然不想给他解释的机会，他的话还没说完就被马勒打断。

"下次再这样，你就卷铺盖滚蛋。"马勒说完扭过头一脸宠溺地看着翰墨说，"翰墨呀，你可要注意身体啊，你可是我们的台柱子，可不能倒。有什么需要跟我说，我们一定尽力给你解决。"

翰墨正要说话，却被会议室的开门声打断。

然后他抬头随众人的目光望去，就看到了一个熟悉的身影……

看着一身干练的职业西装，脚踩名牌小高跟的楚曼，翰墨觉得自己的心跳都要停止了。

这是什么情况？

她怎么来了？

不会追到这里要来继续骂他吧？

一想到早上两个人的尴尬，翰墨默默地拿起面前的一个本子挡住了自己的半张脸。

不过，显然是翰墨想多了。

楚曼目光淡然，神态高冷，身上自动散发着一股在职场上特有的傲气，压根没有看他。

见楚曼走进来，马勒急忙走了过去。

"楚总你来了。"和楚曼握了手之后，他向大家介绍，"隆重向大家介绍一下，这是我们为翰墨请来的国内顶级的公关宣传楚曼，今天把大家召集在一起，也是为了让大家认识一下。"

"大家好，我是楚曼。"楚曼不紧不慢地朝大家点头说道。

原来她就是楚曼……

听完马勒和楚曼的话，翰墨心里一阵冰凉。

"老天爷，你是故意整我的吧，为什么会是她啊，怎么会是她啊。"

翰墨的不自在并没有引起别人的注意，因为大家都在鼓掌欢迎楚曼的到来。

"首先要在这里跟大家道个歉，早上……"楚曼对大家抱歉地说到，她瞟了翰墨一眼，眼神……不是那么友好。而翰墨听到"早上"两个字，心下也是一紧，蹭地一下便坐直了身子，偷偷地瞄着楚曼。

"早上因为一些私人的事故，迟到了五分钟，我在这里向大家道歉。"楚曼说着朝着大家鞠了一躬。

"没事没事……"

马勒原本想开口打个圆场，没想到楚曼根本没有给他这个机会，她鞠完躬便接着开口说："从今天开始我会接手翰墨的一切公关事务，我将对翰墨做出以下几点规划……"

说着，楚曼便走到会议室的白板前，写个几条计划：

"首先，我们要树立翰墨在网上的形象，突出他的特点……"

楚曼讲得认真，可是她不知道，被她点名的对象翰墨，望着她手扬起的动作，却忽然面红心跳，有些不知所措。

除了他自己没有人知道翰墨这是在走什么神，随着楚曼的动作，翰墨早就神游在外了。昨晚发生的一切，似乎都是那么清晰在目。

看着楚曼被风吹起的头发，翰墨的脑海里闪现的是昨晚在酒店的床上，她翻身将手搭在自己的身上。

看着楚曼抿了抿嘴唇，翰墨的脑海里出现的是他在床上紧紧地抱着楚曼，激烈地亲吻着她的嘴唇。

随着楚曼的动作和声音，昨晚一幕一幕的画面在翰墨脑海里不断闪现。

翰墨就这样痴傻地看着楚曼，只见楚曼的嘴巴在动，却完全不知道她在说些什么。

直到楚曼突然走到了他的面前，将他手里一直挡着自己半边脸的笔记本拿掉，翰墨才听清楚曼的话：

"好了，这些就是我未来对翰墨的全部规划，以后呢，我希望大家一起，为翰墨的星途而共同努力。"

楚曼自然而然地将翰墨手里的笔记本从他手里拿下，放到面前的桌子上，翰墨却依旧愣在原地没有动。

他不敢动，因为他发现自己的脸已经红到耳朵根上了。

"翰墨，你怎么了？"同样发现了翰墨这一异常的夏木，急忙小声提醒他。

这才回过神来的翰墨下意识地摸了摸自己的脸，一股羞耻感顿生。

"我……我刚在想什么呢？真是太羞耻了。"在心里嘀咕完，正要假装正常开口说些什么，就听到楚曼再次开口了。

"我这个人呢，向来都是公私分明，从来不喜欢将私人的事情放在台面上说，以后合作，我也希望大家能够谨记一点，工作就是工作，生活就是生活，千万不要乱嚼舌根子，搬弄是非，影响了同事之间的感情。"

说完，楚曼的眼神扫向翰墨。

这些话，似乎专门是对他说的。

看到楚曼的眼神，翰墨尴尬得不知所措。

马勒当然不知道楚曼和翰墨昨晚发生的事，还以为这是楚曼的工作宣言，也及时站了出来表态。

"好，我跟楚总一样，都是不喜欢搞是非的人，我们聚到一起就得好好工作，想着怎么为公司、为艺人创造更大的价值。"说到这里，马勒也朝翰墨说，"翰墨，你还算是个新人，以后就好好跟曼姐学习，好好合作。"

听到自己的名字，翰墨蹭地一下站起来。然后他就看到了一只芊芊玉手伸到了自己面前。

"以后多多关照。"楚曼说着，再次朝翰墨抬了抬手。

望着这只芊芊玉手，翰墨整个人再次走了神。

就是这只纤纤玉手，昨晚在酒店的床上轻轻地抚摸过他的脸颊……

"翰墨……"

见翰墨愣在原地一动不动，夏木赶紧轻轻地推了推他。

翰墨这才回过神来，有些不好意思地看着楚曼，对她伸出手扬嘴一笑，正在思考对她说些什么的时候，就看到楚曼握住了他的手，淡淡地说："合作愉快。"

然后快速松掉。

翰墨："尴尬地收手。"

"好了，既然大家都已经认识了，那马总我就先回去准备接下来的工作了。"

"好的，楚总，以后就辛苦你了。"马勒也和楚曼握手再见。

楚曼和其他员工点头示意，便径直离开，背影又美又酷。

自始至终，他好像还没有开口和她说一句话。

离开会议室之后，夏木就在和翰墨回房间的路上对他挑了挑眉。

"哥，你到底怎么了？怎么感觉今天你怪怪的。你老实交代，昨晚是不是发生了什么我不知道的事。"

和没进会议室之前听到这些话的反应不同，现在的翰墨再听到夏木的这些话，更多的是烦躁。

怎么能不烦躁，以后他就要和一个睡了他的女人一起工作了！

而且昨晚还是他的第一次！

一想到这些，翰墨就有些头疼。

"喂，哥，你不回答是不是代表真的有什么啊？"

翰墨现在完全没有心情理会他，有些烦躁地将夏木赶走。

"你先回自己的房间吧，不用管我。"翰墨说着转身加速朝电梯走去。

"喂，哥……"不明所以的夏木急忙追了上来，还没走两步就发现翰墨突然停了下来。

"还有，也不要跟着我。"

"哥……"望着翰墨严肃的神情，站在原地的夏木有些郁闷，"这是怎么了？"

事实上，翰墨的神情不仅严肃，还有几分郁闷。他回到自己的楼层，却没有走进自己的房间。站到后楼梯处的他，望着楚曼的房间有些不知所措。

他才二十四岁，性格单纯，经历简单，还没正经谈过恋爱，更没有想过会和以后要朝夕相处的同事发生了那样的事！

"完了完了，老天爷真是太会捉弄人了。"

翰墨正在发愁，就看到一个熟悉的身影朝昨晚的房间走了过去。

他左右看了下，发现走廊没人，便从楼梯处冲了过去，一把将楚曼拉进了楼梯间。

突然被人拉进了楼梯间，楚曼还以为遇到了什么坏人，正要一边反抗一边尖叫，扭头一看，这才看到翰墨那张熟悉的脸。

"翰墨，你又想干什么？"楚曼有些没好气地说。

"我是想跟你谈谈昨晚的事情，昨晚……那个……"翰墨也不知道为什么，一看到楚曼，顿时紧张得结巴了起来。

看着翰墨紧张的样子，楚曼突然气场全开，她抬手将翰墨抵到了身后的墙上，语气有些淡然："昨晚，发生了什么事情吗？"

听到楚曼这样说，翰墨感觉好像是自己做错了什么事一样，连称呼都下意识地变了变。

"曼、曼姐，我是想跟你好好聊聊……"

不想楚曼完全没有想和他聊的意思，好像昨晚真的什么也没发生一样，她看了一眼紧张的翰墨，抬了抬眼。

"有什么可聊的？"楚曼说完转身要离开，不给翰墨一点机会。

不过她刚转身，就感到衣服被人拉住。

楚曼转过头，看到翰墨除了紧张之情外还有几分慌乱。

"你怎么这样，昨晚可是我的第……"翰墨说着朝楚曼缓缓伸出一根手指。

但楚曼还没来得及弄明白翰墨什么意思，就感到脚下一空，身体就要失重。

糟糕，刚刚她迈出步朝楼梯太近，好像踩空了。

翰墨意识到不对，急忙加大了手上的力度企图抓住楚曼，可惜他抓住的毕竟不是楚曼的身体而只是她的衣服，由于楚曼身体加重，只听见咔嚓一声，楚曼的衣裳瞬间被扯开，露出了半个肩膀。

"啊！"看到这一幕，翰墨几乎是条件反射地松开手。

可是就在松开的那一瞬间，翰墨才反应过来，他再次急忙伸手想抓住楚曼。

"楚曼……"

可惜为时已晚，他的手在半空中什么也没抓到，只见楚曼由于失重，整个人直接滚下了楼梯。

楚曼在楼梯上翻滚，觉得自己就要头破血流身亡在此了。

她这是造了什么孽，昨晚失身，今天伤身。

翰墨呀，你确定你不是上天派来折磨我的吗！

"啊！翰墨……你无耻！"

在楚曼落地的那一刻，翰墨几乎是连跑带跳急忙下的楼，他着急地扶起楚曼。

"曼姐，你没事吧？"这样说着的同时，他发现楚曼身上没有流血，但头发却乱成一团，他正要翻看其他地方，就听到楚曼朝他举了举手说："别动，我的腿，好像断了……"楚曼揉着自己的腿，疼得几乎说不出话来。

听到楚曼的话，翰墨一把将她拦腰抱了起来："别怕，我赶紧送你去医院。"

看着怀里痛苦的楚曼，翰墨一阵心悸。要真是因为他楚曼的腿断了，翰墨可能只能……以身相许了。

当然，前提是楚曼愿意。

不过事实证明，完全是翰墨想多了。

因为打车刚把楚曼送到医院，翰墨就被楚曼赶走了。

"你赶快回去吧，我不想看到你！"

"可是你的腿……"

"我会找人来的，你赶快在我眼前消失！"楚曼在医院的椅子上看都不想再多看翰墨一眼。

她越想越来气，她确定了，遇到翰墨，她真是倒了八辈子霉了……

翰墨将楚曼交给医生之后，虽然很不情愿，可是看到楚曼冰冷的眼神，只得默默离开。

这一夜翰墨在酒店的床上翻来覆去完全没睡好。
楚曼到底怎么样了？是不是腿真的断了？有没有人去照顾她？最重要的是，她到底会不会对自己的第一次负责呢……顶着这些问题，第二天他带着两个黑眼圈起了个大早就奔向了医院。
翰墨心情忐忑地赶去病房打听消息，没想到推开房门，病床上却空空如也。
"护士，这里的病人呢？"
"病人……"护士的话还没回答完，翰墨就在院子里看到了坐在轮椅上的楚曼。
轮椅……看到这一幕，翰墨的心一下被揪了起来。
不会真的摔断了吧！
这样想着，翰墨急忙跑了过去。

"昨晚我有事没来你不生气吧？小刘照顾的手脚还麻利不？"温沄推着轮椅，眉头微皱地看着楚曼，"你说你这么大的人了，怎么这么不小心，居然能崴到脚。"
楚曼也很庆幸，原本这么疼，还以为真的要断了，还好，医生检查只是肌肉拉伤，没有到伤筋动骨的地步。
昨晚她打电话给温沄让她来医院照顾自己，怕说出和翰墨扯不清的关系，就撒谎说自己是不小心崴到脚了。
"我也不想呀。"楚曼想到翰墨将自己松开摔倒在楼梯，就高兴不起来。
"哎，明天我们就要走了，我还订了酒店跟男朋友吃散伙饭。你总不能就这样出席……"
"什么？"听到温沄的话，楚曼怔了一下，"你不是刚谈吗？这么快就散伙了。"
"男人嘛，拜拜就拜拜，下一个更乖。"
楚曼还想说什么，不过最后还是闭了嘴。温沄这位情场上的老手，她早就知道她换男朋友如换衣服一样，从认识她以后，都不知道这是她的第几任男朋友了。
"我这腿没什么大事，医生也只说多注意休息，先不要随意走动，回去休息两天就好了。"
楚曼的话刚说完，温沄就发觉她的声音有些异样。

顺着她的目光望去，就看到翰墨朝她们急匆匆地走了过来。

"沄姐，你也来看曼姐了。"翰墨朝温沄笑了笑。

刚刚他就看到温沄了，刚好听到她们的对话，所以没有立马赶过来。看来楚曼并没有把自己的腿怎么伤的真相告诉温沄，他又朝楚曼笑了笑。

温沄正想和他打招呼，手机便响了。

挂了电话以后，温沄的神情便没有刚刚轻松。

"翰墨，你来得正好，赶快办一下出院把她送回酒店，我还有要紧事，先走了。"温沄说着直接把轮椅交给翰墨，便匆匆离开了。

"喂……"楚曼没想到温沄走得这么急，喊都喊不住。

翰墨真的乖乖推起了轮椅："曼姐，刚刚我都听到了，幸好你的腿没事，不然……我真的要以身相许了。"

"谁要你以身相许了。"楚曼看都不看他一眼，"你也可以走了。我不想看到你。"

"我知道曼姐现在这样都是因为我造成的，你放心，我不是那种不负责的人，我一定会悉心将你照顾好。"翰墨说着已经不知不觉推着楚曼来到一条小斜坡路上，他停下来指着斜坡旁边的小水池说，"曼姐，咱们在这里休息一会儿。这里风景好，看着心情也舒坦。"

"只要你不在我面前晃悠，我心情自然舒坦。"楚曼完全没心情欣赏风景。

"怎么会怎么会，都说看到好看的风景，自然就会开心，我长得这么好看，难道你看到我不觉得开心吗？"翰墨说着对着楚曼眨了眨眼睛，还摆了一个自认为帅气的造型。

可惜楚曼对这张帅气的脸毫无反应，她白了翰墨一眼，"谢谢，我看到你一点也不开心。"说完，转动轮椅就要走。

不过，翰墨一把拉住了她的轮椅。

"你到底想干什么？"楚曼有些无语。

"其实……我知道……"翰墨放开轮椅，转过身去看看面前的小水池有些不好意思地说，"我们两个人之间有些误会。"

翰墨说得很投入，根本没有发现被他松开的轮椅正在小山坡的最高点，在他松开的那一刹那，轮椅就开始朝着坡下滑去了。

"欸……欸……"看着轮椅自己往下滑，楚曼直接慌了。

可惜他以为楚曼的喊声只是不耐烦的回答，所以只是不回头地默默挥了挥手：

"曼姐你别打断我，今天有些话我必须说完，咱们以后天天见面，事情不说清楚在我心里总有个坎，虽然说我们都已经成年了，但毕竟这也是我的第一次，我还是挺重视的，咱们还是好好地处理一下，你看好不好？"

而回答他这么深情的问题的，只有楚曼往下滑的轮椅声和她持续尖叫的声音："欸……欸……"

翰墨依旧沉浸在自己的问题当中，完全没有对楚曼的声音有所怀疑。直到他说完转过身来，发现原来在身后的楚曼不见了，呈现在他面前的，是快滑到坡底的轮椅，以及轮椅上惊慌失措的楚曼。

"啊！曼姐，别怕，我来了。"翰墨这才反应过来，他迅速地跑下坡去，伸手想要抓住轮椅的推手。

可惜，翰墨到底还是晚了一步，他刚抓到推手，下一秒，轮椅上的楚曼就因为惯性，整个人栽倒在了花坛里。

"曼姐你没事吧？"翰墨赶紧跑过去，一把将楚曼从花坛里抱上来，"曼姐，你别怕，我这就带你回去。"

后来，医院的上空突然传来一声尖叫："翰墨，你给我走开！"

如果有人忍不住好奇，循着声音会看到一个蓬头垢面的美女正揪着一个帅哥的衣领，她的表情愤怒，像是眼前的帅哥欠了她的钱没还一样生气。

第二章　既然你说没有,我就相信你

楚曼的腿原本不算严重,可是经过翰墨的"体贴关照",如今伤上加伤,虽然没断,但没有十天半个月也好不了了。

原本第二天就可以出院的,如今又在医院度过了一晚,非但腿需要重新上药包扎,脑袋也受了一些伤。要不是为了赶回杭市,医生都不放她走。

翰墨在酒店大堂看到楚曼的时候,她正拄着两根拐杖朝大门走去。

他还没有追过去就被拉着行李箱的夏木不停地催促了。

"哥,你一早就出来在这大堂也不走,到底什么事啊?咱们下午三点的飞机,现在只剩两个小时了,咱得赶紧走了。"

可是被他喊着哥的翰墨却在他的话还没说完时,就已经蹿了出去。

"哥,哥,你去哪啊?"不明所以的夏木急忙跟着追了上去。然后他就看到了前两天还一身霸气的楚曼,此时拄着双拐,头上包着一块纱布,身后的工作人员跟在她身后拉着箱子满眼担心地走着。

夏木这才明白,翰墨一直在等楚曼。

不过前两天还好好的楚曼,怎么两天不见就成这样子了?

他的疑问并没有得到回答,此时翰墨已经跑到楚曼面前,满脸堆笑。

"曼姐,曼姐,反正我们都是一趟飞机,要不你坐我的车走?"

楚曼却完全不理会他,像是没有看到他一样,一瘸一拐地避开他继续向前走去。

"你就给我一个弥补的机会,怎么样?"翰墨急忙跟上,一把拉住她。

昨天在医院再次被楚曼赶走以后,翰墨又是一夜辗转难眠,他明明一片好心,怎么反而办了坏事。所以第二天他一早就守在酒店大堂。他知道楚曼也是今天的飞机回杭市,不管如何,他不能让自己给楚曼留下这么一个印象。

他可是负责任的好男人!

但楚曼显然不这么认为，她停下来，手靠在拐杖上，狠狠地看着翰墨，"千万别，您先走，我怕跟你一起走，我没命回去。"

翰墨心下一凉："曼姐，你这么说，是死都不肯原谅我了吗？"

"不不不，我原谅你了，麻烦以后你离我远点，保持十米的距离，咱们井水不犯河水，好吗？"楚曼说着重新拄上拐杖想继续往前走。

可是翰墨道歉的心怎么会因此而终止，他再次拦在楚曼前面，十分诚恳地笑笑："以后我还得仰仗您呢，你就让我照顾你一次，我保证绝对不出任何岔子。"

说着他已经拿过楚曼的拐杖转身交给身边的夏木。

楚曼的拐杖被拿走，险些失去重心，不知道翰墨又要干什么，正要说话，就见翰墨突然蹲到了她的面前，对她抬起头微笑："上来，我背你走。"

"我说了，不用。"楚曼没好气起来，"你快把我的拐杖还给我！"

可是翰墨已经打定主意了，没等楚曼上前抢拐杖，他便突然一把搂过楚曼，强行背在肩上。

"翰墨，你放我下来，放我下来。"楚曼完全被翰墨的行为惊到了，她一边在背上挣扎一边大喊。

翰墨却像完全没有听到一样，已经默默地背着楚曼朝酒店大门走去。

留下一众工作人员茫然在原地："我去，这是什么情况？当红大明星用这种办法讨好宣传总监吗？年轻人，太会玩了。"

夏木这时候才算看明白，翰墨这两天的反常原来是和楚曼有关啊。

"有事，肯定有事……"

他在心里嘀咕完，才发现翰墨马上要走出大门了，急忙追了上去。"喂，哥，你等等我啊……"

翰墨的心情如果用两个字来形容，一定是郁闷。如果用四个字，就是非常郁闷。

虽然他用那种方式把楚曼背上了自己的车，可是上了车以后楚曼不但一句话再没有和他说，见他简直避之如瘟疫，就连在飞机上都换了一个离他远远的座位。

一想到这些事，翰墨就觉得自己失败极了。

所以回到杭市的当晚，翰墨就约秦野去他们常去的那家酒吧喝酒了。

翰墨赶到酒吧的时候发现秦野已经提前到了，翰墨坐了一天飞机，加上心情原本就不太好，所以没太注意坐在吧台喝酒的秦野同样神情有些凝重。

"哥,你这么早?"翰墨拍了拍秦野的肩膀,一屁股坐到了他身边的座椅上,直接倒了下去,显得有点有气无力。

秦野看到他这副状态,倒了一酒递给他:"怎么看你脸色不太好?"

提起这个,翰墨急忙接过酒猛喝了一口:"哥,这两天我过得简直是惊心动魄,像被雷劈了一样。"

"怎么了?你渡劫去了?"秦野想不明白,一个当红炸子鸡,又刚刚拍完一部电影,前途事业光明,他能有什么不开心的事。

"比那还刺激。我跟你说……"翰墨正要开口把他和楚曼之间的经历说出来,一个熟悉的声音就打断了他。

"翰墨。"

闻声,翰墨和秦野同时转头,便看到一身长裙的姚玥儿正拿着一杯酒朝他们走了过来。

"玥儿,你怎么也来了?"看到姚玥儿,距离近一些的秦野愣了愣。

"这酒吧我姐姐开的,我过来玩一玩,刚好看见你们也在,过来打个招呼。"说话的同时,姚玥儿的眼睛紧紧地注视着翰墨。好像那天在酒店里吐她一手秽物的不是翰墨一样。说完话,她更是直接靠着翰墨在他旁边的座椅坐下,将手上的鸡尾酒摆在翰墨的面前,"翰墨,这是我刚刚亲手给你调的酒,叫AM。你试试看,怎么样?"

看着眼前五颜六色的酒,翰墨愣了愣,"AM?是上午的意思吗?"

"呃……你先试试。"

昏暗的灯光下,翰墨的注意力都集中在那个漂亮的酒杯上,他没有看到,姚玥儿的脸早就在她说完话的时候发烫了。

翰墨不知道姚玥儿还会调酒,心里确实有点好奇。等他拿起酒来喝了一口后,刚刚来时的郁闷心情似乎一下被酒里的味道冲散了。

"不错啊,入口甜甜的,酒味很淡,但是后劲足,加上一些甜橙的味道,又感觉特别的清爽。"翰墨说着又喝了一口,"嗯,不错,有天赋。"

看着翰墨回味无穷的样子,姚玥儿心里像裹了蜜一样甜,来之前的紧张瞬间消失不见。为了这款酒,她在专业调酒师的指导下默默尝试了很多次,现在看来功夫总算没有白费。

"你喜欢就好。"姚玥儿看着翰墨笑了笑,脸上洋溢着幸福的味道。

看着姚玥儿的样子,一旁的秦野低头喝了一口自己手里的酒笑了笑。

"我说玥儿,今天可是我买单,你怎么不为我调一杯酒呢?"秦野打趣道,"果然我们这些十八线小艺人啊,就是不受待见。"

听到秦野的话,翰墨认真了。

"哥,你哪是十八线啊,我敢保证,明年,你一定是一线。"

姚玥儿笑笑:"大哥,你这算是吃醋吗?"

"我可不敢。"秦野急忙摆手,"我还仰仗您今天给我打折呢。"

"什么打不打折的,这单我买了。"姚玥儿大气地说完,又对着翰墨笑笑,"你要喜欢,我下次还给你调。"

"讲究。"秦野羡慕地转头对翰墨说,"有美人给你专门调酒,听说公司还给你配了一个金牌宣传,怎么样,是不是感觉到达了人生巅峰?"

提到这个,真是撞到了翰墨的心里。他无奈地放下酒杯叹了一口气:"停停停,别提她,一提她我就心悸。"

"你说的是楚曼吧,她可是个狠角色。"姚玥儿看了看秦野又看回了翰墨说,"不过她确实有能力,经她手的艺人,基本都是顶尖大咖。"

"看来公司可是给你下大功夫了,翰墨,你可要把握好机会,好好跟她配合啊。"秦野说着,脸上透出无比羡慕的神情。

"好好配合?"一想到他和楚曼的那些事,翰墨一头栽倒在秦野的肩膀上,"我看啊,我可太难了。"

简直难于上青天。

不明真相的姚玥儿和秦野对视了一眼,嗯?有人这是在不知足啊……

被误以为不知足的翰墨喝了酒回到家后从郁闷变成了焦虑,秦野和姚玥儿的话在他脑海里反反复复。

楚曼是他以后的宣传总监,他们的关系如果像现在这样……想想就感到后怕,更可怕的是,他突然想到一个严重的问题,以目前楚曼对待他的态度,他们的关系可能会更加恶化下去。

为了不让这种关系更恶化下去,一周之后,天一亮翰墨就从公寓里出来直奔楚曼所在办公室。

楚曼的公司在杭市的商业中心,直入云霄的摩天大楼里,楚曼回来后就投入到紧张的工作当中。虽然回杭市的第二天她还拄着拐,不过她的情况并没有看上去那么严重,加上身边的助理照顾到位,没几天就恢复得差不多了。

一想到害自己拄着拐的人,楚曼就觉得比起心里受到的伤害,这双腿受的伤根本算不了什么。

不过楚曼怎么也没有想到,让她身心受伤的人,会在她最不想看到的时候,出现在她的办公室里。

当穿着一身休闲装,戴着口罩和大墨镜,把自己包裹得严严实实的翰墨鬼鬼祟祟推开办公室的门时,楚曼愣了愣,这是盗窃的大白天明目张胆要进来了吗?简直太过嚣张……她正要皱眉喊人,就见翰墨将墨镜和口罩摘下来,冲着她有点尴尬地笑了笑。

"曼姐,是我……"

这样的装扮,谁也不会想到是一位当红明星啊。

看到翰墨,楚曼皱了皱眉。

但她立马就明白了翰墨出现的原因,便低下头去继续工作。

看到楚曼的反应,翰墨更加尴尬了。原本他就怀疑自己这样贸然来找她是否欠妥,现在以楚曼的反应来看已经很清楚了。

不过,事已至此,他也只有硬着头皮往上冲了。

"曼姐……"翰墨轻轻地关上门,也不敢走近,就站在门口那里轻轻地喊。

"有事吗?"楚曼头也不抬,只当他是透明人。

但她的这声回应却给了翰墨莫大的勇气,原本他都做好了楚曼理都不会理他的准备,但此时他急忙走上前去笑着说:"也没什么事,就是想请你吃顿饭。"

"我最近辟谷。"楚曼的声音不带一丝的感情。

翰墨嘁了嘁嘴,不死心:"那看电影吧,最近新上的那部片子特好看。"

楚曼依旧头也不抬:"刚做的近视眼手术。"

翰墨没法接话,他被楚曼彻底打败了。

不过见楚曼还没有把他直接轰出去,翰墨并没有完全死心,他想了想又不死心地开口:"那咱们出去散散步,散散步总行吧?"

他没有想到楚曼更直接:"截肢了。"

"那你到底要我怎么样啊?"翰墨径直走到她的桌子对面,真的有点急了。

这一次,楚曼终于缓缓抬起了头,看了他一眼。不过,如果可以,翰墨倒是希望楚曼不要抬头,因为她说的话让他根本没办法接。

"消失。"楚曼指着门口，不紧不慢地对他说。

语气很轻，可是却异常坚决。

"我……"翰墨张了张嘴，还想要坚持一下，可是看着楚曼冰冷的眼神，便无奈地泄了气，然后一脸委屈地将口罩和墨镜重新戴上，有气无力地转身走了。

他这一招企图改变和楚曼关系的办法，到底是失败了！

夏木发现，自从拍完《再靠近一点点》从汉州市回来，翰墨整个人就像变了一样。

每天心事重重，比如今天，他连穿衣服都在走神。夏木已经替他拿了好几套衣服，他在镜子前比来比去，完全没有一件满意的。

要知道，以前他换衣服可没这么麻烦。

"你说这楚曼是我的宣传，也不多跟我联系联系。她有联系你吗？"翰墨晃荡着手里的衣服，有气无力地对夏木说。

这些天他不停地看自己手机，想知道楚曼有没有良心发现来找他。有时候很想再次伪装一下去她办公室，但一想到上次吃瘪的样子……还是算了。

夏木愣了愣："怎么这么想她和你联系？也不见你跟以前的宣传联系啊。"

"她不是金牌宣传吗？"

"就因为是金牌宣传，才更不需要联系啊。"夏木撇了撇嘴，"你的资料哪里找不到。"

翰墨语塞了。

这小助理怎么不跟我一条心啊！

他从夏木手里又接过一套衣服，朝他皱眉："就你话多。"

夏木看着手上的两套衣服，心里好委屈。

就这话还多？他还想问一下上次在酒店他抱着楚曼上车到底是怎么回事呢，哼哼。

翰墨把手里的衣服往身上比了比，这套衣服原本是他以前最喜欢的，怎么现在感觉这么不适合了呢？郁闷的翰墨把衣服往夏木身上一扔，直接躺倒在旁边的沙发上。

"都拿走，看着心烦。"

"哥，你到底怎么了？过段时间就是你的生日会了，你怎么这么不开心？难道我们这个金牌宣传对你的影响这么大？"夏木说着对翰墨坏笑了一下。

"你知道个屁。"翰墨完全没心情理会他。

"我……"夏木还想再说什么，忽然手机响了。

看到来电显示的名字，夏木对翰墨浅浅一笑："哥，说曹操曹操到，曼姐电话。"

听到楚曼的名字，翰墨立马来了精神，直接从沙发上坐了上来。

"那你还不赶快接。"

楚曼果然还是主动来找我了，想到这些事，翰墨整个人心情就好了。

不过，他高兴得还是太早。当夏木接起电话的时候，翰墨就发现他的神情渐渐变得严肃了起来。

"好好好，我知道了，我们半小时后就到。"

"曼姐什么事？"翰墨还没意识到情况，"是不是关心我了？"

"确实是关心你，是关心你的恋情。"夏木挂断电话，急忙打开热搜榜。

只见热搜榜排行第一的是一行醒目大字：

"翰墨吻照"！

看完这一幕，夏木彻底蒙了："哥，你上热搜了，你被恋爱了。"

"什么？"翰墨一把抢过夏木的手机，点开微博，就看到他和姚玥儿的亲吻照，"恋爱？跟谁啊？姚玥儿，什么？"

与此同时，刚刚拍了一场戏在化妆间休息的姚玥儿同样被告知了自己的恋情。她的助理星星手忙脚乱地接着一个又一个电话，一遍一遍地解释事情的真相："不是，这不是真的，玥儿一直在剧组拍戏。他们关系非常好，但绝对不是恋爱关系。对，玥儿的新戏正在拍摄中，以后跟翰墨的合作公司都会安排。"

不过，和翰墨的反应不同的是，事件的女主姚玥儿在星星的一遍一遍解释声中，风轻云淡地看着手机，将图片缩小又放大，仔细地看了好几遍，最后嘟了嘟嘴叹息。

"要这是真的就好了。"

翰墨的心情就没有姚玥儿这么轻松了，接了电话以后他便以最快的速度赶往公司想打听一下具体的情况，只是没想到他还没有弄清怎么回事，刚到会议室就先被楚曼劈头盖脸地指责了一番。

"能耐啊，两个小时热搜第一，你的私生活能不能检点点儿，如果再这样下去，你就另请高明吧。"会议桌前，楚曼显得很生气。

她不能不生气，刚刚接手翰墨的工作，还没有具体展开，就出了这么大的事。更重要的是，她和他还发生过那样的关系。

翰墨看着楚曼的目光，心里一阵委屈。

"我的私生活怎么不检点了，你问都没问过我，凭什么质疑我？"

听完翰墨的话，楚曼也知道自己的反应太过激烈了。她叉着腰，强忍着怒气看着翰墨，"好，那我问你，你有没有跟姚玥儿在谈恋爱？"

"没有。"翰墨坚定地看着楚曼说，"我就是喝了点酒，也不至于在大庭广众下干出这种事情啊。"

听了他的话，楚曼眉头紧皱："你喝了酒会干出什么事情，自己心里没点数吗？"

翰墨当然知道她指的是什么事，一时间有点尴尬起来。

"反正我没做。"翰墨低了低头说。

看着翰墨的样子，楚曼咬了咬嘴，心里的那股怒火也渐渐平息了。她深吸了一口气说："好，既然你说没有，我就相信你。"

没想到楚曼会这么说，翰墨刚刚还有些委屈的心情瞬间消失不见了，取而代之的竟然是莫名其妙的开心。

"你真的相信我？"翰墨有些不可思议地看着楚曼。

"你是我手上的艺人，我自然相信你。"

"艺人？"翰墨有些失望，"那作为朋友呢？你相信我吗？"

"我们现在还没有熟悉到可以划分为朋友的范畴。"楚曼说话的同时已经打开了电脑调出了的那张绯闻照片，"你跟我说说，这张照片究竟是怎么回事？"

那张照片还是在杭市的酒店拍的，那晚《再靠近一点点》电影杀青宴。

翰墨严肃地说："借位，这一定是借位。那天我们在天台，秦野也在场，我不过就是跟姚玥儿聊了几句，我喝多了，还吐了她一身，不信你问姚玥儿。"

听了翰墨的话，楚曼眉头紧皱，她思考了一下又问："你最近有没有得罪什么人？"

韩墨想了想，认真地摇了摇头："你是说有人故意用这事儿来整我？"

"废话，这种借位照片故意发到网上，不是故意整你，那是什么。"

楚曼的话刚说完，会议室的门就被推开了。只见马勒火急火燎地冲了进来，一脸焦急地说："怎么办？怎么办？这可怎么办啊？出了这种事情，我正在给翰墨谈的代言不就要黄了吗？这得损失多少啊。"

和马勒的方寸大乱不同，楚曼并没有自乱阵脚，她十分冷静地说："您先别急，这事我来处理。"

说着，楚曼就拿起手机给助理童童打电话："童童，你先联系酒店，把当晚酒店天台的监控全部调出来给我送来。"

"楚总，你打算怎么办啊？"马勒着急地看着她。

"既然有人要帮我们上热搜，那就顺水推舟再来推一波。"

当时马勒还不懂楚曼的意思，直到第二天发现翰墨恋情的消息不但没有消失，反而又有大量新恋情的新闻出现在热搜。

马勒彻底急了，他跑到楚曼的办公室直接甩了脸。

"楚曼，你到底什么意思？你不是说可以搞定，怎么现在恋情的事情越闹越凶？我看你是巴不得我们倒闭啊。"

楚曼却只对他笑了笑："马总你不要着急，这一波热搜是我们自己做的。"

"你这是为什么呀，你是要害死我啊。"马勒显然不知道楚曼葫芦里卖的是什么药。

其实昨天童童很快就找到了酒店当天的监控，从视频当中能很清晰全面地看出之前的照片只是借位，另一个角度可以完全看出他们没有真正的接触。知道了这一点，楚曼马上就安排了人手进行持续炒作。

"我们已经找到了当天的监控，说明照片全部都是借位，在这视频发出之前，这件事情炒得越凶，视频发出之后，我们的澄清效果也会越好，翰墨的国民认知度也会随之提高的。"楚曼解释说。

听了她的话，马勒悬着的一颗心终于落地，瞬间大笑了起来。

"原来是这样呀，楚总真是高啊。"说着马勒对楚曼笑笑，"那翰墨的身价是不是会更高？"

"身价高不高我不知道。"楚曼将电脑对马勒转一转，播出了当天酒店的监控视频说，"你看，两人根本没有亲密接触，明显有人蓄意偷拍借位的亲密照片，这段视频我已经安排发到网上了，马总您放心吧，之后的事情我来处理。"

"放心放心，楚总办事我最放心。"马勒说着，开心地转身走了，此时他满脑子只有一个念头，"发财了，发财了！"

正如楚曼所说，那张绯闻照片炒作越大，视频真相澄清的效果就会越好。

后来那条视频就空降了热搜第一，评论数暴增。

"我就知道倒打脸了吧。"

"这是大好事，赶紧转起来。"

"姐妹依旧坚挺，庆祝劫后余生，我再多买一套哥哥的代言。"

……

翰墨的人气不减反增，一下子就成了当下最热门的话题人物，还是正面的！
　　看着这些成绩，正陪着翰墨坐在保姆车里去公司的夏木无比激动。
　　"哇塞，楚曼姐真的是太厉害了，这才几天的工夫，你那些负面新闻已经完全没有了，而且经过这两天的曝光，你的微博粉丝足足涨了一百多万呢。"
　　微博粉丝涨一百多万并没有让翰墨激动，让他激动的是楚曼能这么帮他。翰墨想到楚曼为他雷厉风行的样子，心一下子如枯木逢春，整个人精神抖擞起来，往日心里的一片郁闷瞬间烟消云散。
　　"曼姐这么帮我，我的确是得好好地感谢她一下，我今天亲自登门向她老人家道谢去。"终于有借口名正言顺地去找楚曼了，翰墨眼里藏不住的兴奋溢了出来。
　　"亲自上门？你怎么突然这么积极？"看着翰墨开心的样子，夏木怔了下。要知道这几天以来他每天都是愁眉苦脸的。
　　"曼姐这么厉害的一个人物，又这么帮我，我这不是多亲近亲近。你帮我打听下曼姐家的地址，发给我。"翰墨对他挑了挑眉笑笑便对司机说，"老张靠边儿停。"
　　"你去哪啊？"夏木愣了愣。
　　翰墨却没有再回答，已经下了车，直接朝路边的一家花店走去。
　　看着那些鲜艳的花朵，翰墨心情大好，仿佛已经看到楚曼接过他送的花开心的样子。
　　"先生，需要我来为您推荐一下吗？"店员走过来朝他笑笑，很明显没有认出他是当红明星。"先生是要送给谁？女朋友吗？"
　　"女朋友？"翰墨摇了摇头，"不不，不是，我是送给……送给我最尊敬的人。"
　　翰墨觉得自己的这个词想得太到位了，他对楚曼就是尊敬！
　　"尊敬？"店员看着翰墨笑了下，"好的，那我就知道了！"
　　于是当翰墨回到保姆车上时，夏木看到的是他手里抱着的一大束……康乃馨。
　　夏木相当无语："哥，以后像买礼物这种事情，还是我替你去吧，你这点儿生活阅历，我不是怕别人骗你，而是怕你表达不清楚，会产生误会。"
　　"我没生活阅历？"翰墨白了夏木一眼，"看不起谁呢？"
　　夏木对翰墨的自信相当无奈："哥，哥，你真打算捧着这一束大红色的康乃馨去看楚曼姐？"
　　"康乃馨怎么了？花店的老板说了，送给内心尊敬的人，就要送康乃馨。"说完，翰墨看着怀里的康乃馨，满意地嗅了一下。

看着翰墨的样子，夏木欲言又止，但他了解翰墨，最终也只能无奈地说："你开心就好，总之，你没买一束菊花，我已经很意外了。"

"你哪来那么多废话。"翰墨说完，一巴掌拍在夏木的后脑勺上，"待会到了地方，我自己上去。我就让你看看我的厉害。"

楚曼住在市区的一个小区里，原本离翰墨他们就不远，没多久就到了。

抱着一大束康乃馨赶去楚曼所在的楼等电梯的时候，翰墨脑海里全是楚曼看到花的时候激动的样子。等进了电梯才发现有一个男人和他先后进了电梯。原本翰墨并没有太在意，但当他去按楚曼所在的五楼时，发现离按键比较近的男人已经按了。

翰墨和男人同时对视了一眼，这才发现男人穿着很正式，整个人也比较高大，三十出头的样子，一副霸道总裁的模样。翰墨依旧没在太在意，直到他们出了电梯，发现男人已经率先迈向楚曼所在的508房，翰墨才隐约感觉不对。

果然，他也是来找楚曼的。

见男人先走到了508房门前，翰墨也急忙走了过去。男人似乎也感觉到什么地方不对劲，他扫了翰墨一眼，轻轻地皱了皱眉。见男人要敲门，翰墨也急忙举起了手。

于是二人敲门的声音同时响起。

当翰墨正在思考这个男人出现在这里的原因时，门很快被打开。只见一个打扮时尚的小男孩打开门。他抬头看了看男人，立马兴奋起来。

"爸爸！"

听到这个声音，翰墨怔了一下。

听到男人的回答，翰墨又怔了一下。

因为男人看到小男孩，嘴角微笑地摸了摸他的头说："安安，乖儿子。"

看着面前这对父子，翰墨彻底傻了。

所以当小男孩问他找谁的时候，他整个人是蒙的。

"我可能走错了。"

一定是走错了，都怪夏木办事不力，打听地址都没打听清楚，害他出了丑。他正准备转身离开，却看到房间里穿着一身睡衣正打着毛巾擦着头发的女人走了出来。

不是楚曼又是谁？

"安安。"

"妈妈，爸爸来了，还有个哥哥。"

楚曼看了看男孩子，又看了看男孩子的爸爸，男人正想和她说话，但楚曼却没有多看他一眼就看向了翰墨。

"翰墨，你怎么来了？"

楚曼不能不疑惑，她不记得她告诉过翰墨她家的地址。

翰墨却完全愣在了原地。

孩子？

妈妈？

爸爸？

这是什么情况？

楚曼已经结婚了？

还有一个这么大的孩子？

一时间翰墨的脑子乱成了一团。

"哦，我是专门来谢谢你，帮我解决了那件事情。这，这个……这个给你，你们先忙，我走了。"翰墨几乎是语无伦次地把手里的花递给楚曼以后转身就离开了。

他跑得很快，还被楼道里的杂物绊了个趔趄。

楚曼看着他有些狼狈的背影，再看看手里的康乃馨，一脸茫然。

翰墨就不止茫然了，他简直是凌乱了。

小男孩喊楚曼妈妈又喊那个男人爸爸的场景一直在他脑海里挥之不去。

一个残酷的事实告诉他：睡了他第一次的楚曼，早就结婚有孩子了！

"有老公还，还，还……"翰墨越想越气，越气越委屈，走到楼下的垃圾桶旁看到地上的可乐瓶子狠狠地就是一脚。谁知道可乐瓶也欺负到他头上来了，弹到垃圾桶口又弹了回来，还直接砸在了翰墨的额头上。

"哎哟，我的脸……"翰墨感到额头上一阵火辣辣的疼，"该死的瓶子也欺负我！"

不知道是真的砸疼了，还是心里忽然一阵委屈，此时翰墨心里特别难过，他捂着脑袋蹲在地上给夏木打电话，要他来接自己。

等夏木赶过来的时候，就看到翰墨一副惨兮兮的样子。

"哥，你怎么这么快就完事了？还有你这额头是怎么回事啊？"说着夏木像是想到了什么，惊讶地看着翰墨说，"哥，你不会非礼人家被赶出来了吧？"

"什么被赶出来，说一句谢谢而已，要多久，一分钟，一分钟就够了。"翰墨坐到车上，有点不耐烦。

"看你这样子，不像是说谢谢来的，倒像是刚打完架，看你气得跟蛤蟆似的，脸都鼓起来了。"

"谁谁谁生气了。"翰墨越说越气，他双手抱胸，皱了皱眉，严肃地看着夏木，"没错，我就是生气来着，怎么的，还不都是因为你。"

夏木一脸无辜："哥，这又关我什么事？"

"我让你一分钟之内来接我，你迟到了十秒钟，十秒钟，你说，我该不该生气？"

夏木无言以对，他就是欠翰墨的。

"该该该，颜值即是正义，你长得好看，说什么都对，我丑，我活该。大爷，您喝口水，消消气。"夏木说着将一瓶水递给翰墨。

夏木没想到，翰墨接过水竟然一口喝完了。

看着翰墨喝水的样子，夏木一阵疑惑，看来去楚曼家真的又生了什么事，哥这是真的在生气啊。

事实上，翰墨不止喝水的时候很生气，这几天他的心情很明显要比楚曼搞定绯闻事件之前还要糟糕。

比如此时，在公寓的沙发上，翰墨拿着一个苹果没有吃，却拿着水果刀不停地戳着它，仿佛在发泄着什么。

"哥，你最近没事吧？怎么感觉你去了一趟楚曼姐的家，整个人都魔怔了。"看着翰墨的样子，夏木有些惊恐。

"不要在我面前再提这个女人。这么大把年纪还每天板着一张脸晃来晃去，肯定是更年期提前了。"话刚落音，就见翰墨手里的苹果被他一分为二，还将手里的水果刀狠狠地插在了一半苹果上。

夏木完全傻了："可是曼姐……"

"不要再提到这两个字，以后要提，你就叫师太好了。"翰墨一想到楚曼已经结婚成家有孩子就感觉到烦躁不安。

就在此时，一阵手机铃声突然响声，声音特别响，吓了他一跳。

"谁啊？"

夏木急忙看了一眼手机，发现是楚曼打来的。

"是曼……"话还没说完，想到刚刚翰墨的话，急忙改了口，"是师太打来的。"

说着已经接起来了电话："师太……不不不，曼姐，哦，好的好的。"

挂断电话，夏木小心翼翼地看向翰墨。

"哥，师……太让你去公司，说要和你商量生日会的事情。"

"不去。"翰墨拒绝得很干脆。

"曼姐也想听听你的想法，生日会嘛，就是要开心一点。"

"我不看见她就是最大的开心。"

"可是……"

"要去你替我去。"翰墨说完起身，离开了沙发。

看着翰墨离开的身影，夏木心里委屈："我的命咋这么苦啊……"

第三章　你真的离婚了

第二天，楚曼在办公室里，听到一阵轻柔的敲门声。

"进。"楚曼头也没抬。

"曼姐。"夏木是赔着笑脸进来的，语气里带着些许讨好。

楚曼看了一眼夏木，又看看他身后，"你怎么一个人来了，翰墨呢？"

夏木抿唇，狂转眼珠子："墨哥他……他拉肚子了，今天不方便，来不了。"

楚曼皱眉，起身："生病了？严不严重？你带我去看看他。"

夏木赶忙拦住楚曼，因为说谎说起话来不利索，现在变得更不利索了："别别别，曼姐，别去了……他，他拉肚子，拉了……特别多，已经吃药睡着了……"

楚曼瞅夏木两秒，明白了过来，神色冷下几分慢悠悠道："多少就不用跟我汇报了，今天叫你们来主要是想聊聊他生日会的事情，既然他来不了，你就先联系一下粉丝后援会吧。"

夏木赔笑点头，赶忙答应："好好。"

他拿出手机联系安旋，问她在哪儿，想要和她商量生日应援会的事情。

彼时，安旋正在电脑前干团战，一看到消息立刻关掉电脑起身，爽快赴约："我来了，木弟！"

安旋是翰墨粉丝应援会的会长，夏木和她联系得多一些。

平时翰墨可以外放的日程安排啊，机场接机啊，生日活动等，夏木都会透露给安旋。两人算是某种程度上的合作伙伴。

夏木唤她旋哥，安旋唤他木弟。

他们在这边为了正事儿忙得不亦乐乎，没有出现的当事人翰墨在家里焦躁难安。

他看着手机，在等一个人的消息，可是迟迟等不到。

今天他是主角，要和他商量他的生日会的事宜，他说了身体不舒服。

楚曼怎么能一点反应都没有？

一个慰问都没有呢？

当真是铁石心肠？

翰墨生气得差点没把手机给吃了，可是一想到下一秒有可能随时会有奇迹发生，又舍不得地捧在手心里等着。

就这么等到晚上，夏木回来后开心地说事情搞定了，楚曼那里愣是一点动静没有。

"哥，哥，你怎么了？怎么有气无力的……"夏木给他一边解外卖盒子一边对他说，总觉得这段时间他的情绪波动得很厉害，且一次比一次难以捉摸。

"快过生日了，又老一岁了，有什么好开心的。"翰墨盯着天花板，一字一句地往外蹦。

"唔，是这样吗？"

夏木撇撇嘴。

"欸，今天楚曼就没问起过我？"

"有啊。我一大早到她办公室的时候，她问怎么就我一个人来的。"

翰墨嗖地从沙发上弹坐起来："那你怎么说的？"

"我说你肚子不舒服啊。按照你说的嘛。"夏木眨眨眼。

翰墨屏息："那她怎么说？"

"她什么也没说啊。"夏木又眨眨眼，加摇摇头。

翰墨有点失望，重新在沙发上躺下，把脸埋进抱枕里。

"哥，你不起来吃东西吗？"

"不吃了！"

夏木盯着茶几上满满当当的好吃的，陷入深思中去："那这些……"

这时一个身影从沙发上立起来，晃过去。

"哥，你去哪儿啊？"

夏木又被人某人甩下了。晚上十点多，杭市的米莉酒吧。

略隐蔽的一角，秦野占了两人坐的位置，正在小酌一杯威士忌。很快，他身边坐下来一个戴着帽衣还戴了棒球帽外加口罩的男人。

尽管这么严实地包裹着，但单从身形来看就是一个正当青春阳光的大帅哥。

秦野根本不用抬头看脸，只是轻轻地扫一眼他坐下来，勾笑道："怎么啦，大明星。给我打了一下午电话，约我出来，到底是什么事啊？"

翰墨把口罩拉到下巴下边闷声道："没事就不能给学长打电话了吗？就是心情不好，想你了。"

秦野看向翰墨。

这时服务生上来两瓶酒和一个空的玻璃杯。

翰墨没有动，秦野给玻璃杯倒酒，刚推过去翰墨就伸手拿过来一饮而尽。

秦野微怔，皱眉道："你慢点喝，你酒量这么差，我可不想等一下背你回去。"

翰墨苦笑："是啊，哥，还记得当初你拿到第一份片酬，咱们一起庆祝，我那天特别高兴。然后我就喝多了，你不舍得打车，一步步地走了好几公里，把我背回宿舍，我还吐了你一身。"

翰墨回忆起从前，秦野的眼底闪过一丝悸动，淡淡道："是啊，你在我背上说了一路的醉话。"

……

那时候翰墨还不是现在的翰墨，他也不是现在的秦野。

他刚出道，刚拍戏。

翰墨生日的时候他请假从剧组出来回到杭市给他庆祝生日，他们就买了一箱啤酒在便利店门口一边喝一边聊，然后翰墨没喝下两瓶就醉了，为了不在人家门口丢人现眼，他只好背翰墨回去。

夜色正好，天上没有几颗星星，路灯把他们的身影拖得很长很长，翰墨趴在他背上说："哥，等你红了，我要当你经纪人。"

他很坚定地回答翰墨说："不，你也要红。"

翰墨笑得咯吱咯吱响："好啊，那我们一起红。"

……

说好的约定犹在耳边，说这话的人彼此都还记得，可惜处境却不是最初想象的样子。翰墨如日中天，粉丝众多，而他呢，从最初出道后短暂的风光无限，很快就变成了悄无声息的后继无力。

想到这里，秦野的眼底闪过一丝刺痛，手指不禁将酒杯用力握紧："现在你是当红炸子鸡了，我还是十八线艺人。"

翰墨轻叹气："还是以前好，没那么多烦心事。"

秦野哼笑，十分不走心地附和："是啊，还是以前好。"

翰墨又是一杯。

看他这个架势，是有什么很糟糕的烦心事，可如今的他样样皆是得意的了，秦野想不出他还有什么好烦恼的："你到底怎么了？翰墨，你别再喝了。"

　　"好了，你别再喝了，你到底怎么了？"与此同时，在不远处的吧台边高脚凳上，同样的话也响了起来。

　　楚曼轻拍温沄的背，看她不要命地把烈酒当水喝得凶猛，很是担心地皱起细眉："你这是和谁过不去呢？"

　　"你别管我，我失恋了，你就让我喝吧。"温沄摆手，眼神放空，一副崩溃要死的样子。

　　这可太不像她了。

　　楚曼有些哭笑不得："你不是说男人拜拜就拜拜，下一个更乖的吗？"

　　对牛奶过敏的人是不可能喝牛奶的，温沄是不可能为了失恋而难过成这样的。这是一个道理，所以今天是太阳打西边出来了吗？

　　温沄哭丧着脸，口红从嘴边飞出去一大截："这次不一样，我对托尼是真爱，但是他非说我没有女人味，不适合他，你说什么叫适合？"

　　楚曼觉得耳朵隐隐有些刺痛，但仍然耐着性子问下去："怎么就没有女人味了？"

　　确实是挺特别的，一向只有温沄甩别人的份，这次被公开嫌弃，而且还是没有女人味这样不切实际的指控，从来不爱议论人的楚曼也忍不住说了几句。

　　要知道温沄的栗色大波浪卷发，招牌式的紧身包裙，常年十厘米的细高跟鞋，可是太有女人味了好吗？

　　温沄撇撇嘴，回忆起一个小时前的经历。

　　她和托尼正在家里吃烛光晚餐，浓情蜜意正是好时候，结果突然出现一只蟑螂，她知道托尼怕虫，情急之下徒手就拍死了蟑螂。本来以为托尼会感激，而事实上托尼也确实感激了，感激之后就向她提了分手。

　　"所以你是输给了一只蟑螂。"楚曼憋笑总结。

　　此时的温沄已经脸色红润，酒精上头。

　　酒保给她添了酒。

　　她托腮歪斜望着酒保小哥哥："算了算了，谈恋爱嘛不就是开心就好吗……小哥哥，你有女朋友吗？"

　　酒保小哥哥微怔，摇头。

　　"那你介意女朋友的年纪比你大吗？"

酒保小哥哥又是一愣，再摇头。

温沄笑得更风韵迷人了："那你几点下班，姐姐送你回家。"

被公然调戏的小哥哥不知所措地扭过头去："我再去给你拿点酒吧。"

温沄立刻坐直身体，抓头发舔嘴唇，看向楚曼："楚曼，我又恋爱了。"

楚曼无奈地翻了翻白眼，她真不该为某人担心的，想多了，实在是想多了。

楚曼抚发，下凳子，不准备继续陪她疯了，就听到一个熟悉的声音从十点的方向响起："我才没喝醉。"

她狐疑地循声望去，心里那一点点的狐疑立刻被验证了。

真的是，翰墨。

只见他戴着帽子但挡不住那极具辨识度的脸，旁边坐着的是秦野，秦野试图把酒杯从他手里抢下来，结果喝大了的翰墨像不受控的猴子，一边推一边一个劲地给自己灌酒，嘴里还扯着大嗓子说道："哥，你知道吗？我就愿意和你喝酒，真的……"

秦野听完，没有说话。

楚曼皱眉上前："你怎么在这，你不是生病了吗？"

温沄也跟了过来，看到翰墨和秦野，这上头的微醺也去了大半。

翰墨看到了楚曼，起身跟跄的身形左右晃了晃，指着她道："灭绝师太！"

在场的所有人都呆了一下，温沄扑哧笑出声："楚曼，你什么时候有这么一绰号的？"

楚曼无语了。

翰墨拍拍胸脯："老衲的事不用你管！"

楚曼冷冷地看着他，感觉到周围的目光都投射了过来，低声道："你喝多了，我叫人送你走。"

翰墨根本就没有正常人的反应和判断了，听到楚曼的命令式冷漠，不爽地做了一个推开的动作："你以为你是谁啊……我不要你管！不要！"

秦野扶着翰墨，看看他又看看楚曼，若有所思地沉默着。

几分钟后，夏木及时地出现在了米莉酒吧，他推开包厢的门。

翰墨躺在秦野的怀里，楚曼和温沄坐在一旁。

夏木心下咯噔，赶紧上前鞠躬："温总，曼姐，对不起……给你们添麻烦了。"

本来睡得好好的翰墨还不肯尽兴似的噌地把脑袋竖起来，指着夏木道："都跟你说了，不要叫曼姐！要叫师太！"

楚曼的脸已经很黑很臭了："他喝多了，现在要立刻送他回去。"

夏木一边说是一边上前从秦野手里接过翰墨。

翰墨越过楚曼身边时还嘴硬地说没喝醉，紧接着就传来呕吐声。

在后来的时间里，大家都对这一幕的尴尬情景印象深刻，除了当事人。

第二天，公司。

会议室里，楚曼切换着投影仪上生日会布置的现场图片，解说当天的流程和安排，翰墨坐在底下听。

"这次的生日会舞美呢，是为了迎合你下一张专辑而专门设计的。你有什么想法吗？"

翰墨划着手里的平板电脑，没抬头，也没回答。

夏木一看这情况不妙，赶紧接话道："这样好，这样好，刚好也可以借这一次的机会宣传下一张专辑。"

翰墨这时才不紧不慢地开口道："新专辑下半年才会出来，现在宣传过早了吧，相比于唱歌，我更喜欢跳舞，粉丝喜欢我的唱跳，生日会的选歌自然要以唱跳的快歌为主。"

楚曼点头："唱跳是你的专长，我们自然不会放弃，整个生日会你有三首歌要准备，我帮你选了三首，一首快歌《向阳》，一首慢歌《最完美的邂逅》，还有专门为你新作的励志歌曲《少年之战》……"

她还没说完，翰墨打断了："这三首歌都不行，第一首歌《向阳》是我出道时唱的，粉丝早就听腻了，你能不能有点儿新意。第二首歌，嗯……《最完美的邂逅》太甜腻了，不适合在生日会上唱。至于励志嘛，在我的生日会上唱励志，你怎么想的，你的专业呢？"

楚曼被噎在那儿，一时不知道要怎么接，事实上她的情绪已经被某人给点燃了。

在酒吧里不避及、不顾及，在公共场合行为放纵，还喝醉，还吐了她一身，没一句道歉也就算了！刚还觉得有一点建设性的意见，但没说两句就又在闹性子了。

果然是没长大的小屁孩！

很好！

楚曼把面前的笔记本"啪"地用力合上，盯着翰墨对其他人说道："你们出去。"

夏木投以"哥，这锅你自己惹的，你自己挺住"的绝望眼神和童童等人畏畏缩缩地站起身从会议室里出去了。

眼看着所有人都鱼贯而出,并且纷纷用一种悲凉的目光望着自己,翰墨才意识到不对劲,也跟着起身道:"那我也先……"

楚曼已经走到他身边,按住他肩让他坐了回去,俯身而下。

她身上有一股茉莉清香,发丝垂落下来,似乎还能感觉到她的体温。明明是撩人的气氛,但翰墨能感觉到她那危险的眼神正牢牢地近在咫尺地附着他。

翰墨咽口水,不敢扭头看她:"你,你想干什么,光天化日,朗朗乾坤,我可喊人了。"

"喊人了?喊人了?"贴在门外成红绿灯的夏木等人听到里边翰墨弱小无助的求救声,纷纷激动起来。

楚曼扳过翰墨的下巴,直视着他有些慌乱的眼睛,严肃道:"翰墨,我告诉你,你对我有意见,你可以直接说出来,不需要在我面前打花腔,我允许每个艺人都有自己的脾气,但是,脾气在合理的范围内叫脾气,超出了我的忍耐限度,那就是耍横犯浑。你要是有一天红到有资格膨胀的地步,我可以让你去放飞自我,但是现在,你给我掂掂自己的重量,摆清楚自己的位置,明白了吗?"

"……"翰墨一声不敢吭。

他长这么大,还没被人这么一本正经地教训过呢……

出道的时候虽然也有过不顺,不过有秦野罩着,之后一路顺风顺水,马勒都是把他捧在手心的,夏木也很热心尽职,没让他受过什么委屈。

不过自从遇到楚曼之后一切就都变了……

话说起来,他的好多第一次,好像都给了她呢……

"哎哎,怎么没动静了?啊?"夏木低头看着排在他下边的童童的脑袋顶问,"你有听到什么没?我哥该不会是被曼姐灭口了吧?"

"少胡说!我家曼姐虽然看上去是个御姐,平时工作也十分认真严肃,但还不至于做双手见血的勾当。你放心吧!"童童没好气地回嘴。

"现在杀人不需要见血……"

"你闭嘴吧你……"

……

翰墨垂眸看看下巴处的掣肘,口齿不清地问:"那,我能提一个要求吗?"

楚曼收回手,往旁边的椅子上坐下,二郎腿跷起:"说!"

"我的生日会必须邀请秦野来当嘉宾，其他的都听你的安排。"

楚曼几乎是不考虑地，把平板重新塞回到翰墨手里："成交！"

时间很快到了生日会的这天，如楚曼的布景照片一般，整个生日会主题是温馨的蓝粉双色布置，有一个不大的小圆台，背景用的是白墙投影的方式，不断切换翰墨出道以来的各种照片和视频，气球、彩带还有彩灯环绕，也照顾到了女粉的喜好和心情。一百个抽到入场资格的幸运粉丝坐在台下，为这场生日会加油添彩。

除了大头是楚曼掌控之外，大部分的都是夏木和安旋一起商量着完成的。

说得准确些，是安旋负责的。

因为……夏木和安旋讨论的时候，被一通电话临时叫去了米莉酒吧处理某人的喝醉事件。

按照流程，翰墨会先唱几首歌，再进行和粉丝的互动环节，再到之后的问答环节等。

灯光闪耀，荧光飞舞。

粉丝们早就坐得满满当当，迎接着她们心目中偶像的到来。

她们一遍遍地喊着翰墨的名字，一点也不嫌累！

楚曼看着她们一张张兴奋的脸蛋出了神。

一个人到底多喜欢另外一个人，才会有这样闪闪发光的神情？

曾几何时，她也曾有过这样单纯、一往无前的时候的。

只是……

楚曼出神间，灯光都暗了。

翰墨要出场了。

随着粉丝们激动的尖叫声，两秒之后，一束光打在他的身上。

他坐在高脚凳上，妆发都有，穿着一身亮片的白色西装，帅得每一寸都在发亮。随着音乐的响起，他开口唱了第一句，全场立刻着了魔般地安静。

一张张兴奋的脸随即变成洋溢的陶醉。

楚曼站在一旁，双手抱臂，望着台上的翰墨，她不得不承认，有些人就是天生适合受人瞩目，适合站在舞台上的。

忘却他喝醉的样子，忘却他幼稚的样子，忘却他吐了她一身的样子，如果是以一个正常的方式第一次见到他……楚曼想，她也一定和其他人一样会对他有天生的好感。

切换话筒，静唱两句后衔接唱跳，翰墨举手投足间的魅力就是他吸引粉丝的法宝。

他唱的这首歌是她敲定的《向阳》。

楚曼很喜欢这首歌的歌词。

"向着太阳勇往直前，自由没有边界，更没有终点。无畏的青春战胜考验，一起翻过更远前线……"

"你为我撑伞，我为你分担，一切苦和甜，有你与我并肩，我们的梦一起实现……"

翰墨唱着唱着，忽然看向了她。

楚曼怔怔，在翰墨冲她眨了一个眨眼之后，便转身离开舞台现场，去往后台的办公室了。

楚曼推开门进到里边，童童和其他工作人员每人一台电脑，都目不转睛地死死盯着屏幕上不断跳动的数据看。

楚曼俯身在童童的身后道："直播数据。"

童童没回头："三个直播平台总在线人数五千三百二十三万。已经超出我们的预期百分之二十。"

"现在相关话题阅读量怎么样？"

"两个翰墨生日相关话题已经上热搜前十了。"

楚曼拍拍童童的肩："继续关注数据。"

楚曼又回到生日会现场，这次直接在温沄身边坐下。

温沄扭头："怎么样，数据有达到你预期不？"

楚曼微微一笑："红，是有他红的道理，虽然翰墨年纪小，有些不成熟，但他确实很刻苦。"

温沄不以为然地挑眉，搂过旁边的人道："小怎么了？我就喜欢小的。你看，我给你选的人没错吧。"

楚曼仔细一看探出来的人的脸，愣住。这，这不是……

他挥手打招呼。

温沄介绍道："这是我的新男朋友，吴迪。"

吴迪就是酒吧那个被温沄搭讪的酒保小哥哥，没想到这么快就被温沄给拿下了。看来那个托尼是翻篇了。

楚曼尴尬地冲吴迪打了声招呼。

这时舞台上的灯光变了,《向阳》结束,翰墨唱第二首《最完美的邂逅》。

比起上一首,这是一首实打实的情歌。

翰墨很快地把西装脱掉,衬衫领口解掉两个扣子,把话筒重新架在话筒杆上,认真地深情起来。

"第一次的邂逅,心就被带走。记忆里的感受,不断在拼凑。不知道从什么时候,不想再与你仅仅做朋友。努力让自己变得更加成熟,这一生这一夜一次只牵你的手,相识相知相守到白头。这就是与你的完美邂逅……"

楚曼的脸一点点地热了起来,不知道是灯光的效应还是气氛的使然,还是……翰墨总是看向她这边的吟唱……

旁边的温沄凑过脸,低声问:"楚曼,我怎么觉得他一直在看你啊?"

楚曼心猛地一紧:"哪有。"

"没有吗?"温沄眯眸。

楚曼不搭理温沄,始终保持着礼貌式的温和笑意,在心里一遍遍地告诉自己忽视掉某人这种舞台式专业的撩拨大法。

一曲终了,翰墨痞痞地勾唇,享受台下如雷般的掌声,等了好一会儿在掌声略微平息后,说道:"谢谢大家来到我的生日会。因为有你们支持,我才能够一步一步地走到现在,此时此刻,我要感谢我生命中最重要的人。因为有他,我才能够有机会站在大家的面前。是他带我入行,带我前行,现在有请我的学长秦野上来同我合唱下一首歌。"

楚曼看到在台下坐在第一排准备就绪的秦野从黑暗中迈到明亮的台上。

两人合唱的是一首《你是我的少年》。

楚曼注意到唱这首歌的时候,翰墨一直都看着秦野,而秦野看得最多的是台下或者是地板。

楚曼想到这场生日会翰墨只有一个要求,那就是让秦野来参加。

在与翰墨合作之前,她了解过。

他们是大学同学,也是很好的朋友。当初翰墨是被秦野带入圈子里来的,秦野先签的公司,先出的道。可是事实就是这么残忍,特别是娱乐圈的起伏。

就像爱情一样,不分先来后到,也不是努力了就一定会成功。

秦野这几年混得并不好。

他唯一可以被人津津乐道的,就是他是翰墨的朋友这件事了。

当初的感情很好，现在还会犹如当初吗？

这个念头闪过楚曼的心，但又迅速抹去。

情感的事，说不清，最说不清了。

她只是翰墨的宣传负责人，其他的，不是她该管该操心的。

生日会圆满结束，大家到下一趴进行真正的私人聚会，给翰墨过一个没有镜头没有对外的真正的生日。

私人会所的KTV，马勒投资的，隐秘性够高，随便艺人怎么嗨。

大家举杯，祝寿星翰墨生日快乐。

翰墨很礼貌地点头致意："谢谢大家。"

翰墨下意识地看向楚曼，不想秦野先单独和他碰杯道："兄弟，生日快乐。"

"谢谢哥。"翰墨微笑后又看向楚曼。

这回该轮到她了吧？

可是楚曼坐如钟，丝毫没有要单独和翰墨说"生日快乐"的意思，她的手机倒是没闲着，不停地震动，一点点地偏离原来的位置，被她不停地翻身按静音。

楚曼不想接。

作为艺人的宣传负责人手机是二十四小时开机的，以不漏接一个电话为宗旨。

是谁的电话让她不停地拒接？

翰墨刚想开口，楚曼却拿过手机接了起来，她快步往外走去。

这时马勒胖嘟嘟的身形凑到翰墨身前，挡住他的去路，笑呵呵道："大明星，生日快乐啊。"

"谢谢马哥。"

"现场品牌方对你的印象特别好，争取下次签几个大的制作。"

翰墨越过马勒的肩膀往门口看去。

"到时候有钱了，我给你开演唱会。"

翰墨收回目光，冲马勒敷衍一笑："马哥，我去个洗手间。"

他放下酒杯，往包房外走去。

走到那头，楚曼苗条的身影靠墙杵着，叉腰的背影有些焦躁。

翰墨小心翼翼地靠近过去。

"雷景天，我们已经离婚六年了，当初是你不要我和安安的，这么多年，你没有尽过一天做爸爸的责任，我们最困难最需要你的时候，你永远都在别人的身边。

现在你一声不吭地跑回来，想要夺回孩子的抚养权，你死了这条心吧！"

翰墨不由得打了一个寒战。

楚曼挂电话的气势吓到他了，不过呢，这通话的内容还是让他很身心舒畅的。

很好，很好，原来早就离了。

很好，很好，原来楚曼恨死雷景天了。

很好，很好，太好了呀……

好到翰墨很是激动，看到一个端水果盘过来的男服务生，一把将其抱住："太好了！"

男服务生一脸茫然："啊！"

翰墨喜滋滋地从水果盘里抓了一个葡萄往嘴里丢，往回走。

夏木急急忙忙地找过来将喜上眉梢一脸喜乐的某人上下打量："哥，你没事吧？"

翰墨双手背后："我能有什么事。"

夏木一头雾水，他这略带娇嗔的傲娇是怎么回事："哥，你没喝多吧？你喝多了的话跟我说一声，我扶你去吐，免得你又吐在……不该吐的地方。"

"我喝多了会吐？"翰墨扭头，一脸愕然地看着夏木，"会吐的人不是你吗？"

夏木撇了撇嘴。

翰墨回到包房里和楚曼前后脚。

翰墨不习惯纯喝酒，跑去冰箱拿点吃的，再回来的时候在一众人里没看到楚曼，就去二楼找。

二楼有一个类似天台的大阳台，可以看到市中心的灯火阑珊，晚上的时候是最佳赏月看星的地方。

他从楼梯一拐弯上去，就看到楚曼真在那儿。

她一个人仰着头，手里拿着捏扁的啤酒罐子，头发柔顺地垂在肩上，漂亮的侧脸，满是神情慵懒和忧郁，像一幅好看的油画。

她是个漂亮有魅力的女人。

翰墨偷偷地欣赏了一会儿，走上前，把酒递给她："怎么了？不开心？"

楚曼微微皱眉，悻悻一笑："怎么哪儿都有你。"

翰墨学她把双手搁在栏杆上，眺望远处的星空："你每天这么强势，这么冷漠，其实是为了掩饰自己的脆弱吧？"

楚曼被他这种自以为是的了解给逗笑了："你也只是个孩子，懂什么？"

翰墨扭头，皱眉："就是因为你总把我当作小孩儿，所以从来不和我沟通，作为我的宣传总监，你真的了解我吗？"

楚曼疑惑眯眸。

翰墨抿了一口酒："你知道吗？我当初刚刚毕业，每天白天跑组受尽别人的冷眼，晚上一个人走在这座城市，就在这个楼下，我在路边捧着泡面，看着对面这个全市最大的广告牌。我就告诉我自己，只要我够努力，总有一天，我会登上这块广告牌，让整座城市，甚至全国、全世界的人都能看到我。我想要告诉他们，你们当初嘲笑的那个孩子，他有梦想，而且他的梦想靠他的脚踏实地成功了！"

他就跟在发表获奖感言一样，还没被岁月碾压的眼神，清澈地透着亮，握拳仰头的姿态像一棵绿色植物一样欣欣向上，充满积极。

这种年轻向上的态度是很容易感染人的。

她被感染到了，很欣赏甚至是很羡慕，但是也忍不住要骂一声："幼稚。"

翰墨一怔，苦笑垂眸："曼姐，你的梦想是什么？"

"梦想？"楚曼很认真地想了想这个词汇，猛然意识到这个词汇离自己好遥远。只有年轻人才会整天把这两个字眼挂在嘴边，绑在腰上。到了她们摸爬滚打的这个年纪，想的都是如何把生活托举在肩膀上。"嗯……我的梦想挺多的。希望世界和平，希望每天一起床就能赚很多很多的钱，希望我的安安健康快乐地长大。"

翰墨笑："看不出来，你这个人还挺贪心的。"

"不过我现在的梦想，就是把你送到那个广告牌上。"楚曼拿着酒杯的手指着立在市中心可以算得上坐标的巨大广告牌说道。

那个广告牌可以毫不夸张地说，整个杭市的人都可以看到。

圈内艺人都以登上那个广告牌为荣，那证明流量和地位。

现在在这个广告牌上的是最红的女星夏春风代言的爽肤水。

翰墨听到楚曼这么说，开心地看着她说道："那为了这个梦想我们必须得共同努力了，现在咱俩算是彻底捆绑，你可甩不掉我了。"

楚曼觉得他说这话很奇怪，笑道："我为什么要甩掉你？你可是我的摇钱树啊。"

翰墨眼珠灵活一转，夸张地将身体摇晃成摇曳的海草："要不我现在给你摇一摇？"

楚曼被他这样子给逗笑了，是哈哈大笑的那种。

要知道，她已经好久没有被人这么哄过了。

翰墨看着她的笑容，脸上充满了宠爱："曼姐，我能问你一个问题吗？"

楚曼点头："只要你不啰唆那件事，问什么都可以。"

翰墨不好意思地红了一下脸，抿抿唇道："你是真的，真的离婚了吗？"

楚曼眼睛定定地看着他，没有说话。

翰墨见状，有些尴尬地摆摆手："你要是不想说可以不说的，我就是随便问问。天台起风了，我们还是下去吧。"

他转身间就听到身后的楚曼说道："没错，我的确离婚了，六年前，我跟我的前夫雷景天，也就是你上次看到的那个人离婚了。"

翰墨缓缓转回身，小心翼翼地问："为什么？"

在他看来，楚曼是极具吸引力的女人，如果有机会在她身边得到她的心，还怎么可能舍得离开呢？

楚曼自嘲一笑，耸耸肩："剧情很老土，我怀着安安的时候，他跟一个女人好上了。他可能觉得孩子跟谁都可以有，并没有那么的珍贵，就跟别人跑了。"

她说这话时像是在说别人的故事，神情平淡，语气都没有丝毫波动。但是从字里行间可以想象她经历了多少痛苦、背叛与无助，翰墨虽然不能感同身受，但随便捡两个词出来还是能够感觉到压抑感的。

翰墨不知道怎么安慰楚曼，他想要伸手去抱抱面前的她，可是又怕被她当场爆头，破坏了这种难得亲近的机会。一时间他显得很是手足无措。

楚曼看出了翰墨想要安慰而又不得的想法，淡淡勾唇："无所谓了，对于我来说，安安才是最重要的。我绝对不会让任何人伤害安安的。"

"他这次回来，你会跟他复婚吗？"翰墨脱口而出。

虽然他只有二十四岁，没有涉足恋爱的绝对经验范畴，更没有涉足婚姻，但是男人还是了解男人的，如果不是有所图，绝对不会浪费宝贵的时间和一个女人纠缠不清。

这话一问出口，翰墨心里打起了鼓，他害怕楚曼又会冷冷地丢出一句"这关你什么事！"，却又不甘心地暗暗握拳。

楚曼的视线在他脸上停顿了三秒，缓缓垂眸："背叛，只有零次和无数次，相信一个背叛过你的人，最后受伤的永远只有你自己。"

翰墨听到这样的回答，不由得松了一口气，用力点头："我相信你，我也相信你永远不会背叛我，当然，我也绝对不会背叛你。"

他说这话时是这样认真，像是承诺她什么一般，楚曼愣了一下，被他的孩子气再一次逗笑了。

　　她转过身张开双臂，贪婪地吮吸了一下空气，神色轻松："没想到天台的空气这么好，突然一下子，感觉心情好多了。"

　　翰墨扭头看着她上扬的嘴角，内心忍不住问："楚曼，你的心情变好是因为我吗？"

　　他的目光温柔得像是在看女主角，可是只有他知道，旁边没有摄像机也没有导演。

　　"曼姐，我可以保护安安。"

　　楚曼睁眼扭头。

　　"咳咳，我是说……我，我可以像哥哥一样去保护安安，你放心，没有人可以把他从你身边抢走。"翰墨心下一紧，被自己吓到了，赶紧扭过头，慌乱做解释。

　　楚曼拍拍他的肩，往楼梯那边走去："起风了，我们下去吧。"

　　翰墨小鹿乱撞，像是心里的秘密差点被发现了一般，险象环生，他再次看了一眼那远处的广告牌，跟着楚曼下了楼。

第四章　我可以天天给你们做饭

三天后的早上，周末。

楚曼不用去公司，便早早地起身给安安做早餐。

安安最喜欢吃她做的蓝莓三明治，再配上煎蛋和一杯牛奶，便是一整套的营养早餐。

不过今天安安的兴致不太高，吃着三明治却心不在焉的样子。

楚曼摸摸他的脑袋瓜问怎么了。

安安欲言又止，犹豫了好一会儿才问："周末去游乐园，爸爸跟不跟我们一起去啊？"

原来……是担心这个……

楚曼往自己面包上抹花生酱的动作停顿了一下，微笑道："爸爸周末有事，妈妈陪安安去，好吗？"

安安早就要求过这件事，她也跟雷景天提过，不过她也真的只是随口一提走个过场，因为她知道雷景天是不会有时间过来陪安安去游乐场的。

安安没有太意外，但脑袋也是彻底地耷拉了下来，恨恨地咬了一口面包，闷声道："可是别的小朋友都是跟爸爸妈妈一起去的，安安想让爸爸妈妈陪我一起去呀……"

没有安安之前，楚曼一直都觉得小孩子其实很好哄，但有了安安之后她才发现，小孩子是最敏感的，也是最会察言观色的。大概安安从小就知道自己和别的小孩子有一点点不一样，他好像从来都没有任性过。

她的工作越来越忙，经常照顾不到他的上下学或者是吃饭，可是他从来都没有怪过她，总是说"妈妈，我没事，我可以的"。

她很欣慰安安懂事的同时也很愧疚。

这次周末去游乐园是早早就答应他了的，也知道他有多期待爸爸妈妈能够一起陪他玩。可是她还是让他失望了……

即便是这样，他也没有哭没有闹，只是安静地伤心。

楚曼心很痛，她心软地把牛奶推到他手边："妈妈会跟爸爸再说说的。"

安安眼神一下子就亮了："真的吗？谢谢妈妈，妈妈最好了！"

他终于有兴致吃饭了，把牛奶一饮而尽。

去游乐园是下午，早上安安还要去上绘画课。楚曼送安安出去时，看到过道里有很多工人在搬东西，而对面的房子门大开着。有工人从电梯里搬长款的沙发出来，看到要过去的楚曼和安安，不好意思地说道："不好意思，请稍等一下，我们抬完这件您再过去。"

楚曼点点头，拉着安安往后退，不由得再次看向对面，心里犯嘀咕：有人住进来了？可是……这间房子空了很久了。

下了楼，楚曼坐上车把安安送到上课的地方，看着孩子开心和有所期待的背影，她回到办公室就直接给雷景天去了电话："安安周末要去游乐园，想让你跟他一起去，我再问你一遍，你有没有时间？"

电话那头雷景天却没有回答这个问题，而是问："老婆，你想清楚了吗？"

楚曼皱眉："雷景天，请你注意你的称呼！"

雷景天却不生气，而是慢悠悠地回答她的上一个问题："时间当然有，爸爸妈妈陪孩子一起去游乐园理所应当啊，不过，老婆，这之前咱们是不是先把婚复了。"

楚曼彻底怒了，她深吸一口凉气，在怒吼和冷静的最后一丝防线中徘徊："雷景天，叫你去游乐园是安安的意思，咱俩没有任何关系。"

电话那头雷景天挑眉："没关系？那安安是哪儿来的？"

楚曼再也忍不住地破口大骂："雷景天你无耻！"

她往桌上扔下手机。

翰墨在这个时候进来了，看到楚曼身上还燃烧着怒火，便问："是他？"

楚曼还在气头上，双手抱臂语气冰冷："和你没关系。"

翰墨碰这样的冷钉子碰习惯了，双手扶桌面道："生日会很成功，我想请你吃个饭，不知曼姐能否赏脸？"

楚曼低头："我下午要接安安。今天没空。"

楚曼提到安安，加上刚才雷景天的那通电话，尽管楚曼明明那天在阳台上说过不会和雷景天复婚，可是翰墨还是忍不住再问一遍："楚曼，你会为了安安和他复婚吗？"

楚曼拧眉，仰头瞪翰墨："你还有别的事吗？没有的话出去吧。"

两人四目相对，翰墨被她的眼神灼烧了。

他只好无奈地退出她的办公室。

可这不代表翰墨就这样打了退堂鼓。他思索着今天是周末，楚曼带着安安很有可能会去见雷景天。

不行！

难缠的男人很可怕！像雷景天这样难缠的男人更可怕！

翰墨觉得自己绝不能坐以待毙！

下午楚曼离开公司，他也跟着。

楚曼接到安安继续上路，翰墨的车子也跟在后边，始终保持着一辆车的距离。

夏木开车，翰墨坐在后排戴着墨镜不时地晃动脑袋来移动视线方位，跟个间谍一样，恨不得立刻飞奔到前边某人的车上去。

"喂，夏木，你把车开好点，别被她发现了！"

"哎哎，你开快点成不？要跟丢了！"

"这边这边，你怎么这么笨！"

……

专心开车还要承受来自后边的聒噪嫌弃，夏木也是一脸郁闷。他不知道他们为什么要跟踪楚曼，也不知道翰墨这是要闹哪出。

他看向后视镜问道："哥……你确定没和曼姐说你搬到她隔壁了吗？"

哦，忘了说，关于这一点，他也是十分迷惑的。

上次生日会后，马勒做东，他们大家都很兴奋，难得有很多好吃的好喝的，夏木作为一个小助理很开心地给自己平时三餐不定时的"五脏庙"做了慰劳，并且多喝了几杯，微醺地护送翰墨回到家，结果在客厅里看到了一只飞天蟑螂。夏木吓得惊声尖叫，抱着翰墨嚷嚷着一定要让翰墨搬家。这一幕还当着人家姚玥儿的面。

事后夏木虽然觉得丢人，但搬家的事情还是提上了日程。毕竟是各取所需嘛，他怕蟑螂，翰墨则怕脏。夏木给了很多可供选择的地方，结果翰墨就选了楚曼住的和风小区。同小区也就算了……还偏偏指明要……住在楚曼对面！他可是费了好大的劲呢！

"废话，当然没有。"

夏木咬唇："大哥，我们这样一路尾随，你确定曼姐不会报警？"

翰墨目不转睛地盯着前边楚曼的车："废话！"

小助理无语叹气。

他们以为自己的跟踪天衣无缝，却没想过被跟踪者楚曼小姐早就发现了他们。

在他们从公司里跟出来的时候，她就发现了。

虽然说车子换过了，但是……跟踪技术实在太烂。

她爬到如今这个地位，什么狗仔没接触过，最强的狗仔都甩过，别说他们这种小儿科了。安安在得知爸爸有事确实不能陪他去游乐园后，沉默了一会儿后便说不去游乐园了。她索性就把车往家开。

到了地下停车场，楚曼停好车，拉着安安下车走向翰墨那边。

车子里的两个人也不知道该怎么办，眼睁睁地看着楚曼走过来敲车窗。

夏木惊恐地扭头问翰墨："哥，哥！怎么办？"

楚曼："下车！"

翰墨脸上闪过一阵惊慌，索性把心一横，打开车门。

楚曼冷眼看着翰墨，愠气在脸上随时都准备上升一个台阶："你到底想干什么？"

翰墨不正面迎接，也不特别看她，冲安安绽放了一个笑容后，冷静下车："不想干什么，回家。"

楚曼眉头皱地高高的，看着夏木，夏木只好什么都不说便启动了车子："那什么……曼姐，我还有事，我就先走了，先走了……"

"哎！"

夏木跟兔子一样，跑开了。

楚曼只好拉着安安回家，结果从电梯里出来就看到翰墨在开对面507的门。

楚曼面对突如其来得一幕彻底惊呆了！

说对面终于有人住了，住的人不是别人，而是翰墨这家伙！

翰墨开门，进门，把门关上。

楚曼本能地往前两步，然后彻底石化在门外。

贴着门板站的翰墨则通过猫眼看到某人呆若木鸡的可爱模样，忍不住地偷笑。

哈哈哈哈……楚曼啊楚曼，你也有想不到的事吧！

我来了！我就住你对面了！

以后，你不只是我的宣传，还是我的邻居，怎么样？

看你还有什么办法将我拒而远之。

翰墨吹着口哨往里走，今天他的收获还是挺多的。

至少楚曼没有见雷景天，并且他还看到了她脸上之前都没看到过的吃惊表情。

门外，楚曼被安安拉了拉衣袖："妈妈，你怎么了？"

"没，没怎么。安安我们回家……"楚曼回神，拉着安安快步紧捣，进了自己房间。

没一会儿的工夫，楚曼在准备晚饭时，本来在客厅里玩乐高的安安不知道什么时候就从门口那边过来了，还带进来一个人。

洗完澡换了一身舒服的休闲服的翰墨靠着门冲厨房里拿刀切菜的楚曼三十度歪头挥手："嗨，新邻居。"

楚曼没好气地看着安安："安安，不是告诉过你不能随便放陌生人进来吗？"

安安眨眨大眼睛："可是哥哥不是陌生人，他和妈妈认识，不是吗？"

楚曼语塞。

翰墨笑呵呵地摸摸安安的小脑袋，十分满意地点头："嗯，安安真聪明。"

他无奈地看向没有个好态度的某人："咱们现在好歹是邻居，你就不能对我友善些？成天板着一张脸，皱纹都出来了。"

"你有何贵干？"安安在，楚曼不好发火，只好配合地问。

"没啥大事，就是我正在做饭，想从你这里借一点点盐。"翰墨耸耸肩。

楚曼冷笑，这个借口实在不怎么样："大明星也会做饭的吗？"

翰墨听出她这是在嘲讽自己，把他当成衣来伸手饭来张口的大少爷了。

他也不急着反驳："刚搬过来，东西不全。"

楚曼侧目翰墨，没说什么，把盐递上，摆摆手。

这接下来嘛……

借油，借醋，借葱，借姜……

翰墨倒是不辞辛苦，反反复复，进进出出。

直到他最后还要来借锅，楚曼的耐心彻底消耗。

楚曼拿着刀指向翰墨："请问这位先生，你连锅都没有你还做什么饭！你之前拿走的调料是被你直接吃掉了吗？"

翰墨挑眉，小心翼翼地绕开危险的刀尖，将刀柄捏住："这位女士，如果你实在不愿意借给我，我可以屈尊在你家把你的那份也做了。"

楚曼哭笑不得。

差不多二十分钟后，三菜一汤，翰墨动作还是很快的。

看着餐桌上色香味俱佳的美食，楚曼半信半疑地看着翰墨，当然她不是真的怀疑，而是实在惊讶，这个十指不沾阳春水的男人，做个泡面并不稀奇，没想到还能这么有模有样地炒几个菜，这实在太意外了。

安安早就等饿了，急不可待地拿起筷子夹了一块鸡蛋往嘴里塞。

翰墨和楚曼不约而同地望向他。

翰墨期待地问："怎么样？"

安安一边用力点头，一边冲他竖大拇指："哥哥做的菜太好吃了！"

翰墨开心地给安安夹菜，笑嘻嘻地道："安安啊，我就是长得年轻，其实我年纪不小了，你可以叫我叔叔的。"

说着他有意无意地看向楚曼。

楚曼微微皱眉，夹了一块肉想尝试着吃吃，她以为是安安小孩子的要求太低了。

没想到，真的还挺好吃的。

翰墨笑眯眯地看着她，等她评价。

楚曼清了清嗓子，别扭地松口道："嗯……没想到你做饭还挺不错的。"

翰墨的目光流转，给楚曼夹菜："如果你愿意出一点点劳务费，我可以天天给你们做饭。怎么样？"

楚曼抬眸。

翰墨托腮，看安安："安安，想不想让叔叔每天来给你做饭吃？"

安安眼睛发亮，疯狂点头。

楚曼摇头："你是大明星，我可请不起。"

"哪有人一出生就是大明星，刚毕业的时候，我兜比脸还干净，为了省钱，只能自己学着做饭吃，做着做着自然就好吃了。"翰墨斜睨楚曼，不认同地噘了噘嘴。

楚曼若有所思地顿了顿："哦，听你这意思，你吃了不少苦。"

"苦倒还好。自己不觉得苦。"翰墨回忆起之前自己和秦野一起合租地下室，一起吃大排档最便宜的套餐时，嘴角始终挂着笑，"那时候年轻嘛，什么都不懂，就一个劲地想着要为自己的梦想发光发热，跟打了鸡血一样，不知道累，不知道挫败，往前冲就对了！哎，你知道吗，我那个时候最喜欢吃杭市校园区的一家炸鸡店，因为那个店每到晚上七点后就会打五折……"

楚曼本来想打断他说，"你现在也很年轻。"

可是看他这么滔滔不绝，充满倾诉欲的样子，到底还是没有说出口，而是选择静静聆听。

那些很细微的事情，他都记得很清楚，现在说起来仿佛还在眼前，似乎是正在播放着电影。

而这些，都只存在于他的记忆中，资料上是找不到的，楚曼也是第一次知道，原来关于他还有过那么多接地气的事。

楚曼听着听着，发现翰墨其实比她想象中的要成熟，对待一些事情的看法也没他耍性子的时候那么幼稚。

她还发现，这么近距离地看着他，即便没有那些精心的妆容和衣服，他还是很帅。

"楚曼，你在听吗？"

在翰墨唤她名字的时候，楚曼的心漏跳了一拍。

黄昏，随着路灯亮起，下班的人在往家里赶，如翰墨、楚曼这样已经吃上饭的准备好好地跟今天做个告别。

而对于有些人来说还不能结束，甚至是工作的开始。

姚玥儿今天是下午连接着夜戏，星星在给她拿衣服准备带她去休息室换衣服："姐，我们能换衣服了。"

"怎么就来不了？那明天的戏该怎么办？时间这么短，让我上哪去重新找演员？要不你给我大变个活人试试？"突然一道怒吼石破天惊，引起所有人的注意。

是余副导演在讲电话。

余副导演戏导得不错，但是脾气暴，嗓门大，一点点小事都能听到他的"破口大骂"，而此时他的分贝比平时还要提高两个调，吼完这通后还拍大腿继续骂："什么玩意儿，一点职业道德都没有！"

姚玥儿看向星星，示意她等会儿，走向余副导演笑容嫣然："哟，余导您这是怎么了？谁来不了了啊？看把你给气的。"

"咱们剧的男三号呗，临进组接了别的戏，这让我临时找谁代替去啊？如果明天没有合适的演员定下来，导演肯定会扒了我的皮。"姚玥儿问了，余副导演就找到吐槽的地儿了，竹筒倒豆子，恨不得说上个一天一夜才痛快！

姚玥儿漂亮的杏仁眼眼波流转："这样啊，我倒有个人选，适合我们这个戏。"

"真的！"

姚玥儿想到的人选是秦野。

秦野有演戏的经历，现在又没什么戏约找，她打过去他一定会来。而事实上秦野也是不会拒绝的。只不过他还是故作调侃地说了一句："我以为你会找翰墨的。"

"翰墨忙，再说了，他现在接的都是男一号的戏了。"

"是啊，也只有我能接了。"秦野自嘲一笑。

姚玥儿睨了一下手机："那你就尽快进组吧。"

秦野那头热情带笑地说："好，谢谢妹子。"

两个人都是笑着客气地挂了电话，但也是十分默契地都不走心。

姚玥儿跷着二郎腿坐在沙发上，眸色清冷地看向前方，想到那天因为忙着拍戏没能及时赶去参加翰墨的生日会，便带了生日礼物去了他家。

翰墨根本没有想要留她下来的意思，反倒是和他的助理夏木演了一出醉酒亲密，根本就当她是陌生人一样。

这么久以来她对他的心思，她不信他不知道。

可是他总是装作不知道……

他甚至在乎秦野都比在乎她多一些……

姚玥儿咬唇，既然是这样，那她就加倍地对秦野好，让翰墨知道，在她心里只要是为了他，自己什么都能做的。

秦野获得了工作机会，想着接下来的生活费有了着落，短暂地松了口气后，神色重新凝固回去，把手里的酒咕嘟咕嘟喝完。

他还不知道姚玥儿那点心思？

她喜欢翰墨，也不是真心为了帮他，只是想借着他讨好翰墨罢了。

翰墨，翰墨，全世界都是翰墨！

根本没有他秦野的位置了！

秦野把空酒瓶往地上用力扔去，痛苦地压眉："翰墨，我到底哪里比不上你了……"

……

第二天一早，翰墨美滋滋地从厨房里拿着饭盒出来放到茶几上，再回到房间里去换衣服。

昨晚到楚曼家和她还有安安一起吃饭的氛围真是太好了，他做了一晚上的美梦，早上都是带着开心和舒适醒的。

局势好，他就要乘胜追击。

早上他特意准备了安安和楚曼爱吃的早餐，再换身帅气的衣服，打理一下，等一下就送爱心早餐过去。

没想到他拾掇好，刚要开门，就听到对面有动静。

透过猫眼看到，楚曼牵着安安出了门。

安安还和楚曼开心地蹦腿道："太好了，终于可以和爸爸一起去游乐园了！"

爸爸！

雷景天？

翰墨落在门把手上的手紧握着。

他拿出手机打给夏木："夏木，我要你在十分钟内赶去游乐园，帮我盯着楚曼。如果你不能赶到，你就永远别来见我了。"

"哈？哥？"夏木听到手机那头某人粗暴地挂断了电话，一头雾水。

天，翰墨，又抽风了……

夏木硬着头皮赶去杭市郊区的游乐园，气喘吁吁地跑到游乐园门口想要打给某人说自己到了的时候，手机响了。

这回是视频通话。

夏木接通，翰墨着急地问："怎么样，到了没！"

夏木就把镜头对准身后游乐园的大门："我到了呀。"

"很好，楚曼带着安安马上就到游乐园了，你帮我跟着他们，一有情况，立马汇报。"翰墨严肃地说。

叫他过来，就是这情况？夏木眨眼："不是……曼姐带孩子逛游乐园而已，能有什么情况，你着什么急啊？"

翰墨真急了："你废什么话，让你跟就跟，别忘了，实况直播。"

夏木无语地环顾四周："好吧，我找找……"

他的小眼睛费力地在人群中找寻楚曼和安安的身影。

"哎，在那儿！"夏木看到了，在左手边十点钟的方向，他们正朝这边过来。"哎，这个男的是谁啊？"

他们慢慢走过来了，夏木想到上次楚曼很精明地发现了他的跟踪，本能地心下一紧，往旁边卖兔子耳朵的商贩边躲。

不行，这回他要吸取教训。

于是，一分钟不到，一个戴着兔子耳朵，头上戴着卡通帽，下半张脸还藏在围巾里鬼鬼祟祟的人出现在了人群中，十分扎眼。

安安一手牵着雷景天，一手牵着楚曼，和别的在游乐园里玩耍的孩子无异。

夏木把镜头对准他们，给翰墨看："哥，他们在那儿。"

翰墨恨不得把自己缩成一团从摄像头这边蹿到他们那边去！

安安骑在雷景天的脖子上，楚曼给安安喂着冰激凌。

"可恶！离得这么近，干脆整个人贴上去算了！"翰墨坐在客厅的地板上气得直拍大腿。

夏木握着手机都能感觉到某人的愤怒，好奇地问："什么靠这么近，曼姐身边的男人是谁啊？"

翰墨皱眉，不耐烦地说道："反，反正不是什么好人，你赶紧盯着！"

"哦……"夏木感觉到自己脑袋上的兔耳朵歪了，仰头调整了一下，就听到手机里的主大叫："哎哎！他们走远了！快点跟上跟上！"

夏木赶忙寻找目标。

就这样，他跟着这一家三口到了海盗船，本来想说就在下边拍着就算了，结果翰墨要近距离地看清楚他们的一举一动，夏木只好跟着一起坐上去。

结果……

夏木是怕高的，坐上去后尖叫，神经错乱，各种齐上阵，镜头都是东倒西歪的，翰墨根本就看不清楚曼那边的情形！

这一趴基本作废，夏木还扶着垃圾桶吐了好一会儿。

之后是温馨平顺的旋转木马，夏木在经历了鬼鬼祟祟的一路跟踪和疯狂的海盗船后，筋疲力尽，直接找了就近的一张椅子，把手机用两块纸巾包夹着，对着旋转木马拍，自己则托腮靠着椅子，想要休息一会儿。

结果不一会儿，镜头里突然探过一张脸。

"安旋！"夏木吓了一跳，赶紧把手机放平到桌上。

翰墨正看得好好的，这突如其来的掩盖不知道是怎么回事，只能捧着手机在客厅里瞎着急："哎哎！人呢！夏木？"

"木弟，你怎么也在这儿啊？"安旋笑。

"啊……我今天放假，所以我来这边，嗯……溜达溜达。"夏木这在跟踪人呢，突然被抓包，差点没魂飞魄散。

"这样啊？那我们一起玩吧？"安旋笑。

"不用不用，我，我朋友一会儿就来。"夏木额头已经沁汗，现在看他是一个人，其实……他身后有人啊……

"女朋友？"安旋眨眨眼。

夏木一下子挺直腰板，憨样十足："啊！我还没女朋友呢！"

安旋扑哧笑出声，掏出手机道："上次哥哥生日会，后援会做了几个视频，挺有意思的，我发给你吧。"

"好啊……"夏木微笑，下意识地往安旋身边靠了靠。

这时手机里传来翰墨忍无可忍的大叫："夏木！"

夏木一激灵，赶忙把手机拿起来："是！哥！"

"人呢！"翰墨瞪眼，脸都贴到摄像头了。

"人……人……"夏木往旋转木马那边看去，心立刻咯噔一下，楚曼他们不见了。

夏木无奈地冲安旋摆手："旋姐，我们之后再说哈，我，我现在临时有事儿，先走一步！"

游乐园里，夏木到处找，还是没找着。

翰墨直接把手机往地上甩去，气得骂道："找不到人你别回来了！"

翰墨彻底不安了。

他从这头走到那头，再从那头走到这头，痛苦地双手穿过浓密的头发，忍不住地胡思乱想起来："怎么办怎么办，兔子和那黄鼠狼在一起，万一……"

翰墨的脑海里瞬间开始脑补了起来：

【情形1】

他们去玩了碰碰车。

安安一个人开着车，雷景天看了一眼坐在旁边的楚曼，故意开车去撞安安。

楚曼扑在他怀里："哎呀。"

两个人深情相望。

"不可以！"

【情形2】

他们走在路上。

雷景天把钱给安安他让去买冰激凌吃，楚曼要阻止，雷景天却拉过她的手，含情脉脉地说道："我是故意支走安安的，这样我们才能……"

说着他捏起她的下巴，轻抬她的双唇。

"不行，绝对不行！"

翰墨被自己的幻想情形给吓到了，他立刻从地上拿回已经碎屏了的手机，给楚曼打电话。

彼时，已经坐上摩天轮的楚曼一直看着窗外，看着机器一点点地把他们带上最高的位置。

手机响了。

楚曼看来电显示，是翰墨。

她接起，还没说喂，那头已经忙不迭地说道："你现在赶紧回来。新专辑的方案，我看了，存在很大的问题，你今天必须改出来。"

楚曼皱眉，心里暗骂这家伙是不是又哪根筋搭错了："新专辑方案还没完成，谁给你看的，再说了，你的新专辑早着呢，有什么事情上班再说。"

翰墨急到不行："你是我的私人宣传，二十四小时待命。"

他听到电话里边传来安安的笑声还有他软糯的声音说："爸爸，你看，外边好美啊。"

可恶……

"我跟你说话，你听到没，我……喂喂喂？"楚曼已经挂断了电话。

翰墨赶紧又拨过去："那个那个，我闻到煤气味了，是不是你家煤气泄漏了。你赶紧回来看看！"

楚曼确定，他是在无理取闹："我很确定地告诉你，关了。我手机没电了，挂了。"

居然又挂他电话！翰墨不服输地再打，结果楚曼直接把手机给关了。

这回翰墨傻了："她……关机了……"

摩天轮里，楚曼把终于可以清静的手机放回到口袋里，坐在对面的雷景天故作镇静地问："谁啊？"

楚曼回他："这和你没关系吧。"

雷景天勾笑："是男人？"

这话虽然是语尾上扬，但他的自信已经笃定这根本就不需要她来确定。

楚曼不说话。

雷景天又点头："新的追求者。"

楚曼只觉得好笑："怎么，嫉妒？"

雷景天摸摸安安的小脑袋瓜："安安的父亲只能是我一个人。"

楚曼笑得更冷了："你可从来没尽过父亲的责任。"

他总是这样，霸道，自私，只要是自己认定、自己想要的，就非要到手。

之前，她真是猪油蒙了心，只觉得他这种性格有魅力，现在年岁渐长，经历了一些事才知道，爱可以自私，但是让人讨厌的自私是最要不得的。

雷景天深深地看了她一眼，没再说话，而是继续和安安讨论外边的夜色。

晚上七点，翰墨隔着猫眼终于看到楚曼背着睡着的安安出现了！

翰墨嗖地把门打开，怒瞪楚曼。

楚曼就跟没看到他一样地拿钥匙，开门。

翰墨闷声喊道："喂，你没看见我在这儿吗？"

楚曼一边开门一边回道："你到底想干什么？我很累了，有事以后再说。"

翰墨大步走过来，直接走到她身后："你累不累我才不关心，我是关心安安。安安现在正在长身体，要早点儿睡，你看现在几点了，你还带着安安在外面，你这个妈是怎么当的，一点也不负责任！"

楚曼被迫转身："现在才七点。"

翰墨有些呛风，硬着头皮瞪大眼睛道："七点，七点怎么了，天已经黑了，孩子的睡眠时间能跟大人比吗？反正我不管，为了安安好，以后，六点，不，五点，天没黑之前就得带安安回家，听到没有！"

楚曼皱眉："管得真多。"

"我……"

楚曼关上门，给翰墨来个闭门羹。

"楚曼！"

可恶，可恶，真是可恶！

翰墨很生气。

他这一晚上都没睡着。

不过……生气归生气，他不能就这么放任楚曼不管！

第二天，翰墨以要给安安做饭为由还是"强行闯入"了楚曼家，霸占厨房，并且把楚曼也拴在身边。

翰墨拿着刀，熟练地切着萝卜丝，余光里看到楚曼把洗好的菜放到水槽上，拿过擦手布要擦手出去，赶紧扭头："你干吗去？"

楚曼脸无表情："厨房小，两个人太挤，我去看看安安。"

翰墨拿刀剁了剁案板："小什么小，现在都几点了，再不赶紧做好饭，你就不怕饿着安安？"

人家说得这么理直气壮的，楚曼只好扯扯嘴角："那我还能帮您做点什么吗？"

翰墨表情淡定如是，继续切菜："怎么能是为我呢？是为了安安，也不知道你这妈妈是怎么当的，昨天带着安安这么晚回来，让安安睡不好觉，今天饭也做得这么晚。一个孩子，睡不好，吃不好，还怎么健康地成长？你在这儿，给我调个酱汁。醋两勺、糖半勺、香油三滴、蚝油半勺、盐三之一勺，别放鸡精和酱油，对孩子不好。"

楚曼接过碗，瞬间觉得某人成了老师，她倒成了学生。

这时有人敲门。

楚曼愣愣，看了看正在切菜的翰墨，想不到还会有谁来敲门。毕竟她平时客人不多，有时候接见朋友都是直接在公司解决的。

难道是雷景天？

楚曼心里咯噔一下，放下碗去开门。

结果是雷妈妈拎着某款新的包包一副度假刚回来的打扮，笑眯眯地出现在门口。

这没有事先打招呼突然过来的人，让楚曼不知道一时之间该怎么反应："妈，妈，您，回来了？"

结巴了。

雷妈妈直接上手，热络地摸楚曼的脸："哎哟，我的曼曼，我刚下飞机，这不过来看看你。哎呀呀，你怎么瘦了呀，一个人要学着多疼疼自己。"

楚曼挤笑："是……"

她请雷妈妈进屋，雷妈妈进到客厅就要找安安："安安呢？"

楚曼："啊……安安在房间里睡觉，我去叫他。"

"那就让他睡，别叫醒了。等醒了再见也不迟。"雷妈妈体贴地摆摆手。

就这么地，两人说话间，翰墨端着菜从厨房里走了出来。

三个人，面面相觑。

雷妈妈诧异地看向翰墨，翰墨则疑惑地看向楚曼。

楚曼脸上挂三条黑线，不知道该怎么说才好。

雷妈妈指着翰墨问："这位是……"

"我同事。"楚曼敷衍地把手一抬，敷衍地介绍。

雷妈妈走到翰墨跟前，打量他脸上的稚嫩以及这眉梢间像尺子量过的漂亮，若有所思地点点头："啊，同事？同事好啊，就是看着太小，不知道会不会照顾人哎？"

翰墨了然，立刻脸上堆笑："这位是阿姨？阿姨真漂亮，一看楚曼就是随您。"

雷妈妈呵呵笑："这小伙子嘴还挺甜。"

楚曼脸上的黑线更浓密了，心里暗道：你知道个什么啊，就乱拍马屁的……

翰墨自然不知道这些，拥过雷妈妈让她往餐桌旁坐："您先吃着，我也不知道您来，我再去多炒几个菜，您先吃着。"说着，他就三步并作两步地跨进厨房。

雷妈妈冲楚曼猛挑眉毛："小伙子倒是不错，看着一表人才，虽然年纪小，但是做饭倒是很好吃，应该挺会照顾人的，我觉得不错哎！"

楚曼摆摆手："妈，他就是一小孩，住在我们隔壁，安安喜欢跟他玩，就总过来。您别多想。"

雷妈妈听话总是听一半的那种，听到后半句，眼睛亮了一下："哦！安安也喜欢，那就更好了！"

楚曼："妈……"

看着雷妈妈兴奋又期待的表情，楚曼觉得这顿饭是要吃得不太平了。果然，等翰墨又炒了两个菜回来后，就被雷妈妈拉着问长问短，比如"小伙子是哪儿人啊""今年多大啦""爸妈都是做什么的呀""家里有几个弟弟妹妹"之类的个人情况。

好几次楚曼都试图插嘴打断，但都被杀了回来。

翰墨这自来熟也是让楚曼很头疼，他也不恼雷妈妈的问长问短，问什么就答什么，耐性很好的样子。

雷妈妈给翰墨夹菜："你们相处多久了？楚曼就知道工作，也不知道心疼自己，以后你要多照顾照顾她。"

翰墨一愣。

楚曼咬着筷子已经绝望到不行了，她的口气根本就是把翰墨这臭小子当她男朋友了嘛……

"阿姨，您尝尝这个，这是我最拿手的炖牛肉。"翰墨愣完后激动地给雷妈妈夹菜，眼神里充满了感激。

"哎，好好好。"

楚曼看着这两个人，这两个人啊……

正在她心里想着这当下的局面还能不能来得更糟一点的时候，门铃再一次响起。

这回是雷景天。

雷景天不知道里边的情形，还冲楚曼微笑着表达热情："曼曼。"

楚曼不想搭理，也不想让他进来，于是就挡在门口。

这时雷景天听到了自个儿亲妈的声音："曼，谁啊？"

"妈？"雷景天一怔，看向楚曼，"妈来了？"

雷妈妈走过来，看到自个儿儿子杵在门口，脸上的笑意立刻冻结了，她大步走到楚曼身边，不等雷景天喊妈，上手就要把门拉回来。

雷景天眼疾手快半个身子侧过来，不让雷妈妈得逞："妈，妈！"

雷妈妈生气地哼着转身往里走，雷景天赶紧跟进来。

楚曼默默叹气：这下可热闹了……

翰墨也从里边走出来，该出现的，不该出现的，统统都到齐了。

客厅里，雷景天小心翼翼地想要让雷妈妈转身看自己："妈……"

雷妈妈双手抱臂，满脸怒火："谁是你妈？别叫妈，我没你这儿子。"

翰墨见状，上前挽过雷妈妈的手臂，附和道："就是，阿姨说得对，你们都离婚了，还叫妈。"

他上这儿来凑什么热闹！雷景天生气地瞪着什么都没搞清楚的翰墨，一字一句说道："她，是，我，亲，妈。"

在翰墨看来，雷景天这就是在耍无赖，根本不是在陈述事实："什么你亲妈，不要脸，这还是我亲妈呢。"

楚曼无奈，知道翰墨真的是脑子还没转过弯来，于是上去把他拽到一旁："你少说两句！"

雷妈妈指着雷景天，一点也不留情面，直接下逐客令："当初你抛下我儿媳妇和孙子的那一刻开始我就不是你妈了，我没你这样的儿子。赶紧给我走开！"

雷景天知道自己理亏，好声好气地说道："妈，之前的事咱能不能不提了。人哪有不犯错的。这次我回来就是要和楚曼复婚的。"

这回翰墨听清楚了。

他愣愣地站在原地，终于搞明白他以为的阿姨，原来是雷景天这边的妈妈……

他，他，他，还以为自己是……见了岳母大人了呢。

"复婚？你还好意思提复婚，你要再说复婚，我打断你的狗腿。"雷妈妈态度坚决，看来并没有要为自己儿子徇私的念头，"你走不走？你不走我就打你走！"

"妈？妈！"

雷妈妈说着就在客厅里遍地寻武器，最后找到安安玩的金箍棒玩具，抡起来就要打雷景天。

于是，老妈打儿子的戏码在楚曼家的客厅上演了。

雷景天不敢还手，直接被雷妈妈撵出了家门。她老人家理直气壮，喘着气插着腰转身，笑眯眯地像什么事都没有发生过一样冲呆住的两个人微笑："好了，孩子们，我们继续吃饭！"

翰墨看着楚曼，内心道：阿姨好厉害……

楚曼抿唇，内心道：嗯，安安的奶奶嘛……

第五章　我为什么不能谈恋爱

另一边，片场。

姚玥儿和秦野刚演完一场暧昧的对视戏，被安排休息一下。

星星给姚玥儿披了一件衣服和秦野来到休息区。

姚玥儿看向秦野："我给你介绍了这么好的戏，你是不是得感谢感谢我？"

她想着秦野也是混圈子的人，也是聪明人，她这么帮他，他应该是心里有数的。可这些天秦野也没主动提，好像一个汤圆缩在自己的世界里，别人提溜一下才动一下，逼得她要主动提，这让她心里有些不悦。

"大明星，你还缺什么啊，我这一个十八线小演员有什么是你看得上的？要不我以身相许？"秦野看着剧本，心里是冷哼的，他心里跟明镜似的，不过才几天的工夫她就忍耐不住了，还真是没有什么能耐。

"你可拉倒吧。我喜欢谁你又不是不知道。说正经的，翰墨总是对我不冷不热，他跟你那么好，你快帮我想想办法啊。"姚玥儿扯嘴角。

秦野合上本子，冲姚玥儿勾勾手指，贴耳低声道："翰墨从小跟妈妈长大，特别孝顺，下礼拜是他妈妈的生日，你可以提前准备准备。"

"咦，对啊，可以从未来婆婆的方向入手！"姚玥儿被一语点醒，开心地从椅子上蹦跶起来，"秦野，谢了！"

秦野眯眯，眸底闪过奇异的光。

第二天，姚玥儿就拎着大包小包敲开了翰墨妈妈家的门。

她是行动派，更是不想耽误一分一秒。

不过她从没有做过这种事，平时出去购物手里都是两手空空，顶多拿个手机，大包小包永远都是落在助理星星的身上。

现在她亲自做这些，才发现不是一件简单的事儿……

不过姚玥儿还是努力保持着自己的精致外形，等着门打开。

过了一会儿门被打开，姚玥儿看到了一个五十不到精神头很好，身形挺拔的女人，穿着旗袍化着淡妆，浓密的黑发做了精致的烫卷。

姚玥儿特有礼貌地问道："请问这里是翰墨的家吗？"

翰墨妈妈点头："是啊，请问你是？"

"阿姨您好，我叫姚玥儿，是翰墨的朋友，也是同一个公司的，听说阿姨明天生日，特意过来看看您。"姚玥儿点头致意，长发往前扑挡了一会儿漂亮的脸蛋，但挡不住她的光芒。

她来之前，可是把翰墨妈妈了解了个透彻：姓林名桦，年轻的时候是个舞蹈家，腰伤之后也坚持瑜伽，后来把兴趣转变成事业，是一个拥有二十多家瑜伽店的女强人。性格温婉和翰墨的爸爸相敬如宾，两个人是那种互相扶持便彼此越来越好类型的。

翰墨妈妈对姚玥儿则不是很了解，她只是觉得这个名字有些耳熟，低声呢喃了几遍这才眼前亮了亮："哦，我想起来了，你也是个大明星，经常跟我们家翰墨一起演出。"

姚玥儿心里有了点小激动，点头道："对，阿姨您记性真好。"

翰墨妈妈请姚玥儿进屋，姚玥儿在沙发上坐下后坐姿完美，保持着适当的腼腆和拘束。翰墨妈妈将她上下打量了一遍，笑道："你是翰墨的女朋友吧？"

这么漂亮的女生总是给人带来天然的好感，翰墨妈妈不是不明事理，这姑娘特地找过来，有些事真是不言而喻了呀。

姚玥儿就是想听到这个词，被未来婆婆确定身份，这是多开心的事啊！不过她还是不能表现出激动和狂喜，把头发绕到耳后，故作害羞地说道："翰墨最近工作特别忙，我刚好这两天没有戏，就先过来看看阿姨。"

瞧，果然是！

面对姚玥儿的默认，翰墨妈妈坐近了一点，握着姚玥儿的手："拍戏辛不辛苦啊？女孩子啊，别这么拼，要多照顾自己。"

姚玥儿乖巧得很："谢谢阿姨，我知道。"

翰墨妈妈又问了一些关于姚玥儿家里的情况，便热情地要留她吃饭，她假意推脱了一下，便留了下来。

翰墨妈妈自然不会知道她故意挑今天过来，而不是明天的生日会，这样就可以完美错开翰墨，又可以和她这个未来婆婆多些亲近。

所以第二天，翰墨带着大包小包的礼物回到家给她过生日的时候，翰墨妈妈就理所当然地误会且兴师问罪起来："儿子，你什么时候交的女朋友，怎么也不告诉妈妈一声的呀？"

翰墨惊讶地说："女朋友？"

"对啊，这些就是你女朋友送的呀。"翰墨妈妈指着客厅靠墙的地上堆积如山的礼物盒。

"跟你一起工作的那个漂亮女孩子，她昨天特意过来看过我了。我很满意。"

"同事？"翰墨怔怔，脑海里瞬间闪过楚曼的脸，"她什么时候变得这么主动了？"

"干你们这行，成天忙忙碌碌的，要是同事啊，在一起的时间也多，平常也能多照顾照顾。"翰墨妈妈认真叮嘱道。

楚曼主动的样子……翰墨想象了一下，内心是甜滋滋的，搂过妈妈的手臂："看您的样子对她挺满意啊。"

翰墨妈妈咯咯笑："满意，你喜欢，我就喜欢。来快把汤喝了，一会儿就开饭了。"

"好！"翰墨在妈妈面前就是一个长不大的小孩，幼稚程度比平时更增添了几分，他往沙发上一躺，大长腿交叠，胳膊枕着脑袋，喜滋滋地反复着"女朋友"这三个字，"女朋友？女朋友，嘿嘿嘿……"

被翰墨冠以女朋友的楚曼，丝毫不知道由姚玥儿引起的误会已经悄悄降临到了自己身上，她此时在米莉酒吧，正陪温沄小酌几杯。

准确地说，应该是楚曼小酌几杯，温沄是来看她男朋友的。

但是在酒吧里却没看到吴迪的身影，楚曼问温沄："今天怎么就你一个人？你的小哥哥呢？"

温沄耸肩："他这两天忙着整理仓库，这不我今天偷偷过来接他下班，准备给他一个惊喜。"

楚曼点点头："你们真腻歪。"

这时手机响了。

温沄挑眉，指了指手腕："哟，这个时间的暧昧电话，你有情况哦，楚曼。"

楚曼看了一眼来电显示，很凶地瞪温沄："工作电话而已！别乱讲！"

温沄不以为然地耸耸肩。

"喂。"

翰墨坐在沙发上，双腿交叠在茶几上开心地摇晃着："我怎么不知道我成了你男朋友了？"

楚曼皱眉："什么男朋友？"

他是不是又抽风了？

"你那儿怎么这么吵，又在酒吧？你一个女孩子，能不能少去那种地方，早点回家陪安安。"翰墨听到电话里的背景音，没好气地说道。

"安安今天在奶奶家，再说了，我干什么还轮不到你来管。"楚曼很是无奈，她都不知道自己为什么要和翰墨东拉西扯这些。

翰墨一愣，猛地直起身扳："怎么轮不到我来管？你也别藏着了，都是我女朋友了……"他害羞抿唇笑，眉眼弯弯间净是小男生的得意。

"我不知道你在说什么，我挂了。"楚曼听到他发笑了，浑身起了鸡皮疙瘩，想要挂电话，就听到那头着急地开骂了，"你这人怎么这样？忽冷忽热的，你是人格分裂吗？"

"有病。"楚曼摇头，对某人是彻底失望，挂断了电话。

"谁啊？"温沄问。

楚曼喝酒："一个有病的人。"

温沄欣赏着楚曼此时脸上又好气又无奈的样子，笑道："你知道吗？我还从没见过你这副样子哎。"

"我哪副样子？"楚曼瞅她。

"就是……"温沄啧了啧，努力地想着要如何形容，"就是明明生气却很有活力的样子。"

"什么意思？我平时是个没有活力的老太婆吗？"楚曼听到这个评价直翻白眼，她工作的时候可是雷厉风行从不喊累的。

"不不，那不一样。"温沄摇晃手指，"你那种叫做没有感情机械的行动力，而不是像现在这样，脸颊微红，眉眼间全是风情……嗯！"

楚曼直接拿酒堵她的嘴："喝你的酒吧，别说话了。"

都是些什么乱七八糟的……她纯粹就是被某人给气到了而已！

温沄一旦打开了话匣子，可是不吐不快的："哎哎，楚曼，你是不是心虚呀？你心虚了对不对？你这样我就更好奇打电话给你的人是谁了，让我看手机！"

楚曼眼疾手快地躲闪过扑过来的温沄，从椅子上起身。

"跑哪儿去？楚曼你站住！喂！"温沄追着她走，任性劲上来了，谁都拉不住。楚曼正寻思着要不要去找吴迪来当救兵的时候，吵闹的温沄突然看着她身后的方向，不动了。

跟石化了一般。

楚曼怔怔："温沄？"

她想顺着她的视线看过去，看看发生了什么，结果温沄又跟被雷劈到了一样，越过她往身后走去！

楚曼站直，转身，就这样看到了吴迪的身影。

他坐在角落的卡座上，怀里搂着一个女人。

温沄冲过去的时候，吴迪也看到了她，表情都傻了。

楚曼心里一沉，想要跑过去以免温沄冲动做出什么事来，但温沄已经先一步把酒泼到了吴迪的身上。

是从上而下浇灌的那种……

吴迪怀里的女人尖叫着起身，想要推温沄，吴迪抱住她，一声不吭。

温沄把酒杯摔在地上，转身就走。

楚曼深深地看了一眼卡座上的那对男女，跟上温沄。

她们两个人换了个酒吧，本来准备的小酌也变成了豪饮。

深夜，楚曼拥着喝醉的温沄出来时，温沄一把鼻涕一把眼泪地问："世上有没有好男人？楚曼，你说有没有？有没有？"

楚曼想到雷景天，垂眸："我不知道。"

"难道世界这么大，就没有一个人是真心的吗？就没有一个人是为了我们这颗心，是为了我们这个人来的吗……"温沄指着天，仰天大喊。"我就是想要一份单纯的爱情，我错了吗？我就是想要一个永远喜欢我对我好的人，我错了吗？"

楚曼不知道怎么安慰温沄，也不知道怎么回答她这些问题。

当初，雷景天那样对她，她为了保留尊严头也不回地走掉了。之后守着安安的日子里她也有过孤独、寂寞、无助的时候。

当然，她也不是没遇到过追求者。

但是当知道她有个儿子，前夫是雷景天的时候都吓退了。

真心？

真心这种东西在成人中，比财富还难拥有。

楚曼叹口气，拦了一辆出租车把温沄扶到后座上，跟司机报了地址，又拍了司机的车牌号和个人资料，嘱咐司机安全把温沄送到家。

楚曼目送着载温沄的出租车离开，并没有马上回家，而是到天桥上一个人待着。

看着天桥下的车水马龙，看着远处的夜色霓虹，她的余光扫过天桥上络绎不绝的人群，远处传来小商贩的吆喝声。

楚曼的心，空荡荡的。

她不知道自己感慨什么，说不清。

或许是今晚亲眼看到温沄被爱情出卖的样子，或许是温沄的那些话刺激到了她。

总之，一直两耳不闻窗外事，一心只想好好工作，一直在往前冲的她，突然在今晚就迷茫了。

原来之前的她一直都不敢为自己想，为生活想，只是想让工作填满她和安安。

生活？幸福？这些，对她来说都太奢侈了。

她不由得想起雷景天的一句话：

"楚曼，你不和我复婚，你还有更好的选择吗？"

还有更好的选择吗？

楚曼也忍不住问自己是不是还有更好的选择。

她微微皱眉，眼前突然闪现出翰墨的笑脸。

楚曼，你是疯了吗？好好地干吗想到他！

"哎哎，那不是翰墨吗？"

"是不是啊？看清楚一点，哎哎，好像真的有点像啊。"

"什么有点像，看清楚一点好不好！"

"真的是！"

"翰墨，翰墨。"

……

她想清静一会儿，怎么还是能听到那个讨厌鬼的名字？楚曼以为自己听错了，循声望去。

一个身穿帽衣，被一众女孩追着跑的人从天桥的那头快速移动过来。

他虽然戴着口罩，但是那双眼睛还是出卖了他。

楚曼扶额头两秒，上前一把抓过他的手往人群外跑。

她很清楚这里的路，将他拉下天桥拐进一道巷弄，贴着墙壁不出声，借助巷弄里的黑暗，让女生们误以为他们往前边去了。

楚曼舒了一口气，回神看向被自己"壁咚"的某人。

翰墨正忽闪着眼睛看着她。

楚曼心跳漏拍了一下，赶忙收回双手，后退道："看什么看！如果不是刚好我在那里，你就死定了！"

翰墨把口罩取下来："你怎么在那儿？"

楚曼怒极反笑："这话应该我问你吧！你不在家里好好地待着跑出来做什么？还敢在大街上乱走，你是不知道自己有多红，是吗！"

翰墨挑眉："你承认我红了？"

楚曼丈二和尚摸不着头脑："我一直都承认你是红的呀。"

她的合作，目的是让他更红。

"那你承认我帅吗？"翰墨上前一步，继续问。

"帅啊。"不帅的话，他也做不了流量明星啊。

"那你承认我是你男朋友吗？"翰墨语速飞快，俯身贴脸。

楚曼差点上了他的当。

"你一个小破孩，别老想着谈恋爱。"楚曼错开他灼灼的视线，揪过他帽子上的晃带往他脸上丢。

"我都二十四岁了，为什么不能谈恋爱？"翰墨急了，把自己的年纪格外强调清楚。

见楚曼盯着他，他顿了顿又补充道："不能明面上谈恋爱，也是可以谈恋爱的。"

楚曼无奈地点点头，不好直接砸给他狠话，便顺着他委婉地劝告："行，如果你有这个需要的话，也请选那些和你年纪相当青春漂亮的。我没这个兴趣陪你玩，你也玩不起。好吗？"

"谁说我要玩的。"翰墨的神情很是严肃，他笑起来是有孩子气的少年感，但是严肃起来时棱角分明的轮廓也是自带男人的霸道气场的。他勾过她的蛮腰，用了不容她推开的力道，低声道："楚曼，你就比我大了五六岁而已，别想在我面前装大人。感情从来都不是拿来玩的，一旦你有这念头，你就一定会输给我。"

楚曼眯眸，少许惊慌后她很快淡定了，翰墨这举动和这台词她并不觉得新鲜，毕竟他演过那么多言情剧知道怎么对女生"下手"，女生会心跳加速。她笑笑："我输给你？"

"对啊。"翰墨严肃的神情过后又恢复了刚才的笑,"因为我是认真的呀。"

楚曼眨眨眼。

翰墨说他是认真的时,明明是笑着讲的,可是不知道为什么,楚曼竟觉得他……没在开玩笑。

楚曼垂眸:"放开我。"

翰墨:"不要。"

楚曼抬眸:"如果被她们折返回来拍到,我的工作量就会加大,如果我的工作量会加大,你说第一个倒霉的人会是谁?"

他只好放开她。

楚曼夺过他的口罩给他戴上,再抓过他的帽带,交叉式拉紧,将他的脸缩在里边:"好了,此地不宜久留,跟我走。"

两人一前一后往前走了一会儿,翰墨长腿迈步和楚曼并肩:"哎哎,你刚刚是怎么认出我的啊?"

"她们在叫你的名字。"

"可是在叫我的名字,她们也有可能认错人啊。你怎么就这么确定是我,抓起我的手就跑呢?"翰墨不死心。

楚曼侧目此时此刻严防死守的他,刚才也是这样,露出一双眼睛来。

"还是说……我的身影已经刻进你的脑海中,你对我已经很熟悉了,所以只要看到我的身形,你都能确定那就是我。"翰墨嘿嘿笑。

楚曼无语,加快脚步。

"喂,你等等我嘛,走那么急干什么?"

"楚曼!"

……

翰墨不明白,明明楚曼都已经去他家拜访过母亲大人了,为什么还要装出一副敬而远之的样子。

带着这种不明白,他工作的时候都有些分心了。

手机的备忘录提醒他,今天是秦野拍戏杀青的日子,于是他从自己的片场赶去了秦野的片场,带了一束花给好兄弟。

翰墨到的时候,正赶上秦野最后一场戏的拍摄,他就乖乖地在工作人员中等着,一听到导演喊"咔",就大声鼓掌:"秦野最棒!秦野最棒!"

秦野下来捂住翰墨的嘴，翰墨把花递到翰墨手里："哥，给你的！"

秦野苦笑："一个小角色而已，你还这么隆重。"

"小角色又怎么了，你可是我心目中的最佳男主角。"翰墨歪头，一本正经地说道。

余副导演看到翰墨来了，迈步上前，满是笑容："哎哟，翰墨，你来了，刚刚都没看到你。你最近有没有时间，我有一个剧本特别适合你，改天咱们聊聊呗？"

几个工作人员也都是双眼发亮地上前希望要签名和合影。

姚玥儿也找了过来，看到翰墨欣喜撒娇："翰墨，你来了怎么也不找我，你心里就只有秦野。"

"怎么会，我这不是看你们两来了吗？"翰墨看到秦野被挤到了一旁，只好努力跟所有人赔笑，尽量照顾得周到一些。

导演也是有眼力见儿的，看到姚玥儿痴痴地看向翰墨，便识趣地说道："那你们先聊吧。"说着，还帮忙带着其他没有眼力见儿的工作人员撤退，"走了走了！哎呀，你们该干吗干吗去！"

翰墨走到一旁的秦野跟前，小心地看着他不怎么精神的脸，赔笑地问："哥，怎么了？是不是……拍戏累到了？"

"你看看你，大明星就是不一样，一来就引人注目，我在这儿大半个月，都快杀青了，也没人在意。"秦野苦涩地笑着耸耸肩。

翰墨一怔，紧张地说道："哥，你这么说，可是跟我见外了！"

秦野拍拍翰墨的肩："我开玩笑的，真是的。"

翰墨这才放松地笑了，他没有看到秦野脸上的笑和眼底的寒意是对立的。

"你们怎么老是把我晾在一边？翰墨，我有场戏有些不理解，你能不能帮我对一对？"看两个人相谈甚欢，姚玥儿不甘心，翰墨好不容易来一趟，却完全忽视她的存在。

秦野往旁边走："你去吧，我去换身衣裳，一会儿过来找你。"

姚玥儿一把搂过翰墨的手臂，往里走。

而说要去换衣服的秦野走了两步后，站住，看了看手里的花，把它扔进垃圾桶里。

祝贺他杀青？

可是翰墨最擅长的事，就是喧宾夺主。

秦野的脸完全冷了下来，准备离开这里，这时手机响了。

是一条短信。

秦野随手一看，随后视线停住了。

是慕泽天发来的短信。

短信内容只有四个字：我回来了。

却足以让人激动。

慕泽天回来了？

很好，事情终于要变得有意思了。

秦野总算觉得，今天对于他来说不是全然糟糕的。

他冰冷的脸浮起一点笑意，大步往外。

天桥逃跑事件后的第二天，楚曼没有看到翰墨上头条新闻，心里悬着的石头总算落下了。不过虽然没有上头条新闻，没有渲染得那么大，但视频到底还是被那些小迷妹上传到了网站上，楚曼要想办法把这些视频在成为热搜前扯下来。

她到公司，推开办公室的门，就看到一个人坐在她的位置上。

这个人的身影……很熟悉，却又不敢相信会是那个熟悉的人。

直到这个人把椅子转过来，露出正面："好久不见。"

楚曼心里的那一点点侥幸都没有了："慕泽天，你怎么会在这里。"

慕泽天笑笑："我听说你是翰墨的私人宣传。"

楚曼冷面如雪："这和你有什么关系。"

"你可能还不知道，马总已经聘请我回来作为公司的艺人总监，以后咱们也算是同事了。"慕泽天单刀直入。

楚曼的心猛地缩紧，但她绝对不会在表面上表现出来，而是头也不抬地淡淡道："听说过，没想到这个人就是你。"

慕泽天的眼神像老鹰一样，锐利藏在笑意的背后，扫过故作镇定的楚曼："既然我现在接管了公司所有艺人，那么请你将翰墨的所有资料和发展计划交给我过目。"

楚曼坐在慕泽天的对面，抬头，公事公办的口吻："翰墨的发展计划方案还没有完善好，等我整理好了，会让童童送到你的办公室。"

慕泽天的手在桌板上来回敲，点头起身："好，那以后就好好合作吧。"

楚曼看了一眼她伸出的手，问："还有事吗？"

慕泽天也看了看自己被冷落的手，缓缓缩回来："行，下次再见。"

她走出楚曼的办公室。

楚曼的淡定表情却一点点地土崩瓦解，她感觉到自己难以呼吸了。

慕泽天出现过的办公室，抽走了所有的氧气。

尽管她表现得镇定，尽管她努力地想要忘记慕泽天带给她还有温沄的伤痛，但是看到她的一刹那，曾经的那些事就重新燃烧起来，给了她致命一击。

她拿出手机，手指颤抖地翻出温沄的号码。

她一定要告诉温沄，魔鬼回来了。

魔鬼回来后的人间一定是会有动荡的。

只是，楚曼没想到这动荡会来得这么快。

第二天，会议室里。

马勒乐呵呵地坐在最前头，笑眯眯地看着两边坐着的楚曼和慕泽天："我们公司今天真是走了大运了，先是请到金牌宣传，现在又请到了著名的慕大经纪人，有您二位坐镇，我们公司以后一定能挣更多的钱。"

马勒仿佛看到了好多好多的钱已经在面前飘来飘去了。

他是一个典型的商人，只要有盈利什么都好说。

慕泽天靠着椅背，手里玩着笔："既然马总请我过来，我一定会全力将公司艺人捧红。只不过……"

楚曼皱眉，她的欲言又止带给她不祥的预感。

马勒赶忙道："您说，您说。"

慕泽天顿了顿继续道："我看了公司的架构，目前公司将所有的资源全部放在翰墨一人的身上，而对于其他艺人均是冷处理。"

马勒哦了一声，点头："资源有限，现在翰墨正当红，公司得全力捧他，他的价值可观，为公司挣了不少钱。"

他提到了翰墨，楚曼下意识地伸直了腰板。

"翰墨属于流量偶像，只不过，马总有没有想过，现在市场更新换代这么快，要是再出一个比翰墨更红的，公司却没有应对政策该怎么办呢？"慕泽天说这话时，问的是马勒，看的却是楚曼。

楚曼心下一沉，她太了解马勒的商人特性了！

"是啊，是啊，你说的也是，要是这样，可就坏了，翰墨没人气，不就挣不到钱了。你有什么办法？"果然，马勒一听有赚不到钱的可能性，就有点慌了，双手按着桌面看向慕泽天。

"我建议全方位发展艺人，均衡资源。我看过公司其他艺人的资料，有几个特别有潜质，只要用力培养，不出一年，一定不亚于翰墨。"慕泽天竖手指，在铺垫了那么多后自信满满地说出了自己的想法。

楚曼的脸色彻底沉了下来。

和楚曼不同，马勒喜笑颜开："只要能赚钱，公司一定无条件支持你！"

马勒不懂得这些专业性的操作，他只看结果。

楚曼坐在一旁没有说话，马勒正在兴头上，并且给了慕泽天肯定，从慕泽天说的这番话来看，完全是站在马勒的角度，出于对公司的考虑，她无法做出反驳。

只能眼睁睁地看着马勒和慕泽天互相吹捧后，慕泽天起身离开。

楚曼垂眸，缓缓站起身也出去了。

很快，温沄就抵达了战场，直接冲进了马勒的办公室，气势汹汹地拍桌道："你马上让慕泽天走！"

温沄和楚曼不一样，温沄是那种谁惹了她就要马上加以颜色的性格，她才不管什么彼此合作关系，还是对方什么身份，也不管闹了之后会有什么后果。

当她接到楚曼的电话，得知慕泽天回来的消息后，整个人就彻底愤怒了！

马勒吓了一跳，怔怔地看着双眼喷火的温沄："你说什么胡话呢？吓我一跳……我好不容易花大价钱把慕泽天请回来的，怎么就让她走啊？"

"行，你要是不让慕泽天走，那我们的合作到此为止，楚曼不会再为翰墨服务！"温沄气急，指着马勒威胁道。

她和楚曼虽然签了合同，但是在这个圈子里混了这么多年，有些事还真不是一纸合同可以束缚住他们的。

"我说你啊你，我又哪里得罪你了？你说解约就解约，你当这儿是你家呢。"听到这话，马勒也急了，没好气地站起身。

"总之，有慕泽天，楚曼就不会留下。"温沄的执拗劲上来，八匹马也拉不回。

"行啊，解约是吧？解约是要赔违约金的！"

"赔就赔，我怕你啊！"

"你！"

楚曼此时从外边跑进来，拉开温沄和马勒："对不起，马总，我这就带她出去。"

"你有什么好对不起的？楚曼，你是不是疯了！"温沄不依不饶，"马勒，你记着我说的话！"

马勒瞪大眼睛，看着温沄被楚曼摁着还蹦了老高，实在是汗颜，"这，这这……这分明就是泼妇在世！不知所谓，不知所谓！"

楚曼把温沄带到公司楼下的咖啡厅。

温沄气呼呼地把咖啡当水，猛灌解气，结果烫到了嘴："啊啊啊啊！好烫好烫！服务员！"

一个秀气的服务生应声而来，楚曼见状，做了个手势示意他别过来。

她看着气呼呼的温沄，好声好气地说道："你要干什么，你告诉我，我来伺候如何？"

温沄圆溜溜的大眼睛看着楚曼，撇撇被烫到的嘴，实在憋屈得紧："气死我了，人家都欺负到你头上了，你怎么还跟个没事人一样！"

"那有什么办法？人家又没犯事，我还能把人家抓起来啊？"楚曼摊手，一副无奈加镇定的表情。

"你还有心情开玩笑，我怎么能看着她回来让你受气。你一会儿就跟我走，违约金几个钱，姐还是出得起的。"温沄握过楚曼的手，言之凿凿，她现在比绣花针都还要真！

别人欺负她不行，欺负她的姐妹就更不行了！

楚曼苦笑："不用了，咱们圈子就这么大，今天不见，明天还是会见的。"

"楚曼！你到底是怎么了！现在怎么就变得这么怂了！"温沄屁股在椅子上生气地弹了弹，"难道你忘记了当年她做的事！"

楚曼盯着咖啡，眉头皱动。

"你说说这种女人，脸皮还真是厚，还敢回来。亏的我们还把她当朋友当好姐妹，带她一起开公司，你说，当年我们多么难，才把经纪公司做出了点水准，可是她呢，在我们风生水起的时候，居然把所有的头部艺人全部带走，挖走了所有的资源，她是一个人远走高飞了，留下我们背了一屁股的债啊！这种人，吃亏过一次就算了，以后绝对不能跟她再合作了。"温沄气炸了，握拳剁桌面，"不然就是把鸡送给黄鼠狼，与虎谋皮！"

楚曼回神，温沄说的字字句句她何尝不是感同身受，她记性没那么糟，该记得的还是都记得的，只是她下意识地不想去承认记得罢了。

如果把伤痛记得格外清楚，时时提点，人身上的伤口就永远不会愈合，不停地流血，总有一天会把自己亲手送进地狱的。

所以，她一直都告诉自己，饶恕。

饶恕别人也是放过自己。

"那又能怎样？她是被马勒亲自请进公司的，没有违约，也赶不走她啊。"楚曼回神，说明了现在的情况。

"马勒满脑子都是钱，他懂个屁，要是哪天他也被慕泽天整垮了，我看他去哪里哭去。"温沄拍桌，桌上的瓷杯和杯垫发出清脆的撞击声，引得旁边人皆侧目。

楚曼轻拍温沄的手，低声道："好了好了，你再这样横眉冷眼的，小哥哥们都被吓跑了，还怎么下一个更乖？"

温沄嘟了嘟嘴。

"好了，我会当心的。你放心。"

温沄咬唇，摸摸楚曼的脑袋嘱咐道："那……那你有什么事一定要立刻打电话给我啊，她如果敢再害你，我一定手撕了她！"

楚曼温柔点头："好。"

送走温沄这尊活佛，楚曼回到公司洗了一把脸，从洗手间出来的时候看到了慕泽天。慕泽天脸上的笑意永远都跟温水一般，不认识的人会觉得这种笑容温柔春风，可她知道这笑容是能煮死青蛙的温水。

楚曼想要直接越过她。

她却用肩膀挡住她："这么久不见，连叙旧的机会都不给？"

楚曼面无表情地看向前方："我没什么好跟你说的。"

慕泽天微微皱眉，双手插口袋："当年是我做得不对，不过事情已经过去这么久了，现在你和温沄不是也过得很好吗？"

楚曼听到这话终于忍不住笑了："你的意思是，我们还要感谢你呗？"

慕泽天勾唇："那倒不至于，只是我想时过境迁，我们都更加成熟，也更加专业了。我很期待我们之间会有合作的火花，以及一致的目标。"

"你的目标和我的目标，我想永远都不会一致。"楚曼撞开她，大步往前。

慕泽天身体微晃，侧过身看着她窈窕的背影，低声道："是吗？那真是太遗憾了。"

楚曼回到办公室，深吸一口气，仰头看着天花板，总觉得慕泽天是话里有话。回想起她在会议室跟马勒说过的话，感觉真的不太好。

这时电脑发来推送消息的声音。

楚曼俯身，按开消息，在电脑上看到了姚玥儿推送的微博，是她和翰墨的合影。这张照片应该是她从侧面偷拍的，翰墨拿着剧本没有看镜头。

配的文案是：谢谢前辈哥哥给我讲解剧本内容，辛苦了。还附上两个爱心。

目前评论和转发都过万了。

姚玥儿真的很懂得给自己营销，照片和文案都没有很露骨，没有明确表达自己和翰墨的关系，却给了人无尽的想象空间。

是骂不得，打不得，却又不得不给她开脱不是有意所为。

桌上的电话响了。

"曼姐，姚玥儿的微博……"

"我看到了。"是公关部小李打来的电话，楚曼打断他不必要的陈述，顿了顿说道，"以翰墨工作室的名义对这条微博进行转发，并顺势宣传一下接下来翰墨那个《薇悦杂志》的合作行程。"

"好的，曼姐。"

楚曼捏了捏鼻子，紧绷的神经一刻都不敢放松。她突然想起翰墨生日那天在天台和他说过的话。

她要捧红他，他说他相信她。

谁能想到事情会突然变得这么快，半路杀出一个慕泽天。

试图要打乱她这预设好的节奏啊……

第六章　你就没有一点吃醋吗

翰墨并不知道公司里来了一个人,并且还是针对他的人,楚曼为了这个人而烦恼。

他只知道姚玥儿发了那条微博后,楚曼这边迟迟没有动静。

原本看到姚玥儿发了这条微博后,他是很生气的。

那天去片场完全是为了给秦野杀青庆祝,但被她拉到一旁求解问题,他才勉强和她待了一会儿,没想到她居然趁他不注意拍照,还传到了网上!

可是转念一想,这条微博楚曼也能看到。

翰墨想,说不定可以顺水推舟,借此试试她会有什么反应。

嗯……

没有电话。

嗯……

还是没有电话。

嗯……

还是,还是没有电话!

翰墨都怀疑楚曼消极怠工了!不然怎么可能微博发了半个小时了她都不知道!

翰墨等不下去了,直接打电话过去:"楚曼!"

楚曼头有些疼,正在茶水间泡咖啡喝,接到翰墨的电话以为又发生什么事了:"怎么?"

翰墨:"姚玥儿发了微博,你看没看到啊?"

原来是说这个,楚曼耸起的肩膀这才慢慢放下:"嗯,我已经让工作室转发并且顺便配合宣传你的新安排了,你没看到吗?"

"我看到了!"翰墨没好气地回。

"……你看到了还问我做什么?"楚曼皱眉,真不知道这个家伙的脑袋瓜底是什么做的，怎么总问些低级问题。

"我是问你看到了以后为什么没反应！"翰墨涨红脸。

"要什么反应？我不是第一时间……"

"我说的不是工作！"翰墨忍无可忍，"难道，你，你就没有一点吃醋吗？"

楚曼怔怔："吃醋？"

翰墨闷声地说："对啊……你男朋友和别的女生貌似有暧昧情形，你都不吃醋不介意的吗……"

他也不清楚楚曼的脑子里是怎么想的，为什么只有工作，就没一点正常女人的反应呢……

"翰墨。"楚曼抿了一口浓咖啡，"我不知道你有什么误会，如果有，我现在跟你解释清楚，我没答应和你交往，你也不是我男朋友。我更不会喜欢上你这样的小破孩。听明白了吗？"

翰墨被挂断电话了。

"喂？喂？喂！"翰墨高高地举起手机又想摔，但还是放下了。

可恶！

又翻脸不认人？

他翰墨到底差在哪儿了？就这么不受人待见？

要知道他可是现在女生们最想要交往的对象，圈内有多少女明星跟他表达过好感啊，姚玥儿也不例外！他都拒之千里！

为什么，为什么偏偏到了楚曼身上，他就栽了呢！

翰墨表示不服。

越被拒绝，他越要搞清楚为什么。

晚上翰墨在客厅里正在专心研究女性心理学，就听到门被急促地敲打着。

他起身去开门，以为是夏木，却没想到是楚曼。

只见她神色焦急，翰墨刚想为白天被她明确拒绝过的事怼她两句，但这会儿变成了满满的担心："怎么了？"

"你家有没有感冒药，安安有点儿发烧。"楚曼着急地直抿唇，"我家里的刚好吃完了……"

一听这话，翰墨一个健步越过她："那你还不带他去医院？大人的感冒药不能随便给小孩子吃的。"

楚曼晃神间，翰墨就已经到她家门口往里走了。

安安睡在床上迷迷糊糊的，难受得直哭。

翰墨半跪下身，将安安往自己背上背："安安别怕，哥哥在。"

接着又对楚曼说："带上一件衣服，还有安安的病历卡。"

楚曼机械地点点头，按照他说的做了。

下了楼，他把安安放到后座，从她手里拿过车钥匙："我来开车，你抱着安安坐后边。"

楚曼又愣愣地点点头。

看着翰墨快步绕过车头坐上车，她也赶紧上了车。

车子很快驶离小区进入夜色的车流中，楚曼抱着发烫的安安，看着翰墨开车的身影，心里突然涌起一股暖意，方才的六神无主也逐渐稳定了下来。

自从和雷景天分开后，她一直都觉得自己是个女强人，男人能做的事她也能做并且做得更好。事实上，她也是逼着自己成为一个女强人，因为家里安安能依靠的，自己能依靠的，也都是她自己罢了。

安安生病，她平时的镇定和冷静都不翼而飞了，在翰墨的指挥下，她才意识到其实自己内心深处还是很希望有一个人可以依赖的，哪怕是偶尔。

也是刚刚，她才发现，翰墨不是小屁孩，是比她还要大人的大人……

翰墨开车很快很稳，在最短的时间内到了医院。

翰墨背上安安，楚曼跑在前头给挂了急诊，两个人随护士往儿科快步走去，丝毫没有注意到后边有一个身影一直跟着他们。

医生给安安做了检查后，挂上点滴。

楚曼刚要问医生，翰墨先问出了口："医生，安安怎么样？没事吧？"

"没事，打完针就可以退烧了。最近天气转变得有点快，孩子容易感冒，多注意保暖就行了。"医生笑笑。

翰墨送医生出去，回来看到楚曼仍然担心地守在安安身边摸着他的脑袋瓜，便低声宽慰道："放心，安安没事了。"

楚曼点点头，抬头看着他："今天，谢谢你。"

翰墨怔怔，楚曼看他的眼神很温柔很感激，一改之前的嫌弃和冷漠，突然这样的转变还真有些让人不习惯。他清清嗓子："谢什么，我这是为了安安。"

楚曼微微一笑。

翰墨则偷偷地瞄着她不经意地笑，心脏怦怦直跳。

不知道为什么，床头并不明亮的灯光下她的笑却格外动人，缭绕人心。

当晚，安安的烧退了下来，不过为了不反复，医生建议第二天继续观察一下再回家。

第二天一早，楚曼给安安喂早饭，安安突然冲门口喊了一句："爸爸！"

雷景天火急火燎地从门口冲了进来。

楚曼不看他，而是喂完安安的最后一口，给他擦嘴。

雷景天一进来就生气地指责楚曼："安安生病这么大的事情，你怎么不第一时间打电话给我，我就说你一个人照顾不了安安吧你还不信！"

楚曼一夜都没睡好，现在听到雷景天一进来没有自我反省而是直接指责她，她的脾气也上来了："我照顾不好安安？当时安安那么需要你也没见你为他留下来，这些年一直都是我照顾安安，你现在突然冲过来装什么好爸爸！"

"我们能不能不说以前的事！"

"好，不说以前，那说说现在，说说你现在的不要脸好不好？你想走就走想回来就回来，是不是不用别人批准？"

"好了好了，楚曼，我认错，我认错还不行吗？以前是我不好，可是时间不能倒流，我还能怎样？我已经知道错了……"

楚曼厌恶地扭过头："这么多年安安没有爸爸，现在也不需要。你走吧！"

雷景天皱眉，上一秒讨好的热情立刻冷了下来："安安不需要爸爸？你有问过安安的意思吗？"

楚曼看向病床，"好啊，你问，安……安安呢？"

两个人光顾着针锋相对，什么时候安安不在病床上了，他们也不知道。

雷景天环顾病房四周："安安？安安？"

楚曼跑出病房去找安安，雷景天也紧随其后，两人拉着护士挨个问有没见到209病房的小男孩，结果找着找着在大厅的儿童区看到了翰墨和安安。

安安在滑滑梯，翰墨在一旁看护着。

楚曼飞奔过去："安安！"

雷景天沉着脸走向翰墨。

翰墨起身，耸耸肩："我看你们在吵架，就带安安出来了。有些事不该让安安听到，他只是个孩子。"

楚曼狠狠地瞪向雷景天。

他一出现，准没好事！

雷景天看了看翰墨又看向楚曼："楚曼，你就是这么照看安安的，让他跟一个陌生人独自出来。也不怕他是坏人。"

安安抬头，看着雷景天："爸爸，哥哥不是陌生人！"

楚曼抚了一下头发，叹了口气："雷景天，不懂的人是你。你走吧。"

她实在不想当着安安的面，继续指责他或者继续和他争执下去。

雷景天可不是省油的灯，他第一次看到翰墨的时候就觉得不对劲，现在看到翰墨和楚曼为了安安一起待在医院里，他是个男人，他能嗅到这微妙的氛围。

"楚曼，我还是那句话，你要是带不了孩子，可以交给我，我绝对不能把安安交给一个陌生人看着。"雷景天盯着翰墨，一字一句，充满攻击性。

楚曼想要说什么，翰墨却直接迎上雷景天的目光，毫不示弱："大叔，你一口一个陌生人，一口一个楚曼不会照顾孩子，但我想问你，你有什么资格在这里指责。安安昨晚生病，楚曼着急得一个晚上没有睡觉。她一个人带着孩子六年，这六年你做了什么？"

他的个子很高，气势上和雷景天不相上下。

男人之间是不用年龄来分大小的，翰墨盯着这个纠缠着楚曼和安安，并且对自己抱有很大敌意的对手。

"我没资格？那你又有什么资格？你以为你是谁？你懂什么！"雷景天怒极反笑。

"那真的很抱歉，让你失望了。我也是妈妈一个人把我带大的，我知道一个单亲妈妈的辛苦。"

说着，他牵起楚曼的手："楚曼，安安，我们回家。"

楚曼看了一眼雷景天，没有推开翰墨的手。

从医院出来，翰墨和楚曼什么话都没说，默默地上了车，往家开去。

车子里异常安静，却流动了很多很多的话。

安安在车上睡着了，翰墨抱着安安一直送到家。

楚曼抿唇，一时语塞，不知道从何说起："我……"

"嘘。"翰墨的手指轻按过楚曼的唇，往下滑过，"好好休息。"

翰墨摸摸她的头，宠溺一笑。

楚曼就这么看着他挥挥手，走了出去。

她缓缓地摸到刚才被某人手指滑过的嘴唇，心猛地跳了一下。

是她的错觉吗？

她刚才有一种许久没有被人宠爱过的感觉，而给予这种感觉的居然是比她小好多岁的——翰墨。

会议室。

新的一周的周一会议。

马勒、慕泽天、楚曼等人都到齐了。

楚曼看了眼对面的慕泽天，目光渐冷地错开了。

马勒拽了拽领带，指向慕泽天："今天召大家开会呢，主要是有两件事情。第一，我要向大家正式介绍一下，公司请来的艺人总监——慕泽天。慕总我不用多介绍了，著名经纪人，大家在网上能经常看见慕总的消息。"

慕泽天缓缓起身，做足了架子，连挥手都是那么客套虚伪："马总抬爱了，以后大家都是同事，我们的目标只有一个，就是让公司的每一位艺人都可以更上一个台阶。"

楚曼嗤之以鼻。

马勒兴奋地拍拍双手："好，慕总的目标就是公司的目标，有钱大家一起挣。第二件事情，就是我们公司的发展计划会做出一些改变，下面有请慕总向大家详细说说。"

慕泽天的目光停留在楚曼身上："现在翰墨虽然发展得非常好，但是就目前的市场，以及长远的利益来看，我们决定将公司的资源分配给其他潜力艺人，并且大力挖掘新人。楚总，我希望你尽快将翰墨的资源和发展计划给我。"

她，到底还是对翰墨开刀了。

楚曼冷冷道："我不同意。马总，现在翰墨正在上升期，公司理应着力培养翰墨。"

慕泽天挑眉，不急不缓地反驳："那你的意思是，翰墨可以占用公司的全部资源，其他艺人呢？我们不需要对他们负责吗？"

"我并不是这个意思，现在抽掉翰墨的资源，对翰墨的影响非常大，你要知道，对于一个艺人来说，资源和曝光率就是生命。"楚曼也不退步。

"现在翰墨所用的资源百分之七十都是公司给的，但是翰墨创造的价值并没有达到期望值，倘若翰墨有什么意外，你要怎么弥补公司的损失？"慕泽天用手中的钢笔戳戳桌面，步步紧逼，给楚曼施加压力。

楚曼眉峰高耸："翰墨现在发展得非常好，只要公司全力支持，我保证明年他一定跻身一线！"

"保证？你拿什么保证？"慕泽天说话始终都是淡淡地，保持着该有的温和，但是字里行间的犀利是掩藏不住的。

楚曼没有回答，只是严肃地瞪着她。

会议室里霎时格外安静。

其他人都低着头大气不敢喘，偷偷看着大老板马勒，他的左右手吵得不可开交，他愣是一句话都不说，大家就更不敢当第一个说话的人了。

看两个人僵持不下，马勒硬着头皮嬉笑地开始和稀泥道："二位别争了，和气生财，和气生财嘛。慕总说得也在理，公司多方发展艺人，也算是留后路，万一，我是说万一翰墨有了状况，也不至于让公司处于空窗期啊。"

楚曼扭头看向马勒，坚持自己的立场："可是现在翰墨需要更多的资源来支持，他才会上升得更快。"

马勒："这……"

"楚总，我知道你是一个敬业的宣传，翰墨的发展前景自然可观，不然公司也不会外聘你来为他一个人服务。但我作为整个艺人部的总监，必须也要为其他有能力的艺人着想，你的职责是尽全力捧红翰墨，但公司所有艺人的规划和发展，是我的职责。"慕泽天看马勒犹豫不决，便助推一把。

楚曼的拳头缓缓握紧。

"楚曼你就尽力管着翰墨，至于全盘规划，还是由慕总来决定。今天的会就开到这。散会！"马勒拍案决定了。

楚曼第一时间起身合上会议文件夹，转身。

其他人也纷纷以最快的速度撤离这硝烟战场，先闪为妙。

慕泽天则坐在会议室里，她等大家都走光了，也没有挪动一下。

她还在回味楚曼刚才的神情。

这些年，楚曼长进不少，也成熟不少，她本来很有兴趣和她对弈几局。

只可惜……

可惜她总是不能忘记过去的事，做不到平心静气，那就永远赢不了她。

慕泽天拿出手机翻看微信，之前给秦野发的微信没有回复。

看来，对过去放不下的，不只是楚曼一个人。

她把手机息屏丢回口袋。

晚上秦野的别墅门口，他刚坐上车，旁边的副驾驶座位上就有人坐了进来。

秦野皱眉扭头，还以为是哪个私生粉，却看到了慕泽天。

慕泽天透过挡风玻璃看了看别墅："住这里？还不错嘛。"

秦野不说话。

这别墅其实是他租的，这些年虽然没红，但是生活费还是不愁的，如果他不追求体面派头那会比现在过得轻松。

但是他不允许自己堕落，他要住豪宅开好车，他要让别人觉得他依然是活跃着的，并且过得很不错。

见秦野不说话，慕泽天问："怎么不说话？见到我不高兴？"

"你怎么突然回来了？"秦野皱眉，淡淡道。

"舍不得你啊。"慕泽天笑笑。

秦野深深地看她一眼，继续看着前面的路灯："当年你不辞而别，也没有听你说一句舍不得。"

慕泽天悻悻然："还在想着过去呢？总是停在过去的人，是永远无法前行的。我这次回来是帮你的。你要相信我，我曾经说过，会把你捧成最红的明星，我说到做到。"

秦野放下手刹，踩下油门，车子像离弦之箭冲了出去。

所谓借酒消愁愁更愁，楚曼这次没有去酒吧小酌，而是早早地回了家。

安安生病好了后，依赖感重了很多，晚上不等她回家就不睡。

楚曼从公司出来后买了块蛋糕，走到家门口时下意识地看了眼翰墨的门口。

她要怎么跟他说，以后公司的风向变动呢？

算了，还是不说了吧，让他知道并没有什么好处，反倒会让他产生情绪。

她再一次想到他对她说好好休息时的笑容，忽然呼吸不过来了。

楚曼摇摇头，她是怎么了，居然会为一个艺人心神不安？

要知道，从前她从来都是公私分明的。

坐在客厅里的翰墨听到钥匙开门，门关上的声音，心满意足地看了眼墙上的时钟："嗯，今天回来得还挺早。"

自从亲自送安安去医院后，他和安安的情谊又深了很多。

通过安安，他知道楚曼喜欢什么花，平时喜欢做什么休闲活动，晚上有工作的话喜欢吃哪一家的外卖鸡爪！

虽然楚曼没给他很多单独相处的机会,但是他给订的花订的外卖她都没有拒绝。

这从侧面说明了一些什么!

"嘻嘻嘻……"

楚曼家。

"安安,我给你买了你最喜欢吃的蛋……"楚曼在客厅捕捉到一个偷吃鸡翅满嘴都是油的小男孩。

安安抱着外卖鸡翅吃得正香,没想到楚曼这么早就回来,扭头间整个都暴露了:"妈妈……"

楚曼快步上前:"这,哪儿来的?"

"嗯……哥哥送的。"安安眨眼睛,很卖乖地把剩下的递上,"妈妈,我有给你省哦,还有花花,还有花花也是送给你的。"

顺着安安手指的方向,楚曼看到了一大束的玫瑰花。

第二天,摄影棚里。

翰墨一边翻着手里的杂志,一边等夏木推来等一下要拍摄杂志的衣服。

今天就是之前应对姚玥儿发的微博说的《薇悦》的拍摄日程。

楚曼坐在一旁的沙发上,本来这些事要是在以前她是不用亲力亲为的,但是现在因为慕泽天的缘故,她必须把所有的心思都放在翰墨身上,不是分大事小事了。

可是翰墨不知道这些,在楚曼嘱咐所有人不能对翰墨透露会议内容上的半个字后,翰墨只觉得是自己的关怀备至起到了作用,楚曼心里的防守线在日渐摧毁,心在向他打开。

所以像拍摄这样的小事情,她都找借口跟过来贴身陪着了,哈哈。

工作人员推着一行衣服过来和夏木核对:"这是专辑拍摄需要的九套衣服,全部在这里了。您点一点衣服。"

夏木点头:"好的,谢谢。"

夏木看看手表,走到楚曼身边问:"曼姐,都已经两点了,化妆师怎么还没有到啊?"

楚曼微微皱眉,拿手机给童童打电话:"童童,为什么翰墨的化妆师还没有到,你去看看怎么回事。"

"曼姐,我刚要跟你打电话呢。翰墨的化妆师刚被慕总调走了,说是给新来的艺人团体做造型去了。"童童说着说着，声音越来越低，后来干脆自动消音了。

"她怎么能随意调走翰墨的化妆师！"楚曼生气了，慕泽天真是越来越过分！

"曼姐，我解释过了，可是……她毕竟是艺人总监。"童童也是大吐苦水。

"好了，我知道了。"楚曼闷声挂了电话。

翰墨抬头："怎么了？发生什么事了？"

楚曼微笑："没事，我出去打个电话。你可以先换衣服。"

她冲夏木看了一眼，走出化妆室，给慕泽天去电话，那头接得倒是很快。

"喂，楚曼。"

"慕泽天，你到底什么意思？"

"什么什么意思？"慕泽天装傻。

"你明知道今天翰墨新专辑封面拍摄，还把他的化妆师调走，你是故意为难我？"

"哎呀，实在是不好意思，曼姐，我真不知道今天翰墨有拍摄。我早就跟你说过把翰墨的行程安排发给我，你自己捏得死死的，这不就误会了嘛。"慕泽天笑笑，继续喝着手里的咖啡。

楚曼不跟她废话，直接表明意思："你赶紧把化妆师给我送过来，三点钟翰墨就要拍摄了。"

慕泽天道："哟，这可来不及。公司来的新男团'为你'半小时后有个时尚秀的主场舞，化妆师正在给他们化妆呢。"

楚曼皱眉，往远处走了一段，声音不由得往上提高了一些："不管怎样你也不能动翰墨的化妆师！"

"曼姐，你这就误会我了，调用化妆师实在是情况紧急，马总也是知道的。再说了，我有权对公司的任何人进行调配。"慕泽天谦虚过后，又在态度放软中，间接表达自己的道歉不过是客气而不是真的犯错。

"要不这样，我再给你找个化妆师，给你用，你看怎么样？"

楚曼咬了咬后槽牙，最后还是什么都没说，只是说了一句"最晚两点半到"，就把电话挂了。

这笔账，她记下了。

现在不是和她纠缠的时候，先把翰墨这边搞定了再说。

楚曼回到化妆室里看到夏木已经帮翰墨换好了衣服，翰墨有些担心地看着她。她稳了稳心神走向他，帮他整理衣领："不错，很帅气，化妆师路上堵车了，再等一会儿。"

翰墨看着她："真的没什么事？"

楚曼定定地迎上他的目光反问："有我在，能出什么事？"

她身上的气场在告诉他，一切都有她担着。

翰墨在感到安心的同时更多的却是心疼，他心疼她的坚韧、她的勇敢和担当，心疼她一个人站在风雪里，他想要保护她。

她浅浅一笑，又道："放心吧，大不了我给你化妆，总之不会耽误你的拍摄。"

翰墨一听这话，挑眉："这样啊，那不让化妆师来了吧，你就亲手给我化妆。"

楚曼伸手，戳开他的额头，扭头看向尴尬的夏木："夏木，准备着。"

"是，曼姐！"

片场里，姚玥儿在候场，拿着手机似乎在发消息。

秦野看着余副导演和场工们在旁边忙活，看这阵子似乎不是为了自己手头马上要拍的下一场戏，再看看旁边的男一号张楠，心里明白了几分。他扭头看向脸上挂着笑的姚玥儿，便问："在跟翰墨聊着？"

姚玥儿脸上的笑容僵了一下，苦涩了："是的话就好了，是和他妈妈。"

秦野道："看来你跟未来婆婆相处得不错。"

"是啊，她很喜欢我。只不过……翰墨一点反应也没有。不知道是不是为了我上次把他照片传网上的缘故，在生我的气。"姚玥儿抿抿唇，"他都没回我微信。"

秦野将她的失落尽收眼底，涌上一丝心计："翰墨就是爱耍小孩子脾气，过段时间就没事了。这也难怪他，其实翰墨小时候也蛮可怜的。五岁爸爸就去世了，他妈妈一个人把他拉扯大，挺不容易的，所以翰墨妈妈对他的保护欲特别强，我记得以前有个女孩子追他，他妈妈一直不同意，还跟翰墨大闹了一场，真没想到却被你给征服了。玥儿，你真是不简单。"

姚玥儿是那种被人一夸就会得意忘形的草包，表面看上去有些爱耍横，娇蛮大小姐脾气，但其实脑子简单得很。秦野把她看得透透的。

果不其然，听了秦野这番话，姚玥儿自信地抚着发，仰头道："还不是野哥你主意出得好，提前告诉我翰墨妈妈的生日，不过我这么人见人爱，他妈妈喜欢我也是意料之中。"

秦野配合地笑笑。

没想到姚玥儿刚说完这句话，笑意立刻转换成痛苦："唔……"

见她捂着腹部好像很疼的样子，秦野关切地问："你怎么了？"

姚玥儿咬唇摇头："没事，做我们这一行的饮食本来就不规律，哪有没有胃病的啊。没事……"

秦野叹气："你说你家里条件这么好，不早早去继承家业，何必干这一行吃苦受罪呢？"

他出身普通，甚至说是不好，实在不懂一些家庭好的人居然会扔下好的资源不管，硬是要出来吃苦。

难道这就是有钱犯贱吗？

"谁还没有点梦想呢？做自己喜欢的事情，总比每天看着一群老古板好吧。"姚玥儿苦笑，她并不知道秦野的内心想法，而是和秦野掏心掏肺地这样说道。

这时余副导演走了过来："那个……秦野，楠哥一会儿有活动，统筹提前调了场次，下场次先拍玥儿跟楠哥的戏，麻烦秦野老师再等一会儿。"

秦野的眼底闪过一丝不易察觉的愠怒，但他脸上的笑意越发地浓郁："没事，没事，导演您看着安排。"

"不愧是男一号啊，场次说改就改，可他那场戏至少要拍三个小时，秦野已经带妆等了这么长时间了，还要让他继续带妆候场吗？"姚玥儿摁着腹部，收起痛苦的表情，冷冷道。

余副导演脸上刚要露出宽心的笑容，就这样被硬生生地怼成了尴尬。

秦野做老好人，低声道："玥儿，算了算了……"

"野哥，你就是人太好了，太好说话，他们才这样！"姚玥儿瞪了一眼站在旁边的余副导演，闷闷起身，"好了，走吧！"

秦野替姚玥儿接过盖在她身上的毯子，微笑地目送他们离开。

他若有所思地看着手里的毯子，给助理发了一条语音微信："小锋，给我买一些胃药和一些粥回来。"

化妆室里的时间一分一秒地过去了，快要接近两点半的时候，门终于被一个气喘吁吁的女生撞开。

"对不起，曼姐，我来了。不好意思，来晚了。"女生扎着两个小辫子，戴着圆眼镜，看上去很年轻，跑得气喘吁吁的，额头还沁着汗，显然是临时接到命令过来顶场的。

楚曼没有苛责她，而是起身道："没事，不怪你，开始上妆吧。"

看到化妆师到位了，所有人都松了一口气，只有坐着的翰墨无比失落地看了一眼楚曼，觉得错过了一个世界。

夏木拿过平板给化妆师看衣服的造型款式还有这期拍摄大概的主题概述："你第一次给哥哥化妆，之前没来得及沟通，这是品牌准备这次拍摄的九套服装，你看下，怎么给他做妆发。"

化妆师气还没喘匀呢，一边点头一边拿过平板迅速进入工作状态。

楚曼看着所有人，突然很是严肃地说道："都抓紧点时间，谁要是再耽误事，就不要干了。"

翰墨、夏木怔怔，其他工作人员也都噤若寒蝉。

化妆师手指扫过平板的速度都快了许多。

没人知道，楚曼为什么突然变得这么生气。

也没人知道，楚曼其实不是在针对他们。

楚曼出去透口气买杯咖啡的工夫，没想到回来时翰墨就出事了。

翰墨脸部过敏，瞬间出了好多一粒粒的红疹。

楚曼在摄影棚里看到了之前没出现过的新面孔，棚里人手还多了一杯奶茶，便问夏木这人是谁。

夏木局促地看了看因为拍摄中断还没反应过来到底发生什么事的安旋，低声打报告道："是翰墨粉丝会的会长……"

楚曼深深地看了一眼夏木，看得夏木不敢直迎她的目光："保密事项，说过没？"

"说过说过，我们合作好多次了，她该知道的都知道。"夏木点头如捣蒜。

楚曼没再说什么，尽快扶翰墨回到了休息室。

化妆师看到翰墨的脸后，也吓了一跳，不知道发生了什么事。

"这，这是怎么了？"

楚曼摁翰墨坐下来，扳过他的下巴仔细查查："看起来像是过敏。你有过敏史吗？"

"有的有的，哥对含有百合提取物的化妆品敏感。"夏木赶紧说道。

楚曼立刻检查化妆师的化妆包。

一般能出来单独接活的，都是会自带化妆包的，楚曼从里边找出了一瓶含有百合成分的定妆水。

夏木惊呼："就是这个！"

两人都看向化妆师。

小姑娘吓得脸色一白，摇头加摆手："我，我真的不知道这件事情，这些都是公司配备的化妆品，我真不知道翰墨对百合过敏。"

此时翰墨脸上的红疹越来越多了，刚才还能用手遮一遮，现在根本遮不住了……而且他还挠了起来："好痒啊。"

楚曼眼疾手快，摁住翰墨的手："不能挠！"

"可是……"

"夏木。"楚曼抬头看向夏木，"拿口罩。"

"是！好！"

"我们上医院，夏木，你和陈哥说拍摄暂时中断。我打电话给司机，你们先出去。"

"好的，曼姐！"

一群人火急火燎地送翰墨去了医院。

门口有很多粉丝围着，他们凑上来的时候一定会看到翰墨的脸有情况，而这个情况是绝对不能外泄出去的。

夏木嘱咐安旋，让她帮忙周旋。

安旋以为是自己送来的奶茶让翰墨出现了情况，自责不已，赶紧答应下来，还帮忙当起保镖，驱散开那些忙着拍照的粉丝们。

就这样，翰墨从摄影场奔向了医院。

医院的病床上，翰墨开始输液，为防止他因为瘙痒而睡不着，楚曼让医生给他打了一剂镇静剂，现在人已经睡着了。

楚曼盯着睡着的翰墨，眉头不展。

这件事绝对不是偶然，从化妆师被慕泽天抢走之后，这就是一个局。

目的就是让翰墨耽搁进度，拍不了杂志。

慕泽天不择手段，原本以为她只是想在资源这块动手脚，这在马勒的支持下已经得逞了。没想到她要得更多，她是要毁了翰墨！

楚曼暗暗握紧拳头，告诉自己绝对不能让慕泽天得逞。

这时外边传来了一阵高跟鞋的疾步声，楚曼扭头，温沄拎着包着急忙慌地赶了过来。

她也听说翰墨进医院的事了。

温沄问:"怎么样了?"

楚曼摇头,指了指门外:"没事。"

温沄心领神会,跟着楚曼出去。

两人到了病房外的走廊,温沄着急地问:"你在电话里说得不清不楚的,这到底是怎么回事啊?不是在棚内拍照的吗?怎么就进医院了呢?"

楚曼垂眸:"慕泽天。她临时抽调了翰墨的化妆师,又好心地指派了小葵的化妆师来给翰墨救急,化妆师给翰墨用了含有百合提取物的定妆水,结果脸上过敏,不得不终止拍摄。"

温沄做了一个打住的手势,斩钉截铁地说道:"不用说了,一定是慕泽天搞的鬼,你想想她这种人,怎么会管别人的死活呢,还这么好心给你安排化妆师救急?你就该知道这里边不对劲啊!怎么能这么大意呢!"

楚曼点点头,烦躁地抓了一把头发:"当时我也是太着急了,根本没想这么多。"

温沄转身:"我找她去。"

"现在没有证据,我们不能拿她怎么样的。翰墨过敏这事,除了几个资深的人,公司压根没几个人知道。"楚曼拉住温沄,摇头。

"那你想怎么办?就这么算了?"温沄瞪大眼睛。

"现在事情不能再闹大了,只希望翰墨赶紧好起来,新专辑顺利发行。"楚曼长叹了口气。

温沄却没有楚曼这么乐观,神情很是凝重:"只怕是树欲静而风不止啊,楚曼,你以后可得当心着点,慕泽天不是一个好对付的人。"

楚曼点点头:"我知道,你放心吧。"

两个人四目相对,都在对方的眼神里看到了深深的担忧。

第七章　我就不是一个随便的人

第二天，翰墨家。

翰墨躺在床上，安安则坐在他的身上，按着他两条又长又细的胳膊："妈妈，我帮你抓着哥哥的手了！"

翰墨一脸哭丧，看着楚曼控诉道："你坏，居然拿安安来做文章。"

楚曼则坐在一旁，分配着他等一下要咽下去的药丸，充耳不闻。

"哥哥，你的脸像猴子屁股。"安安打量着他的脸，笑嘻嘻地说。

"叫叔叔！"翰墨压眉噘嘴。

"好了，药分好了，快吃吧。"楚曼摊开手心里五颜六色的药，递过去。

翰墨看了看药，抬眸看楚曼："我要你喂我。"

楚曼无奈地看着这个刚刚还要安安叫他叔叔，其实还不如安安的幼稚鬼。

这时一只小手伸了过去，把药丸一颗颗地拿来塞进翰墨的嘴里，"我来喂哥哥。"

"唔……唔……安……"翰墨几乎没有回嘴招架的余地。

安安一边笑一边完成了帮翰墨吃药的任务。

楚曼乐见其成，把水递给安安，安安跟个小大人一样伺候着翰墨把药吃了下去，还学着楚曼的样子摸了摸翰墨的额头："嗯，小翰墨，真乖。"

楚曼扑哧笑出声。

翰墨则是一脸宠爱的笑容。

内服的药吃了，外敷的药膏该涂了，这么精细的活安安是不能胜任了，所以楚曼得亲自来。

楚曼拿过准备好的棉签，沾了药膏给翰墨上药："来，过来一点，我给你上药。"

翰墨很听话地掉了个头，横躺在床上，把脑袋探出床来对着楚曼。安安很听话地去了自己房间玩。

楚曼轻轻地涂着药。房间里顿时变得很安静。

"你是不是有什么事没有告诉我？"翰墨忽然问。

楚曼的棉签顿了顿："怎么这么说？"

翰墨："我总觉得你这两天心事重重的，昨天在摄影棚的时候情绪也不太对。"

楚曼继续擦药："没有，你想多了。"

翰墨伸手握住她的手腕挪开，直视她："楚曼，不管发生任何事都别瞒着我。"

他的眼神透亮无比，脸上被药膏覆盖着的部分红点，看上去格外滑稽而又可爱。

"我一直都在，不会走开。"

楚曼已经好久好久没有听到这样的话了。她内心最柔软的地方被深深地碰触了。楚曼回神，看着翰墨："不要随便对女人说这样的话，到时候你会倒霉的。"

翰墨拧眉："我不随便，我不是一个随便的人！"

见他又要一本正经地生气了，楚曼推开他的手继续上药："好了，我知道了。有什么我会跟你说的，现在你闭嘴，好好上药。中断的杂志你还想不想拍了？"

翰墨撇了撇嘴，这女人，又用工作压他。被他握过的手腕还残留着温热，楚曼机械性地看着红点就上药，心却早就被吹乱。她以为她装得很好，但翰墨观察得更好。

"你能不能别盯着我？"楚曼皱眉。

"那我不盯着你，我看哪里啊？"翰墨厚脸皮。

"你可以把眼睛闭上，睡一会儿。"

"你在，我怎么可能睡得着。"翰墨突然抬起手臂，压过她的后脖颈，将他们的脸倏地贴近。

楚曼瞪大眼睛。

翰墨勾唇："怎么，我看你，让你不自在了吗？"

楚曼还没说话，睫毛忽闪间看到了要撩拨她的某人，脸猛地红了，不是那种星星点点的红，而是……大面积的红。

两个人像是各自吞了一颗番茄！空气在两人的四目对视中点燃了！三秒之后，两个人只剩下尴尬的咳嗽。楚曼差点把棉签捏断，径直起身，走了几步后说道："你的脸，都，都涂好。你不能抓，好好休息。"

翰墨坐起，握拳放到鼻子下："嗯……"

"我和安安先回去了。就这样。"她没有扭头，只是大步往外走，听到身后传来低声的恳求，"能不能先别走？"

楚曼心怦怦直跳。

"时间还早，你再留下来陪陪我，我一个人，害怕……"

天哪，这幼稚鬼居然用这种方法……

楚曼头皮一寸寸发麻，她明明可以直接走掉的，但不知道为什么，某人的话像是钉子一样把她的双脚给钉住了。

翰墨不知道什么时候从床上下来，走到她身后，从后边牵过她的手："等我睡着了你再走，好不好？"

他的气息从身后紧贴而来，他的温热包裹着她的手，她稍稍侧目就能看到他含笑的颌角。

他明明就是在占她便宜，可是她居然……不反感他的靠近。

难道她，对他？

楚曼全身僵硬，不知道下一秒要怎么回应，而事实上……已经过去好多秒了。

直到喊着"不好了"的夏木拿着平板冲进来，他们这才像闪电一样地各自分开。

夏木瞪大眼睛，有些不确定刚才奔进来的自己看到了什么。

好像是发生了什么吧？

楚曼追问："发生什么事了？"

"哦！对！是这个！"夏木赶紧回神，把平板递上。

平板上的内容是：翰墨疑似整容失败。

上边配的是翰墨戴口罩但没遮住脸肿加红点的照片。

楚曼看向夏木："你不是说安旋会善后的吗？"

"是啊，所以这些绝对不是门口那些粉丝拍……"

"那还会有谁拍的！"楚曼没忍住，这句指责的话还是说出了口，她深吸一口气，侧过身去，"是我不对，我居然让你还有一个头粉去善后……是我疯了。"

夏木也不知道问题出在哪儿，刚才他也是本能地想要帮安旋撇清关系，他现在思绪也乱了。他咬唇道："对不起，曼姐……"

楚曼扭头指着翰墨嘱咐夏木："你在这儿待着照顾他，哪儿也别去，也不要跟外界联系，听到了没有！"

翰墨："楚曼……"

"是，曼姐。"夏木看着楚曼走到门口又转身，赶忙说道，"安安也交给我。"

楚曼的神色总算稍稍和缓了一些。

回到公司,开紧急会议。

这次的会议还不是楚曼和马勒等内部人商量怎么办,而是翰墨音乐专辑负责人过了来,要对这次的丑闻兴师问罪。

"我不管你们什么原因,这次定好的专辑拍摄,因为翰墨整容失败的丑闻给新专辑发行造成了很大的影响,翰墨必须赔偿因此所产生的前期投入的所有损失和预期收入。"

翰墨的专辑是找音乐圈里著名的陈导进行操刀的。这位陈导非常有才,早年经过他手制作出来的音乐专辑推火了不少新人,音乐圈大半的歌手可以说都是他捧红的。找陈导的人很多,全看陈导的心情和安排,更重要的是要入他的眼。

这次翰墨能与他合作并得到他的特别安排,机会真的是非常难得。

没想到……突然出了这档子事。

陈导感觉受到了欺骗并浪费了时间,自然是非常恼火的。

马勒一听要赔偿,顿时脸色难看了大半:"赔偿?"

楚曼赶忙开口道:"陈总,我谨代表翰墨在这里做一点声明,翰墨绝对没有整容,此次是因为所用化妆品不当引起的过敏反应,随后我方会发出声明,当众澄清。"

马勒忙附和:"是的是的,是过敏,绝不是整容。"

"是不是整容,发不发声明,与我们无关。翰墨的新专辑已经被预购了三分之一,现在因为翰墨的个人原因,无法继续拍摄,发行时间无限延后,我们没法跟预售方正常交代,造成的损失你们必须承担。"陈导摆摆手,不耐烦地说道。

"过敏而已,没两天就好了,我让翰墨加个班,尽快赶出来,减少损失。"马勒皱眉,做出保证。

陈导沉着脸说道:"你说得容易。"

楚曼退开椅子,起身看着陈导捂住胸口鞠躬,再次说道:"这次对贵公司造成的困扰,我代表公司向你们致以诚挚的歉意。此次的损失,确实为我方所过,但请你们放心,我们有办法证明翰墨整容丑闻是假,并借此机会再次提升翰墨的热度,请给我们一周时间,我会让你们看到事情的进展。只不过新专辑后续发行的事情,还请陈总继续安排。拜托。"

马勒帮腔道:"是啊,陈导,再给一次机会吧。"

面对楚曼这样礼貌又谦和的漂亮女人,就算陈导有再多的气性也缓和了大半:"好吧,只要不涉及整容的丑闻事件,我们都能理解。"

"谢谢陈导。"楚曼送陈导出去。

"慢走，陈导。"

陈导深深地看了一眼楚曼："希望你们尽快处理。"

楚曼争取到了一个星期的时间，回到会议室，看到马勒已经神色大乱。

童童一脸忧色地从笔记本后边探头说道："翰墨代言的四家品牌方打电话过来，约了下午四点到公司。"

马勒彻底崩了，拍桌："都是来要钱的，怎么办！"

楚曼看到一直安静坐着充当背景板的慕泽天，此时抬起笑意的眼睛看看她。这个世界上最冤屈的事情就是，知道凶手是谁，但不能指出来。温沄说得对，慕泽天是没有底线的。她不能这么坐以待毙，但是目前得先解决问题才行。

"马总，不会赔钱的。请相信我。"楚曼收回视线，看向马勒，许下承诺。包括下午四点，几个品牌方负责人过来，楚曼也说理加说情，要了七天的缓冲期。

翰墨、安安还有夏木被锁在家里，不知道楚曼那边已经火烧眉毛了。安安还在给翰墨捶腿，小拳头一下一下地伺候着，翰墨露出舒适的笑。夏木则躲到一旁打电话。过了一会儿，翰墨就听到了敲门声。不过不是敲自己的门，好像是从对面传来的。就在翰墨侧耳去听时，那稍远的敲门声瞬间变得清晰了。这回确定是有人在敲他家的门了。翰墨指挥安安去开门："安安，帮叔叔开一下门。"

"好啊。"安安站起身就往门口跑。

很快翰墨就听到安安清脆地喊："奶奶！"

雷妈妈来了！

翰墨一骨碌从沙发上爬起来，快速迎过去，到了玄关处才想起来自己的脸目前不能见人，便赶紧用手挡住："阿姨，你，你来了？"

雷妈妈很快到了他的跟前，伸手将他的手拉下来："哎呀，别挡了，你生病的事儿我知道了！"

"安安，把奶奶的东西拿到那边去。"雷妈妈把手里的东西递给安安，"小心点，抬得动吗？"

"嗯。"安安用力搬着。

雷妈妈则看向翰墨："我是特意过来看你的。"

翰墨不好意思地笑笑："没事，一点小过敏，让阿姨您担心了。"

"担心？你还知道让我担心了啊，我问你，你跟我闺女现在怎么样了？"

"啊，这个……"翰墨脸一红，局促得结巴了。

"什么这个那个，我告诉你啊，你再不抓紧点，我就不帮你拦着雷景天了，他想复婚就复婚去吧。"雷妈妈最讨厌磨磨唧唧了，摆手道。

"啊？不行不行啊！"翰墨着急地抓过雷妈妈的手，"就算是为了楚曼的幸福，也不能让她跟雷景天复婚啊。"

迎上雷妈妈的眼睛，翰墨这才意识到自己刚才那话是在说雷景天不好。

就算雷妈妈对楚曼再好，她毕竟也是雷景天的妈妈。

翰墨抿唇道歉："抱歉，阿姨……我……不是那个意思。"

雷妈妈笑笑，叹气道："你不用顾忌什么。我是他妈，我知道自己儿子的秉性。你说的一点错都没有，让他和楚曼复婚才是抹杀了楚曼的幸福。虽然从我这个角度来说，让孙子有一个完整的家很重要，我应该支持我儿子。但我想从一个女人的角度来看这件事。楚曼这些年……真的很辛苦。雷景天他，真的没有什么做得对的地方。"

翰墨静静地听着。

"但凡他有一丁点做得好做得对的地方，我这个当妈的都可以为他说个情。只可惜……他不争气！"雷妈妈恨恨地拍大腿，看向翰墨，"所以，我把希望寄托在你身上啊。我看得出你是真的很喜欢楚曼，你会对安安好的。"

翰墨用力点头："我真的是认真的。"

"那你小子还不抓紧点儿。你看安安多孤单。一年以内，你要是不能给安安添个弟弟妹妹，那我就找别人给他添！"

"不是我不想啊，阿姨，是楚曼她……"

"你过来！"雷妈妈打断翰墨，示意他把耳朵靠过来："你这样……"

翰墨困惑的眼神逐渐发亮："真的？阿姨，这样行得通？"

"我说的话你记住了，我先回去了。我们家楼下的野猫这几天都不消停，吵得我睡不好觉，我要回去补个觉。我说的话你上点心。"雷妈妈打打哈欠，起身，冲安安喊道，"安安，奶奶先回去了哈！"

安安应声跑出来，追到玄关处一把抱住雷妈妈的大腿："奶奶，妈妈等一下就回来了，你等等妈妈吧。"

雷妈妈宠溺地摸摸安安的脑袋瓜，低声道："奶奶先走了，妈妈回来了，记得告诉妈妈多照顾照顾哥哥。记住没？"

安安似懂非懂地点点头。

楚曼在办公室里静思五分钟，打电话给夏木："夏木，你现在联系安旋，让她按照我说的流程发图，然后控评。具体的流程我发给你。"

"好，我知道了，曼姐。"

"对了，翰墨在家吧？"

"嗯，在，没出去。"

"嗯，那就好，别乱说话。"

"知道，曼姐。等一下都弄好后，让翰墨转发，加一句文案，文案的内容我等一下也会发给你。"楚曼嘱咐完，挂断电话，打开电脑同步微信，迅速用键盘打出操作流程发了过去。

很快，夏木按照楚曼说的，转发给安旋。

网上开始大量转发翰墨平时的上班照，都是一些未经修的真实照片，过了两个小时后安旋发表了翰墨过敏的照片，以及整容的科普。

翰墨也转发了工作室传出来的医生证明，并按照楚曼给的文案，原封不动地打上去：

小场面，稳住，可能自己长得不够帅，被大家误会了，哈哈。

安旋亲自转发，并开始控评。

粉丝的正能量和打破传言的消息被不断地往前推送：

"我们家哥哥怎么可能整容。哥哥要多注意身体。爱你。"

"为什么要欺负哥哥，现在真相大白，打脸造谣，大家转起来！"

"永远支持哥哥，期待新专辑，加油，么么。"

"下次造谣请造得像一点好吗？哥哥天生的神仙美貌是整容都整不出来的！"

"爱他，爱他，不信网上谣言！"

……

经过三天发酵，原先的整容传言被压了下去，大家都在心疼翰墨遭受了网络谣言，有好事的知名博主做了一个明星相貌榜，排原装相貌的明星有哪些，大家不断投票，把翰墨往上推。

借着这股风，翰墨又以惊人美貌的热搜火了一把。

第四天，马勒笑嘻嘻地捧着平板电脑，在办公室里来回走动，对坐在办公桌对面的楚曼赞不绝口："好好好，果然是金牌公关，不到两天的工夫，翰墨整容失败的事件已经完全摆平了。幸好有你啊，不然公司又要赔一大笔钱了！"

楚曼垂眸："这是我的工作，马总不用客气。"

"今晚你有没有事情，我请你吃个饭，犒劳犒劳你，这几天你也辛苦了。"

楚曼起身，客气地拒绝了："马哥不用客气了，晚上我约了人。"

"这样啊，那我也不勉强你了，你去吧。"马勒笑眯眯地拍拍楚曼的肩，不管是不是客套，反正他等到了一个满意的结果，这就可以了。

楚曼从马勒的办公室出来，看到慕泽天。

擦身而过间，楚曼听到慕泽天夸赞道："不愧是楚曼，这波反击得不错。"

楚曼幽幽道："翰墨没有整容是事实，尽管有人千方百计地想要去黑他，但事实就是事实，谁也改变不了。"

"你的意思是，这次的事情，是有人故意要害翰墨了？"

楚曼侧目："树大自然招风，不过有我在，我不会允许任何人伤害他。"

说着她迈步往前。

慕泽天的眼里则闪过一丝阴冷。

娱乐圈里的事情总是这样，一波未平一波又起，永远有人在制造事情，也永远有人在解决事情。

楚曼就是后者。

这次她许下七天的处理时间，在第四天有所成效，也就是说所有的危机已经结束，陈导那边也好，品牌方那边也好都不会再催着要钱，而是催着问什么时候可以继续下面的工作。

这一关，算是平稳渡过。

楚曼没有食言，再一次保住了自己不管是在公司还是在圈子里的地位。

她可没心情去吃饭，只想从公司回到家泡个热水澡，再点个外卖，与世长辞般地睡个昏天暗地再说。

楚曼按开翰墨家的门，准备接安安回来。

门打开后，楚曼看到的是一片漆黑。

不是说人都在家的吗？楚曼纳闷地伸手要去摸墙上的开关，就在这时一片烛火伴随着一阵歌声移了过来：

"祝你生日快乐……祝你生日快乐，祝你生日快乐……"

楚曼怔怔，看到那一小撮烛火是蛋糕上的蜡烛。

翰墨和安安一大一小一起推着蛋糕车过来了。

楚曼瞬间含泪，鼻子酸酸地想要哭。

她捂住嘴，努力地平复激动的心情，看着黑暗中翰墨和安安走到自己面前，灯亮了。

她看到翰墨温柔的眼神炙热地看着自己，又认真地说了一遍："生日快乐，楚曼。"

翰墨抱起安安，安安手里捧着一个皇冠，要给楚曼戴上："生日快乐，妈妈！"

翰墨挑眉："怎么样，惊喜吗？"

楚曼不敢相信，还是没从这份惊喜里回过神来："你怎么知道今天是我的生日？我自己都忘了。"

翰墨转动眼珠："你可是我的私人宣传，知道你的生日有多难。快快快，许个愿，吹蜡烛。"

"哥哥，我也要许愿！"安安在翰墨的怀里撒着娇。

翰墨把安安放下来，牵过他的小手："那好，我们三个就一起许愿吹蜡烛吧。"

安安一只手牵着翰墨一只手牵着楚曼，三个人围绕着蛋糕车转圈圈。

翰墨偷偷看楚曼，看到她满脸的笑容，别提有多开心。

今晚，她的笑容，是他翰墨带给她的。

楚曼最先许完愿吹蜡烛，安安兴奋地拿手指蘸了奶油就往楚曼脸上涂，三个人玩闹开，在灯光下温馨地绕着客厅跑，弄得屋里一片狼藉。

安安玩累睡着了，楚曼郑重地对翰墨说："今天，谢谢你了。"

"你有没发现你谢我的次数有点太多了？"翰墨挑眉。

楚曼哼笑："你也没少给我惹麻烦，我们算是扯平了。"

翰墨弯腰抱起安安："那我现在把安安送回你家，你是不是又欠我一次呢？"

楚曼真是拿他没办法。

离开翰墨家往对面走了两步，楚曼开门。

翰墨把安安抱回到他的小房间，把毯子盖上又将门带上，却没有离开的意思。

只见他扶着门笑嘻嘻地说："我们家水管坏了，物业明天才能修，我能不能在你这儿洗个澡？"

他的身上一身奶油的。

"反正我这儿你比谁都熟,你自便吧。"

翰墨抿唇,压住笑意。能不能拿下楚曼,就看今晚了!

楚曼的洗手间里还从来没有过男人在洗澡。

说是让他自便,其实楚曼压根也便不了……她守在门口谨防他作妖。

果然没一会儿,里边便传来了某人不安分的声音:"曼曼。"

楚曼冲门瞪眼:"谁允许你这么喊我的!"

翰墨则肆意妄为:"啊?不满意?那你进来打我啊?"

楚曼无可奈何。

"曼曼,你家的洗发水是哪个?全是外文,我看不明白。"

"红色那瓶!"

"曼曼,沐浴露呢?"

"绿色那瓶!"

"曼……"

楚曼粗声粗气的回答并没有扼杀某人的提问欲望,没两秒就问一句,没两秒就问一句,楚曼都不知道他洗个澡哪儿来那么多事儿!

翰墨则理直气壮:"我是男明星啊,自然是要精致一点的。"

楚曼直接想晕厥闭嘴。

十分钟后,洗手间里水声没有了:"曼曼。"

"又怎么了!"楚曼深吸一口气,为了不影响内屋睡着的安安,只能耐着性子。

这时门口的影子慢慢变大,投射在半朦胧的玻璃门上,翰墨说:"那个……我没拿毛巾,还没带衣服。"

楚曼差点没原地跌倒!

楚曼拿了一条没有用过的干净毛巾,打开门,透过半开的门缝递进去:"拿去!"

结果翰墨又说:"你进来放到洗面台上吧。"

楚曼本来想问为什么的,但是顿了顿没有问出口。楚曼转身的工夫,就听到后边有人靠近。一阵熟悉的玫瑰香气,来自于她沐浴露的味道。

翰墨一边拿过毛巾迅速裹上,一边说:"谢了。"

楚曼皱眉。她刚想迈步往外走,只听到后边一声大叫:"哎哟!"

楚曼本能地回头,看到翰墨往后仰去,又是本能地伸手去拉。

翰墨是不往后仰了,但往前扑了过来。

"哎呀！"

两个人重重地跌倒了，翰墨压在了楚曼的身上。楚曼只觉得自己前胸后背都磕到了重物，心脏要爆了，她痛苦地呻吟："唔……"

翰墨特别贴心地给她护住了后脑勺，手也磕疼了。

两个人各自痛苦得皱了皱眉，翰墨先镇定了下来，对她说："你还好吧？"

楚曼瞪眼："你说呢？"

她一个激灵，推开他，爬起来踉跄地跑了出去。

"楚曼！"翰墨倒在一旁湿哒哒的地上，看着她跑出去，有些郁闷又有些懊恼。

他有这么恐怖吗？

翰墨闭上眼睛贪恋着这零点零一分碰到的感触，生怕不够专注，就会消散不见。

而从洗手间一路奔回自己房间的楚曼把门关上，紧贴着门板直接坐到了地上。

她的衣服已经全湿了，头发也凌乱了，满脸通红像是刚才也洗过澡了一般。她忘记了跌倒在地上的疼痛，捂着嘴还没有从这份震惊里回过神来。

刚才她的一时失神差点酿成大错！

你和他，不管是身份立场，还是年龄大小，从任何方面来说都是不合适的！

楚曼握拳用力敲打脑袋，严谨这么多年的她无法允许自己犯这样的低级错误！

可是，再怎么敲打，她快速狂跳的心已经蠢蠢欲动了。

难懂说，她真的……喜欢上他了？

楚曼爬上床用被子把自己裹住，不想去想外边的事。直到后半夜，听到门外没有了动静，她踟蹰好久才推开门探出头，确定没看到翰墨，这才轻手轻脚地走出去。

经过客厅去厨房拿水喝时，看到茶几上放着一瓶饮料，下面压着一张纸。

上边是翰墨的字：

> 我先回去了,谢谢你把浴室借给我。谢谢你……对了,可能你明天不想见我,所以第二天的早安我也提前跟你说了。
>
> 晚安,早安,楚曼。

曼咬唇，目光一时无法从他的"省略号"上移开。

他这个点点点里想说的是什么？

她怎么有一种被内涵到的感觉？

黑暗中，她的脸又是一阵灼热。

第八章　关于你的事我都想知道

不过翰墨还是说错了，楚曼何止是第二天不想见到他？

接下来的十多天，她都不想见到他……

翰墨脸好了录制新专辑，她没陪着；

翰墨专辑发售了，她以盯着后续为由拒绝见他；

翰墨专辑初销售成绩不错，公司给他办庆功宴，她躲在记者的后边和他遥遥相望，且一结束就不见。

转场酒会，翰墨看着一群为自己祝贺的人里愣是没有楚曼，于是笑容里少了几分真心，多了几分勉强。

马勒举着鸡尾酒笑得合不拢嘴："太好了，真的是太好了。翰墨这次的专辑特别畅销，音乐发行那边说要加印，进行二次发售。这次翰墨又为公司挣了不少钱，好啊！"

翰墨抿笑没说话。

旁边拍马勒马屁的同行都纷纷当着他的面夸赞翰墨。

翰墨不想听这些让耳朵起茧让人恶心的话，便侧过身去喝酒，就这样看到姚玥儿和秦野过了来。这场庆功宴是马勒的意思，他也没有只让公司内部的人参加。

翰墨的专辑大卖，对于他来说这场庆功宴就是向行内人士展示自己得意风采的最好由头。

姚玥儿今天穿了一件粉色的抹胸连衣裙，露出两条大长腿，笑容满面地拿着酒到翰墨跟前："祝贺你，翰墨，专辑大卖！"

翰墨礼貌性地点头致意："谢谢。"

谢完他就看向秦野："哥，谢谢你能来。"

"你的庆功宴，我能不来？"秦野淡淡一笑。

眼看着翰墨的注意力又要到秦野身上了，姚玥儿赶紧说道："哥哥的专辑我可是买了好多张,当作福利送给我姐姐公司的员工。"

翰墨没说话,也没有要夸奖的意思,眼看着这气氛是要冷下去了,秦野瞥到姚玥儿失落的表情,开口道:"看来翰墨新专辑的销量,你可是出了不少力。"

"哥哥的专辑本来就能大卖。"姚玥儿期待着翰墨能看她一眼,结果翰墨直接对秦野说:"我还想着能和你合唱一首呢。"

秦野张张嘴,这时慕泽天从一旁过来了,搭过秦野的肩拍了拍:"下次一定会有机会的。"

翰墨看了看慕泽天,又看了看秦野,意识到他们两个人的关系不一般。

他并不知道公司里发生了什么事,在楚曼的警告下大家都保守着秘密,但是翰墨可以察觉到楚曼的情绪变化是慕泽天来到公司以后才有的。

所以他虽然不知道慕泽天和楚曼之间发生了什么,但是下意识地对这位慕总有了怀疑和敌意。

慕泽天不知道翰墨知道多少,看到翰墨打量的眼神也没打算瞒着,而是大方地主动提及:"上次的事情,我得向你道歉。是我的疏忽,才让你惹上那样的麻烦。"

翰墨笑了笑:"曼姐都已经帮我处理好了。"

原来,之前整容那件事,是这家伙害的他。

翰墨再一次看了看她和秦野。

"你有曼姐这样的金牌宣传帮你,想不红都难。看来你的兄弟也要加个油才是了,不然总做你身边的影子也不太好。"慕泽天看向秦野,看似开玩笑地说道。

翰墨看到秦野神色有些难看,着急皱眉,刚要说什么,就听到一个熟悉的声音由远及近地传了过来:"慕总有通天的能力,想要做什么总是做得成的。如果慕总有想法帮翰墨帮翰墨的朋友,我们真是感激不尽呢。"

翰墨扭头,楚曼穿着一身黑色的长裙踩着银色高跟鞋,优雅而知性,特别是胸口的闪电造型的镂空格外性感神秘。

她没有看他,而是走到他身边看着慕泽天和秦野:"要不是有慕总,翰墨的曝光率也不会这么高。慕总为了翰墨,私下也是帮了不少忙呢。"

慕泽天垂眸看着楚曼把酒杯主动递过来碰了一下,扯扯嘴角,将酒杯里的酒一饮而尽。

"你明天还有新戏的采访,早点回去休息。"楚曼看向翰墨。

这是她这么多天来第一次主动和他说话,第一次看他的眼睛,第一次和他站得这么近。

就算说的只是公事，口吻很官方。

翰墨还是很开心地温柔点头："都听你的。"

一直被冷落的姚玥儿将这一切看在眼里，看得真切。

翰墨的笑容和温柔都给了这个叫楚曼的女人。

他喜欢楚曼。

姚玥儿盯着随楚曼离开的翰墨，手里的酒杯随着手指松开滑落在地，愤然转身。

"我去看看。"秦野见状，便把自己的酒杯递给慕泽天，快步追上姚玥儿。

姚玥儿走得飞快，她走出宴会厅，像是要奔向天边。

秦野跟着气势汹汹的她走到无人的过道那边，拉住她无奈地问："好了，你要去哪儿？"

姚玥儿甩开秦野的手，眉峰高耸，气呼呼地把脸扭到一旁："不用你管！"

她也不知道自己要去哪儿，只想找个地方发泄。

可是有明星的光圈在身，再有自尊加持，再加上这里是宴会厅，她怎么能发泄？

秦野双手插口袋，静静地看着她。

拍戏和她接触的这段时间，他很清楚她的脾气，简单，爱耍性子，嘴上说不想他管，这会儿他真要转身就走的话，她只会更生气。

"你看到了吗？他喜欢楚曼，他喜欢那个离过婚的女人！"侧过脸去的她一口气提到嘴边。

秦野垂眸静静听着。

没错，他刚才也看到了翰墨看楚曼的眼神。喜欢一个人是藏不住的，翰墨这回是动了真感情。

"他怎么能……怎么能喜欢上那个女人！楚曼到底哪儿比我好了？有我年轻吗？有我漂亮吗？有我有钱吗！我全心全意地对他，我可以为他做任何事！他却总是不拿正眼看我一下！不管我怎么努力他都无动于衷！我还以为他会喜欢上什么样的，楚曼离过婚还带着一个拖油瓶，只要是个正常男人都会选我不会选那个女人啊！我……我不要，我不要输给那个女人！我不要！"姚玥儿气到语塞，不知道怎样形容内心的憋屈和不满，也不知道怎样说明翰墨的眼瞎以及楚曼跟自己的差距。

她气到全身发抖，双眼嗜红，头上的皇冠，精致的面容，一概都压制不住她扭曲的面容。

说到漂亮，楚曼和姚玥儿不相上下，但是她身上有为事业而打滚过的独特的成熟魅力，这一点是姚玥儿比不上的。而姚玥儿刚才这番话一听就是不太了解男人，怪不得抓不住翰墨的心。

男人如果真心喜欢一个女人，会爱屋及乌喜欢上她的全部，特别是像翰墨这样从来没有谈过恋爱的，一旦动心了，就会天崩地裂，不管不顾。

虽然也有点意外翰墨会喜欢上楚曼，不过比起姚玥儿，秦野自然是拥有着局外人的冷静的。

他看着面前气到脸色煞白的姚玥儿，突然脱口而出："那要不要跟我在一起？"

姚玥儿倏地抬眸。

秦野也是问出口了才反应过来，自己其实可以从局外人变成局内人的。

既然慕泽天想要把他推向和翰墨一样的位置，既然姚玥儿爱而不得又不想输，他们就可以是一个阵营的。

秦野迎上姚玥儿震惊疑惑的眼神，摊开掌心伸手道："因为我也不想输。"

姚玥儿缓缓垂眸，看着秦野发出的邀请，只犹豫了三秒就把自己的手伸向了他。

是气性作祟也好，是秦野的那句"我也不想输"刺激到了她也好。

总之，姚玥儿在答应了秦野的提议后，只后悔了一会儿便重新坚定了自己的选择。

毕竟秦野说得对，她不是一点机会也没有，而是从来就没有过机会。

翰墨由始至终都是拒她于千里之外的，一切只是她自己在雾里看花罢了。

第二天翰墨的新戏采访。

主持人是很有名的李梦，圈内都尊称李梦为梦姐。翰墨作为第一主角，自然是李梦的第一采访对象，不过上节目的除了他还有秦野和姚玥儿。捎上秦野，是翰墨主动提议并同意的，但是姚玥儿是慕泽天要求的。

姚玥儿和翰墨的绯闻一直都传得沸沸扬扬，两个人同框可以提高收视率，电视台这边自然是求而不得的，但是翰墨不同意，只想和秦野一起上，楚曼也帮忙拒绝过，但是慕泽天提到马勒，就等于是强迫她接受了这个提议。

演播室里的大背景屏幕放着《再靠近一点点》的宣传海报，大家围着一张红桌开始进入聊天录制。

李梦看向姚玥儿，笑眯眯地说道："玥儿好像比之前瘦了很多，是专门在为这个戏减肥吗？"

姚玥儿把头发撩到耳后："对的，因为女主角是患病的，导演找到我的时候就觉得我太胖了，进组后我就疯狂地减肥。我是属于比较爱吃的，经常控制不住。然后翰墨和秦野为了帮我减肥，经常把我的零食偷走藏在各个地方。有的时候，一开机，剧组的工作人员就会在化妆包里、设备箱里找到各种各样的零食。"

李梦听完立刻看向翰墨："玥儿瘦了这么多，翰墨你有心疼吗？"

这话分明就是给两个人制造话题。

翰墨看向台下的楚曼，用不是笑容的笑容敷衍地扯了扯："这是为角色需要。"

秦野开口说道："玥儿瘦了十斤，除了她我们组的人都胖了。"

"胖得最多的是你好吗？我的食物你偷藏得最多。"姚玥儿娇嗔地责怪道，"都被你找出来了……"

秦野笑着摸摸鼻子。

李梦看到这情形，微微一怔。

下面的楚曼也怔了一下。

"你们三个是同一家公司，又在一部戏里，感情真的都很好呢。"李梦清清嗓子，笑着继续说流程。

翰墨接话道："我跟秦野从大学就在一起，他比我早入行，算是我的领路人，要不是他，我可能现在还在跑龙套。我真的很谢谢他。"说着他拍了拍身边的秦野的肩。

楚曼再次皱眉：翰墨总是逮住机会就把这段感恩重复地提，不断地提，看似是在表达不忘当初的提携之恩，她也相信他说这个是真心的，毕竟有机会有不错的活他都会想着给秦野介绍。

可是翰墨忽略了一点很重要的：他和秦野的现在。

他们之间的差距，已经不适合他再这么不断地把往事提及了。

而秦野的感受，他也忽略了。

秦野的笑容很僵硬很勉强，也同之前很多场合时一样机械地回复："翰墨真的特别努力，他能红确实是理所当然。"

李梦点头："真羡慕你们两人的感情，但你们同一家公司，又是同期，有没有存在竞争的关系呢？"

翰墨又抢先接话道："我和哥哥的感情永远第一位！"

秦野顿了顿道："我其实就是一个小演员，但我一直在努力着，翰墨和玥儿也经常帮我，我很感激。"

他没有正面回答主持人的问题。

姚玥儿微笑地说道："都说努力的人迟早会发光，我相信秦野这么优秀一定能让人看到的。"

她和秦野相视一笑。

主持人细眉微挑，这样的画风和她的预想有些出入，眼看着翰墨被姚玥儿和秦野的相互对接给摘出去了，节目预爆点的位置开始变得悬殊，便把话题重新抛给翰墨："戏中你和玥儿是演一对情侣嘛，实际上你的理想型伴侣是什么样的？"

翰墨微怔，脸颊一点点红了起来："我的理想型？"

李梦目光如炬："看来是有想到谁哦？"

台下的听众们起哄，翰墨转头冲台下笑，目光很自然地望向了楚曼这边。

楚曼的心狂跳，生怕翰墨会说出什么出格的话来。

"其实我比较喜欢干练干净的女生，大大的眼睛，还带有一种知性的柔和感。"翰墨勾唇说道。

楚曼咬唇，不自然地避开翰墨的眼神。

"哦？可不可以理解为成熟干练却又不失小女人的温柔那种类型？"李梦追问道，"现实生活中有了吗？"

翰墨笑容灿烂，做了一个嘘的动作："不可说不可说。"

还算知道分寸……

楚曼的心刚放回原位，就听到耳边传来一个熟悉而讨厌的声音："翰墨既然是公司力捧的，这么早就有恋爱情况了，真的好吗？"

慕泽天什么时候来到旁边的，楚曼全然不知。

她冷冷地转过头看着她："这是台上的临场反应，慕总是不是信以为真了。"

慕泽天笑："我们之间就不用打哑谜了吧？艺人说的话是真话还是假话，别人不知道，你我还能看不出来吗？"

楚曼瞥她："翰墨的事我会管好的，不劳慕总你费心。慕总一开始来的时候就担心过翰墨会有翻车的危险，所以要资源合理化，看来你接下来要捧的人是秦野了。"

慕泽天笑笑："为什么不是玥儿？"

楚曼挑眉："因为我相信狗改不了吃屎，你总想要赢过我。"

说着，她甩发转身，发丝打在慕泽天的脸上，慕泽天微微一笑，笑容逐渐凝固。

下了场，翰墨坐在后排，夏木开车。翰墨看向坐在副驾驶座的楚曼，问："刚才在台下，慕泽天是不是又找你麻烦了？"他虽然坐在台上离得很远，但是从氛围中能够感觉得到。

楚曼手肘抵着车门，托着额头皱眉道："这是我们之间的事儿，你别管。"

"我怎么能不管？你别总是把我拒之千里好不好？我们都已经……"翰墨也皱眉不爽了，看到楚曼猛地扭过头来很凶地瞪他，声音自动降了好几度，"这么熟了。"

真是憋屈！明明第一次就那什么了，前段时间又亲过了……在别人那里早就是快速进展了，为什么到他这里就跟西天取经一样这么难呢！

楚曼这才压眉缓缓转过头去，余光里仿佛看到了开车的夏木在伸耳朵偷听。

翰墨这个定时炸弹，随时都会爆炸！

楚曼捏捏眉心，定神："你下次不要再提之前被秦野提携的事，我之后也会尽量避免你们同台。"

翰墨疑惑："为什么？"

楚曼看向后视镜里的翰墨，认真而又隐晦地说道："你有你的未来规划，他也有他的。有时候，感恩放在心里就好，不必时时都表现出来，明白？"

"可是感恩也好，爱也好，不表达出来对方怎么能知道？都放在心里谁会知道你是怎么想的？"翰墨无法苟同，就他这样的，时时表达了，某人还不是该当不知道一样当不知道！

楚曼还想说什么，手机响了。

她一看，头更隐隐作痛起来："有事快说，我在开车。"

开车的夏木扭头看了看，翰墨皱眉，意识到了这通电话的主人是谁。

雷景天："也没什么事，就是想问问你明晚有没有空……"

楚曼："没空，挂了。"

"楚曼，你不要老是拒我于千里之外好不好。"雷景天对于楚曼这种冰冷的态度也是很头疼。

"你到底有什么事？"如果不是因为工作原因，楚曼真想换个电话号码，就为了图个清静。

"其实是妈妈想约你一起吃饭，她最近给你打电话老是打不通，还以为你出什么事了。"雷景天无奈道。

"我知道了。"

"那我一会儿把地址发给你,晚上八点。"雷景天一看楚曼松口了,赶紧说道。

楚曼把电话挂断。

后座的翰墨紧贴椅背听到了雷景天说的话,又立刻伸长脖子看楚曼随即收到的短信地址。他没有比这一刻更庆幸自己不是近视眼了。

可恶,雷景天又来捣乱。约楚曼去的餐厅还是杭市最高档的米其林西餐厅。这餐厅都是会员制,一般要去的话都要提前预约还要预先点菜,由专门的服务生引每一桌客人去到他们预定的位置入座。雷景天该不会是想在这个餐厅向楚曼求婚吧!

晚上八点,翰墨出现在米其林餐厅,坐在离雷景天和楚曼十点方向的角落里。

翰墨特地挑了一个可以看到他们,他们却不容易发现他的位置。

姚玥儿对于翰墨的特地邀约本来是又惊喜又意外的,她不知道翰墨为什么突然这么热情,直到她看到了雷景天和楚曼才明白过来,自己的出现不过就是一个装饰品。

"那你怎么不约秦野,我以为你会约秦野的。"姚玥儿抿了一口水,强压着内心的羞辱感。

"我也想约他,但是两个男人在这种地方吃饭看上去会很别扭嘛。嗯……你就当来吃个饭而已,别想太多。"翰墨说这话时目光一刻也没有离开过雷景天和楚曼那边。

姚玥儿冷冷一笑,原来如此。

她明明知道会是这样,可却还是忍不住在接到翰墨的微信时,惊喜了一下,幻想了一下。

琉璃灯下,食物显得格外精致,姚玥儿冷冷地看着坐在对面的他,心无限冰冷。

以前,她真的是自带滤镜,把他看得太好。这个帅气发着光的男人,眼瞎、心硬,还品味独特!

楚曼并没有发现翰墨,看着雷景天微笑地坐在自己对面,等着服务员上菜,便问:"妈呢?"

"我要是不用妈妈的名义,你肯定不会答应我的。"雷景天耸肩。

"你骗我?"楚曼起身。

雷景天拉住她说道:"既然来了,我们就不能心平气和地谈谈?看在我是安安爸爸的份上。"

楚曼皱眉,这时服务生过来上菜,看到她这么杵着迟疑发生什么事了。楚曼只好坐下。

雷景天给她倒酒："我给你点了你最喜欢的牛排,不知道味道怎么样,你尝尝看。"

楚曼盯着面前的牛排没动。

"既然出来吃饭了,你就放松一些。你的工作已经够紧张了,不是吗?"雷景天拿过牛排切好,再放到她面前,叉子上插着一块方块牛肉。

楚曼拿过红酒一饮而尽："你想问什么,直奔主题吧。"

雷景天也拿过红酒抿了一口："楚曼,我也不绕弯子了,我问你,你老不接受我,是不是因为看上那小子了。"

翰墨咬着叉子,屏息地看着楚曼的嘴。

他刚火的时候,溜到网上看到很多粉丝自发地给他剪视频,还把一些他和别人说话时的视频单独剪出来,并用唇语将他们的对话转化成文字传出来,夸他好温柔好会说话。他觉得很有趣很新奇,便求着公司找了一个唇语老师来教他。

当时本来是想着学一个新技能而已,没想到这会子在这里发挥了作用。

翰墨："当然是了,说话,说话……"

楚曼怒了："你是不是有病?"

雷景天的眼睛很犀利地扫射过楚曼此时的神情："你俩成天眉来眼去,你这是带坏了我儿子,你敢发誓你们没有一丁点的暧昧?"

一丁点,一丁点这三个字像坦克一样辗过楚曼的心。

楚曼视线错开他看向桌上："发誓有用,你早遭报应了,再说,我凭什么对你发誓?"

雷景天皱眉："你怕了?我可是敢发誓这么多年我一直对你念念不忘。"

看着他说谎脸不红心不跳的样子,楚曼冷笑："说得这么正经,我都当真了。"

雷景天压眉："你要是对那小子有意思,我一定不会让安安跟着你,安安得跟自己亲爸在一起。"

楚曼目光渐冷："谁都别想把安安从我身边夺走。"

她起身,雷景天也跟着起身。桌子发出响声。

而翰墨害怕他们那边会出问题也着急起身了。

这下可好,三个人都看到了对方。

翰墨只好向他们走过去。

而此时坐在他对面的姚玥儿已经不知道什么时候起身走掉了。

翰墨假装什么事都没发生地走过来打招呼："曼姐,好巧啊,你也来吃饭吗?

恰好我和玥儿也在吃饭，要不一起搭个桌？"他后半拍看向雷景天，"咦，这个东西也在啊？"

楚曼越过他看向他的桌子，桌上确实有两份餐，可是却没看到姚玥儿。

"你说谁是东西呢？"雷景天瞪翰墨。

"难道你不是东西？要不我叫你物件儿？曼姐，这个物件又缠着你了？"翰墨故意等着雷景天接这话茬，这样就可以丢出这怼人的话。

"你来得正好，我坐你车走。"楚曼对翰墨说道，"顺便载我去蛋糕店，我要买安安喜欢吃的蛋糕。"

"好，来吧。"翰墨弯起自己的胳膊，示意楚曼。

楚曼没有看雷景天，也没有犹豫，直接勾过翰墨的手臂，走下台阶。

翰墨冲雷景天坏坏勾唇，挑眉宣示主权。

出了餐厅，楚曼的手就要缩回，翰墨顺势就牵住她的手往前走："不想在雷景天面前前功尽弃的话，就做戏做到底。"

楚曼怔怔，出神的几秒间她就落下了步伐，跟在他的后边。这个样子，特别像热恋中小鸟依人的女生……

他的手很大很温暖，包围着她。

他怎么会刚好出现在这里？

大抵是跟着来的吧。

他确实总是出现在她需要他的时候。

想到他过去种种，以及对安安的好，质问他为什么出现在这里的话到底还是以"算了"告终。

……

"你敢发誓你们没有一丁点的暧昧？"

……

"你要是对那小子有一丁点意思，我一定不会让安安跟着你，安安得跟自己亲爸在一起。"

……

楚曼的心里猛踩了急刹车，她告诉自己，不能胡思乱想，不能对翰墨有任何想法。

可是这样的警告却让她的心越发地难受了。

车上，翰墨开车，楚曼坐在旁边。翰墨虽然对刚才他们的对话稍稍安了心，但还是对楚曼的赴约很是介意："你怎么会跟他一起吃饭。"

楚曼托着脑袋，看向前方，神情很是疲惫："他是安安的爸爸，我跟他吃个饭，不用向你汇报吧。"

翰墨郁闷："我这是关心你。好心当成驴肝肺！"

楚曼扭头："你关心的太多了。"你的关心，已经超出了你的范围，也超出了我承受的范围。我们……从那天开始，就是一场要踩刹车的错误！

这时一辆救护车从后边鸣笛越过，前边很快出现了大堵车。车子无法往前挪动了，车内的气氛也凝固了。

两人沉默一会儿后，楚曼放软语气说道："翰墨，我知道你很关心安安，但是有些事情是我的私事，我希望你不要管得太多了。"

他的性子，她还是不能太过强硬地一味去推，哄总是会好一些。

"楚曼，我喜欢你。我们那天……那天在浴室，你忘了，我可没忘。"事已至此，翰墨索性把话说白了，"也许在你看来，我比你小，不靠谱，不是你的最佳选择，这些我都可以理解。但我很清楚我自己在做什么，我对你也绝对不是随便玩玩的那种敷衍！我比你更在乎我自己的前途和事业，可这些，我都管不了。我现在脑子里心里全是你！我看到你去见雷景天我就吃醋，我担心你们为了安安复合，我才不管是你的私事还是你的公事，只要是有关于你的我都想知道！楚曼，我说我喜欢你，你听到了没有！"

楚曼怔怔。

她的左耳嗡嗡作响。

她的心跳骤然停止。

她的脑袋一片空白。

翰墨……终于还是忍不住，向她告白了。

在她跟自己说，这个人绝对不可以，这个错误绝对要停止的时候，他告白了。车内的寂静和车外的喧闹形成强烈对比，楚曼应付了无数难以应付的场合，却栽在了这个小男生的手里。

面对他这么气势汹汹的告白，她之前学到的投机取巧，虚与委蛇统统都作废了。

不知道过了多久，后边有一辆救护车鸣笛驶了过来，车辆纷纷避让。翰墨只好跟着打方向盘，就此钻了别的车道开出拥挤的车流。在快要开到小区的时候，楚曼再次接到了雷景天的电话："妈出事了！"

楚曼先是心头一紧，随后气到无奈："雷景天，这种谎话你都要编！"

"第一医院！现在！"雷景天这回先挂了电话！

楚曼半信半疑地看向翰墨，让他掉头。她忽然想起来梧桐路口……也就是刚才堵车的地方，确实看到一辆救护车！难道妈就是在那辆车上！

第一医院。

翰墨和楚曼火速赶到，手术室外雷景天坐在椅子上焦急地等待着。翰墨拥过楚曼的肩轻声安慰："阿姨一定会没事的，你放心。"楚曼没有说话，也不想和雷景天多说一句废话，这里是医院，她实在不想和他吵。

大概过了半个小时，手术室的灯终于暗了。医生和护士推着雷妈妈的病床出了来，雷妈妈是清醒着的："哎？楚曼，翰墨你们都来了？"

雷景天上前，关切地唤道："妈。"

雷妈妈淡淡地嗯了一声。

楚曼问医生："我妈的伤怎么样？"

医生摘下口罩："右腿粉碎性骨折，其他地方还好，没有受伤。"

楚曼舒了一口气，点头道："谢谢你，医生。"

雷妈妈看三个人都神情严肃，赶紧摆手道："哎呀，我真的没事，就是过马路的时候被一辆摩托车给撞倒了，那年轻人开太快，没刹住车。瞧，医生都说我其他地方没受伤，你们一个个别一副给我送终的样子好不好？"

翰墨赶忙道："呸呸呸，阿姨，您说的这什么丧气话呢，腿骨折就已经很严重了。您吓到我们了。"

雷景天说道："妈，我推您去病房。"

雷妈妈严肃地摆摆手："不用你不用你，你去忙你的事儿吧，我让翰墨和楚曼照顾就成了。"

雷景天难受地撇撇嘴，看着自己的亲妈就这么铁了心地要撮合翰墨和楚曼。全世界都不站在他这边，他真是为了曾经的一时脑热付出了惨痛的代价。

雷景天眼睁睁地看着翰墨推着受了伤还一脸轻松的妈妈离开，深深地叹了口气。

这几天，翰墨和楚曼在病房里轮流照看着雷妈妈。

雷景天偶尔出现的几次都看到他们其乐融融，感觉自己就是个外人。

这天雷景天提着粥来到病房，看到雷妈妈拉着翰墨的手并说着什么，脸上的皱纹笑成了一朵朵盛开的花。

雷景天上前："妈，我给你带来了粥。"

"哦，不用了，翰墨带来的粥就很好。我正喝着呢。"雷妈妈看向雷景天一语双关，"你啊，总是拿捏不准时机，送个粥也是一样。"

雷景天皱了皱眉头，听懂了雷妈妈是什么意思，不由生气地看向翰墨："你一个大明星还真的是挺闲的，总来这里。公司的人不说你吗？"

翰墨看向喂粥的楚曼，温柔一笑："楚曼，你要说我吗？"

楚曼余光瞪了一眼旁边的雷景天："不会。"

翰墨得意地看了一眼雷景天。

雷景天压眉，牙根咬得"咯吱吱"作响，但是当着母亲的面不好发作，把手里的东西放到桌子上："妈，这些都是滋补品，您记得吃。"

楚曼微微皱皱眉，起身道："安安差不多要放学了，我要去接安安。"

翰墨也跟着起身："我陪你一起去。"

雷景天上前："安安是我儿子！要去也是我去！"

"安安是我孙子，你留下端茶倒水，楚曼和翰墨去接。"雷妈妈这时候来主持大局。

"不行！"雷景天听到这话，立刻条件反射地拒绝了。让楚曼和翰墨单独相处，绝对不行！

楚曼没好气地说道："那我留下来陪妈，你去接安安。"

看到翰墨顺势也要坐下，雷景天还是着急地说不行。

翰墨笑了："这也不行，那也不行的，你到底想怎样？"

雷景天上前一步，沉着脸俯身到翰墨的耳边说："我不会让你和楚曼单独在一起。"

翰墨听到这话，笑着看向他："彼此彼此。"

楚曼看到两个人互不相让的样子，只好拿出手机给童童打电话："童童，你帮我去接一下安安。"

两个男人听到这话，不约而同地看向楚曼。楚曼用一记冷眼告诉他们两个，谁也不用争了。

雷景天和翰墨彼此看了看对方，悻悻地把脸各自扭开。

不一会儿，楚曼手机响了，以为是童童打来的，一看来电显示是温沄。

楚曼接起，那头就传来温沄撕心裂肺的哭声："楚——曼——"

楚曼蒙了。大白天的，温沄哭得这么惨，难道又是因为男人？

她还没来得及问缘由，就听电话那头的温沄哭喊着说："慕泽天她把我的白韩给撵走了。"

白韩又是谁？楚曼简直比刚才更迷惑了。她摸了摸扯神经的脑袋："你在哪儿，我去找你。"

"我还能在哪儿啊……我，我，我在……"温沄气不打一处来，说话上气不接下气的，说了半天也没说出地址来。这时电话那边换了一个人，楚曼听到一个男性说道："你好，这里是咖啡厅。就是你们上次来过的。"

"啊……好，谢谢你。"楚曼被温沄的哭声弄得脑子嗡嗡作响，提起包对雷妈妈说道："妈，我朋友出了点事，我得过去看一眼。"

雷妈妈点点头："让翰墨陪你去，景天，你留下来陪妈。"

楚曼见状，赶忙摆手："不用了，我看他们两个都很想陪您呢，我一个人去就好。"说着她就扔下还没反应过来的他们，起身离开。

第九章　你会不会考虑和我谈恋爱啊

　　来到咖啡厅，楚曼就看到一个服务生打扮的男生守着情绪失控的温沄，而温沄则拿着咖啡当酒喝，一杯接一杯地灌。这大白天的，妆也哭花了，头发也哭得乱糟糟的。

　　楚曼环顾四周，并没有看到她说的慕泽天。

　　她大步走过去，拉过椅子在温沄身边坐下："怎么了？慕泽天找你麻烦了？白韩又是怎么回事？是新男朋友吗？"

　　温沄一把鼻涕一把泪地说起刚才在咖啡厅发生的事情，断断续续的，楚曼吃力地听了好一会儿才大概明白是怎么回事。

　　二十分钟前。

　　温沄和她新交往的出租车司机男友白韩在这里喝咖啡，慕泽天恰好出现了，要和他们搭个桌。

　　温沄看到是她，直接没给好脸色，拿话呛她："我当谁呢，原来是你啊，怎么着，国外混不下去，又想着回来害人？"

　　白韩不明所以，给慕泽天让坐。温沄生气地看向白韩，恼他道："有你什么事！"

　　慕泽天在温沄对面坐下，笑眯眯地看向白韩："这位是温沄你男朋友吧？我记得你上回说要结婚的不是这位啊。哦……我忘了，温总身边的人，什么时候有混过脸熟的，跟你交朋友啊，还得有一个过目不忘的本事，不然谁能记得你这么些男朋友不是？"

　　白韩听到慕泽天这话，脸色有些诧异。

　　温沄双手抱臂，冷冷道："怎么着，来找茬，谁还没有点喜好和过去了。我男朋友换得勤，但我光明正大，不像有些人，那些糟心的事情怕是提都不敢提吧。"

　　慕泽天哈哈大笑："温沄啊温沄，这么多年了，你真是一点都没变。"

"你也一样，一回来就闹得惊天动地的，死性不改。"温沄冷冷啐道。

慕泽天把话题又转向了白韩："对了，你这新男友是做什么工作的呀？"

温沄挺直腰板："这和你有关系吗？"

"怎么？对我还有所防备？"慕泽天挑眉，"难不成怕我把你男朋友给吃了啊？"

白韩没见过这么大的阵仗，见慕泽天一直都是笑嘻嘻的，温沄却咄咄逼人的样子，便伸出手道："你好，我叫白韩，是……一名出租车司机。"

慕泽天握过手，却意味深长地笑了笑。

白韩问她笑什么。

慕泽天耸耸肩："没什么，只是觉得我的老朋友活得越来越淡泊名利了。我记得以前她可喜欢那些事业有成的男人，男朋友虽然多是多了点，但都是顶尖的人物。现在……不过也看得出来，这些年温沄发展得挺好的，找男朋友只要脸过得去，也不需要别的要求了。"

白韩的脸立马白了："对不起，我下午还有个客人要接，我得先走了。"

慕泽天还不依不饶："要不留个电话，我刚回来，还没来得及买车，正好想找一个靠得住的司机。"

白韩直接走人。

楚曼听到这里也很生气，慕泽天还是不是人！居然挑拨别人的感情？

"你没追出去吗？"

"我怎么没追出去啊……我追出去了！"温沄委屈地撇撇嘴，"我跟他说……"

……

温沄追出去拉住白韩，赔笑地说道："其实你不用听她的话，我们在一起开心就好，我从来不介意你是干什么的。"

白韩悻悻苦笑："可是我介意。你说你只谈过一个男朋友，但是不是这样的。"

"白韩……"温沄努力摇头，"那都是过去了。况且我们在一起不是很开心吗？我买了下周去国外的机票，我们一起去旅游好不好？我们……"

"你买了，都是你买的！我跟你在一起，什么都是你帮我买的，就连一杯咖啡的钱，你都要抢着买单。温沄，我是你男朋友，我知道我没什么本事，挣不了几个钱，但是我也不要像被你包养了一样。"白韩推开温沄的手，目光里写着满满的委屈和隔阂。

"我只是体谅你挣钱不易，家里还有弟弟妹妹等人，我……"温沄也是满腹委屈。

"但我也是个男人，我有我的尊严。温沄，跟你在一起，我很开心。但我也很累。

你朋友说得对，你这么优秀，走在你身边的，就应该是那种顶尖的人物。"白韩顿了顿道，"我们就这样吧。"

"然后呢？"楚曼抿唇，摸了摸温沄的手臂。

"然后他就走了呀！"温沄又是一阵号啕大哭。

楚曼其实是想问温沄她之后做了什么，毕竟慕泽天做了这档子事，暴脾气的温沄不可能就这么走人的。

而事实上楚曼也没猜错，温沄确实气呼呼地回到餐厅，拿起咖啡就要往慕泽天头上浇，结果被一只手给握住了。

"是秦野？"楚曼试探性地问。

"对！"温沄骂骂咧咧，说他们蛇鼠一窝，说他们是穿一条裤子的可恶搭档等等。

"楚曼！一个慕泽天就很难对付了，她现在和秦野一伙，两个人的力量加在一起简直太可怕了！"

"我知道。"楚曼叹口气，拍拍温沄的肩，"你还是先把自己的眼泪鼻涕擦擦，咱们又不是没失恋过，真的，不要紧，振作起来又是千妖百魅的女王。你说是不是？"

温沄吸了吸鼻子，突然站起身做了一个董存瑞炸碉堡的动作："你说得对！不就是一个白韩嘛！一个白韩倒下，还有千千万万个白韩等着我呢！"

楚曼一怔，立刻羞得拉她："好了好了，回家再征服去，不怕人笑话！"

她环顾四周，这才发现咖啡厅里除了她们俩和服务生之外，居然没有客人。

刚才一直照顾着温沄的男服务生见状，温和地冲楚曼说道："放心吧，我已经让人休店两个小时了，不会有人进来看到的。"

楚曼打量着这个男生，想起来了，之前来咖啡厅的时候就见到过他，听声音也是他接的电话，还有刚才一直待在温沄身边照顾的也是他。

"谢谢你。"楚曼点头致意。

"我叫张亦凯，有什么需要可以叫我。"他咧嘴笑，露出好看的牙齿和浅浅的酒窝。

楚曼点点头，把车钥匙递给张亦凯，扶起温沄："那麻烦你把我车开过来吧，好吗？"

张亦凯接过钥匙往外走。

楚曼扶温沄到咖啡厅外，温沄轻推开她："别了，我自己可以回去。你忙你的去吧。"

"我不忙。我送你回家。"楚曼看着眼睛鼻子都哭肿了的温沄，心疼不已。

"让我一个人待会儿吧，我觉得现在的自己可丢人了。"温沄悻悻苦笑，"楚曼你说我和好男人是不是八字相克？"

"呸呸呸，别乱说话。"楚曼轻戳她额头，"你值得拥有这世界上最好的。"

温沄歪头靠了靠楚曼的肩头："楚曼，你一定要幸福啊，你也值得拥有这世界上最好的。"

楚曼怔怔，忽然间眼前闪过翰墨的笑脸。

她回过神，把温沄送上出租车。

雷妈妈住院，温沄又因为慕泽天的关系一直萎靡不振，楚曼只好两边跑。

很快，翰墨要接受音乐电台的采访了。

雷妈妈的腿要进一步拍片，楚曼让童童陪着夏木一起去跟翰墨先到电台。

有专辑加印在前，这次翰墨要上的电台是最当红的FM98.7音乐电台，主持人若若是当红明星的收割机，上到她节目的人从某种意义上来说都是当下的顶流明星。

晚上七点，正是都市人下班回家堵在路上的黄金高峰期。

若若用甜美的嗓子开场："FM98.7城市之音电台准时与您相约，我是音乐掌门人若若……今晚陪我们一起度过这漫漫长夜的是有着情歌王子之称的歌手翰墨。"

翰墨说道："大家好，我是翰墨，很高兴做客FM98.7。"

坐在车里的安安一听是翰墨，开心地鼓掌道："哥哥！是哥哥哎！"

楚曼把广播声音调到最大。

若若："我之前知道翰墨要来做客我们节目的时候一直就有一个小小的愿望，不知道翰墨能不能帮我完成？"

翰墨："你说。"

"我想听情歌王子清唱一段，不知道可不可以呢？"若若笑。

翰墨也笑："当然可以。"

翰墨按照流程清唱了一段。

若若起哄鼓掌："哇，真的很好听……谢谢翰墨给我们带来的这一段清唱。你们知道吗，翰墨的歌声其实是有一种穿透力的，特别清澈。听你唱歌，有一种置身于空旷森林的感觉，舒适，放空呢。"

翰墨客气地道谢。

接下来的流程是粉丝电话热线。

"好，接下来呢，是我们特别期待的粉丝热线。下面我们来接听第一位。"若若开始切入电话热线,"喂,你好。"

第一位打进电话的,一听就是十六七岁的女生,捏着细嗓子,激动又要强行压抑着这份激动,"哇,真的是我吗?我真的都不敢相信!"

若若早就司空见惯了,自然是驾轻就熟地应承道:"这位朋友有些小兴奋哦。"

女生嗯嗯,在电话那头跳了起来:"我太兴奋了。若若姐,我是翰墨的超级粉丝。"

若若:"与偶像对话确实让人很激动,这位听众有什么想跟翰墨说呢?"

女生调整情绪:"我就是想问问哥哥,下一部想演什么角色?我知道哥哥其实特别喜欢演戏,而且《再靠近一点点》我也在看,演得特别好。"

若若勾唇,顺着这个话题,很自然地提到这部宣传剧《再靠近一点点》:"是的,没错,《再靠近一点点》我也在追,翰墨在剧中饰演的男主角其实是一个对未来充满理想的人物。许多观众都在你饰演的角色身上找到了共鸣,好像看到了当年奋斗中的自己。"

"确实,我演的角色是在城市奋斗、追求理想、寻找真爱的这样一个执着且单纯的人。"翰墨点头附和。

"现在《再靠近一点点》这部剧已经非常火热了,在微博'电视剧一周剧报告'中排名第一。取得了非常不错的成绩。那就像刚刚那位粉丝说的,接下来你还想尝试什么样的角色呢?"

"其实我还挺想尝试文艺片里那种比较淳朴干净的角色的。"这些提问都是台本上就有的,只是这位粉丝先提了,就顺势把这些给提到更早一点的时间线说了。

"你是比较喜欢文艺片吗?"

"我觉得文艺片未必有商业片卖座,但是特别考验演技。我想成为一名演员,所以需要多锻炼锻炼。"礼貌而客套,翰墨回答得很得体,也是为了接下来从流量明星转型到实力演员做出的一个发声。

开车的楚曼满意地点点头。

每个电话热线需要控制在一分钟内。若若切第二通电话进来:"好,我们现在接通下一通电话……喂,您好?"

这个电话却有些奇怪,那头没有立刻说话。

若若继续说道:"您好?请问您有什么想跟翰墨交流……"

"翰墨,你还记不记得我是谁?"是个男生的声音,声音和语气都很不对劲,若若和翰墨不约而同地皱了皱眉,看了彼此一眼,只听那头低沉着声音,阴森地说道,"因为你,我的一生都毁了。"

在隔壁的夏木和童童都慌了。

这是现场直播的,无法更换,也无法直接切了。

这通电话一听就是要搞事情啊,楚曼不由得把油门踩得更低了一些。

若若愣了一下,最先反应过来,笑着和这第二通接电话的人继续交谈:"翰墨可是公认的暖男,可能是有什么误会呢?"

"误会?哼。"那头的男生怪笑了一下,"还记得高十一班吗?也许你不记得了,但因为你的一句话,毁了我一生。你现在是大明星,你能忘,我却忘不了。"

十一班?

翰墨皱眉,开始回忆这个男生说的话。

若若见状,想着提早切断通话:"看来这位听众今天是跟我们开了一个玩笑,我们……"

"玩笑?哈哈哈,没错,你说对了,就是因为翰墨,我成了一个玩笑!"

电话那头的笑声变得格外恐怖。

这样恶作剧的电话若若之前也碰到过,像这样的只能含糊地切断过去,若若一边说着"这位粉丝情绪有些激动,今天的粉丝热线到这里就结束了,不如让我们听一首歌,拯救不开心",一边摘下耳机,推成音乐模式,然后看向翰墨:"恐怕你有点麻烦了。"

翰墨不说话。

夏木和童童在隔壁已经是一脸愁容。

夜色的笼罩下,车水马龙中一辆快要到电台大楼的车急速转弯。

夏木接到楚曼电话:"赶紧回公司,回来的时候小心着点。"

"我明白,曼姐。"

一个小时后,公司会议室。

楚曼把安安安排在自己办公室里睡觉,推开会议室的门进去,翰墨已经到了。

马勒拍桌,领带都飞了:"能不能消停两天,能不能给我消停两天。这新专辑刚刚加印完,又出了什么电台事件。翰墨你到底是什么体质啊,三天两头出事。"

楚曼拉过椅子,为翰墨说话:"马总,我们先听听翰墨怎么说。翰墨,这到底怎么回事?"

翰墨脸上的严肃自从在电台听到高十一班后,就没放松过:"其实我也不太清楚。听那人的语气，好像是我的一个高中同学，他一直坐在我的旁边，因为一次考试作弊，被检举，大家都排斥欺负他。这事对他的心理好像造成了很重的负担，导致后来的高考失利。这都是很久以前的事情了，毕业之后再也没见过，我都不知道他为什么把这件事情怪在我的头上。"

……

翰墨记性不好，听到那个男生提到高十一，他努力回想，好像确实有过这么一段事儿，那个同桌好像叫陈旭，一直不太爱说话，存在感也不高。有一天，他被人发现考试作弊，之后就一直被别人排斥欺负。

关于这段，他的记忆真的很模糊，只知道陈旭没少瞪他几眼。

具体是为什么，他忘了。

……

"你再仔细想想，你有没有牵扯什么，这事不小。"楚曼敲桌面，再次提醒他。

翰墨眨眨眼，摊手："我真的什么都没做过。"

夏木为他哥说话："他是不是什么反社会人格？找不到人撒泼，就来害墨哥。"

慕泽天淡淡一笑："哪有人这么无聊。"

楚曼冷冷地看向慕泽天："你什么意思？"

"这件事情要是坐实，那就是校园霸凌事件，我们没法承担。"慕泽天耸耸肩。

"是啊，如果是校园霸凌，那就是人品问题。这，这可洗不白了啊。"马勒也意识到了这件事的麻烦性，拍桌道。

"我没有霸凌他啊。"翰墨瞪大眼睛，怎么莫名其妙地他就变成霸凌者了！

"我就说签约的时候，要把签约艺人的背景调查得干干净净，现在也不会有这么多的事情。"慕泽天尽说风凉话。

马勒看向慕泽天："那现在怎么处理？"

慕泽天瞟一眼楚曼："我建议雪藏，等事情完全淡下去，再考虑复出。"

楚曼皱眉："事情根本就没有调查清楚，怎么就建议雪藏了？就凭一个没头没尾的电话就雪藏，慕总你真是随性啊。"

"这件事如果爆出去，我怕公司的损失你兜不住啊，楚总。"慕泽天挑眉，不紧不慢地说道。

马勒抓过楚曼的手，恳切地说道："楚曼啊，我求求你，别搞事情了，我刚挣了一点点小钱，还没焐热呢，我不想再损失了，这一天天的，都是什么个事儿……"

楚曼拍了拍马勒的手："马总，相信我，这件事我能处理。"

"你确定你能处理？"慕泽天挑眉。

楚曼深深地看向慕泽天，神情冰冷。

翰墨看向楚曼："你，相信我？"

楚曼扭头："我相信你。"

说这话的还有秦野。

秦野从外边推门进来，望向翰墨："我相信你不会欺负同学。"

他说这话时看向慕泽天："你帮帮翰墨吧。"

楚曼拉起翰墨："这是我们自己的事，我可以搞定，就不劳烦慕总了。"

翰墨被楚曼拉出会议室。

夏木也追了出来。

翰墨盯着被楚曼拉着的手，一时间心里五味杂陈。飞来横祸，他很郁闷的，想了半天也想不起来自己跟那个语气恶狠狠的男生有什么关联，但是刚才她说她相信他。

他的心瞬间温暖了很多。

连他都不确定自己到底是不是"罪魁祸首"，她说她相信他。

就这样，楚曼一直拉着他回到她的办公室。

安安已经躺在沙发上睡着了，楚曼转身发现自己一直牵着某人的手，赶忙松开。

翰墨重新握住："握得好好的，干吗放开啊？"

楚曼脸猛地一红，打掉："别闹了！你回去好好回忆一下，把你能想到的老师、同学联系方式全部给我。"

"哎，如果这次我真的要被雪藏，你会不会考虑和我谈恋爱啊？"翰墨认真地问。

"你想什么呢？"楚曼无语地盯着他，"你这么想被雪藏吗？"

翰墨定定地看着她："我在想你一直拒绝我的原因。"

"如果因为我明星的身份让你一直拒绝，那不如趁着这次机会……"

没等他说完，她一把捂住他口无遮拦的嘴："不许胡说！"

翰墨坚定的眸光变得异常温和，抓过她的手轻轻地放下："好，不胡说。那如果这次赢了，你给我个机会好不好？也给安安一个拥有好爸爸的机会，好不好？"

楚曼怔怔，开口道："我……"

"就这么愉快地决定了。"翰墨笑着伸出手指摁住楚曼的嘴，转身道，"那我回去好好想想这件事的细枝末节，再告诉你吧。"

楚曼头疼地回到电脑前，打开电脑看热搜评论。

看手表，距离电台事件时间已经过去两个小时了，网上一定会有不少讨论。

翘屁股的粉色天空："披着羊皮的狼。"

"翰墨哥哥最厉害"回复"翘屁股的粉色天空"："不知道就不要乱说！我们家哥哥才不是那种会欺负人的霸凌者呢！请等待事实真相！"

飞舞起来不算累："翰墨真的是看不出来，长得人模狗样的，其实良心黑得很！"

"翰墨哥哥是我的男朋友"回复"飞舞起来不算累"："不知道就不要乱说！我们家哥哥才不是那种会欺负人的霸凌者呢！请等待事实真相！"

……

安旋的粉丝后援会在很努力地控评，但是收效甚微。

被霸凌者亲自打电话给电台指责霸凌者，这引起了不少人的注意和讨论。不单单是粉丝，还有很多不混圈的路人，所以评论和转发的数量很是庞大。

楚曼看到秦野发了声明，评论和转发立刻在热点中分过去大半。

想到慕泽天如今和秦野一伙了，楚曼立刻点进秦野的个人主页，想要看看他的声明是怎么写的。

声明还挺长的，跟小作文似的。

洋洋洒洒的一大堆看下来，楚曼就一个感受：

如果这篇文章是秦野写的，那这个人的心机比起慕泽天有过之而无不及；

如果这篇文章是慕泽天写的，那她的意图就再明显不过了，想要借助翰墨这件事的沼泽托秦野出位。

每个用词都十分渲染人心，看似是给翰墨开脱，但从头到尾没有从事实本身出发给翰墨洗白，倒是让人感觉翰墨不管做了什么他都会站在兄弟这边，不是以对错来支撑，而是以感情。

这样反而让人对他有好感，而对翰墨是不是有霸凌别人这件事更加模糊了。

楚曼深吸一口气，关掉电脑，只好等着翰墨那边的消息再说。

这时沙发上的安安发出了一点声音，楚曼起身轻轻地走到他身边，半蹲下来听到他在说："哥哥，哥哥……"

是在说翰墨吗？

安安……你就这么喜欢翰墨吗？

楚曼怔怔，不由得想起翰墨说的话。

……

"如果这次赢了，你给我个机会，也给安安一个拥有好爸爸的机会，好不好？"楚曼的心怦怦直跳。

第二天一早，翰墨带着同学录到楚曼的办公室。

这同学录是他昨晚翻到很晚才找到的，希望这个可以带回一丝高中时候的记忆。

夏木指着同学录里的照片问翰墨："这个女生好漂亮啊，是不是你的暗恋对象？"

翰墨切了一声："才不是呢。"

楚曼无语地看着两个把主题带跑的男人，敲桌面："咳咳咳！"

夏木赶紧收起不务正业的笑容，附和着清嗓子："咳咳咳，对不起，曼姐。"

"能联系上的都是经常联系的那些人，其他的早就换了手机号了。"翰墨说道。

"不过你的班主任伍老师我倒是联系上了，他知道了你的事情，也说这几天尽量帮你回忆回忆。"夏木看向翰墨说道。

"这样啊，还是老伍对我好。"翰墨挑眉。

这时童童把门推开，抱着一堆复制资料放到桌上，说道："这里全是郡礼三中老师的资料，以及2016届毕业生的资料，我还找了一些贴吧论坛的东西，应该有帮助。"

翰墨点头，不无感叹地拍拍夏木的肩，说道："童童真是厉害，夏木，你多学着点。"

楚曼拿过复制资料，一目十行地看过去，发现了陈旭的照片和名字，便把照片给翰墨指认："是不是他？"

翰墨看了看，点头："对，就是他。他不签同学录，也没来参加毕业照的拍摄，我都记不得他的样子了。就是他，陈旭。"

这时翰墨的手机响了，是没有储存过的未知号码，他迟疑了一下接起。

那头说道："翰墨，是我王思腾。马石把你的电话给我的。"

"哦，思腾，是你啊，有什么事吗？"

以前王思腾是班长，家境不错，性格开朗，学习不错，能力不错，同班上每个同学都很好，所以翰墨记得他。

"你的事情我都知道了。你也别着急。我听说你在找以前的同学。你这些年忙，没时间跟我们聚，不过我们还是有很多联系的。我订了一家饭店，明天晚上你也过来，我们帮你一起想想办法。"王思腾都这么说了，翰墨自然也不能拒绝，便说好答应了下来。

楚曼问："什么事？"

"王思腾，我之前班上的班长，也是好哥们，联系我说明天吃饭，陈旭的事情应该可以帮忙想想办法。"

楚曼点点头："可以去，但是小心点。"

翰墨点点头："不用担心，这么多的难题我们都解决了，不差这一件。"

楚曼有些哭笑不得："你倒是心宽。"

翰墨一怔，笑道："有你在，我当然心宽。"

楚曼没说话和翰墨从正门出去的时候，记者们已经在门口守着了。

一看到主人公出现，大家立刻蜂拥而上。

这件事情正在发酵期，翰墨是主角，就算可以躲得了他们一次，也躲不了第二次，所以楚曼并没有带他躲避而是迎面而上。

几个保镖护着楚曼和翰墨在内圈，记者们急不可待地出现了尖锐的声音：

"翰墨，麻烦你回应一下校园暴力的事件！"

"这件事发酵了好几天，你们都没有站出来说明，是默认了吗？"

楚曼伸手去挡："对于这件事我们稍后会发声明，请大家不要随意揣测。"

"你霸凌同学的事情，打算怎么处理呢？"这时有一个戴着灰色帽子的记者凶狠地把话筒直接怼到翰墨的脸上，翰墨不耐烦地把话筒推开。

话筒直接掉到地上，灰色帽子的记者后退两步。

所有人都沉默地看着这一场景，快门键不停地按。

短暂的沉默后，只听这位记者大喊："翰墨打人了！"

"……"

其他同行立刻加入碾压的站队。

"你是不是恼羞成怒了？"

"你的行为表示承认了霸凌事件，你是有暴力倾向吗？"

"你有去看心理医生吗？你是不是无法控制自己的情绪！"

……

楚曼按住翰墨的手臂，高声道："各位，现在事情还在调查，大家稍安毋躁，得用证据说话。"

灰色帽子的记者不依不饶："刚刚翰墨打人，这件事情大家都看到了吧。你要怎么抵赖？"

楚曼盯着他，正色道："这位记者朋友，刚刚你的话筒伸到翰墨的脸上，翰墨挡住话筒保护自己的安全，算不上是打你吧？"

"可是我话筒都掉到地上了！"

"你要是觉得不妥当，现在大家都拍了视频，可以看看是不是翰墨推了你？"这个时候楚曼不能迟疑，不允许话头的气口被别有用心的人主导。

"您是业内顶尖宣传，今年才接手翰墨的个人宣传，这件事情你们是不是打算不了了之，就这么压下去呢？"记者冷笑，拿楚曼的身份压她。

楚曼环顾每一位在场记者，说道："我们会查清楚，如果有过失，一定会道歉，给大家一个交代，但要是这件事情跟翰墨无关，我们也会为翰墨讨回公道，证明清白。"

楚曼不再开口，做了一个打住的手势，就推着翰墨上车了。

保镖们把记者们往两边推开。

翰墨坐上车，把窗帘放下来，长长地舒了一口气。

楚曼也抓了一把头发，整理衣服。

现在的战争更多的是在口舌之争，在看不见的场景中博弈。

刚才被那些人毫不留情地碾压，大家多多少少都出现了狼狈。

翰墨把头上的帽子拿下来往旁边一丢："那些记者们又会乱写吧。"

"我是你的宣传，我的工作内容就是帮你解决问题。"楚曼压眉，看向前方。

"仅仅只是工作的关系，你才会这么帮我吗？"翰墨侧过身，看向楚曼。

楚曼扭头，他的脸豁然凑近，眼眸如星光。

她的心里升起一种奇异的感觉，直视他的眼睛："还因为我相信你。"

两人相视一笑。

没错，她好像，没有办法再跟以前一样对他板起脸了，怎么办？

她好像习惯他这样盯着她看，只要被他看着，心里就觉得很暖。

楚曼被裹挟了，被这种奇妙又难以抗拒的感觉给裹挟了。

她不停地提醒自己，只要守住最后的底线，一切就还有的救。

毕竟，感情，不可以控制的是情绪，可以控制的是决定。

第十章　你参与了我整个人生

第二天晚上，翰墨去参加同学聚会。

推开酒店包厢的门，翰墨不用抬头瞧，就能感觉到里边人很多，热闹非凡。翰墨不喜欢参加这种聚会，即便要参加也是相对熟悉的公司内部或者是剧组安排。他的身份特殊，加上越来越红，已经多年不习惯抛头露面了。

这一次，要不是为了给自己洗清冤屈……

"我们家大明星怎么还不来？"

"哟，这不是来了吗？说曹操曹操到。"王思腾起身迎接。

翰墨把帽子和口罩脱下来，抬脸就是招牌式的笑容："大家好，好久不见。"

同学蓉蓉还是保留着当年高中时候的短发造型，眨巴着大眼睛目不转睛地盯着翰墨看，像是在看一件稀罕物件儿一样："我的妈耶，这可是我这辈子第一次跟大明星一起吃饭。快来拍个照，我回家裱起来。"

说着她就有些激动地拿出手机要给自己和翰墨入镜，王思腾伸手挡了挡："哎哎，好了好了，先把你们激动的心情收起来，让人家入座好不好？大家都是同学，别搞得跟那些小粉丝一样没见识，吓得翰墨下次不来了，算谁的？"

蓉蓉悻悻地撇撇嘴，把手机放了下来，其他几个跟着也有这个心思的女生，也只好先按捺住。

翰墨挤了挤笑，心里暗暗舒了一口气，这班长王思腾果然会做人，很有当明星助理的潜质："之前一直忙，错过了好多次聚会，真是抱歉了。"

"理解理解，干你们这行虽然风光，但是也是黑白颠倒，没日没夜的。"同学马石双手合十，点头表示理解。

"嗯，没错，不过这杯酒还是要罚的。"王思腾帮着马石说话，但话锋一转还是把酒递到了翰墨嘴边呵呵笑，"来，我们大家一起陪翰墨走一杯！"

翰墨微微蹙眉，看到所有人都期待地看着自己，只好爽快地一饮而尽。

大家放下酒杯，马石感慨地说道："我还记得咱们高中的时候，把酒藏在厕所的杂物间里，每次上晚自习的时候，咱们几个轮流跑厕所偷喝，一节晚自习，跑厕所都能跑到腿软。"

一听他说到这个，翰墨的回忆匣子也打开了："你还说呢，有一次被老伍发现，你们这些人把事情全推在我头上，害我扫了一周的教学楼。"

王思腾耸耸肩："没办法，老伍最喜欢你，要是知道我们藏酒，那就不是扫一周教学楼的事情了。"

蓉蓉托腮笑道："说不定你还得感谢他们呢，那时候你多胖啊，要不是被罚，成天跑上跑下的减了一身的肉，你怎么能成为全校女生心里的偶像呢？"

翰墨最知道怎么接话了，蓉蓉这么说了，他就顺势摊手："那这么说来，我也算是因祸得福？"

所有人哈哈大笑。

"好了好了，今天叫大家来呢，一来是为了叙旧，二来呢，翰墨的事情大家也知道。陈旭当年的事情，大家都帮帮忙想想。"王思腾永远都是控局的那个人，看大家寒暄得差不多了，翰墨的眼神开始泛沉重了，便把主题拉了回来。

大家也都是消息灵通的人，电台事件再加上王思腾的告知，都清楚陈旭和翰墨杠上的这回事。蓉蓉抿了抿嘴唇："作弊那事我也知道，当初一模考试我坐在陈旭左边，翰墨好像坐他右边吧。我确实看见他作弊了呀，这事没什么蹊跷啊。"

"是的，我也看见了，我记得考试完后我还私下告诉他以后不要作弊了，让他跟老师坦白这件事情，但后来为什么全校都会知道呢？"翰墨想了很久，想不通为什么这件事会闹得这么大。

马石道："他的成绩因为那次作弊作废了，后来是他家里好说歹说，并且他爸爸在全校师生面前揍了他一顿，学校无奈才没给他处分。"

王思腾皱眉："他口口声声说是翰墨害了他，还不是他咎由自取。"

蓉蓉顿了顿道："陈旭是有错，但当时把这件事情到处说的人也是缺德。要不是那个人，陈旭也不会被全校同学孤立，导致高考精神崩溃，我听说毕业后他也无所事事，一直神神道道的。"

翰墨摇头，很肯定地说道："我当初并没有把这件事情告诉班主任。"

他才不会做这么无聊的事情。

"哦，我想起来是谁了！"这时有一声高喊从饭桌的角落响起，翰墨循声望去，他一时叫不出对方的名字来，只好礼貌地笑笑和大家一起问："是谁？"

"是学习委员林妙。我记得考完后一天的早自习，我看见林妙从老师办公室里出来，之后陈旭就被叫到办公室，然后全校都知道了。"

蓉蓉拍桌："哎呀，林妙！那个大嘴巴，我怎么没想到她！"

王思腾问："谁有她电话，可以联系到？"

班长提头了，大家纷纷开始翻手机通讯录，开始试着联系林妙。

结果一个两个地打过去，得到的回应都是"空号"。

王思腾皱眉："那怎么办，现在只有她能证明翰墨根本就不是当初害了陈旭的人。"

蓉蓉竖手指："我之前听老伍提起过，林妙每年都要去看他，说不定老伍能联系到她。"

"我打电话给老伍。"马石开始翻手机。

翰墨起身道："不用了，我亲自去找他一趟吧。这么多年了，我也该去看看他。"他说着看向王思腾。

来之前，他就跟王思腾说过，不能多待。

王思腾了然地再次举杯："那，希望这件事情能够圆满解决，我们祝翰墨的星途越来越顺利。来，大家举杯！"

为表示提前离开的愧疚，翰墨放下自己带来的签名专辑，人手一份。

离开酒店后，钻入楚曼的车了。

楚曼亲自开车，闻到翰墨身上的酒味，微微皱眉："你喝酒了？"

"喝了两杯。"翰墨咧嘴笑。

"同学们，都还好吗？"楚曼的意思是有没给他找麻烦。

翰墨喝了两杯，状态很是放松："嗯，都挺好的。有王思腾在，乱不起来。"

他看向窗外，叹了口气："也算是因祸得福，要不是因为这件事情，我都不知道这辈子还能不能回学校看一次。"

"你就当放一天假，再享受享受你的学生时代。"楚曼看向前方。

"我初高中六年都是在郡礼三中读的，不夸张地说，学校的每一块鹅卵石上都有我的回忆。"翰墨侧过身，看向楚曼，眉眼因为放松而变得多情且柔软。

"那今天我就当是帮你找回忆了。"楚曼随口应声。

翰墨微微一怔："帮我找回忆，听起来挺浪漫的。"

楚曼感觉到翰墨有点飘飘然了，不由笑道："有什么好浪漫的。"

说是找回忆，说到底还是去解决问题的，她是不知道有什么浪漫可言。

"你帮我找以前的回忆，那我的前半生的回忆录里，不就也有你的身影了。前半生有你，后半生也有你，楚曼，你参与了我整个人生。"翰墨凑近冲楚曼眨了眨眼，"这还不浪漫？"

楚曼心头猛地跳了一下，但脸上还是很冷静地继续保持着无所谓的笑："别别别，我只想参与完你今年的人生，咱俩就各奔东西。"

"今年？为什么是今年？"翰墨把脑袋从椅子上竖起，骤然瞪大眼睛。

"咱们的合约只有一年啊。"楚曼哭笑不得，提醒他这个事实。

"一年？这么短，不行，一会儿我就打电话给马哥，让他再跟你续十年，不五十年的合约，你这辈子只能跟着我。"翰墨气得拍大腿。

楚曼继续漫不经心地把话题流于表面："你如果能红五十年，我也愿意啊。"

翰墨气哼哼地张了张嘴，随后什么也不说，重新往椅背上躺去，伸手抓过了她的右手。

"干吗？"楚曼扭头。

"没什么，你说愿意的。"翰墨厚脸皮地摇晃脑袋，"我想牵个手，怎么了？"

楚曼发现这小破孩还挺懂怎么对付她的套路的。"别乱来，我开车呢。"

"你开你的呀，我牵我的。"

……

两个人来到学校，正是学校晚自修的时间。

翰墨找到高十一班，看到伍老师果然站在讲台上。

曾经坐着的一张张面孔现在也变成了新的青春在里边奋斗着。楚曼站在外边轻轻地敲了敲窗户，伍老师和很多学生侧目。

翰墨躲在柱子后边，没有露面，所以那些学生们并不知道他来这里了，只是看着楚曼挺好看的，就多看了两眼。

伍老师走了出来，扶了扶眼镜，将楚曼上下打量："请问你是？"

这时翰墨从后边走出来，冲伍老师招手。

老伍的疑惑立刻变成了开心的笑容："哎呀，你这死小子！"

两人跟着老伍来到办公室，老伍给他们倒水。

翰墨笑："伍老师，好久没见您了，没想到您还是状元名师，点赞。"

"都是你们这群孩子争气。你看，我连大明星都教出了一个。"老伍笑嘻嘻，"怎么样？现在才想起过来看我，是不是忘记有我这个老师了？"

翰墨脑袋一歪，一本正经地说道："哪能啊，这不是来看您了吗？"

楚曼说道："伍老师，我们这次来是想跟您谈谈翰墨霸凌的事情。"

伍老师看向楚曼："你是翰墨的经纪人吗？"

楚曼没有多做解释，而是点点头。

伍老师笑："好漂亮啊。"

翰墨嘿嘿笑："是我女朋友，能不漂亮吗？"

楚曼伸手就死命地揪向他的大腿，认真地看向伍老师："还希望伍老师能告知真相。"

伍老师道："这事确实不是翰墨说的，是当时林妙听见翰墨让陈旭跟我坦白的话，跑来告诉了我陈旭作弊的事情。我见陈旭一直没有坦白，就找他谈话，谁知道他也不承认。我一时气不过，就在走廊当众批评了他。当年我处理得确实过激，没想到对他造成这么大的影响。"

楚曼点头："那您能帮我找找陈旭和林妙的联系方式吗？"

"林妙倒是每年都来看我，她现在人在法国进修。不过我可以打电话，让她出来澄清当年的事情，她是个有心的好孩子，不会看着翰墨因为自己受到冤枉的。"

翰墨揉揉自己吃疼的大腿："那陈旭呢？"

提到陈旭，伍老师脸上闪过一丝犯难和愧疚："陈旭很多年没有消息了，他当年的毕业证书也是他姐姐帮他领走的。不过他姐姐好像留了联系方式，可以给你们。"

楚曼心里的大石头放下了："那真是太谢谢您了。不过伍老师，可能还需要您帮我一个忙。关于这件事的处理方式，我们打算召开一个简单的现场采访，我希望您到时候能到场帮翰墨澄清一下。"

伍老师点头，没有拒绝："那我能带家属吗？"

楚曼微怔："家属？"

"我孙女是翰墨的粉丝，她要是知道能见翰墨，得开心死了。对了，能帮我签个名吗？"伍老师这会儿跟个粉丝一样，找笔和纸，露出怯生生的表情和小心翼翼的期待。

楚曼笑着从包里拿出多备的签名专辑递上："伍老师，给，这是翰墨的签名专辑，送给您。感谢您多年的栽培。"

伍老师惊喜地接过："啊？这个礼物太好了，真的太好了，太感谢了，哎呀……"

翰墨看向楚曼，嘴角上扬。

告别了伍老师，两个人从教学楼出来，穿过操场。

路灯照亮了操场的篮球场，有几个男同学在那里打篮球。

夜晚的风吹得人清清凉凉的，很是舒服。教学楼里不时传来学生们试卷被吹起的声音，课桌碰撞的声音，一下子带人回到了最青涩的时光里。

楚曼走在前边，翰墨跟在她身后看着她张开双臂，长长的头发被风吹起。

"还是学校好，一切都很宁静。我都已经毕业十三年了，都快忘了学生时代的感觉。"

翰墨怔怔："十三年？你不是三……"

本来他想说，她不是才三十岁吗，怎么会十三年。但想到女人都对年龄格外敏感，就适时地卡顿住不说。

楚曼扭头看了一眼他："我十五岁跳级念的大学。不到二十岁，修习完所有的研究生课题，就出来工作了。"

翰墨怔怔，拍手："原来是天才少女啊……"

"不算天才吧，顶多是个学霸。"楚曼摇头。

"你太让我刮目相看了。"翰墨眨眼睛，由衷感叹，"我本来以为你就是工作能力出众，原来从小就各种出众了呀……"

"那时候只会读书，认为校园时光就是学习。"楚曼自嘲一笑。

"也不啊，校园可不只是学习，还有谈……"翰墨顿了顿，上前一步并肩某人，侧目她道，"曼姐，你谈过几次恋爱啊？"

楚曼不说话。

"一定很多次吧。"翰墨见她不回答，自顾自地说道，"曼姐你这么漂亮，一看就是有很多男生追的，我是不是该问你谈的那么多恋爱中哪一次最让你印象深刻？"

"打住吧你。"楚曼无奈地瞟他要客串编剧，给她的恋爱史添油加醋时先自己打住了，"今天就满足一下你这个好奇的心。我就谈过一次恋爱，还失败了。"

"就是……雷景天？"翰墨抿唇，"那……你想不想开启第二次甜甜的恋爱呢？"

他朝她挑眉，她只当没看到地抚发。

这时突然一道阴影飞快地由高处飞来。

楚曼还没看清那是什么，就被翰墨拉过来护在身下，用手托住她的脑袋，他则用身体去结结实实地挡了一下。

楚曼听到了很重的闷声砸在他的肩头，再看着那阴影落地，定睛一看，竟是篮球。

她霍地抬头，翰墨脸色不改地看向她："你没事吧？"

楚曼摇头："你怎么样？有没有受伤！"

刚才那一下，一定很疼！

翰墨勾唇："你关心我？"

"当然！万一你受伤了影响接下来的行程怎么办！"楚曼瞪眼。

"……"翰墨无语撇撇嘴："楚曼啊楚曼，你什么时候可以不这么死鸭子嘴硬？"

"你说谁死鸭子？"

"我说了吗？"

"你说了！"

"同学，把球扔过来。"这时篮球场那边传来了男生的声音，并有人朝这边跑过来。翰墨拉起楚曼一边把球踢回去，一边快速地走开，"好了，别闹了，等一下他们过来就要发现我了。快走，鸭子。"

"喂！翰墨你！"

……

电台事件发酵第三天，事不宜迟，楚曼召开记者发布会。

这次的发布会楚曼接洽了一档谈话类节目，既给了对方流量的需求，又给了大家一个很好的解释平台。

安旋作为粉丝后援会的会长，也被安排在台下进行这场发布会的实况直播。

主持人口播广告和宣布节目开始，向大家介绍伍老师的身份，伍老师第一次上电视节目稍微有些紧张拘谨，向镜头打了个招呼后挺直身体，笑容僵硬。

"关于翰墨霸凌一事已经过去一周多了，这件事情的传闻一直没有断过，现在翰墨已经找到证据，并且请来当事人、老师、同学澄清一下当时的情况。"主持人看向伍老师，"伍老师您别紧张，不如您跟我们说说？"

伍老师点点头："当时确实因为小报告，害得陈同学心里有压力，但是这件事情，不是翰墨传出来的。"

这时台下有记者起身问道："您是翰墨的老师，说的话并没有公信力，您是不是跟翰墨达成了某种协议呢？"

这是楚曼安排的，既然是发布会，记者们的提问是必然的，而这些问题显然也是网上的观众想要问的。

"我以一个老师的名誉发誓，我绝对没有半句虚言。翰墨是我教出来的，他的为人我最清楚。你们随意揣测，肆意造谣传播，还有没有一个记者的职业道德，对不对得起教育你们的老师。"伍老师激动地拍大腿，立证自己说的每一个字。

"老师您也别激动，真相一定不会被埋没。我们已经联系上身在国外的林同学，让我们先听听她怎么说。"主持人说着转身看向大屏幕。

导演把大屏幕切出来，林妙已经在线等着了。

主持人和林妙打招呼："林同学，您好。"

"你好，伍老师已经告诉我所有的事情了。我现在人在国外，只能通过这种形式来把那件事的原委说出来。当初我听见了翰墨跟陈同学的对话，翰墨让陈同学去找老师坦白自己作弊一事，但是陈同学并没有主动去找老师，作为学习委员，我认为必须把这件事情告诉老师。当时我并不知道会对陈同学造成这么大的伤害。在这里，我也要向陈同学和翰墨道歉。给你们造成了困扰，实在对不起。"林妙语词恳切，在镜头面前站起身，冲镜头鞠躬。

这时另一边的大门缓缓向两边打开，当事人陈旭从里边走了出来。

坐在沙发上的翰墨下意识地看向楚曼，目光错愕，楚曼则冷静地点点头。

没错，陈旭是她想了很多办法悄悄找过来的。

这场解释，如果陈旭不出现，终究不够圆满。

一切祸端由他而起，必须也要由他结束。

他一直误认为自己的不幸是由翰墨造成的，现在就要让他亲自听到真相。

陈旭显然不是真的完全相信林妙的话，从里边走出来时一直看向大屏幕，林妙也看到了陈旭，她郑重地看向陈旭再次说对不起："陈旭，真的对不起，我没想过这事会变成这样，也没想过给你造成的伤害。你可以原谅我吗？"

她的眼神很是恳切真诚，在看到他时没有半分慌乱和心虚。

陈旭缓缓收回目光，朝翰墨走去。

翰墨唤道："陈旭。"

陈旭走到他跟前，垂眸低声道："对不起。"

"傻瓜，我们是同学，没有什么对不起对得起的。"翰墨伸手抱了抱陈旭。

陈旭没有推开。

伍老师带头鼓掌。

所有人也跟着鼓掌。

安旋把他们拥抱的这一幕截下来发到微博上，配的文案是：哥哥正能量。感谢这个人，不然看不到多面的哥哥。

微博一经发出，就疯狂地被转发、点赞。

安旋用手背擦拭眼角感动的泪水，就这样看到左手边站在舞台下的夏木，他正在看她。

安旋脸一红，冲他竖了一个大拇指。

夏木咧嘴笑。

安旋还是第一次，被哥哥翰墨以外的笑容给闪到了呢。

这场电台事件顺利解决，算是有惊无险。

马勒一开心又在包厢里要和大家开庆功宴。

酒没过三巡，马勒就喝得醉醺醺地，晃晃悠悠地走到翰墨身边，拍他的肩道："翰墨啊翰墨，你真是幸运啊，你就是一条锦鲤！"

"这都是曼姐的功劳。"翰墨看向旁边的楚曼。

马勒的青蛙眼惺忪地睁大了一些，冲着楚曼点点头："楚曼，你真的是我的福星，不愧是金牌宣传，这次不但解决了危机，还帮翰墨立了新人设，圈了一大波粉丝。"

说着他把手里的酒喝完，打了一个大大的嗝："不过这样的事情以后还是少出现点，咱们稳步发展。我不求挣很多钱，但也不能赔钱。我不比你们年轻，心脏受不了啊。"

楚曼垂眸，听到旁边的慕泽天适时地接过话茬附和道："马总说得没错，曼姐公关手段一流，不过，你来了公司后，倒是出了不少事，你们是不是不和啊？"

马勒挑眉："嗯？不和？"

翰墨笑："怎么会不和，我和曼姐搭档，虽然有些小风波，但是我的人气越来越高，一个艺人最终需要的不就是人气和认可吗？"他说着拥过楚曼的肩，冷冷地看向慕泽天。

"说得也是。当初是我的决定太冲动了，我敬你一杯，以后我们好好合作吧？"慕泽天举了举手里的酒杯。

"有曼姐和慕总的帮忙，我翰墨一定会越来越好。"翰墨也举了举手里的酒杯。

楚曼缓缓扭头，翰墨气场强大的样子还挺……男人的。

所有人都很高兴，推杯换盏，待在一旁的秦野却装不出太多的笑容。

这一次，翰墨又是死里逃生，安然无恙。

慕泽天的信誓旦旦和姚玥儿的施计，接连都失效失策。

他为什么总是如此幸运？

难道真的是他命天生如此好，怎么都打不垮？

"秦野，这次真要谢谢你，发生了这样的事你还愿意无条件地站我这边相信我。"秦野回神，看到翰墨不知道什么时候就来到了自己的身边。

"相信你，不是应该的吗？"秦野扯嘴角。

翰墨点点头，转身又和别人去聊天了。

秦野盯着他的身影，突然意识到刚才他称呼他不是哥，而是直呼他的名字。

难道他……

"看什么呢？"慕泽天走到秦野身边，示意他要先走。

秦野放下酒杯跟她往包厢外走，"我怀疑翰墨已经对我有想法了。"

"他又不傻，就算自己不觉得，楚曼也会提醒他。"慕泽天顿了顿，瞟了瞟神情不展的他，"怎么？别到现在才告诉我你舍不得这段兄弟情。"

秦野冷笑："我只是怕我和翰墨真撕破脸，你会不好动作而已。"

慕泽天耸肩："现在和撕破脸有什么区别吗？好了，别多想了，翰墨不可能每次都这么幸运的。当然了，除了打压他那边以外，我们自己的业务也是要提高起来的。我已经给你接了几个广告，新的一波热搜要买起来。"

秦野压眉，不置可否。

翰墨和楚曼又来到了阳台。

不过这次是翰墨先去的，楚曼找了过去。

翰墨双手搁在栅栏上，看似心事重重的样子，楚曼上前看着他的侧脸："怎么了？"

翰墨没说话。

"还是不想相信秦野的事？"翰墨把自己和秦野的朋友感情看得格外重。

"不，我相信你。"翰墨垂眸，看着扶手，"刚才我从他的眼神里看到了疏离。"

之前不是只有楚曼，很多人都提醒他，他和秦野已经不同于之前。可是他一直都不愿意去相信，也不愿意去接受这样的改变。

直到这件事发生，秦野虽然说第一时间发布了所谓的站在他这边的言论，但是私下他没有发过微信，也没有打过电话。

刚才他去跟秦野说话前一直默默地观察，秦野脸上的愤愤不平和不甘实在太过明显，明显到他连一句开脱都找得够呛。

更重要的是，慕泽天明嘲暗讽，他却待在一旁什么都没说。

恍然间，他和秦野的满满情感怎么就突然间烟消云散了呢？

"我只是……一时无法接受。"翰墨皱眉，"我真的很珍惜和他这么多年的……"

"或许不是一时，只是你单方面的珍惜，他早就没有把你当朋友了。"楚曼纠正道，"在你没有察觉的时候，那一点情分早就消失殆尽。"

翰墨没说话，心更冰冷了。

"感情就是很脆弱的，习惯了就好。"楚曼喝酒，安慰道。

"是吗？"翰墨苦笑，"可是我不想习惯这种事，我坚信感情一定会有牢不可破的，不管这个世界变得多快。"

"那是你年纪轻，还没遇到足够多的挫折。"楚曼笑笑。

翰墨抓过楚曼的手腕，拽到自己跟前，俯脸："那你救救我，在我遇到足够多挫折前先解救我不就好了？"

楚曼看着他涨红的可爱脸颊，侧过脸笑个不停："你真的很幼稚哎。"

她忽然肩头一沉，翰墨撒娇般地把额头抵在她这儿，像是在休息又像是在隐藏自己玩笑下的郁闷心情。

楚曼微微一怔，心里充满了怜爱，居然不舍得把他推开。

"好了好了……"她拍拍他的脑袋，跟他这么安静地待了一会儿。

电台事件后，楚曼做了提防，还暗中买通慕泽天的助理，留意她的一举一动，以免再掉入她的陷阱。

而这件事之后，慕泽天消停了很多，开始主攻秦野本身的业务。

楚曼也能暂时喘口气。

不过公司的事情刚消停了，家里好像又出问题了。

安安莫名地有些郁闷。问安安到底怎么了，他又不说。向安安幼儿园的老师打听，老师也不知道安安为什么会心情不好。

楚曼听过孩子到了青春期会有叛逆的时候，会有自己的秘密不愿意跟父母说的情况，可是……他现在应该离这个时间还早吧？

翰墨从公司回来，刚到家门口的时候就被一只温暖的手握住手腕，拽了过去。

翰墨定睛一看，是楚曼。自己呢，被拽到了她家里。这是什么情况？他有些受宠若惊地打量楚曼："怎么突然这么热情？"

楚曼看翰墨的表情，用力地瞪上一眼："你去看看安安吧，他把自己关在房间里面，怎么也不肯出来。"

翰墨眨眼笑："怎么了？小小年纪失恋了？"

"瞎说什么！"楚曼抬起手，装作要打翰墨的样子。

"好了好了，我知道了。交给我吧，男子汉之间的对话，你不明白，做饭去吧。"翰墨摆摆手，很是自信地越过她往里走去。

楚曼想到他平时和安安玩得很好，安安也很喜欢他，所以就想死马当活马医地试试看。此时此刻看他这么自信，反而心里有些忐忑了……

他去找安安，真的可以吗？

翰墨关上门看到安安一个人坐在床上玩奥特曼，说是玩，但他一点玩的心情也没有，好像头上抵着一块乌云驱散不开。

还以为是楚曼随便说说的，但真的看到安安这样子，翰墨也有些意外。

一个几岁小孩会有什么大烦恼呢？

"安安小大人，有心事了，能不能跟我说说呢？"翰墨摸摸安安的小脑袋，轻声地问。

安安转过身，背对他。

翰墨看向安安。

半晌，安安耷拉着脑袋慢吞吞地说道："小朋友说我没爸爸，每次放学都是妈妈或者童童姐姐来接我，爸爸一次都没来过。他是不是不爱我了？"

原来是为了雷景天。

翰墨虽然讨厌雷景天，但是不想让安安小小年纪就陷入阴影中："你爸爸……当然爱你啊。"

安安还是耷拉着脑袋："那他为什么没来接我？"

"因为……爸爸要赚钱给安安吃饭上学，爸爸不是奥特曼，他只有两只手，陪着安安，就不能工作了呀。虽然爸爸不在，但安安也是个小男子汉，你要更坚强，要保护妈妈。"翰墨摸摸安安的小脑袋瓜，耐心解释道。

"真的吗？"安安一点点侧过脸，"那哥哥的爸爸也不陪哥哥吗？"

翰墨拍拍安安的背，在他旁边躺下来："哥哥比安安还小的时候，就已经再也见不到爸爸了。你现在还能看到爸爸，已经很开心了。"

安安扭头看到翰墨躺下来,便趴到他身上,咧嘴看向他,学着他的样子拍拍他的肚子:"别难过,以后我当你的爸爸呀。"

翰墨抓着安安的小手,趁机抓他的胳肢窝:"安安,你要占我便宜吗?你这小子可真坏,看我不收拾你……"

"哈哈哈哈,我要当你的爸爸。"

"你再说一遍?你要当谁爸爸?哈哈哈……"

楚曼站在房间外,脸上的担心随后变成了欣慰的笑容。翰墨还真挺有办法的嘛,居然能让安安说出心事还能这么快地让他破涕为笑。她一直以为只要自己足够强大,安安就可以完全依靠她,不用再需要别人。可是现在仔细想想,其实……安安还需要一个爸爸。只可惜,雷景天给了安安生命,却给不了作为一个爸爸带来的安全感。

翰墨从房间里出来的时候,看到在客厅沙发上正襟危坐的楚曼。翰墨在她身边坐下:"想什么呢?"

楚曼没有看他,而是装模作样地看着手里的杂志:"没想到你很会哄孩子,看来安安平时叫你哥哥,没白叫。"

"安安说要当我爸爸,你不觉得我其实可以当安安的爸爸吗?"翰墨从楚曼的手里抽走杂志,认真地看向她,"有些话安安只愿意跟爸爸说,不愿意跟妈妈说。"

楚曼越过他的眼睛,沉默着。

翰墨用身体逼近她:"楚曼,你还想逃到什么时候?我们说好的,电台事件顺利处理好,你就要给我一个机会的。难道你想耍赖?"

楚曼抿唇,深吸一口气,看向翰墨:"我给你机会,你准备怎么样?向全世界的人宣布我们的关系?还是你要去幼儿园以爸爸的身份接安安上下学?还是你准备接下来都不接戏了?未来你不想要了,那你的钱也不赚了?你如果没钱赚了,我和安安还能依靠你生活吗?"

她抛出一系列的问题,让翰墨根本无法接话。

"怎么样,答不出来了,是吗?"楚曼勾唇起身,"我去做饭。"

他抓住她的手腕:"等一下。"难道他想到怎么回答了吗?楚曼皱眉,重新坐下。

"虽然我还没想到这些要怎么办,但是就算你这么说,我也还是不能放开你的手,还是不想妥协。"翰墨抬眸,眼神笃定地看向楚曼,"我喜欢你,我想要照顾安安,这一点,绝对不会改变。"

楚曼无语地气急败坏:"你这,这根本就是不讲理!"

"那我就再不讲理一点好了。"翰墨眼神里闪过一丝不管不顾的狡黠,一个挑眉,在楚曼感觉到不好时提前实施。

他吻了一下她的嘴角。飞快,而清脆!

"翰墨你!"楚曼涨红脸,迟愣了一下后,随即追打翰墨。厨房里传来翰墨的求饶,楚曼的尖叫,好不热闹。

小安安从房间里出来,看着妈妈和哥哥,像个小大人一样地摇头:"真幼稚啊。"

第十一章　只要你不惹祸，我就很开心

公司训练教室。

秦野正在对着大镜子跳拉丁舞。

慕泽天推开门没有进去打扰，而是站在门口抱臂欣赏着。

秦野大学里学的是舞蹈，就算长久不跳，那柔软的身段也摆在那儿，所以他拍古装吊威亚的时候做起武打动作来特别有优势。

从镜子里，秦野看到了慕泽天，但没有马上停下来，而是等到音乐停，他才喘息着停了下来。

慕泽天喜欢他身上的好气质，迈步进来道："你的身上总有一种吸引人的魅力。你这样的人一旦火了，就能走向巅峰。"

秦野拿过毛巾擦脸上的汗，淡淡道："你是我的经纪人，捧红艺人是你的职责。"

慕泽天勾唇："当然了，艺人也要乖乖听话。"

她从包里拿出一个本子递上："这是文导演的新电影，你试一下男主的戏。"

秦野微怔，有些不敢相信自己的耳朵："文导电影的男主角？"

慕泽天点点头："这是你的机会。经纪人已经给你铺路了，能不能行，就得看你的本事了。"

秦野有些不敢相信，但这也从侧面证明了他拿到这次机会的不容易。

文导是出了名的只搞艺术不搞生活的人，脾气古怪，不接受外人推荐的演员或者投资，这些都是他的助手李副导演挡的。为了不适得其反，慕泽天去找的也是这位李副导演。

她把秦野的资料发给李导看："李导，秦野是我一直带着的艺人，他演戏特别有爆发力，我感觉非常适合这部戏。"

李导看了看，笑笑道："泽天，你推荐的人我当然是放心的。只不过他好像不

够红，这次女主的咖位很高，恐怕那边会有意见。"

见李导没有直接拒绝，而是说到女主那边的问题，慕泽天赶紧说道："他需要的是机会，我听说你们这次定的女主是芸姐，我跟她有些交情，她团队那边，我会去打招呼的。"

李导点头："要是能说一句，当然更好。"

"秦野形象演技都没问题，就是一直没有代表作，这次李导一定要帮我推推，片酬就是我们报的这些，有钱……大家一起挣嘛。您放心，以后秦野火了，也一定不会忘了您。"慕泽天拍拍李导的手腕，意味深长地说道。

李导勾唇："既然泽天你这么说，那我尽力向导演推荐。毕竟谁都是从小角色起来的。导演最爱戏好的人了。"

慕泽天拿咖啡碰他的杯，道谢。

路算是铺好了，至于秦野能不能拿下这次机会，慕泽天也没有完全的把握。

有些事她可以耍手段，而有些事也需要手下的艺人本身的实力才能去撬动。

慕泽天看着拿到本子立刻就开始练习台词的秦野，暗暗地在心里给他鼓劲。

这边秦野在努力想着要拿下文导男主的戏，另一边翰墨也在努力。

不过……比起秦野的努力，他忙的显然不是工作上的事。

翰墨盘着腿坐在客厅地板上，趴在茶几上咬着笔杆子，神情痛苦，冥思苦想。

而在他的旁边堆了一堆揉在一起的纸团。

夏木开门进去的时候，他又丢了一个纸团，以完美的抛物线落在地上滚了两滚。

夏木看到过翰墨没事做的时候叠乐高，玩手机，玩游戏，看书也是顶多看个漫画书。现在居然……拿笔写字？

真是活久见。

夏木深吸一口气，小心翼翼地踱步过去，捡起其中一个纸团展开来："亲爱的曼姐，自从见到你的那一刻起，我就喜欢上了你。还记得第一次见面，我们在酒店……"

"我去！"翰墨吓了一跳，赶紧一骨碌地爬起身，把纸团抢过来重新揉成团往一旁扔去，"你什么时候进来的！"

"哦……哥你……"夏木指着翰墨，意味深长地笑。

"我什么我！"既然已经被发现，翰墨索性梗长脖子，挑眉道："这么惊讶干什么？我喜欢楚曼怎么了？我不能喜欢楚曼吗！"

没想到真正惊讶的是夏木的回答："我惊讶的不是这个。你喜欢曼姐我早就看出来了。"

翰墨蒙了，眨眼："你怎么知道的？"

"我天天跟着你，能不知道吗？虽然我没吃过猪肉，还没见过猪跑吗？"夏木弯腰收拾起地上的纸团来。

"说谁是猪呢？"翰墨朝他后背捶了一下。

夏木赔笑："哥，你什么时候跟曼姐上酒店去了？"

翰墨瞪他："小孩子瞎打听什么！"

他明明就比翰墨小一个月而已。

"赶紧过来帮我写情书！"翰墨板起脸命令道。

"情书？"夏木眨巴眼睛，扑哧地笑了，"你确定二十一世纪了还要写情书表白？"

没想到时尚的弄潮儿翰墨，居然在表白方面这么老土。

夏木着实大开眼界。

翰墨啧啧两声，挑眉道："这你就不懂了吧？方法还是老的管用，这是有事实支持的。你快帮我想想。"

这还是他去医院看雷妈妈的时候，雷妈妈给出的主意呢。

表达感情不能赶潮流，现在都是快餐文化，很多事情都讲究效率，流于表面，很难触及内心，效果也就差了。

"我又没写过情书，怎么帮你啊？"夏木为难地挠挠头。

"你不都说了，没吃过猪肉还没见过猪跑吗？上网查啊。"

夏木看着翰墨，无奈地点点头，拿出手机照办。

就这样，两个人两个脑袋，想一封情书。

从晚上十点写到凌晨三点。

夏木感觉自己的眼睛已经睁不开了，手机上的字都要飞成重影了，脑子里更是一团糨糊在蹂躏。只听旁边忽然响起了翰墨兴奋的声音："写好了！"

夏木瞬间觉得自己解脱了，赔笑地附和道："写好了真是太好了，恭喜你，哥，那我先去……"

"睡"这个字还没说出来，就被翰墨摁住肩膀道："你把这个亲手交给曼姐，对了，你再帮我找一辆自行车。"

"自行车吗？"夏木一下子想到了安安，"我知道儿童自行车最近出了一种新款，特别帅气。"

"是给我用的。"翰墨推开夏木的脑袋，"好了，去吧，好困，我要睡觉了。"

夏木看了看手里的红色信封，又看了看交代完事情就滚去房间睡觉的某人，不由噘嘴嘟囔，"我还以为是送给你未来儿子的呢……"

第二天一早，夏木就给翰墨弄了一辆黑色的很酷的山地自行车。

结果翰墨一看到就惊呼不是他要的款式，在他的艰难形容下，夏木才搞清楚他要那种九十年代的老款式，后边可以载人的那种……

这种只有剧组有，夏木只好硬着头皮找熟人买了一辆交到翰墨手里，这才算完事。

翰墨不会骑自行车，左摇右摆几次都要摔倒，夏木不放心要在旁边看着，毕竟他的脸他的手他的脚都是很珍贵的，不能有一点磕碰。结果翰墨又赶他去送情书。

这一天天的……

他这小白工资领的真的是……

夏木怀里揣着情书往楚曼办公室走去。

这时手机响了，一看是安旋，夏木立刻咧嘴笑地接听："旋旋。"

"木木，我给哥哥做了个个人宣传片，少一些资料，你有可以用的吗？"

自从上次电台事件，安旋帮忙后，夏木请吃了饭，一来二去，两人的关系就从旋姐木弟变成了旋旋和木木了。

"我平常拍了些，可以选几个给你，你等我一下，我找找发给你。"对于安旋这样的公私双需，夏木自然是有求必应的。

他挂了电话，就立刻打开相机开始找。还没找一会儿，就感觉前边有人过来，撞了个满怀。

"哎呀，谁让你走路看手机的！"

夏木抬眸，看到跌坐在地的人不是别人，正是姚玥儿。

夏木也顾不上咖啡洒了自己一身，赶紧上前扶姚玥儿起来："对不起，对不起……玥儿姐你没事吧？"

姚玥儿哼哼地站起身，看到了掉在地上的显眼的红色信封。

"这是什么？"

"啊……这个……"夏木想要藏已经来不及了，他想要把情书捡起来，但姚玥儿一个大迈步就挡住了情书，眼睁睁地看着她把东西捡起来。

夏木伸手想要去拿，姚玥儿一个犀利扫眼，他就不敢硬抢了，只好小声地说道：

"是，是哥的情书。"

姚玥儿眸光流转："哦？情书？"

不用说，也知道是送给谁的。

"既然是哥哥的情书，我就拿走了。"姚玥儿不动声色地把信封夹到腋下。

"啊？这……玥儿姐，你知道送给谁的吗？"夏木试图伸手接回。

"我当然知道是送给谁的。"姚玥儿上挑的眼线邪魅一笑，看了一眼夏木，"我的咖啡弄了你一身，你去换个衣服吧。放心，我会转交到对方手里的。"

"那……好吧。"夏木只好眼睁睁地看着姚玥儿大步往楚曼的办公室走去。

她会把东西完好无损地送到楚曼手里的吧。

应该会吧……

夏木只好这么祈祷了。

姚玥儿看似是走向楚曼的办公室方向，其实她真正要去的是茶水间。

这个生产流言的地方，在这里只要说上一句话，就跟长了翅膀一样飞向各个角落。

姚玥儿坐在高脚凳上，把信拆开来，将上边的内容冷眼看下来一遍，眼神里满是漠然和不屑。

很快，有人影闪过。

瞬息之间，姚玥儿就展开表演模式，将红色信封夹在修长的指间，仰头笑："翰墨哥哥也真是的，竟然还用这么老套的方式表白，不过，不管他用什么方式，我都喜欢。嘻嘻。"

她起身走向门口，看到已经退出去好几米的公司女职员，像什么事都没发生过一样掩嘴一笑。

而已经听到她的话的女职员不动声色地微笑打招呼："玥儿姐好。"

"你们好啊。"越过她们，姚玥儿就收起了脸上的笑意，沉下脸来。

她已经不稀罕他的任性妄为了，他的眼瞎，她只知道自己得不到他，也不会轻易让他和楚曼走到一起。

几分钟后，这封情书被撕成粉碎出现在过道不起眼的垃圾桶里。

这天下班，楚曼没有加班，开着车回到小区，远远地就看到翰墨在跟一辆自行车较劲。

楚曼停下来看了一会儿，自行车仿佛有灵魂似的，翰墨没骑两下就歪倒，他还生气地踹了它两脚，再骑上去直接就往旁边摔去了。

楚曼观赏几分钟后上前把车停好,从车上下来后翰墨已经收起了刚才的狼狈模样,笔直如钢铁一样地站着,还试图把自行车藏在身后不让她看到。

她打量着他脸上的泥土和瘀青,不由皱眉:"你在搞什么鬼?"

"没,没有啊。"翰墨瞪大眼睛,故作无辜地左看看右看看。

"你知不知道你的脸是很重要的,怎么可以受伤?"楚曼上前低喝。

"哦,这个?"翰墨摸了一下自己的脸,"没事,这些都是小碰伤,不留疤的。"

"你说了不算!"楚曼沉着脸,"回房去!"

翰墨又是哦了一声,单手拎着自行车就转身往单元楼里走。

楚曼盯着他的背影,百思不得其解:这家伙,又发什么疯?

翰墨通过猫眼盯着楚曼回到自己家,感觉到手机震动了。

一看,是打了好多个电话都没接的夏木回电了。

"我以为你人间蒸发了呢。"翰墨把自行车搁到玄关,迈步进客厅,接起。

电话那头夏木不住地赔笑:"哪儿能啊,哥,我是忙到现在才回你电话。哈哈……"

"别啰嗦了,到底怎么样?"翰墨没耐心地打断,他刚才看楚曼的样子,实在看不出个东西南北来。她到底是收到情书了还是没收到啊!

"啊,哥,哥,你放心,她收到了,而且特别开心。"夏木可是特地去问了姚玥儿,姚玥儿是这么说的。

"真的?"翰墨不是完全相信。

电话那头夏木斩钉截铁:"真的!"

"行了,辛苦了。"翰墨把手机挂断,仰着头靠在沙发上,眼珠不住地流转。

所以,她刚才是故意不动声色的?

为了不让他看出她的开心,以免丢了面子?

嗯……来自一个姐姐的自尊?

翰墨想到这里,开心地咬唇:"玩矜持是吧?行行行,哥哥我就卖你这个面子。"

他激动地拨通她的号码。

楚曼正在床上敷面膜处理邮件,看到来电显示便按下接听键,采取分屏模式。

翰墨看到她脸上的绿色面膜,先是一愣,随后恢复镇定:"哎,你有没有什么话要跟我说啊?"

"有。"

"什么?"翰墨激动地眼睛冒星星。

"你最近的工作安排有点少，这不是好现象，你要努力点，好好工作。"她今天在办公室给他找了好几个广告，对方不是推脱就是说再看看，都没个准信，这可不是什么好现象。

翰墨的笑意逐渐下降了："我说的不是这个。"

楚曼见他脸色有点变，奇怪地问："那你想说什么？"

翰墨盯着这绿色面膜都遮盖不住疑惑的某人的神色，深吸一口气，告诉自己淡定，再温馨地提示她一遍好了："今天……他们都说你很开心，你在开心什么？是不是收到了什么特别的东西？"

这下，总可以知道要说什么了吧？

楚曼眨眨眼，继续牛头不对马嘴："我是开心啊，只要你不给我惹祸，我就很开心。"

翰墨彻底气炸了。

"别给我装矜持。这么大年纪了还装矜持，一点都不可爱好吗！"他啪地一声，忍无可忍地挂断了电话。

楚曼看着分屏变回主屏邮件，心思却被带走了大片，翰墨的余音还在回响着。

他又是吃错什么药了……

刚才为什么要突然问她是不是收到过什么东西？

楚曼摇摇头，想要把这件事就此翻篇当什么也没发生过。安安闻声走了过来："妈妈，是哥哥来的电话吗？"

楚曼点头："嗯。"

"我想要跟哥哥说话。"安安伸手想要手机。

"他很生气地挂断电话了。"

"啊……哥哥为什么要生气啊？"安安的粗眉毛很可爱地弯了弯，很是委屈。

"不知道，你的翰墨哥哥特别喜欢生气，妈妈也搞不清楚。"

"我的翰墨哥哥才不喜欢生气呢，他喜欢妈妈。"安安拉过楚曼的手，"妈妈，哥哥生气了，你要哄哄哥哥。"

"为什么要我去哄他……"楚曼虽然不服气地说了这话，但是因安安的一句话心已经软了一半。

哄男生和哄儿子是一个概念吗？楚曼挠挠头，她以前还从来没有正经想过这个问题。第二天，楚曼硬着头皮拿着给儿子做的早餐敲翰墨的家门："翰墨，我做了早餐，有多余的，给你送来。"

150

没人应答。

"翰墨，你昨天发的疯我就不跟你计较了。开门。"还是无人应答。"翰墨，你再不开门，我就走了。"

依然无人应答。

彼时，翰墨回家了。一夜无眠，索性一大早出门回趟老家去看看妈妈。

在这边让女人伤透了心，唯一的治愈办法就是去另一个女人的温暖怀抱中自我安慰。这个女人，就是世界上最可亲可敬的母亲。

翰妈妈通情达理，看到一大早翰墨蔫蔫地回来也不说话，就知道他心情不好，也就不多问，准备早饭给他吃。

翰墨闷头吃着，不时地瞟向关机的手机，寻思着某人到底什么时候能发现他不见了。

很快，门铃响了。

翰墨妈妈起身去开门："这么早，谁啊？"

门外来的人是姚玥儿。

翰墨妈妈开心地牵她进屋："哎呀，玥儿你来了。我还寻思着你和翰墨是不是吵架了呢……"

"吵架？我上次看您的燕窝吃完了，特意给您送过来。"姚玥儿微笑，依然是上次在翰墨妈妈面前的温柔礼貌的模样。

翰墨听到动静，走过来："妈，谁来了？"

"还有谁，你女朋友呗。"翰墨妈妈说道。

翰墨看到是姚玥儿，不由皱眉："玥儿，你怎么来了？"

姚玥儿不说话。

翰墨妈妈啧了一下："瞧你说的，玥儿是你女朋友，来看我怎么不行吗？"

"女朋友？"翰墨眉头压得更低了，"妈妈，你误会了，她只是我的好朋友。"

姚玥儿眼底闪过一丝犀利，随后一脸诧异地抬头："误会？"

"这到底怎么回事？玥儿不是你的女朋友，那，那谁才是啊？"翰墨妈妈看着一脸诧异的姚玥儿，又看神色凝重得翰墨，充满了疑惑。

"总之，她不是的。"翰墨抿唇，一时也不知道该怎么解释，只好捂额头对妈妈说道，"我女朋友不是她。"

姚玥儿彻底演技爆发："翰墨，你到底什么意思啊？昨天你给我送东西，今天就不承认了。"

翰墨傻眼："东西，什么东西？"

翰墨妈妈也急了，这番话听下来自己儿子怎么就成渣男了呢？她猛推翰墨："翰墨，这到底怎么回事！"

姚玥儿用手背掩着脸，带着哭声跑了出去。

翰墨傻站着，还是翰妈妈先反应过来："你怎么回事啊？还不快去追！"

翰墨追出去的时候，跟偶像剧经典画面一样。

他拉住哭着要跑远的姚玥儿："玥儿！"

"你放开我！"姚玥儿"生气"地要推开他的手，"你追出来干什么，不是说误会吗？"

翰墨无奈地看了看她气哼哼的样子，说道："对不起啊，玥儿，我妈误会了，我一会儿会跟她解释清楚。"

姚玥儿抬头，眼里含着泪光："翰墨，一直以来都是我自作多情。"

翰墨垂眸不语。

"我知道你喜欢谁。"姚玥儿倔强地侧过脸去。

"你也知道？"翰墨怔怔，夏木知道就算了，为什么姚玥儿也知道？他真的表现得有这么明显吗？

明显到全世界都知道，偏偏当事人楚曼不知道？

"放心，我会不喜欢你的。"姚玥儿勾唇，再次看向他，"最后给我一个拥抱吧。就当做是我喜欢你这么多年的回报，好吗？"

也不等他说好，她就拥过他的腰间，紧紧抱住。

三米开外的地方，有目击观众。

如姚玥儿所设想的，楚曼看到了他们相拥的画面。

今天早上她接到夏木电话，问能不能联系到翰墨，她就想说翰墨会不会来这边了，没想到果真看到了翰墨的车。

楚曼能出现在这里也很简单，姚玥儿简单地点拨一下夏木要把联系不上翰墨这件事通知一下楚曼。

只是没想到楚曼出现得这么及时，她连时间都不用了拖延。

翰墨因为"最后一个拥抱"的由头，没有推开姚玥儿，楚曼的瞳孔一点点缩紧，最后转身离开。

观众走了后，姚玥儿擦拭掉似有若无的泪水，把情书拿出来还给翰墨："下次别再送错了，我可不是每一次都这么好说话的。"

翰墨盯着这情书，脑子里的神经一根根地断掉……

姚玥儿上了车，深吸了一口气恢复情绪，她瞟了一眼二楼的落地窗，踩油门离开。

给翰墨妈妈留下的好印象不会白费的，至少刚才这么一闹，一定会让翰墨给他妈妈留下一个不负责任的形象，他和两个女生不清不楚。

这一关翰墨就不好过。

更别说让楚曼亲眼看到他们两个人"不清不楚"。

出了这口气，姚玥儿神清气爽。

这时秦野打来电话，问她："在哪里？"

姚玥儿看向前方："怎么样，有什么指教吗？"

"我马上要试戏了，是文导的戏，你要不要过来看看我？"秦野问道。

"好啊。哪儿，我马上来？"姚玥儿心情不错地应承了。

某酒店的总统套房。

秦野和试戏的女演员在文导面前演戏。

这段戏很简单，就是一对恋人久别重逢的情绪反应。

姚玥儿买了饮料过来，很安静地跟慕泽天站在一边看着秦野抱着女演员哭得梨花带雨，情绪投入。

文导喊停，秦野还抱着对方久久不肯放手。

文导又喊了一遍停，两人这才分开，有礼貌地鞠躬："谢谢导演。"

慕泽天趁机凑到文导身边，秦野则走向姚玥儿。

"戏不错啊，野哥，看来花了不少心思琢磨吧。刚才文导都喊停了，你还抱着女生不肯撒手。"姚玥儿递上乌龙茶。

"怎么，吃醋了？"秦野打趣姚玥儿，"希望心思没有白费。"

"放心吧，有你的实力和慕总的加持，不会不成的。"姚玥儿也打趣秦野，"到时候别忘了带带我。"

"一定，我们会合作双赢的。"秦野勾唇，碰杯。

他转头看向和慕泽天说着话的文导，留意着文导的神情，希望真的如姚玥儿所说，可以将这部戏拿下。

他现在，太需要一个强而有力的作品来加持自己的未来了。

他不想输给翰墨，真的不想输给他。

第二天，又试了几个演员的戏后，文导从酒店出来坐上车，继续看着李副导递送进来的演员模卡。

虽然说有满意的，也有不满意的，但是直接让文导眼前一亮，直接决定拍案的，还真没有。

李导看到文导翻到秦野的资料的时候适时提醒："这秦野的戏确实不错。"

文导想了想，点点头："这秦野是慕泽天带来的吧？"

李导点点头："对，慕泽天的眼光向来毒，只要有一部好片子出来，秦野一定能红。"

文导嗯了一声，说道："试了这么多的演员也就他比较合适。只不过年纪大了点。我们这部片子好歹也算是民国的偶像电影，演员还是要看着年轻帅气。"

见文导有点介意秦野的年纪，李导便赔笑地说道："这不还没扮上嘛。人靠衣裳马靠鞍，这扮上了导演您一瞧，感觉就来了。"

"行吧，明天再看看，没找到合适的就他吧。"文导终于松口了。

"好，明天的话，还有二十多个来试镜的。"李导给文导递茶，心里有了底。

明天来试镜的是哪些人，他再清楚不过，没见到比秦野更好的。

这明天的流程走下来，秦野的戏基本就定了。

文导来到西餐厅吃饭，楚曼打包了三明治和咖啡正要离开，见文导进来，便赶紧上前打招呼："文导，好巧，在这里碰见你。"

见是楚曼，文导笑道："楚曼？我都忘了你住这附近了。这两天在这边看演员试戏，没想到还能遇见你。"

楚曼之前和文导打过交道，文导六亲不认不喜欢和别人来往，不代表不喜欢和美女来往。特别是像楚曼这种智慧型的美女，当初和他第一次见面就当着他的面唱了一段他最喜欢的歌剧，这使他印象深刻，且打开了话匣子。

比起别人一溜地或直接或婉转地第一次见面就要和文导套近乎，楚曼则只是和文导做了朋友。这和之后的推资源中间足足隔了一年多的时间，直接成了老朋友之间帮忙这种。

楚曼笑着凑近，压低声音问："听说您最近打算拍一部民国的电影《漂流光年》？"

文导宠溺地看着楚曼："你倒是清楚。"

"您可是我的偶像，偶像的一举一动我能不清楚吗？怎么样，演员都找到了吗？"楚曼彩虹屁走一波。

"其他的都找到了，男主角一直没着落，有一个倒是不错，就是年纪大了些。"面对楚曼，文导也不藏着掖着，直接说道。

"你要什么样的，我帮你推荐推荐。"

"年轻戏好的呗，还能怎么样，灵动些。"

楚曼手机里滑出翰墨的照片，递到文导跟前："文导，这个怎么样？"

文导定睛一看，眼前一亮道："哎？这孩子不错啊，谁啊？"

楚曼歪头道："您常年不在内地，可能对他还不够了解。他是我现在宣传的一个艺人，还算是比较火。"

文导一听，不禁皱眉："走流量的啊？"

他虽然常年不在内地，但是也知道现在都是流量偶像的天下，和他这种实力派需求的不一样。

楚曼赶紧说道："不光走流量哦，他一直期望做个好演员，希望能有机会跟导演您好好学习。前不久他拍摄的电视剧《再靠近一点点》非常火爆，在微博电视剧，剧星微博指数排行榜中排名第一呢。"

见楚曼这么一个劲地夸，面相又是能一眼相中的，文导便说道："那行吧，你下午带他来见见。"

"谢谢文导。"楚曼点头道谢，并把三明治递给文导，"文导，请你的。"

一旁的李导眼睁睁地看着楚曼趁着这会儿工夫就推荐了一个强有力的竞争对手进来，并且无法阻止，心里暗暗地为秦野捏了把汗。

楚曼让夏木去接翰墨，翰墨正在家里的床上玩电动活跃思路。

情书让夏木送错，姚玥儿这么一搅和，妈妈直接说她只认定姚玥儿这么一个未来儿媳，楚曼那边折腾半天没进展，这些都让他心焦，没有头绪。

夏木冲进门来一边高喊"哥"，一边嗖地晃进房间里，让翰墨直接吓一跳。

"哥，快，华人奖最佳导演文治信导演要见你！"

翰墨捂着耳朵推夏木："你小点声！耳膜都被你震破了！你说什么？"

"我说，华人奖最佳导演，文，治，信，导演要见你。"夏木深吸一口，指了指自己，又指了指翰墨，一字一句地说道，"民国戏，楚曼姐要你打扮得阳光一点。这戏可是曼姐托关系找的。"

翰墨怔怔："你是说，楚曼，给我推戏了？"

"对啊，这导演跟曼姐是好朋友，才答应你试戏的。你可要替曼姐争口气哦！"夏木做了一个奥利给的手势。

翰墨小开心过后，没好气地狠狠戳夏木的脑门："这还用你说！我可不像你，送个情书都会送岔！简直没用到极点！"

夏木委屈地撇撇嘴，看来这件事是过不去了："我哪知道姚玥儿这么腹黑，说一套做一套啊……"

"你说什么！"

"没，没什么，哥，我们赶快换衣服吧。"夏木嘿嘿笑。

夏木耳朵里塞着无线耳机，那头是楚曼的指示："穿得年轻帅气一点，选正装，不要打领带，头发三七分，打蜡，留民国头。"

翰墨拿过耳机塞到自己耳朵里，问："楚曼，为什么不直接跟我说？让人转达多麻烦啊？"

楚曼一听是翰墨的声音，就不说话了。

"喂？楚曼？"翰墨不明就里，不知道楚曼在闹什么别扭，"说话呀？"

眼看翰墨又要生气了，夏木赶紧把耳机重新塞回自己耳朵里，"哥，我们还是抓紧吧，文导不喜欢迟到。"

翰墨一头雾水。

他都不生气了，楚曼又在生哪门子气？

下午一点，夏木带翰墨和楚曼汇合。

文导公司的会议室。

楚曼打量了一下翰墨在自己的指示下的造型，很贴合文导这部戏的需要。

翰墨则定定地看着楚曼："看我却不和我说话，是几个意思？"

楚曼垂眸，公事公办的口吻："文导的新戏是一部民国戏，其他角色都定下来了，就男主还没定。看了你的照片文导挺满意，所以带你来看看真人。"

"我在问你，为什么又摆出一副冷冰冰的样子对我？"翰墨皱眉。

楚曼不说话。

翰墨生气地起身，这时文导推门进来。

翰墨只好顺势鞠了个躬："文导。"

文导站在门口将翰墨认真地打量了一番，露出满意的笑容："不愧是楚曼推荐的人，真是不错！合同。"

他直接伸手向旁边的李导要合同。

李导微微一怔，把准备好的合同放到了文导手里。

文导把合同放到楚曼跟前："既然定下来了我们就把合同签了，我这人做事就不喜欢拖沓。"

楚曼笑道："就喜欢跟导演这样雷厉风行的人合作。"

翰墨坐下。

楚曼认真地翻看起合同。

文导拉开椅子入座，感叹道："要是翰墨不来，恐怕我就只能勉为其难地定那个演员……那个叫什么来着？反正差点儿火候。"

楚曼把合同递给翰墨。

李副导则接上文导的话说道："是叫什么野，一直欠点什么。哦，对了，他是慕泽天带的人，好像跟你是一家公司。"

翰墨落笔的手微微一僵："秦野？"

"对，就是他。"李副导点头。

刚才文导都没说出秦野的名字，他自然也不好说。

"那我恐怕要辜负文导的一番美意了。"翰墨故作为难地放下笔，神情严肃地说道，"秦野是我的好朋友，我不能抢了他的戏。"

楚曼低声道："翰墨，你这是做什么？"

文导讶异地看向翰墨，良久淡淡一笑："你倒是挺有情有义的。不过，翰墨，你作为一个演员，主要是把作品做完美。我们选了大半个月的演员，不是我们挑剔，大家都想把这个电影完美地呈现出来。我用你，不只是看在楚曼关系上，你各个方面都比那个什么野更合适。做一部电影，我们得对全剧组负责。"

翰墨低下头，不说话。

李副导见状，提议道："要不这样，我们还缺一个小角色，挺适合秦野的。他们两个一家公司的，正好都适合，一起进剧组也有个照应。文导您看怎么样？"

文导摆摆手，并不在乎："这种小角色，你定就行。"

"哎，好嘞。那我让助理去办。"

"那就谢谢文导了。"翰墨这才重新拿起笔签下自己的名字。

走出文导的工作室，楚曼瞥向翰墨："刚才你不签字是认真的？"

翰墨定定地看向前方："既然文导是个对戏要求很高的人，又怎么会因为我这么说而改变主意呢。"

楚曼深深地望着他没有收回视线。

"怎么，觉得我很虚伪？"翰墨扭头。

"没有，觉得你长大了。"楚曼伸手拍拍他的肩。翰墨这样做会让文导觉得他是个有情有义的人，可以为了朋友不计较名利，留下这样的好印象对以后的发展会有铺垫。

她本来以为他会死脑筋地对着秦野一直这么没有底线地付出，看来还是聪明的小伙子。

只是……他的聪明怎么不放在他对她这部分上呢？

翰墨顺势抓住她的手："既然你都承认我长大了，以后就不要再用小孩子三个字来糊弄我了。听到没？"

"放手！"楚曼看向两边，一脸警惕。"你答应我才放。"翰墨挑眉，顺杆往上爬。

"知道了。"楚曼无奈妥协，这个阴险的家伙！

翰墨瞟了一眼旁边的夏木："我可是有人证的，别想耍赖。"

第十二章　你就真的一点儿都不想我

从公司出来，楚曼带翰墨去超市。

翰墨一脸困惑："你带我来这儿干吗？"

这里人多，环境复杂，他已经多年不来这里了。

"你既然是大人了，去剧组的东西就要自己准备。难不成你以为你在剧组的吃喝拉撒都是从天而降的吗？"楚曼拉手刹，淡定地看着困惑的某人。

翰墨被哽了一下："可是这些让夏木来不就……"

还没说完，楚曼就下车了。

只见她绕着车头走到他这边，替他打开车门，将棒球帽直接扣在他头上："下来吧，翰少爷。"

翰墨硬着头皮下车，跟她进了超市。

还好，超市里的人都专注地做自己的事情，也没特别去在意他们。

楚曼推着购物车，淡定地低声嘱咐："你自己不把自己当明星，就没人会注意你。"

"什么叫我自己不把自己当明星？我本来就是明星！"翰墨白了一眼话说的不清不楚的楚曼。

楚曼继续往前走："文导的组是特别朴素简单的，不允许带助理，演员们都要亲力亲为自己来。"

翰墨瞪大眼睛："这倒是个新讯息。"

楚曼来到配料区，停下推车看着火锅底料的架子。

翰墨傻眼，把脑袋抵在她的肩膀上哭丧着脸道："肥羊王？难道你还要让我去组里煮火锅给大家吃吗？"

他做饭虽然不错，但是去剧组还要兼职厨师这一点让人不太痛快好吗？再说了，他只会给自己喜欢的人下厨做饭。

楚曼侧目："你的确有这手艺，不是不可以。"说着她上前一步，从架子上拿下一包肥羊王说："今晚吃火锅。"

翰墨见状，也拿了几包，嬉笑道："我平时也吃这个火锅底料，看来我们又多了个共同爱好哦。"

楚曼不搭理他，继续扫购。零食区，水果区，食材区……楚曼的购物车很快就被装地满满当当了。

翰墨忍不住问："你这是要把整个超市搬走吗？"

楚曼正色："这一去就得好几个月呢，能准备就多准备些。"

"果然，女人一进超市，本性暴露无遗。"翰墨摇头。

楚曼不搭理他的叹息，指着巧克力问："巧克力怎么样？抗饿。"

翰墨摇头："巧克力长胖，我不能吃这些。"

楚曼也摇头："你拍戏这么辛苦，热量会被代谢掉的，不用怕。"虽然她说着让他放养，但是考虑到之前他去哪儿都是有夏木跟着的，这次还是给他准备齐全比较好。

翰墨托腮，手肘抵着购物车推杆："要不，你帮我把内裤也准备准备吧？"

面对他当面直截了当的撩拨，楚曼索性痛快接招："也是，你穿多大号的？"

翰墨怔怔，楚曼居然没生气也没推车走开，他心里暗暗道：行啊，楚曼，有进展。不过一物降一物，他还有后路！"我穿多大号你不知道？"

这回楚曼没顶住，将推车奋力往他身上撞去。

翰墨灵活地往旁边闪开，结果后背撞到置物架，上边的东西摇摇晃晃地掉了下来，他又赶紧躲开。

结果，这一躲就被绊了个狗吃屎。

楚曼上前赶紧扶起翰墨："你没事吧？"

她第一眼看的是翰墨的脸："幸好脸没事。"

翰墨一愣，生气地握拳捶地："我都摔成这样了，你还有心情管我的脸？"

楚曼耸肩，起身也不扶了，直接推着推车走人。

"喂！你等等我！"翰墨从地上爬起来，因为太过激动叫得有点大声，引起了旁边过路人的注意。

他赶紧低下头，把头上的帽檐压了压，快步紧捣，跟上楚曼。

楚曼只感觉旁边有人闪过，用飞快而郁闷的语速说了一句："没良心的臭女人。"

楚曼勾唇，露出她自己都不知道的笑容来。

翰墨独自一人拖着三个大行李箱去了剧组。

夏木坐在楚曼的办公室里，看着安旋给翰墨做的新戏应援的消息，有些心不在焉。

楚曼抬眸，正好对上夏木偷瞄她的目光，便问道："怎么了？"

"曼姐……哥一个人去剧组拍戏，真的……能行吗？"夏木可是从上任以来没离开过翰墨超过半天的。

楚曼手指轻敲键盘看着电脑："能不能行就看他自己。"

实则电脑上的文档是一堆没有意义的英文字母。

让翰墨一个人去剧组，就是一场华丽的冒险。

临走前，她还嘱咐过他。

"要和剧组的人搞好关系，不管是场务，还是很普通的小角色都保持微笑和礼貌。"

"文导对戏要求很严，你要对自己要求更严才能出好作品。"

"秦野虽然也参与了这部戏，但本来是男主的，变成现在的小角色，这落差之大其实还不如不参加。但他什么都没说地应了下来，你要小心他给你小鞋穿。"

"不许迟到，不能掉以轻心。"

"有任何事第一时间打电话给我。"

可是面对她的嘱咐，翰墨是打着哈欠不以为然地说"知道了，知道了"。

这家伙……就是有本事让人心里七上八下的。

"曼姐？曼姐？"

"嗯？"楚曼回神。

夏木咯咯笑："曼姐，其实你也是很担心我哥的吧？"

楚曼不答，把笔记本爽利地合上。

翰墨进组文导的戏，按照楚曼说的，上至文导下至场务，都很礼貌地微笑打招呼，并先一波奶茶攻势，俘获了大家的心。他更是记住了每个人的名字和所喜欢奶茶的口味，表示下次会针对大家喜欢的口味再请。

明星的光环再加上他本人的魅力，大家很快就对他赞不绝口了。

其实不用楚曼特别嘱咐，做人这一点，翰墨还是很会的。

除了楚曼本尊油盐不进，其他人还是很吃他这一套的。

而翰墨也是进了组之后才知道楚曼没骗人，演女主的邢芸也没带助理。文导不喜欢演员前呼后拥一大堆人，亲力亲为的最讨人喜欢。

气氛融洽，文导也总是喜欢带着他说戏，秦野像以前一样和他有一搭没一搭地聊天，大部分时间也是躲到一旁去独处，所以翰墨没感觉到楚曼临行前嘱咐的严肃到底来源于哪里。

第一场戏就是翰墨和邢芸的分手戏。

邢芸痛哭流涕地说着台词，随后翰墨拉住她进行挽留，再对方一记巴掌打在他的脸上算完事。

这一记巴掌翰墨以为是借位，没想到邢芸打得十分用力。

导演喊"咔"的时候，他还觉得自己的耳边一阵嗡响。

邢芸捂着脸，十分羞涩地问："翰墨，你，没事吧？"

翰墨怎么可能说自己有事，当然是回过神来后第一时间反应道："没事。"

文导满意地说道："嗯，邢芸，这场戏你把握得很好。就是这样！"

"谢谢导演。"邢芸微笑鞠躬。

翰墨捂着自己的脸也说了一声"谢谢导演"就下场了。

工作人员拿来冰包，还有人过来给翰墨按摩，翰墨没要，接过冰包就走到了景棚外。

他拿出手机当镜子看了一眼，脸上的五指印还是挺明显的。

"嘶……这邢芸下手真狠……"翰墨皱皱眉，确定自己没有得罪这位邢芸，有些委屈地拨通了楚曼的电话。

那头倒是一如既往地接起。

听到那声熟悉的"喂"，翰墨撇撇嘴，唤出声："楚曼……"

"你怎么了？"楚曼停顿一秒，问出声。

翰墨听出她在很努力地压制着紧张，心头一暖，歪着脑袋把冰包往脸上按了按："没什么，就是想你了。"

楚曼在办公室里缓缓地坐回去："我让你有事打给我，不是让你胡闹着打给我的。"

"想你不是正经事吗？"翰墨无奈地叹气，"是不是非得我出事了，才能打给你，你才能好好地听我说？"

"别乱说话！"楚曼低喝，顿了顿又道，"拍摄得怎么样，有遇到困难吗？"

"楚曼，你就真的一点都不想我？"她开口闭口都是工作，冷静得像一个美女机器人，翰墨不明白自己到底为什么要喜欢上这个硬邦邦的女人。"说一句想我好不好？说一句想我，就当给我加油。"

翰墨的撒娇就跟加了四个加号的白桃乌龙从手机那头倒进她的耳朵里，楚曼双腿发软，低下头。

"乖，好好地，结束的那天我去接你。"楚曼深吸一口气挂断电话，只觉得百爪挠心，坐立不安。

翰墨这家伙，现在一个人在剧组，还在拍着戏，看在合约的份上也得哄啊！

楚曼一遍遍地说服自己："楚曼你这是在工作，是在工作……"

翰墨怔怔地站在原地，站在夕阳下，脸上是还没有反应过来的茫然，然后是一点点回过神来的甜蜜。

嗯……虽然没有说想他。

但她有努力哎。

乖？

好好地？

结束的那天来接？

翰墨突然觉得脸不疼了，扑哧地弯腰捩笑，心像插了翅膀一样地飞向了那边。

冷冰冰的机器人突然柔软地来这么一下，简直太有力量了……

天哪，无法消化了怎么办！

"什么事，这么高兴。"翰墨跺脚间扭头，是秦野。

翰墨直起身，摸鼻子："咳，没什么。"

秦野递上饮料："给。"

翰墨伸手接过："谢了。"

"上次看你这么高兴，还是好几年前的事了。"秦野看向被夕阳渲染成橙色的天空，"那是你第一次接到戏，也是这么一个夕阳天，你一路向我跑过来，一边跑一边往天上蹦，一边不停地喊我。"

翰墨眉头一动："是啊，我的好多喜怒哀乐都是和你一起经历的。"

秦野抿了一口手里的饮料："是啊，不知不觉，我们都长大了。"

"我一直都没变，哥你呢？"翰墨看向他，"你变没变？"

秦野扭头，迎上翰墨的眼睛不答反问："你觉得呢，我变没变？"

四目相对间，时间仿佛就此停住。

不知道过了多久，身后传来了场务的召唤："下一场，翰墨，我们要换地方了。"

翰墨回头："好！"

"要开工了，哥。"他看看秦野，耸肩表示先聊到这儿，便往回走去。

秦野温和的眸色一点点冷下去，看着翰墨的背影，将手里的饮料一饮而尽。

接下来的几天，翰墨都在认真拍戏，下戏了就和邢芸、导演聊剧情，有时候给剧本做记号做着做着就睡着了。全身心投入工作的时候，时间总是过得特别快。高强度的转场下来，翰墨也没时间给楚曼打电话了。

楚曼坐在办公室里，看着翰墨的宣传照微微出神。

这时温沄牵着张亦凯推门进来，看到楚曼在发呆，便一个健步跳到她桌边抽过她手里的照片："哎哟，真的是一日不见如隔三秋啊。怎么，这是在看照片寄相思啊？"

楚曼有些意外："你怎么过来了？"

温沄摇晃着张亦凯的手臂道："我跟我哈尼正约会呢，刚好走到你楼下，就上来看看你了。"

看到张亦凯，楚曼一点也不意外，上次在咖啡厅看到他照顾温沄的时候，她就知道这位帅哥一定会成为温沄下一个狙击目标。

这不，果然如此。

楚曼朝张亦凯点头致意："你好，随便坐。"

"你们姐妹俩聊，不用管我。"张亦凯笑笑，往旁边的沙发坐去。

识情识趣，长得又好看，楚曼替温沄感到满意。

"你最近在忙什么呢？也不见你找我。"温沄跷着二郎腿坐下，敲敲桌面。

楚曼有些怅然："翰墨进组了，我现在也没什么事做。剧组还处于保密阶段，也不能探班。"

"啧啧啧，看你这失落的表情，这才多久不见，就想你家小朋友了，你这宣传做得倒是挺到位啊。"

楚曼脸颊微红，瞪眼道："瞎说什么呢。"

"得，我不瞎说。"温沄耸肩，"你就自己死鸭子嘴硬撑到底吧。等你错过了翰墨这么好的选择对象，看你到时候找谁哭去。"

"我不像你，可以用最快的速度投入到下一段感情里去。"楚曼苦笑摇头。

"我这叫做青春苦短，懂得及时行乐！你别告诉我你现在还对雷景天念念不忘。"

"怎么可能。"

"那不就是了。"温沄凑近脸,"翰墨那么帅,又那么对你死缠烂打的,连安安都开心地收入麾下了,你到底有什么不满意的?要不是他不喜欢我,我早就打他主意了。"

温沄的话,楚曼一向都是一半真一半假地听的。

但是这会儿温沄的话像是不能回避的大山挡在楚曼的面前,让她笑不出来:"就是他太好,我才不要拖累他。"

温沄怔怔:"楚曼……"

这时门被人推开,楚曼抬头,温沄扭头。

马勒见温沄也在,想起之前她为了慕泽天进公司的事像头母狮子一样地朝他蹿过来的样子,不由心有余悸,赔笑道:"哟,今天什么风把你这尊大佛吹来了?"

温沄懒得搭理他,淡淡地回怼:"这才多久不见,你怎么又谢顶了?"

"谢顶就谢顶呗,只要我兜里的钞票越来越多,你让我成秃子我也愿意。"马勒嘿嘿自嘲。

"呵,马总不愧是财迷。脑子里除了钱还是钱。"

眼看这两个人当着自己的面又要掐起来了,楚曼赶紧问道:"马总,你过来找我有什么事吗?"

马勒一拍脑门:"你看看,跟你瞎聊差点把正事给忘了。楚曼,你好好准备准备,去剧组给翰墨探班。记者我已经约好了。你就想想怎么宣传一次啊,好好走一波热度。"

可以去探班了?

楚曼眼神不由一亮。

"好,我知道了。"

半个小时后,夏木开车,楚曼坐在副驾驶座,后排加上车厢里的东西,满满当当的。

夏木开着车,余光打量着坐在旁边的楚曼,看她心情很是不错,连口红涂的都是亮色系的,便故意问道:"曼姐,什么事这么开心啊?"

楚曼随手抓了一把头发:"可以给你哥宣传一波,你不开心?"

夏木挑挑眉:"开心,开心。"

楚曼扭过头故作看外边风景的样子,努力把脸上的笑容隐藏再隐藏。

她是不是太开心了,让所有人都看出来了……

想着就要见到想见的人了,还有什么比这更让人开心的呢?之前总是嫌翰墨烦,恨不得他从对面搬走，恨不得不要接到他的电话。可是真的见不到他，连电话都没有了之后，楚曼突然觉得自己的生活好空。

空到好不习惯。

不知不觉，翰墨已经浸透她的生活，慢慢生根发芽了。

这是，不可说的思念。

楚曼能感觉到心里的这份悸动已经逐渐变大，隐藏得很是辛苦。

楚曼提着咖啡踏入内棚的时候，翰墨正在和邢芸对戏。

楚曼一身水蓝色裙角晃入有些闷热的内棚，像一抹清凉瞬间引起翰墨的注意。

他悄无声息地挪动了一点位置，正视着楚曼的眼睛说台词："我知道你心里有我，只是你一直都不说，我就没有揭穿。但是这一刻，我实在忍不了了。"

邢芸对着剧本捧脸做害羞状："其实我……"

"我都知道，跟你在一起相处了这么长的时间，我发现自己已经深深地爱上了你，还记得我们第一次相遇时候，我们都那么慌乱，那么不知所措，虽然有些小尴尬，但我已经把它当成我人生中最珍贵的开幕。刚开始时，你虽然表现冷漠，对我拒之千里，但是我就是想要慢慢地靠近你，像你的影子一样，跟在你的身后，如影随形。我喜欢着你的喜欢，感受着你的感受，我用自己的方式融入你的生活，虽然有时候有些冒失，但我这个人愚笨，只能想到这些办法默默守护着你。我只希望，我的未来有你，我的目光所及之处，皆有你。"剧本里的这段台词实在太适合告白了。

翰墨把这段台词毫不费力地背了下来，邢芸还盯着剧本在过词儿，他就直接对着楚曼说了。

还好旁边的人都没怎么在意他的目光到底在看谁。

邢芸："有些话我早就想跟你说了……"

"我爱你。"翰墨一字一句，无比认真，无比虔诚地看向楚曼。

楚曼站在工作人员中间，听到他说这三个字，只觉得心头被锤子用力地砸了三下。

文导很满意地表扬翰墨："真不错，词儿记得很溜，刚才对戏时表情也很好。"

翰墨微笑，冲楚曼眨眨眼。

正式开拍，是十分钟后。

翰墨跑过来，开心地看向楚曼："你怎么来了！"

楚曼："工作，马总让来探班。"

"我还以为你是专门来看我的呢。"翰墨失落地垂眸噘嘴。

楚曼把手里的咖啡依次分给在场的工作人员,看到秦野站在一旁不远处用一种说不清楚的目光在看她。

而在她看向他时,他又默默地收回了视线。

好几袋的咖啡都分光了,楚曼拿着最后一杯咖啡走向秦野:"其实你可以不用来这个电影里做配的。真不知道慕泽天是怎么想的。"

"文导的戏,哪怕是在里边演个服务员都是好的。"秦野接过咖啡,微微一笑。

楚曼打量他:"真难得,你有这么平稳的心态和想法。"

秦野笑:"难得?楚总很了解我吗?了解我是一个什么样的人。"

楚曼摇头:"我不了解你,但我了解慕泽天。她是一个不择手段、拼了命往上爬的人。你如此平心静气,真的和她不是一个气场的。"

秦野不打算和她继续套话下去,而是转过身道:"下一场戏有我,我就不和楚总闲聊了。"

楚曼盯着他,心头涌上一种不舒服的感觉。

就像警察明明知道他不是好人,但就是没有证据将他暂时逮捕归案。

他的眼神让她不安,他的平和更让她不安。

下一场戏,是在茶馆的内景中,翰墨和秦野争夺邢芸的情节。

秦野说道:"我知道你深爱着锦瑜,但是这一次,我绝对不会把她让给你的。"

"你们已经分手了,为什么还要来破坏我们。"轮到翰墨开始走位,秦野走向了灯光,翰墨只好跟过去。

监视器里,秦野走出了画面。文导蹙眉立刻压下来,起身道:"停!怎么回事?秦野你会不会演戏,你出画了,你没看到标点吗?"

秦野赶忙道歉:"对不起,文导,对不起。"

"没事儿,导演,刚刚我也演得不好,我们再来一条。"翰墨见状,也帮忙缓和气氛。

翰墨扭头看向秦野,拍他肩:"没事,哥,再来一条就好,不用太担心。"

秦野点点头,往前走,刚走没几步,他的脚就绊到了一旁摄影机的线。

楚曼一直盯着秦野的一举一动,看到这一个举动立刻反应神速,喊了一句"小心",上前扶稳了摄影架。

哼,想害翰墨!

楚曼目光凌厉地扭头看向秦野，瞬间瞪大了眼睛。

这线扯到了另一边的灯架，倒向了翰墨的后背。

所有人都来不及反应，包括翰墨自己，就这么直接被砸到晕倒在地！

楚曼飞扑过去，她的尖叫声引起了所有人的注意。

文导大惊，闻声而来："怎么回事？怎么了吗！"

夏木正在靠近门口的地方给工作人员分派带来的东西，听到里边有混乱，还有楚曼慌张的声音，心下一紧也飞奔了过来。

所有人都看到翰墨倒在地上不省人事，七魂去了六魂半，一时间场景大乱。

"快叫救护车！快叫救护车！"楚曼抱起翰墨的头，看向夏木，"快啊！"

"好好，曼姐，我知道了。"夏木脸色苍白，哆哆嗦嗦地从口袋里拿出手机，脑子一片空白。

楚曼不停地唤翰墨，可是翰墨就是没有一点反应。

看着他没有活力的脸，她突然变得好慌。

过往他讨厌的牛皮糖的一幕幕都汹涌地出现在眼前。

翰墨生日会在台上唱歌的样子；

阳台上翰墨指着那广告牌说自己的梦想是登上那个广告牌；

翰墨在厨房里做菜的样子；

翰墨抱着安安，开车送他去医院的样子；

浴室里他亲她；

他厚着脸皮说电台事件平安解决后要她给他一个机会；

他说他想要照顾她和安安。

……

手术室外，楚曼看着亮起的红灯，情绪崩溃，跪地大哭。

如果翰墨有事，该怎么办？

她好后悔，她真的好后悔……早知道是这样，她一定不再固执，不再嘴硬，一定要真实地，早一点地告诉翰墨她的心意！

而不是像现在这样，出了意外后，没有了机会，只剩下无尽的后悔和遗憾！

在片场突然出了这样的意外，尽管文导第一时间封锁了消息，但翰墨受伤的消息还是像长了翅膀一样地飞出去了。

医院门口很快就来了很多记者。

夏木和童童在外面拦着记者，还有很多心急的粉丝想要去里边看翰墨。

安旋捧着一大束花冲在最前面，问夏木："木木，哥怎么样了？"

"哥已经被送到手术室了，一定会没事的。你让粉丝先回去休息吧，我们会好好照顾翰墨的。"夏木这话是说给安旋听的，也是说给其他粉丝听的。

安旋点点头，转身帮夏木劝粉丝们先回去："大家先回去吧，哥哥一定会没事的。"安旋是后援会会长，一向对翰墨的事情尽心尽力，所以在大家心目中很有公信力。

粉丝们见她都进不去医院，又这么说了，也只好转身先离开。

不过记者们就没有跟粉丝一样这么好打发了，他们都恨不得第一个抢到里边去拍到翰墨受伤的第一手资料！

手术的时间格外漫长，楚曼站在手术室外边来回踱步，祈祷着翰墨能平安无事。

当下，她已经挪不出额外的心思来理清楚这个意外到底是怎么发生的，又或者是不是意外的真实情况了！

不知道过了多久，灯终于灭了。医生们推着翰墨出了来。

楚曼忙不迭地问医生翰墨的情况："医生，他到底什么时候能够醒过来？"

"你放心吧，他暂时没有危险，只不过砸到了头部和颈椎，压迫到了神经，至于什么时候能醒……我们暂时还不能确定，你多和他说说话，说不定很快就醒了。"医生虽然这么说，但是脸上的神色没有太多乐观。

楚曼只好点头致谢。

翰墨静静地躺在病床上，一动不动，头上缠着纱布，像个精致的玩偶。

楚曼心如刀绞，坐在他身边握住他冰冷的手，咬唇道："翰墨你一定要醒过来……你一定要醒过来，听到没有？"

她宁愿他这个时候突然坐起来，冲她眨眼说这一切都是玩笑，都是他的恶作剧，也不要像现在这个样子。

夏木和童童好不容易控制住了楼下的局势，等到公司来的安保组将医院的门口围住了，才抽空跑上来查看翰墨的情况。

病房里，夏木推开门冲了进来，看到已经崩溃的楚曼守在翰墨的床边，小心翼翼地踱步过去问道："曼姐，哥怎么样了？"

楚曼的眼睛已经红肿，但她还不能垮下去，翰墨倒下了，她不能倒。

公司还有翰墨都需要她。

"医生说伤到了脑部和脊椎，暂时还醒不过来。"

夏木整个人都傻了："那，那怎么办？我哥不会，该不会成为植物人吧？"

"翰墨一定会醒，一定会没事！"楚曼打断了夏木的惊恐。

夏木定定神，开始自打嘴巴："对对对……一定会没事的。呸呸呸，我真是乌鸦嘴！哥哥吉人天相，明天，不今天就能醒过来。曼姐，现在的情况，我们要不要通知翰墨的妈妈？"

楚曼看向翰墨："暂时先不要，免得阿姨担心。"

夏木点点头。

"片场那边翰墨估计暂时拍不了了，你让马总和慕泽天去协调一下。"

夏木怔怔："曼姐，让慕总去？"

慕泽天巴不得踩翰墨两脚，把秦野推上去，这个时候让她去调解，不是摆明给她机会钻空子吗？

不用夏木提醒，楚曼自然知道，但是有什么办法？现在她顾不得这么多，她抓了一把凌乱的头发："现在有什么别的办法吗？就算不让她去，她就不会去了吗？"

夏木垂眸："知道了。"

医院里，为翰墨的昏迷不醒一个个都万分担忧；片场里，文导也为了这事儿头疼得厉害。

拍得好好的，偏偏出现这样的意外。

"戏拍到一半出了这样的情况，也不知道翰墨现在怎么样了……"

"刚收到那边的消息，翰墨还在昏迷中，近期应该是拍不了戏了。"李副导挂了电话，跟文导通报医院里的消息。

文导气不打一处来，噌地把手里的剧本摔到地上："你们怎么做事的，怎么能出现这样的事情，戏拍了一半，也不可能调换演员，现在全组几百人都要停工！"

众人纷纷低下头，不敢搭腔。

慕泽天在一旁见状，开口道："翰墨出了这样的事情，我们也很难过。只不过文导，这么大制作的戏我们都不能放弃。"

文导抬眸，皱眉道："那能怎么办！现在一时之间也不能调换演员呀！"

慕泽天淡淡一笑："改剧本。剧本我也看过了，是多线发展的剧情。秦野的戏份在原剧本上虽然不多，但是与主角的命运却相关联。导演只要稍微改动一下，提下秦野的戏份，这部剧也能完整。"

文导脸色微微有了变化。

"文导，您看我这个建议怎么样？"慕泽天礼貌地问道。

文导看了看旁边的秦野，虽然并不想这么做，但眼下也没有更好的办法："现在……也只能这么办了。秦野，辛苦你了。"

"翰墨是我最好的朋友，替翰墨好好拍完这部戏，也是理所应当。"秦野表达了自己的义不容辞。

文导叹了口气："所有主创，马上开会准备调整剧本。秦野，你也来。"

秦野点头说好。

慕泽天勾唇，意味深长地迎上秦野的目光。

……

签约文导的戏的那天。

慕泽天把合同递给秦野，秦野打开，看着里边是男主三的角色，怒极哼笑："从男主变成了男配，慕总，这就是你说的青云直上，这就是你说的能捧红，这就是你的格局？"

慕泽天笑笑："还没到最后一步，你怎么知道你就不是男主？"

"这合同上都明确了，文导也钦定翰墨是男主了，你还能有什么……"

"先进组吧。地球在转，每天都在变，要有足够的耐心才能攀上顶峰。"

……

翰墨昏迷不醒的第三天晚上。

楚曼依然守在他的床边一步也没有离开。

她不想错过翰墨醒来时的这一刻。

时间仿佛在楚曼这里变得格外缓慢，定格住了翰墨的沉睡。

"翰墨，你一定要醒过来。公司不能没有你，粉丝也不能没有你。还有……还有我也不能没有你。因为之前失败的婚姻，因为安安，我一直封闭着自己的内心，把除了安安以外的所有情感，全部封闭起来，拼命工作，觉得自己不可能再对任何人有任何感情，直到你出事的一瞬间，我觉得我的世界崩塌了，我才知道，你对我有多重要。翰墨，你要赶快好起来，求你了，翰墨，你要赶快好起来。"楚曼把脸贴在他的手背上，低声诉说着。她不想再隐瞒自己的内心，想要坦诚地说出来。

这些天，她都在坦诚地忏悔。

只可惜，他听不到了。

人生真的是很讽刺。

意识到什么对于自己来说是重要的时候，往往是失去它的时候。

白天，她都不敢哭，只有晚上夜深人静，旁边没有人的时候，她才敢为他哭。

这份脆弱，显露无遗，为他而生，为他而疯。

楚曼的手在碰到翰墨的脸时，手腕突然一热："你说的是真的吗？"

楚曼愣愣，看到翰墨的眼睛缓缓睁开。

"翰墨？你……"

翰墨不等她反应过来，勾过她的脖颈，深情吻上。

楚曼的瞳孔瞬间缩紧，望着他恢复生机的脸闯进了自己的视线。他是真的醒了……他的唇，他的体温在真实地传递着。

一股热泪从眼眶涌出，楚曼闭上眼睛，投入到这个深吻中，告诉自己，如果这是个梦，她不要醒来。

不知过了多久，翰墨放开她，怜爱地伸手捧过楚曼憔悴的脸："这两天辛苦你了。"

楚曼吸鼻子摇头："不，不辛苦。你醒来就好，你知不知道我有多担心你？"

"本来不知道的，但现在知道了。"翰墨歪头笑。

楚曼抿唇，涨红了脸。

翰墨生怕她又要否认了，赶忙说道："哎哎，我可是全都听到了，你可不许耍赖了。这次你再耍赖我……"

"不会了。"楚曼张开双手紧紧地抱过他，认真地许诺道，"这次不会了。"

夏木从外边提着吃的进来看到这一幕，像小孩子一样赶紧捂住眼睛："哎呀妈呀，哥！你醒了！"

楚曼放开翰墨，有些尴尬地抚发坐好："我，我去……倒水。"

翰墨却抓住她的手不让她离开："不要你走。"

夏木眼明手快地摆手加转身："哥，你醒了真是太好了！我去倒！我去倒水！"

翰墨笑眯眯地抓着楚曼的手，一秒都不肯放松。

楚曼动了动跟枷锁一样被锁牢的手："喂，你就这么打算抓着我抓到什么时候？"

她都说了这次不会跑掉了，他怎么还跟个小孩子似的。

"能抓到什么时候就抓到什么时候吧，谁知道刚才你说的是不是哄我的。你这个女人在我这里的信用度已经严重破产。"翰墨轻叹了口气，"我在想，我到底让你在我这里质押什么，才能让你乖乖地。"

他出事的这几天，楚曼觉得世界都塌了。

自从和雷景天分手后，她将自己的内心世界封闭起来，但翰墨的闯入在她的内心掀起阵阵波澜。她就是再想骗自己，也是不能了。

翰墨怔怔，不敢相信地看向楚曼，隐秘的笑容再也抑制不住地飞扬起来。

"哥，水来了，喝水。哥？"夏木拿着水回了来，看到病房里场景正常，这才殷勤地走到楚曼身边递水，结果看到……刚刚还很清醒的翰墨一脸痴相，傻呆呆地笑着。"曼姐，我哥没事吧？"

难不成是被灯架砸傻了，这好不容易醒过来别是一场悲剧啊！

"没事，好着呢。"楚曼一语双关，趁机把自己的手抽回来，"你好好地照顾他吧，我出去一下。"

夏木呆呆点头，半信半疑地往楚曼的椅子上坐去："哥？你瞅瞅我？我是谁？"

楚曼从病房里出来，站在走廊上理思路。

实在是千头万绪。

翰墨没醒来之前她根本没心思管病房外的世界，现在她得抓紧时间。

首先文导那边的戏，得看看能不能继续进组拍摄；

再来，翰墨醒来后的消息要怎么对外公布比较好；

还有就是……

"翰墨！翰墨！"楚曼抬头，是翰墨妈妈。

糟了，还没来得及通知翰墨妈妈，她一定是从记者那边得到的消息。楚曼上前："翰妈妈，您好。"

翰墨妈妈见楚曼一眼就认出了她，她却不知道面前站着的人是谁，不由皱了皱眉头问道："你是？"

"我是楚曼，是翰墨的宣传。"楚曼顿了顿道，"您放心，翰墨已经没事了，他……"

"原来是翰墨的公司同事，麻烦你快带我去病房看看他！"翰墨妈妈不等楚曼说完就要往前走，语气里满是着急，但到底还是保持着礼貌。"是哪间病房，是这间吗？还是那间？"

楚曼只好带她去到翰墨的门口，两人一推开门就看到翰墨捏着夏木的耳朵叫嚣着："还测吗？还测不测了？"

夏木歪着个脑袋直求饶："哥！哥！不测了！不测了！天下你最聪明了！你放开我，放开成不？"

托翰墨胡闹的福，满是担心的翰墨妈妈推开病房的门看到的是活力满满的场面。

　　楚曼看到翰墨妈妈皱紧的眉头放松了一点，随即问道："儿子，你这是怎么了？到底哪里受伤了？现在怎么样？"

　　不等翰墨回答，她生气地站在床尾跺脚："你还是不是我的儿子，出了这么大的事情都不告诉我。要不是我看到新闻，还不知道你住院了！"

　　翰墨张开双臂，示意妈妈过来，撒娇地抱住她道："哎呀，老妈，我这不是没事吗？你看，四肢健全，能说能笑的。能有什么事啊？你看，我没事，就是被砸了一下，没什么大不了的，比起小时候你揍我可轻多了。"

　　"你就会胡诌！"翰墨妈妈戳了一下他额头，脸上满是心疼。

　　"翰妈妈，医生说只要翰墨醒过来，没有想吐的情形就是好的，不会有大问题。"楚曼试图以医生的角度来让翰墨妈妈安心一些。

　　"妈，我能醒过来也有她的功劳呢，要不是楚曼细心照顾我根本醒不过来！"翰墨想趁机介绍楚曼给老妈认识。

　　"哦，是吗？"

　　在一旁的夏木撇撇嘴："明明我也有功劳，怎么不提我……"

　　翰墨一个飞眼，夏木识趣地起身溜走。

　　这时翰墨妈妈上前对楚曼表示谢意："楚曼对吗？谢谢你楚小姐，这么尽心尽力照顾我家翰墨，作为同事如此尽心尽职这……"

　　"妈，她不只是我的同事，她还是我女朋友。"翰墨打断老妈的客套，补充道，"这才是我喜欢的人。"

　　楚曼忐忑地看着翰妈妈，果然看到她听翰墨这么一说，脸上的笑容就僵了一下，然后把手缩了回去："你也照顾翰墨好些天了，看你憔悴的，干脆好好回家休息休息，我在这里照顾就行了。"

　　虽然这是第一次见，但关于翰墨妈妈的事楚曼知道不少，当初看资料照片的时候就看得出她是一个见过世面，优雅独立的女性。而今天的她，一身旗袍，身上散发着淡淡老式香水味。

　　翰墨见状，赶紧道："妈……"

　　"请回吧。"翰墨妈妈客气地下了逐客令。

　　楚曼冲翰墨轻轻地摇摇头，点头道："那好，翰妈妈，您有什么事可以吩咐夏木去办。我先走了，正好公司里也有很多事要等着我处理。翰墨，你好好休息。"

她说着拿上包就往外走。

"哎，楚曼，我……"翰墨见楚曼就这么被自己老妈给撵了，不开心地看向老妈，"妈，你这是干什么呀？"

"玥儿那么好的女孩你不喜欢，居然喜欢这么一个呢！"

"什么叫这么一个啊？楚曼很好。我和玥儿只是普通朋友，你不要误会好不好！"

"我没有误会！玥儿喜欢你，她漂亮单纯，善良体贴，我觉得很好。"

"我喜欢的人是楚曼！"

"看样子，她年纪不小了吧，今年多大了？你这次住院是不是她不让告诉我的？"

……

站在门口的楚曼听到翰墨妈妈的话，不由怔怔。

是了，这次翰墨出事让她的真心暴露无遗，可是她忘记了还有长辈这一关要过。

而对于心疼儿子的母亲来说，姚玥儿无疑是最好的选择。

她……她除了年龄和一个五岁大的儿子，还能有什么？

一直以来觉得自己是优秀的女性，有事业有追求还有维持良好的外貌，原来是没有对比，一旦有了对比，就会相形见绌。

楚曼垂眸，迈着沉重的步伐离去。

第十三章　我是你的宝宝呀

医院楼下，姚玥儿坐在秦野的车里，手里捧着花。

姚玥儿看向秦野："你真的不和我一起上去？"

秦野手握方向盘，漫不经心地说道："我就先不上去了，翰墨妈妈在，你上去是旧情未了，我们两个一起上去就是耀武扬威了。"

姚玥儿笑笑："你就不怕我真的是旧情未了？"

秦野转过身，看着她，看着看着忽然俯身靠近。

狭小的车内，两个人之间几乎能感觉到对方似有若无的气息扑在自己的脸上。姚玥儿从秦野的眼神里看到了霸道和撩拨，不由紧张地握拳。

"你不会的。"秦野笃定地说道。

"为什么？"姚玥儿卷翘的睫毛困惑地扑闪。

"因为你是聪明人，聪明人是不会让自己在同一个地方跌倒两次的。"他勾唇，拿过她的手，在手背轻轻地吻了一下。

"那我们的关系你想什么时候公布？"

"快了，在所有人都笃定你和翰墨的关系后，在所有人都以为你蹭翰墨流量后，到时候公布岂不是更有趣？"秦野挑眉。

"没想到你的报复心比我还重。"姚玥儿笑笑，"看来我得时不时地提醒自己，你是一个很危险的男人。"

"再危险，我也是你的。"秦野贴着她的耳朵说了一句，重新坐好，看向前方道，"去吧，我在这里等你。"

姚玥儿勾唇，拿着花下了车。

比起翰墨，秦野带给她的是未知的冒险，显然前者的无法触及和追逐的疲惫感，根本无法比上后者的刺激感。

姚玥儿享受着怦然的心跳和青春里就该享受的男女爱情，内心坚定地走进医院。

病房里，翰墨妈妈在给翰墨喂粥，看到姚玥儿进了来，赶紧起身热情相迎："哎呀，玥儿你来了。"

翰墨则露出了并不想见到她的头疼表情。

"我拍戏刚回来，就过来看你了，你没事吧？吓死我了。"姚玥儿把花插到花瓶里，打量翰墨尴尬的表情，只觉得好笑。

"没事，一点小伤。谢谢你玥儿。"翰墨挤笑，礼貌地回道。

"那就好。"姚玥儿也礼貌地点点头。

"玥儿，你来了就好好陪陪翰墨，我下去给他买点儿东西。"上次姚玥儿哭着跑出去，翰墨妈妈很着急她和翰墨就没有后续了，现在看到她主动过来探病，高兴得要给他们制造相处的机会。

"不用了，我不用陪，我现在累了，想休息一会儿。"翰墨着急拉被子，翰墨妈妈可不配合他的差劲演技，"就这么决定了，玥儿你待着等我回来吧。"

说着她就往门外走去。

"妈……"

姚玥儿站在床尾也不动，看着翰墨因为没能叫住老妈而尴尬，她不由得重新审视着之前自己到底为什么会这么不管不顾地喜欢上他。

见姚玥儿一直看着自己，翰墨抿了抿唇："上次……我以为你放下了。"

姚玥儿垂眸："我说话算话，上次是最后一次就是最后一次。你不用怕我会缠着你不放。这次我是以朋友的身份过来的。同一个公司，抬头不见低头见的，你难道真的想我们老死不相往来？"

翰墨笑："怎么会。只要你愿意，我们还是朋友。"

姚玥儿耸肩："那就没事了。那你待着吧，我走了。"

"好。"翰墨点点头，目送她离开病房。

姚玥儿说的话让他安心，但是他的心里还是会忍不住打小鼓。毕竟这大小姐的脾气他是知道的，死缠烂打任性霸道才是她的本性。这突然之间走煽情和放手的路线，还真有点不可思议。

算了，不往坏的地方想了，翰墨摇摇头，重新躺下。

目前对于他来说已经是挺坏的结果了——

外边因为他受伤的事闹得一团乱，本来男主的戏被慕泽天和秦野联手改了剧本。

唯一好的事，大概就是他受伤因祸得福，得到了楚曼的告白。

翰墨妈妈回来后看到姚玥儿不在，情绪立刻低落了不少，被翰墨好说歹说地劝回了家。

夏木叫来医生给翰墨做检查，确定翰墨的脑袋瓜没有事了才放心。

翰墨则在报告出来的第一时间就要求回家休养，不要待在医院里了。夏木拗不过他，给楚曼去了电话。

楚曼知道翰墨的性子，只好同意他这样做。

翰墨回到家，安安成了他的小保姆，他颐指气使地坐在沙发上指挥安安做这个做那个的，还时不时地发出哀号装可怜，一时间分不清安安是小孩子还是他是小孩子了。

楚曼在公司里安排了安旋发布翰墨没事出院的消息稿，再跟文导通过电话，确认剧组里的进度已经完全为了这次的意外做了调整，秦野在主拍了，没说什么只说有机会下次要再合作。然后就买了水果和药回家了。

安安看到妈妈回来了，急不可待地跑过去请功："妈妈，妈妈，我有好好照顾哥哥。哥哥要喝水、哥哥要上厕所、哥哥要看书，都是我做的哦！"

"是吗？安安真乖。"楚曼摸摸安安的头夸奖后，抬头看向躺在沙发上夸张的翰墨，提着水果到厨房洗完切好端了出来。

当着翰墨的面，楚曼喂安安："安安，今天你辛苦了。"

翰墨瞪大眼睛，看着切块的苹果一块块地从眼前滑过，某人就是没有要喂他的意思，不由急了："楚曼？哎？啊——"

楚曼故作不知："怎么了？你脸抽搐了？"

"什么啊！我也要！啊——"翰墨仰起头，张大嘴，看上去可爱又好笑。

"你怎么跟个孩子似的。"楚曼哭笑不得。

"我是你的宝宝呀。"翰墨说着，就把头靠躺在她的大腿上。

"你……"

"哎呀哎呀呀呀呀……"翰墨突然抱着脑袋大叫起来。

"你怎么了？"楚曼心下一沉，紧张地问道。

"你不喂我吃，我头好疼。"翰墨闭着一只眼睁着一只眼，狡黠地威胁。

"你！"楚曼刚刚真的被吓到了，被某人给坑了之后，气得挥拳头。

翰墨顺势抓住她的手腕，含情脉脉："我因为你头疼，你要怎么补偿我？"

"你要怎么补偿？"楚曼挑眉。

"亲我一下。"翰墨说道。

他表面是板着脸，信心十足的样子，其实内心虚得要命，生怕楚曼再一次拒绝他。

就在他忐忑不安地等待时，楚曼俯下身亲了他："这样行了没？"

在一旁的安安鼓掌喝彩："好哎，太棒了，妈妈和哥哥在一起！"

翰墨好看的瞳孔像一对星星幽幽转动，以很缓慢的速度望着楚曼。

楚曼清嗓子："干吗？开心傻了？"

下一秒，她只觉得一股气息由下而上地覆盖上来。

他回吻住她，绵长而深沉。

楚曼根本来不及反应，就跌入了他无尽的温柔中无法自拔。

一旁的安安知道非礼勿视的道理，识趣地用双手盖住了自己的眼睛。不过嘛……

他还是忍不住从指缝里偷偷地看了看，咧嘴笑出声。

真好，妈妈终于恋爱了。

真好，妈妈终于能真正地开心了。

温沄约楚曼出来见面，楚曼已经推三次了。

酒吧里，温沄喝着鸡尾酒，一看到楚曼出现，就从位置上弹起来去拉她，生怕不做这个动作，楚曼就会飘然远去一样："你总算来了，走走走，去跳舞。约你这么多次都不出来，干吗，你很忙吗？"

楚曼被拽进舞池："嗯，忙。"

"少来了，翰墨生病，戏份被秦野抢去了，现在忙的人是他们，你有什么好忙的？"温沄摇晃着脑袋，不忘大声地揭穿她的谎言。

楚曼抓了一把头发，五光十色闪耀的灯球晃过她绯红的脸："我恋爱了。"

"啥？什么爱？"温沄大声地问。

楚曼只好靠近温沄的耳朵，大声地重复道："我恋爱了！"

温沄身体一僵，不可思议地扭头看向楚曼，确定自己没听错，一把拽过她又从舞池离开回到可以说话的卡座上。

"你说你恋爱了？你终于铁树开花了？和谁？"温沄压楚曼的双肩，一副要拷问的样子。

楚曼抿唇，有些害羞。

"是翰墨？"温沄一下子点到这个名字，等待某人的肯定回答。

楚曼点点头。

温沄脸上奇怪地闪动了一下，在她的对面坐下，喝手里的酒没说话。

"怎么了？不是你说……让我把握机会的吗？"见温沄没有激动也没有发表意见，而是表现出和她并不相称的沉默，楚曼心里有些没底。

"是啊，我是让你把握机会。但是你真把握机会了吧……"温沄也不知道要怎么说，"就得面对很多问题。毕竟你是金牌公关，而他是大明星，这一点你比我更清楚，跟自己的艺人谈恋爱是这个行业的大忌。"

她确实替对男人几乎是绝缘体的姐妹着急，看到翰墨对她有好感就撺掇，但内心深处很清楚他们要是真的走到一起还是挺困难的。

没想到几天不见，楚曼就跨过了心理障碍，真的和翰墨牵手了。

而温沄说的这些楚曼何尝不知道呢，她就是知道才踌躇了这么久……

"你说的这些我都懂，其实我也纠结了好久，但是这次翰墨受伤，让我知道了他在我心里的位置，感情不就是这样吗，不是说控制就能控制得了的。"楚曼坦白心境。

"我理解，我也祝福你跨出了这勇敢的一步。但作为姐妹，我还是要劝你一句，有些事情你要考虑清楚后果，你和他在一起，一个不小心，就会毁了你，毁了他。"温沄握过楚曼的手，不知道自己这句提醒算不算是亡羊补牢，为时未晚。

楚曼挤挤笑，起身道："我们去跳舞吧。"

在舞池里，楚曼放纵了自己的身体也放纵了自己的不安，从酒吧出来浑身像散了架一样。

回到家她下意识地走向翰墨的门，但在抬手间想到温沄的话，又默默地放下了。

她回到家，贴着门坐下，就听到手机响了。

是翰墨发来的微信："你怎么还不回来？"

"我已经回来了。"楚曼回。

"是吗？那我去找你，我想你了。"翰墨发来一个大大的微笑表情。

楚曼赶紧回："我累了，先睡了。"

她双手抱臂，把脸埋进膝盖里。

楚曼不后悔自己的决定，也不后悔和翰墨恋爱的这几天。

他不能露着脸出去，她就给他缠上头纱再戴上口罩，两人出去约会；

他们一起做蛋糕；

他们什么也不做地腻歪在一起，她给他的后背上药，他给她唱歌；

他们做着普通情侣都会做的事情。

楚曼真真切切地感受着自己的快乐每一天每一天都新鲜地发着光。

只是……这样的快乐，还能持续多久呢？

第二天，楚曼刚进公司，就被马勒叫到了办公室。

马勒笑嘻嘻地双手跟弹钢琴一样地扶着扶手："楚曼啊，翰墨的身体怎么样了？"

"已经好多了。"

"真的是太好了，这次我们真是发大财了。翰墨和姚玥儿主演的《再靠近一点点》播出之后，反响特别好，最近《当燃了，国潮》这档综艺节目想邀请翰墨和玥儿一起参作为常驻嘉宾呢。下午节目组的人会来跟我们碰这次前期宣传的海报方案，他们想让翰墨和玥儿捆绑CP做宣传，你跟他们好好商量一下，看看打什么主题好，把两个人的热度再提一提。好啊，这次又能挣不少钱了，太好了。"

马勒高兴地不住鼓掌，双眼发亮。

"是吗？确实挺好。那我这就去准备。"楚曼微笑着转身，脸上的笑容立刻跟打雷一样，迅速不见。

下午，会议室里。

投影仪上播放着《再靠近一点点》的幻灯片。

《当燃了，国潮》节目组制片人摊手直奔主题道："恭喜马总，公司的两位艺人在拍摄完这部戏后，人气大大提升。我们想邀请翰墨和玥儿拍摄这次《当燃了，国潮》的宣传海报，具体方案我们之后会发过来给您，我们想主打两位艺人在剧中的恋人感觉，所以希望他们在拍摄中能够尽量保持亲密，不知道马总有没有什么意见？"

马勒笑笑，急忙答应下来："只要能提升他们两人的热度，增加人气，我们没有意见。哦，对了，慕总监和楚曼你们有什么想法吗？"

"我觉得……"

楚曼三个字刚说出口，就被慕泽天打断了："我觉得这样的设定非常好，既能延续这部戏的热度，也能给两个人圈一波热度。相信这次我们的两位艺人与节目组的合作也会为《当燃了，国潮》增加前期的宣传力度。"

说完慕泽天笑眯眯地看着楚曼。

大老板，还有慕总都这么答应下来了，直接把她的后路都给切了。这时候她再提不同意根本就是与世界为敌，楚曼只好换一种说法："我觉得创意本身没有问题，只是我们要考虑一下有没有必要绑定 CP 来进行宣传。如果过度绑定两名艺人，会影响到他们之后跟其他艺人的合作。这一点我想我们有必要慎重考量一下。"

马勒微微皱眉。

"我没有楚总监考虑得那么久远，现在两人正在热头上，这样宣传，能给两个人的热度带来更长久的发酵。相信这次的海报拍摄，能在短期内给两位艺人增加更多的商业价值，甚至可以捆绑两人做品牌代言。何乐而不为呢？"慕泽天接过话说道。

马勒听到这里眉头又舒展了，起身跟节目主办方握手："能代言好啊，能代言就能赚钱，我觉得方案就这么确定吧，你们准备一下。我们全力配合。"

"好的，感谢。"

这场会议，基本等同于通知。

慕泽天这次这么给马勒打边鼓，没有提反对意见，楚曼不知道她是为了拍马勒马屁还是为了针对她和翰墨的感情。

如果是后者的话，就等于她有一个巨大的软肋拿捏在她的手里。

这样的话，她和翰墨就同时站在悬崖边上，只要轻轻一推，谁也不能活。

楚曼迈着凝重的步伐到了翰墨的化妆室，体会到了温沄说的那句话的严重性。

翰墨在化妆，扭头看到楚曼来了，开心地喊道："楚曼！"

楚曼收起复杂的神情，也同样露出笑容："嗯。"

翰墨望着镜子里走到身后的楚曼脸上的笑容："你看起来心情不错，是不是遇到什么好事了？"

"你受邀参加《当燃了，国潮》，证明你的人气和地位也越来越高，虽然因为这次的意外在文导的戏里镜头会变少有些可惜，但到底你现在的事业还算顺利，我当然开心了。"楚曼轻拍翰墨的肩。

"只要你在我身边，就是我最最开心的事情。"翰墨拉过她，想让她坐腿上。

楚曼跌坐在他的腿上吓了一跳："喂！这里是公司！放开我！"

"这里又没有其他人。"翰墨箍住她的腰不让她走，说着就把脸凑上去要亲亲。

这时姚玥儿毫无征兆地推门进来："翰墨……"

楚曼赶紧推开翰墨，起身。

姚玥儿愣了一下，脸色随即平静地说道："曼姐，不好意思，我以为……只有翰墨一个人。"

此时，三个人都沉默了。

这时门再次被推开，这次进来的是夏木："哥，该拍摄了，我们过去吧。"

"那我先出去，不打扰你们了。"楚曼讪笑，快步越过夏木往外走。

姚玥儿也跟着出门。

夏木感觉到他进来之前，屋子里的气氛怪怪的。

"哥，是发生什么事了吗？我怎么感觉不对劲啊。"

翰墨叹了口气起身，推开夏木，"最不对劲的就是你。"

夏木云里雾里。

转至摄影棚里，姚玥儿挽着翰墨拍亲密的合体照。

"再亲密一点，对。玥儿的手搭在翰墨的肩膀上，翰墨抱着玥儿的腰，靠近一点，再靠近一点。"摄影师一边拍一边给两个人下亲密指令。

其实他们两个已经贴得很近了，各种亲密动作摆得很自然，只是摄影师犹嫌不够。

他们都是专业演员，可以摆出很多看似感情浓厚但其实没有感情的画面来。

但是翰墨也有自己的底线，摄影师的指令让他忍不住看向在暗处看着他们拍摄的楚曼。

他可以专业，但是他怕楚曼看了心里会有不舒服。

楚曼双手抱臂，神色在黑暗的保护下十分平静，看不出有什么波动。但她的内心是不悦的，不悦中的很大一部分是感觉到自己的不专业。

明明这就是正常工作，可是她和翰墨的关系让她有了嫉妒心。

这太不好了，真的太不好了。

楚曼想逼自己不去看，可是又做不到，硬是把拍摄的过程从头看到尾，中场换衣服休息的时候，她坐到一旁休息，突然觉得有些累。

"曼姐？曼姐？"

楚曼回神，看到童童不知道什么时候来到了自己身边："哦，怎么了？"

童童拿着宣传计划书，弯头看着楚曼，有些担心地问："曼姐，你是不是有些不舒服？我看你的脸色有点不好。"

"哦，我没事，可能最近有点累了。"楚曼摆摆手。

童童把平板电脑递上："翰墨的宣传通稿已经弄好了，你看一下。"

楚曼漫不经心地大致划了两下，把平板电脑还给童童："就按这个发吧。"

"好的，曼姐。"

童童走掉，翰墨换好衣服出来看到楚曼有些六神无主地坐在旁边，便走过去关心地伸手摸她额头，问道："怎么了？看你脸色有些不好，是不是生病了？"

楚曼敏感地避开他的手："现在在工作，你别动手动脚的。"

"不管工作还是不工作，你都是我女朋友。"翰墨皱眉，"我关心我女朋友怎么了？"

楚曼起身，看向他的领带："你的领带歪了。"

她正想帮他整理一下，不远处响起姚玥儿的声音："翰墨，我换好了，可以拍了。"

楚曼把双手背到身后，看着翰墨走到灯光下，姚玥儿要给他整理领带，摄影师像抓到很不错的角度一样拼命地按快门。

电脑上同时出现了俊男靓女整理领带这样日常甜蜜的画风。

楚曼捂着吃疼的额头转身离开。

回家的路上，翰墨看到开车的楚曼一语不发，像有一片乌云笼罩在头顶。

他偷瞄了一会儿，忍不住清嗓子："你……今天到底怎么了？"

"我没事。"楚曼盯着前方，专心开车。

又是这三个字。

翰墨无语地扯扯嘴角，抓过她的手："你有事情一定要跟我说，别忘了，你现在可不是一个人。"

他最不喜欢她什么事都自己扛的样子，每次她很坚强地什么都自己来，他就觉得自己被推到了千里之外。

"我说了，我没事。"楚曼甩开他的手，生气地说道。

翰墨眨眨眼，突然扑哧地笑出声："楚曼，你该不会是……吃醋了吧？"

楚曼一愣，扭头："你说什么？"

"今天我跟玥儿只是因为工作，你别放在心上。如果我要和她有什么，早没你的事儿了。"翰墨笑着捏她的脸。

楚曼听不得他这么放肆的笑，推开他的手："说什么呢！我怎么可能因为这种事情吃醋，我是一个专业的宣传！"

"你是一个专业的宣传，但是，你也是一个女人，你是我的女朋友。"翰墨歪头。

楚曼被敏感到了，一脚踩刹车，翰墨要不是没有安全带勒着，脸就要和挡风玻璃亲密接触了。

翰墨有些诧异地看向突然发飙的楚曼。

楚曼压着火气，摆出老师教训学生的姿势看向翰墨："我告诉你，工作是工作，生活是生活，即使我们两个人现在在谈恋爱，但是我绝对有能力控制住自己的情绪，绝对不会把生活中的情绪带到工作中去。你听懂了没有！"

翰墨张了张嘴，还是忍不住反驳道："可是你为我吃醋，我觉得很开心啊。"

楚曼无语地看向前方，重新开车！

送翰墨回到家，准确地说是把翰墨放到小区里后，楚曼又开车出去了。

她把自己安置在温沄常去的酒吧，一个人喝闷酒。

今天，翰墨的话敏感到她了，因为他说得没错，她就是吃醋了。

她看到姚玥儿和翰墨那样的般配，想到翰墨妈妈说的话，她的心里满是嫉妒。

楚曼从来都觉得喝酒解决不了什么问题，酒入愁肠愁更愁，但是今天，她真的很想一醉方休。

这里的酒保都认得温沄和楚曼，见楚曼情绪低落，就偷偷地给温沄去了个电话。

温沄过来的时候，楚曼跟前已经摆了不少空杯子了。

温沄的手搭过楚曼的肩："亲爱的，你怎么了？喝成这样，失恋了？"

喝酒买醉已经是她温沄的招牌了，别人怎么能轻易搬去呢？

楚曼盯着手里半朦胧的黄色液体，问温沄："你觉得我是一个专业的人吗？"

温沄愣了一下，点点头："怎么这么问？"

"我以为我不会把私人的情绪带到工作上去，可是我发现我错了。我看到他跟姚玥儿那么亲密的时候，我没有办法不生气，我甚至没有办法专心工作，我突然觉得自己好失败啊。"楚曼叹气。

温沄拍拍楚曼的肩，很是心疼："既然你选择了跟他在一起，就应该想到这些。他是一个艺人，他的许多性质就是这样。以后不仅仅是姚玥儿，可能还有其他各种各样的人，如果你现在不能摆正自己的情绪，那以后你将会更加痛苦。"

楚曼头疼地抹了一把脸："我知道这是他的工作，但是，我已经不可能像从前一样，我觉得自己在慢慢地把他私有化，我已经开始不能接受他跟其他女生接触，虽然我知道他们是在工作，但我依然会控制不住自己的情绪。温沄，你说我是不是疯了？我以前从来都不会这样子的。"

她觉得自己变得都不认识自己了。

温沄也要了一杯酒："那是因为你之前没遇到过爱情啊。亲爱的，爱情本来就是自私的，更何况你们谈恋爱会比别人更加艰难。楚曼，我一直期待着你能够勇敢地面对这份感情，但我期待的同时也一直劝你好好考虑这段感情，并不是从工作的角度，更多的是站在你的角度出发。倘若你们一辈子这样偷偷摸摸，难过的是你，但是你有没有想过，如果哪一天这段感情被爆出来，又是怎么样的结果呢？"作为楚曼的好姐妹，其实她也是很矛盾的。一边她身处行业中，知道里边的很多为难，一边她又要站在楚曼姐妹的立场为她的幸福考虑。

有时候，幸福来了，是不能考虑太多其他的东西的，不然就会失去抓住它的机会；而抓住了又要考虑它的长久，那么就必须要考虑太多周围的东西。

这就是人，矛盾体。

楚曼抱过温沄，委屈地哽咽了："温沄，我好累。"

温沄回抱住楚曼，暂时隐忍着眼眸里的委屈："我知道，我明白……"

楚曼这么难过，她也不好把自己刚刚的委屈说出来再添烦恼。

她赶来这里之前，正在和张亦凯还有他的青梅竹马一起吃饭。

算是见到了现在的小年轻的两副面孔。

张亦凯介绍他玩得很好的妹妹跟她认识。

一个叫卿卿的女孩，一头黑长直的头发，名牌青春制服，脸上的胶原蛋白满满，原本也没什么，大家都是年轻人一起吃个饭。

虽然对这种从小一起玩到大的女孩被定义成妹妹，温沄不是很爽，但想到张亦凯对自己的体贴，想来也是有这样的环境因素在，所以当张亦凯有这个提议的时候，她没有反对。

见到卿卿本人后，温沄客气地对她打招呼微笑。

她也是很有礼貌地在对面坐下来，自我介绍："姐姐你好，我是卿卿，我跟哥哥青梅竹马，从来没秘密，只是这次哥哥做的就不对了，哥哥都没跟我说过有姐姐这么漂亮的女朋友，该打。"

说着她就拍了一下张亦凯。

那动作和神情，真的和张亦凯很熟。

"以后他要是欺负姐姐，姐姐一定告诉我，我帮你揍他。呀，姐姐的妆化得真美真精致，一定用很贵的化妆品吧，好羡慕啊……可惜我才二十岁，还不能化妆，等过几年，我一定要向姐姐请教化妆的技术。"字里行间都是热情和活泼的自来熟，但是温沄还是听出了她的小心机。

为了避免自己的世俗聒噪地给这位卿卿下定义，温沄主动站起身说道："这家自助餐还不错，你喜欢吃什么，我帮你去拿。"

"哎！有哥哥在，哪里轮得到女孩子干这种粗活，姐姐我们好好聊聊，让哥哥过去拿吃的吧。"卿卿说着就指挥起张亦凯来。

张亦凯很宠溺地说着好，然后起身。

卿卿说道："我的口味哥哥都知道，不过，姐姐喜欢吃什么，想必哥哥应该更清楚吧！别忘了我只要半个餐盘就好，你懂的我要保持身材啦。"

张亦凯扭头看向温沄："小沄，你要吃什么？"

"你看着拿就好。"温沄看到卿卿的眼里闪过一丝疑惑又了然的笑意，"我不挑食。"

到底还是变成了两个女人的单独谈话。

温沄看向卿卿，果然看到她的笑容变了变，挑眉道："阿姨，看来哥哥对你也不怎么上心嘛，他就从来不问我要吃什么，我的喜好他都知道。"

刚才是姐姐，现在就成了阿姨。

温沄望着面前的这个女孩，到底还是在心里打了自己一巴掌，双面孔还是来了，还是不可避免地阳奉阴违。

"毕竟你们是从小一起长大，你又经常黏在别人的身边，如果他不记得，恐怕也说不过去吧。只是我想不明白……"既然没有误会这个卿卿，温沄也就没有什么好顾忌的了。

"想不明白什么？"卿卿晃了晃脑袋。

"你们都认识这么多年了，我也看得出来你很喜欢他，就是为什么这么久他还是只把你当做妹妹？不是说近水楼台先得月吗？看来你这座楼建得有些劣质啊。"

想要比嘴皮子？温沄自认自己认第二，还没人敢认第一的。

果然，刚刚还气定神闲的卿卿脸色瞬间变了："你！"她正要发飙，扭头看了一眼张亦凯的位置，立刻把桌上的水杯拿起来往自己头上泼了。

温沄笑，这嫁祸的手段，低级又给力。

张亦凯拿着吃的回来，看到卿卿身上都湿了，脸上满是委屈和惊吓，很诧异地问温沄发生了什么事。

卿卿开始说她的台词了："我也不知道说了什么惹得姐姐不开心了，姐姐要是不喜欢我，那我先走了。"

温沄看向张亦凯，下一秒就听到他毫无新意的指责，拿起包起身："好无聊，姐不陪你们玩了。这顿我请客。"

说着她拿起自己的水杯往卿卿的脸上扑去，一字一句地说道："这杯才是我泼的。"

……

温沄轻拍楚曼的背，深深地叹气。

张亦凯很好，很体贴，可惜他的脑子不好使，随随便便就被绿茶婊给糊弄了，也不是她的良配。

兜兜转转这么多人，她自己也有些累了，实在不明白，爱情怎么会比事业还要难搞。

爱情，怎么就不能以一个正常的姿态出现在她的身边呢？

翰墨和姚玥儿拍的照片很快就被发到了网上，美其名曰《再靠近一点点》剧的售后服务。

网上有大量的粉在磕这对 CP。

"感觉他们两个挺般配的呀！"

"突然间好想磕这对 CP 玥墨夫妇，社畜终于可以在月末等待工资的路上尝到一些甜头。"

"看着眼神，都是满满的爱意。"

"啊啊啊啊啊！我决定站这对 CP！"

"天哪，不是吧，梦想要照进现实了吗？"

……

姚玥儿坐在车里刷着平板上关于她和翰墨的 CP 讨论，截图发给秦野问："我和翰墨配吗？"

秦野回得很快："嗯，挺配的。"

这时助理星星跳上车说道："玥儿姐，我们该出发了。"

星星探头看到姚玥儿平板上的内容，笑道："玥儿姐在看这个呀。"

姚玥儿问："星星，你觉得我和翰墨组 CP 配吗？"

星星点点头："姐姐跟翰墨组 CP，我第一个支持！"

姚玥儿笑而不语，全世界都觉得她和翰墨配，真好，到时候打脸的时候才会比想象中更疼。

这时秦野又回道："不过你和我才是天生一对。"

姚玥儿勾唇，眸光里闪过一丝绮丽的光。

另一边，楚曼在公司里也看到了网上的热闹，所有人都在挖翰墨和姚玥儿的渊源，有些有追随者的大头粉在剪辑他们的视频吸纳热度。

眼看着这波CP热度一时半会儿是停不下来了，楚曼把手机息屏靠在椅背上闭目养神，闭了没一会儿就听到马勒的声音传了进来。

"哈哈哈哈哈，我马勒真是走大运了。这一波一定又能赚不少钱！"

楚曼睁开眼，看到马勒笑得合不拢嘴，捧着平板往椅子上坐，这样子是来找她的，便只好睁开眼睛说道："马总，什么事啊这么高兴。"

"还能有什么事啊，当然是翰墨和姚玥儿的事儿了。楚曼你赶紧准备准备！"

"准备什么？"

马勒啧了一下："当然是想想怎么继续炒作翰墨和姚玥儿，把他们这波热度持续下去。你知道现在想签约他们做代言的品牌有多少吗？"

楚曼心里的不定时炸弹突然爆发了，猛地站起身："不行！"

马勒惊讶地看向反应激烈的楚曼，愣了愣："为什么不行？这可是个好机会啊，一下子咱公司火了一对CP，挣钱挣双份呀。"

进到公司以来，楚曼还从来都没有这样直截了当地拒绝过，而且也没有这样否认过，以前遇到再难的事情她第一时间想的都是怎么解决问题，而这次的事情根本就不是麻烦，还是一件好事。

马勒实在不懂楚曼为什么说不行。

楚曼也意识到自己失态了，心里咯噔一下，回了回神重新坐下："总之我不建议捆绑CP，这对翰墨的发展不利，况且过早的捆绑，会令翰墨大部分的粉丝脱粉。我绝不会同意。"

马勒皱眉，翻了翻平板上翰墨工作室的个人主页："哪有这么容易脱粉，你看看网上多少人在站翰墨和姚玥儿这对CP，我看了一下，他们不仅没有掉粉，反而还涨了不少粉呢。"

楚曼深吸一口气，拉过椅子在马勒跟前坐下："马总，我对翰墨有自己的规划，您不能说风就是雨，打乱了计划，而且，这样的绑定宣传，对翰墨和姚玥儿都不公平。"

马勒生气地听不下去了，他只觉得没办法和楚曼再谈下去了："不公平？你现在谈什么公平，如果他们挣不到钱，才是对我最大的不公平。就这么定了，我跟泽天再商量商量。"

马勒跟一阵风一样,来的时候没打招呼,走的时候也没打招呼。

楚曼意识到在这件事上,她根本没有扭转乾坤的能力。

她抓起手机下意识地想扔,最后还是停止了这样幼稚的行为。

难道真的是近朱者赤近墨者黑的关系吗?她……以前从来都不会拿物件撒气的。

第十四章　我能为你做的，就只有这个

一连两天，翰墨发微信楚曼都不回。

楚曼一回到家也都是直接摔门而入，不给他串门的机会。

翰墨在公司要跟楚曼说两句话不是有别人在场，就是楚曼说有事要忙。

翰墨通过安安知道楚曼这几天在家都没好好吃饭，一回来就把自己往屋里关。这可不是好兆头。

于是他熬了一锅汤，决定等一下亲自给楚曼送过去。

毕竟自己也是第一次谈恋爱，他想的是每天可以和楚曼快快乐乐和和美美的，但是现实不允许。

他的工作很忙，楚曼的工作也是挺忙的，他不知道要怎样去更好地贴近她的内心。

都说食物是可以治愈的，他就在网上学了一款可口的汤得做法，决定以热气腾腾的汤来打动难搞的楚大小姐。

夏木在沙发上打游戏，但还是被汤的香味给吸引分了神："哥，好香啊！"

翰墨就端着一碗汤过了来："鼻子真灵！便宜你了，赏你一碗汤喝。"

"谢谢哥！"夏木开心地接过，大口地喝了起来，"哇，好好喝。哥，你的手艺是越来越好了，我还想再喝一碗。"

翰墨一把把碗夺回来："想得美，剩下的都是给楚曼的。你尝个味就行了。她最近好像心情不太好，我做点新鲜的花样讨她开心。"

"啊，这样啊……"夏木抿抿唇。

"也不知道她最近到底怎么了，我没有惹她生气啊，难道是因为最近工作太忙了？可是她工作一直都这么忙，没见她生气啊……"翰墨有些无奈地咂巴嘴，"唉，女人啊，真难搞。"

"还能怎么了，还不是你跟姚玥儿捆绑CP的事。"夏木见他还被蒙在鼓里，只

好出言点拨。

"我和玥儿捆绑 CP？"翰墨怔怔，他怎么不知道这件事？

和姚玥儿拍亲密照片不是为了宣传剧用的吗？

"马总看你们最近在网上热度很高，就想把你跟姚玥儿捆绑，楚曼姐不同意，听说一直在跟马总闹别扭呢。"夏木耸耸肩，继续手里的手游。

翰墨听到这里激动了："捆绑我和姚玥儿……不行，这事我绝对不同意！"

夏木默默地感叹道："果然是两口子，这语气简直一模一样……"

第二天一早，马勒正在和依蓓咖啡的品牌方负责人陈总谈翰墨和姚玥儿一起代言的事。

"他俩现在热度这么高，要是能同时代言咱们的品牌，那销量绝对是了不得的。"马勒搓搓手，嘿嘿笑道。

"我们做了市场分析，觉得他俩能同时绑定代言，是最合适不过的了。老马，这事咱们就这么定了，合同我拟好就给你送过来。"陈总也是一拍即合，乐见其成的样子。

"只不过……"马勒故作犹豫地停顿了一下，"他们现在这么火，这代言费……"

陈总大笑："我明白的，马总，你放心！"

"哈哈哈……有陈总这句话，我哪有什么不放心的。"马勒开心地握住了陈总的手。两个人都对这次的合作非常满意。

这时，翰墨不顾夏木的阻挡，强行推门进了会议室。

夏木着急地看着所有人的视线都落在了翰墨身上，心里惊惧到不行了，但是已经来不及阻止了。

马勒不知道翰墨为什么不敲门一点礼貌都没地这么突然闯进来，但还是开心地给他引荐："你来得正好，快来见见陈总。"

陈总很欣赏地将翰墨从上到下打量了一遍："嗯，我还是第一次看到真人，不错，确实不错。"

翰墨点头致意："陈总。"

陈总看向马勒："那这代言我就定下来了，下个月就安排拍摄……"

"陈总，对不起，这代言我接不了。"翰墨目光笃定地打断了陈总的安排。

五分钟后，马勒办公室。

夏木站在门口缩成了一只乌龟，吓丝丝地听着办公室传来的动响，只觉得心脏病要犯了……

"你知不知道，你不接这次的代言我会损失多少钱？公司培养你花了多少钱？你让我说你什么好？"马勒嘴笨，只能反反复复地气结，加拍桌子摔椅子的附加动作。

要知道翰墨是公司的摇钱树，香饽饽，马勒可从来没对翰墨发过这么大的脾气。

翰墨神色如常，双手背在身后，站在一旁淡淡道："钱什么时候都可以赚，但是马哥，这次的代言我绝对不会接的。"

"为什么？你给我一个理由！"马勒皱眉。

"外边都在传我和姚玥儿是情侣关系，我拒绝公司故意用我和姚玥儿捆绑炒CP的事情。如果我现在接了这次代言，不就正好解释了这件事情吗？"翰墨说道。

"你拒绝？你有什么资格拒绝？你跟公司是签了合约的。你最主要的工作就是帮公司挣钱。这次代言我都跟陈总谈好了，代言费比你之前都多。"马勒怒极反笑，手指一下一下地往空气里戳，他仿佛看到一张张实实在在的钞票因为翰墨刚才的任性都长翅膀飞走了，这让他很心疼。

翰墨看了一眼马勒，也不再解释其他的，就是重复说道："反正，这次我不会接。"

"不接你就是违约，要赔钱的。"马勒威胁。

翰墨油盐不进："我造成的损失，我会负责。"

"你！"马勒突然脑海里闪过一个相似的场景，"你现在和楚曼怎么一个作风了？你们两个是不是有什么事？"

翰墨心下一紧。

这时楚曼急急地推门进来："翰墨！"

两个男人谈得很不愉快，空气里都是待燃的火星子。

楚曼看了一眼翰墨，情绪平稳地对马勒说道："马总，让我和翰墨谈一谈。"

她从茶水间出来，看到所有人表情不对劲，夏木又缩在马总办公室门口，一问才知道发生了什么事。时间不允许她想太多，于是就推门进来了，只期望某人没有冲动地说了不该说的话。

"谈，必须谈，但我要的结果是他一定要接下这次的代言。楚曼我找你来是捧翰墨的事业，不是捧他的臭脾气。你们要是解决不好，传到董事会的耳朵里，我也救不了你们！"马勒双手叉腰，气不打一处来！

楚曼拉过翰墨："您放心，我会解决好的。"

公司的天台，楚曼背对着翰墨，翰墨双手背身后像个做错事的孩子，和刚才在马勒的办公室里截然相反。

说是要谈话，但是被她拉到这里后，她就一直不说话。翰墨的忐忑被拉到了极点。

"楚曼……"

楚曼像按了开关转过身来："你怎么能够自作主张拒绝？你知不知道每多接一个代言会给你提升多少商业价值？"

"对不起，我做事之前没有和你商量。但你也是不想让我接的，不是吗？"翰墨定定地看向楚曼，"不然你也不会为了这件事情和老马大吵了一架，不是吗？我只不过是做了一件跟你一样的事情而已，我们的目的都是相同的。"

世界上果然没有不透风的墙。

楚曼摸额头。

半晌，楚曼整理情绪说道："我拒绝马勒这样的安排是因为我从更长远的角度来看，这是不好的。并不是你想的私心出发。而且我说过我的目的是让你红，让你登上全城最大最亮的那块广告牌。所以我们的目的不一样。而且这不是你的梦想吗？"

"可是我还说过，你才是我最大的梦想。如果我答应接这次代言，那么我跟姚玥儿以后会有更多亲密的接触。我知道你会吃醋，我不想你吃醋，不想你心情不好，不想你心里难受，你到底知不知道？"翰墨着急地拉过楚曼的手，恨不得把自己炽热的心都拿出来。

"你们在工作，我是专业的宣传，我不会吃醋。"楚曼咬唇说道。

"你确定？你看着我的眼睛，告诉我你没说谎？"翰墨的眼神像两道激光一样，"你是我女朋友，你的心里在想什么我知道。我知道你介意，你这些天总是闷闷不乐，难道我看不出来吗？我不想你把这些情绪强压在心里面，也不想你每天口是心非。我们谈恋爱，每天跟做贼一样偷偷摸摸，本来就很委屈你了。我能为你做的，就只有这个了。不管这次的代言还是以后跟姚玥儿所有单独的合作，我都不会做。"

说着他拉她入怀："楚曼，你还不知道我的心意吗？"

楚曼贴着他的胸口，听着他掷地有声的心跳，心里无比挣扎。在他的温柔和自己的清醒里来回挣扎，在自己此刻是他的女友还是他的宣传间来回挣扎。

楚曼的脸上是来回挣扎的痛苦，最后她推开他："你别忘了你是个艺人，而我必须要为你的事业负责。"

翰墨捧过她的脸，逼她不要避开视线："所以，你想我怎么做？和姚玥儿组

CP？"

楚曼没有说话。

不远处的过道上，姚玥儿双手抱臂，看着在天台说话的两个人，目光冰冷。

"既然他这么讨厌和我组CP，不如我先一步发布我们之间的关系，把他甩了吧，也好过到时候他们先发声明。你说呢？"姚玥儿坐在秦野的别墅里，手里摇晃着红酒，神情慵懒。

"马总那么爱钱，怎么可能接受他们那边的别扭？你如果真的先发了声明，可就成功解决了翰墨的困境。"秦野在姚玥儿身边坐下，"你想这么做吗？"

姚玥儿细眉微挑："那你说怎么办？"

"既然他们现在产生了分歧，那就索性让他们再闹大一点，火烧得再旺一点。从感情上打击翰墨是毁灭他最好的办法。"秦野挑眉，"你晚上去翰墨家一趟吧，我想你知道该怎么做。"

姚玥儿垂眸。

秦野伸手抬她的下巴："别戏演过了，我可不是让你真的拿身体去演戏。点到为止就好。"

姚玥儿微微一怔："怎么？你……"

"嗯，吃醋。"秦野说着吻了她的唇，"我真的吃醋了可是不好哄的那种。"

姚玥儿扑哧笑出声，眯眸摸秦野的脸："我发现，我慢慢地喜欢上你了。"

秦野勾唇，邪魅地坏笑："我可是对你一见钟情。"说着他霸道地贴上她，又吻了起来。

这次绵长而深刻。

带着欺骗性的占有，让姚玥儿有一种不得不沉迷的放纵感。

晚上，姚玥儿出现在翰墨的家门口。

她敲了好多次门都没人应答，身后却传来了开门的声音。

翰墨和楚曼从楚曼家一起出来。

楚曼看到姚玥儿，不由愣了愣："玥儿？你，你怎么来了？"

"我来看看翰墨呀，顺便有些话要跟他说。"姚玥儿上前，笑笑。

翰墨不知道姚玥儿会找到这里，下意识地看了一眼楚曼："有什么话就在这里说吧。"

姚玥儿没说话，而是定定地看向楚曼。

楚曼识趣地转身："那你们回屋说吧。"

她转身间听到姚玥儿拉过翰墨说："翰墨，走吧，我们进屋说。"

楚曼用比较慢的动作开了门，又关上门，贴着猫眼看到两个人进了屋，门关上又什么也看不到了……

看着空荡荡的走道，思绪不可遏制地乱飞起来。

姚玥儿忽然跑过来是自己的意思，还是马勒的意思？

不管是谁的意思，孤男寡女在同一个屋檐下终究是不方便的。

"妈妈。"安安的小奶音突然在身边响起，吓了楚曼一跳。

"嗯？"

"你在看什么呢？"安安仰头，看着有些慌乱的楚曼，"安安也要看。"

"哦……没什么。"楚曼把头发抓到脑后，"刚送翰墨回他自己家去了。"

安安若有所思地点点小脑袋。

楚曼推着他往里走去。

这边，翰墨带着姚玥儿换鞋进到客厅，开门见山地问："要和我说的话是什么？"

姚玥儿："依蓓的咖啡代言。"

翰墨摊手："抱歉，玥儿，我不是针对你。我只是……"

"我知道。"姚玥儿打断他的话，"你一向不喜欢和女生绑CP，更何况你根本就不喜欢我。"

"我只是觉得，还是用作品说话比较好。如果靠绑CP火一阵子就会给人留下固定印象，这对我们以后的发展都不好。"翰墨用公事公办的口吻。

"可是你要知道，我们胳膊拧不过大腿。马总平时看上去咋咋呼呼的，但是主意还是很大的，他不可能放过这次赚快钱的机会。你和马总闹翻，有不好影响的人是你。"姚玥儿顿了顿，"这一点我想楚曼姐也知道。"

"我和她说好了，会好好地给马总做工作。"翰墨坦白地说道，"总之这次我是不会改变我的决定的。"

"是吗？"姚玥儿笑笑，"行吧，那就当我没说过刚才那些话。"

翰墨不说话。

"过几天我就要进组拍戏了，好久没吃过你做的饭了，不知道今天有没有这个荣幸可以吃到你做的牛排呢？"姚玥儿心底涌起一阵冷笑，嘴上还是一如既往地温和。

翰墨想了想："行吧，我冰箱里正好有一点菜，还买了牛排。"

想到姚玥儿来这里也没说其他的，只是担心自己而做出了友好的提醒，而且拒绝了代言也间接地导致她损失了一部分的收入，所以翰墨没有直接拒绝掉。

姚玥儿点头："好啊，太棒了。"

翰墨耸耸肩："那你在这儿坐一下。"说着他就进了厨房。

姚玥儿看着他的身影，只觉得有点儿讽刺，以前她费尽心思想要接近他，但都没有成功。

现在没有这份心思了，反而变得轻易极了。

姚玥儿走进厨房："我帮你打个下手吧，之后可能有个做饭综艺要请我当嘉宾呢，我得练练手。"

"那行吧，你帮我调点酱汁。"翰墨没多想。

姚玥儿拿过黑胡椒朝着碗里挤，口子剪小了，手过分用力，黑胡椒酱就顺理成章地喷了一身。她微微皱眉："哎呀，我真不小心。"

翰墨拿过厨纸给姚玥儿擦。姚玥儿摆摆手："这样擦擦不干净，我借你的洗手间整理一下吧。"

翰墨指了一下洗手间："那边。"

姚玥儿越过他，余光缓缓收回，冷冷勾唇。

楚曼在自己家客厅如坐针毡，她看了看时间，他们待在里边已经十多分钟了，什么话说这么久？还是说不只是说话呢……

天哪，她是怎么了……居然变成了一个小心眼的家伙，这么患得患失，这么爱凭空幻想，凭空捏造的……

果然，爱情是个贱人！

楚曼一边拼命抑制自己的不安，一边又抑制不住地来回踱步。

这时她看到安安手里拿着一个玩具车，往门口走去。

"安安，你干吗去？"

"这是哥哥买给我的，我还不太会玩，想去问一下刹车在哪里。"安安说道。

楚曼突然脑子灵光一闪，三步并作两步地上前拿过玩具车道，"乖，妈妈给你拿去问。"

安安再次若有所思地点点头："好吧……"

楚曼深吸一口气，顿时神清气爽。

很好，这样就有完美的说辞再次敲开翰墨的门了。

她对自己说，楚曼就去看一眼，就去看一眼就好。

"叮咚！"

姚玥儿从洗手间出来，悄悄地溜进翰墨的更衣室拿了一件他的衬衣换上，出来的时候听到门铃声，便应声道："翰墨，我去开。"

翰墨在厨房里忙着烧菜，没多想也没扭头去看姚玥儿。就这样，姚玥儿穿着华丽，开门和楚曼两两相望。

"曼姐有事？"姚玥儿一双大长腿微微交叠，玩下身失踪，"翰墨正在给我做饭吃。"

楚曼探头，听到厨房里传来忙碌的声音。他曾经说他只会为自己在意的人下厨。楚曼回神，稳定了一下情绪后说道："没什么事，你们慢慢吃。"她转身听到姚玥儿毫不犹豫地把门关上，驻足在走道里看着手里的玩具车，只觉得又悲凉又讽刺。

"楚曼，你到底在干吗……"

姚玥儿则关上门，得意地笑了。

"刚才谁敲门啊？"翰墨端着牛排出来问。

"哦，送快递的，走错了。"姚玥儿耸耸肩。

翰墨皱眉："你怎么穿成这样？"

"我的衣服脏了，也没有能替换的，就随便拿了一件，你不会这么小气吧？"姚玥儿故作无辜地调侃道。

"不是小气，是……你穿成这样不好，很容易让人误会的。"翰墨拧拧眉。

"我们不是朋友吗？误会什么？"姚玥儿装傻来堵他的嘴。

翰墨没说什么，闷声道："饭做好了，你过来吃吧。"

他只想姚玥儿吃完了就赶紧走。

"好。"

晚上，翰墨过来敲楚曼的门。

楚曼没开，拿了瓶啤酒到阳台上吹风。

翰墨的手机就不断地发送消息进来。

"你怎么了？怎么不回我消息？我担心你。"

"你不在家吗？是不是在安安奶奶家，要不要我去接你？"

"我是不是惹你生气了？"

"我错了，不管什么我都先道歉，别生气了好不好？"

"亲爱的，我爱你。"

……

翰墨是所有女生的梦中情人。

谁能想到他会这么卑微地期盼她一个温暖的笑脸。

楚曼并不是真的因为姚玥儿穿了他的衬衣而误会了什么，她也没有那么好骗。

她真正在意的，是姚玥儿可以轻易地制造出这样让人误会的氛围，而她连这个资格都没有。

……

"你们在一起，一不小心就是一场毁灭。楚曼，你一定要小心。"

温沄说的话，到底还是应验了。

……

"不管这次的代言还是以后跟姚玥儿所有单独的合作，我都不会做。"

"楚曼，我喜欢你，我比我想象的比你想象的还要喜欢你。"

……

回想起和翰墨一起度过的快乐时光，楚曼觉得自己无法呼吸了。

她看着手机屏保上自己和翰墨的照片，看到上方弹出翰墨的消息：

"为什么不回我？"

"你到底在哪？你看到我的信息回一条好不好，不要让我担心了。"

楚曼忍不住号啕大哭了。

第二天早上，楚曼推开门，竟看到翰墨蹲在门边靠着墙在睡。

这个笨蛋居然在这里守了一夜……

楚曼心里翻江倒海，只觉得眼睛又要滚烫了。

翰墨听到开门的声音，揉了揉眼："哎，你在家啊？你昨天什么时候回来的？我给你发了好多消息你怎么不回？"

楚曼垂眸说道："你怎么在这里睡的？"

"我本想等你回来，可没想到先睡着了。"翰墨艰难地起身，趔趄了一下抱住楚曼，"抱抱……"

楚曼推开他："我要上班了，你回家洗洗吧。"

翰墨拖着蹲麻了的双腿一直跟着她到电梯口："那我等你回来？"

楚曼侧着身，用长发挡住脸，电梯门关上了。

昨晚她一夜无眠，终于给自己做了一个决定。她不想被任何人任何事改变这个好不容易做出的决定。翰墨也不行。

她买了一杯冰咖啡来到马勒办公室。

马勒正在吃着火腿三明治，看到楚曼进来，也没有停止嘴里的活动，口齿不清地问道："怎么样了，翰墨的事你解决没有，你要知道我们要再不给出一个明确的回应，那边就要换人了。而翰墨的口碑也会败坏的。"

楚曼盯着马勒塞得鼓鼓的腮帮子："马总，我想提前解约。"

"噗——咳咳咳咳！"马勒被呛到了，大声地咳嗽着。

"出什么事了，为什么要解约？合约还有好几个月呢！"马勒呛得鼻涕都出来了，抽过一旁的纸巾捂住嘴，讶异地起身。

"我想好好照顾孩子。"楚曼面无表情地说道。

马勒无语："孩子嘛，请保姆就好，你现在可不能走，翰墨正在上升期，你走了，谁给我赚钱啊！"

"翰墨已经很成熟，温沄会找到更好的人。现在对于我来说，安安才是我的重心。对不起，马总。"楚曼说完自己要说的，鞠了个躬转身就走。

"楚曼？楚曼！"

在她走出马勒的办公室前，一个身影先一步飞快地从门口闪走。

夏木急匆匆地跑到翰墨家，见翰墨还躺在沙发上呼呼大睡。昨晚蹲墙角一夜，又冷又硬的，实在太辛苦了。翰墨只觉得自己的身体已经不属于自己了。

夏木晃动他肩头时，他正睡得香甜："嗯……你干吗……"

"哥，哥！曼姐要辞职了！"

"辞职就辞职嘛，我再睡会儿……"翰墨一时间没反应过来，不耐烦地摆摆手推开夏木。过了一会儿，突然一激灵地坐了起来："什么？你说什么？这不可能，好好的她为什么要辞职？"

"我也不知道，不过是我早上去公司签到的时候亲耳听到的。"夏木特地指了指自己的两只耳朵。

"不可能，这绝对不可能！"翰墨拿出手机要拨打楚曼的电话。

"对不起，您拨打的电话暂时无法接通……"

"楚曼接电话，你接电话！"翰墨生气地挂断再拨，还是听到了客服小姐姐好听但又无情的声音。

翰墨冲出门去。

温沄刚到办公室，放下包就听到手机响了。

来电显示是翰墨。

她犹豫了一下，但还是接起了，那头急急地问道："沄姐，我能见你一面吗？"

温沄知道，有些事躲不了，当她得知楚曼的决定以后就明白迟早需要自己去收拾这个烂摊子。她轻叹口气："好吧，十二点，咖啡厅见。"

咖啡厅，温沄推开门，离十二点还有十分钟。

没想到翰墨已经到了。

温沄经过服务生的时候提前说了需要一杯美式咖啡，然后再快步上前。

翰墨感觉到有人靠近了，抬起一点帽檐："沄姐。"

虽然只露出了一双眼睛，但温沄还是看到了翰墨的憔悴，有些心疼地说道："你怎么变成这样了？"

"她在哪儿？"翰墨低着头问。

知道一个人所有的联系方式，却突然间找不到的感觉，实在是太可怕了。

"她？"温沄在翰墨对面坐下，"她离开是为你好。"

"为我好？"翰墨怒极反笑，"知道什么才是为我好吗？沄姐你看我的样子，我现在好吗？"

温沄静静地看着六神无主的翰墨，这时服务生把咖啡送上，他重新低下头去。温沄摸着湿湿的杯口壁沿："你知不知道你自己是干什么的？你选择了这份职业，你得到了舞台和欢呼，你就要付出相应的代价。"

"我可以不要舞台，不要欢呼，我只想要她！"翰墨直起身板，眼睛通红。

温沄眉头动了动："那楚曼呢，你有为她想过吗？她存在的目的就是为了让你登上更大的舞台，你却因为她要放弃，那她的未来呢？她也会成为这个行业的笑话。你毁了自己的同时也会毁了她。你想看到这样吗？"

"我……"翰墨语塞了。

温沄硬起心肠道："我麻烦你不要再这么幼稚了，你是一个成年人。一个成年人活着不仅是为了自己，更是为了在乎他的每一个人。"

翰墨的喉结动了动，哽咽地请求道："沄姐，我求你，我现在只想见她一面，哪怕只见一面就好。就算要分手，我想听她亲口说。"

温沄压眉，起身："对不起，帮不了你。"

她转身间仿佛听到了翰墨压在喉咙里的痛苦呻吟。

她喜欢看到爱情中的勇敢和奇迹，可是偏偏要她来说这样扼杀爱情的话。

温沄咬咬牙，快步走出咖啡厅，心道："楚曼啊楚曼，为了你，真是狠狠地违心了一把啊。"

楚曼陪安安在老家宅子的客厅里玩拼图的时候，收到了温沄的微信：翰墨来找我了，我该说的都说了。

楚曼的心在疼，她没有回复，把手机放到茶几上，出了神。

"妈妈，妈妈。"

楚曼抿唇扭头："嗯？"

"我们为什么突然要来这里住啊？"安安不解地问。

"安安不喜欢这里吗？这里是奶奶住的地方。"楚曼摸摸安安的脑袋瓜，"你看，外边有小院子，有你喜欢吃的草莓，还有很多金鱼在水缸里游来游去呢。"

安安看了看落地窗外的小院子，点点头："喜欢啊，可是……翰墨哥哥怎么这么久不来看我了。这个拼图我自己拼不好。"

楚曼眉头蹙了一下，脸上的笑容沉下几分："安安乖，翰墨哥哥有自己的事情要忙，妈妈帮你拼好不好？"

安安葡萄一般的大眼睛看了看楚曼脸上掠过的神色，乖乖地把手里的拼图递上。

这时有人按门铃。

安安开心地一下子从地上跳了起来："是翰墨哥哥！"

楚曼一怔，跟着也起了来。

不可能的，这里的老宅子只有温沄一个人知道，她平时都不怎么回来，翰墨不可能找到这边的。

跟着安安奔到门口，门打开的瞬间，门口站着的是雷景天。

"爸爸？"安安唤道。

楚曼看到雷景天的瞬间，提着的心回到了胸膛正常的位置，但与此同时也从内心深处涌起淡淡的失落感。

"你怎么来了？"

雷景天抱起安安，跨步进来："你们两个住这里，我不放心，特意过来看看你们。"

楚曼侧过身，面无表情地往回走："这本来就是你家，你应该比我更熟悉，我就不招呼你了，你自便吧。"

"儿子，去里面玩，我跟妈妈说会儿话，晚上带你去吃你最喜欢的奥特曼套餐，好不好？"雷景天看了一眼愣在原地的楚曼，把安安放下来摸摸他的头说道。

安安一听晚上能吃到奥特曼套餐，开心地跑走了。

雷景天走到楚曼身边，在她身边坐下。

楚曼立刻坐到沙发的另一边和他保持一定距离。

雷景天一脸无奈："你怎么老是这个样子？"

楚曼扭头："什么样子？"

"我是豺狼，还是虎豹？"雷景天指了指她挪过去的距离，"过了这么久你对我的气还要存到什么时候？我这段时间一直都在想我们之间的事。"

"都过去了，有什么好想的。"楚曼闭上眼睛，摸了摸脸。

见楚曼说话的气性没那么大了，雷景天小心翼翼地凑过来轻轻地说道："楚曼，你想过没有，安安逐渐长大了，对于一个孩子来说，父亲这个家庭角色会越来越重要。我已经错过了安安六年的成长，以后的日子我会加倍对你们好，弥补过去的时光。"

楚曼转过头来，看着雷景天："怎么弥补？用钱还是用嘴骗骗我们？你错过了安安最重要的成长阶段，你现在说弥补，当初安安在幼儿园被人欺负，说他是没有爸爸的孩子的时候，你怎么不出来弥补？安安既然没有爸爸，那就让他一直没有爸爸吧。"

她心平气和地说着，在雷景天听来却是字字扎心。

"楚曼，你永远都是这么强硬，根本不听人劝。你觉得当初我们离婚，你一点责任都没有吗？"雷景天看向茶几，索性就把心底话全部说出来，"没错，当初的确是我背叛了你，我承认。但是你有想过为什么吗？结婚后，你为了事业，一直在外打拼，你有没有真正关心过我内心的感情。我是一个男人，每天回到家，明明结了婚有老婆，可是我依然还要独自面对冰冷的空房间。跟你结婚后，我没有吃过你做的一顿热饭，我工作不顺利，没有听过你一句鼓励的话，那段时间我丢了一个大客户，被公司贬到最底层当销售员，我受过多少白眼，这事，也许你都不知道。"

楚曼眉心动了动："这就是你背叛的理由。"

雷景天叹了口气："我承认自己做错了，但是这么多年我一直没有放下你们。这几个月我忍着没有来打扰你，也是想得很清楚，我觉得我们可以再试一试。"

"绝对没有可能，我对你已经没有任何感情了。"楚曼起身。

"你回绝我如此决绝，是为了翰墨。"雷景天点点头，随之疑惑地看向她，"那既然是这样，你又为什么要带安安躲在这里呢？"

"我没有。"楚曼皱眉。

"你有！"雷景天厉声地说道，"你就是这样，遇到问题不敢直面，就喜欢自欺欺人！你觉得你这样是对自己负责还是对别人负责？！"

"你有什么资格来批判我？你出去！你给我出去！"楚曼恼羞成怒，推着他就往外走，两个人的动静引得安安惊恐地从房间里跑出来。

"爸爸妈妈，你们是不是吵架了？"安安撇撇嘴，眼睛红了。

雷景天和楚曼同时沉默。

安安强忍着泪水，很委屈地说："我不去吃奥特曼套餐了，你们不要吵架好不好？"

楚曼狠狠地瞪了一眼雷景天，上前抱住安安："对不起，宝贝……"

安安还是哭了。

楚曼仰着头，心像吸了水的海绵无比沉重。

她很努力地想要给安安一个好的生活，一个没有缺失的生活，但是现在来看成果好像并不怎么样。

雷景天说她总是逃避问题，总是自欺欺人。

或许，他说得对吧。

她的坚强和能干，都是为了应付外面的世界。

楚曼看向雷景天，第一次主动地说道："好了，安安别哭了，我们不吵架了，我们会带你去吃奥特曼套餐。"

雷景天微微一怔，不敢相信自己的耳朵。

第十五章　我不能毁了他

翰墨找不到楚曼的第三天，公司通知他被慕泽天接管。

翰墨找不到楚曼的第四天，公司开始给他安排工作了。

翰墨找不到楚曼的第五天，姚玥儿之前在翰墨家吃完饭离开时被拍的照片放到了网上，坐实了他们在现实中有恋爱可能的绯闻。

翰墨找不到楚曼的第六天，姚玥儿在个人微博上辟谣和翰墨的关系，并公开了自己和秦野正在谈恋爱的新闻。

随着秦野转发承认，原先磕翰墨姚玥儿粉丝的大旗纷纷倒下，引起网络上一片震荡。

而秦野凭借这场地震成功地吸引了超高的人气，顺带他参演的文导的新戏也有了一波很好的宣传造势。

接下来的一个月，真是风头无两。

楚曼每天打开手机，几乎都能看到秦野的消息，以及秦野和姚玥儿的高调。

这一切在楚曼的意料之外，却也在情理之中。

原以为姚玥儿就算是爱而不得也是对翰墨一片真心的，没想到她早就和秦野搅和在一起了。她不由开始担心起翰墨的情况来。楚曼好几次想要打电话给夏木，询问翰墨的情况。可是每次拿起手机又都放下了。既然决定离开翰墨，就不该再去打听他的事，他的好与坏都和她无关……

楚曼把自己关在老宅里，守着院子守着安安，守着乡下的咸淡时光，努力地逼自己忘却杭市的一切。

可是夏木还是来了电话。

楚曼从菜场买菜回来，正牵着安安过桥，夏木的电话一遍又一遍地打了过来。她想了想，只好接起来："夏木，你不要再打给我了，我已经不是翰墨的……"

"翰墨这段时间很不好。"夏木的话还是钻进了楚曼的耳朵。

楚曼再也说不出话来了。

夏木继续说道:"哥被慕泽天接管了,表面是在帮公司带哥,其实是安排了很多哥不喜欢的工作。哥这段时间都在酗酒,经常迟到,在圈内引起耍大牌的不好影响。哥也不做解释,哥这段时间瘦了很多,也不爱说话。"

楚曼一直默默地挺着,听到最后夏木也不再说话了,两个人各自拿着手机沉默了一会儿,夏木低声问道:"曼姐,你就真的忍心不再管哥了吗?"

楚曼好不容易平静的心因为这句话再一次被刺痛了。

"好好照顾他。"楚曼说完这话把电话挂了。

她坐在桥头,扶着石狮子,只觉得全身无力。

安安一边吮吸着冰激凌,一边拉她的衣角:"妈妈,你怎么了?"

"妈妈身体有些不舒服,你先回家好吗?妈妈随后就回。"楚曼勉强地笑笑。

安安很懂事地点点头,拿过楚曼手里的东西往家走。

楚曼双手捂脸,窒息般地难受。她以为自己不再关心翰墨了,可是当听到翰墨不好的消息后,还是忍不住心疼。其实她待在这里的每一天,心从来没有真的安宁过。不得不承认的是,她很想念翰墨。可是她不能去见他。已经坚持了这么久,她不能前功尽弃。她也相信翰墨可以自己度过这一劫的,毕竟她待在他身边的时间不长,毕竟……时间可以冲刷一切。

楚曼快要到家的时候看到雷妈妈从里边出来,脚步有些急。

"妈?"

雷妈妈见到楚曼,紧张的神色放松了不少:"哎呀,你回来了。我正想去接你呢,安安说你不舒服。"

"哦……我没事,就是忽然有些头晕,所以在桥上坐了一会儿。"楚曼扶着雷妈妈,"妈你别担心。"

雷妈妈看着楚曼不是很好的脸色,试探性地问:"你真的没事?"

"真的没事。"

"别骗我。孩子,你骗不了我。"雷妈妈拉她进小院子里坐下,"你还要在这里待多久呢?"

楚曼怔愣:"妈,你要赶我和安安走?"

"你和安安在这里陪我这个老太婆,我当然高兴。可是你并不开心啊。"雷妈妈给她倒水，苦笑道，"孩子，你心里有事，牵挂着人。你在这里每天跟行尸走肉一样，看得妈心疼。"

"我……"

"如果挂念翰墨，你就去找他。人生苦短，一晃就一辈子过去了。你真的想给自己留遗憾吗？"雷妈妈轻拍她的手背，"虽然我一直都站在你这边，可景天每次来找你，其实都是我默许的。不管你是怎么决定的，我都希望他尽力争取，也是不给他留下遗憾。"

楚曼怔愣，雷妈妈还从没说过这些，她都习惯了她一直站在自己这边，常常忘记了其实她是雷景天的亲生母亲。

"孩子，只有到了我这个年纪才会知道，很多事没有那么多的条条框框，没有那么多的顾忌。这些条条框框和顾忌都是自己加给自己的，回头看就会发现自己好傻。"

"可是，妈，我不能回头，我也不能去见他。"楚曼垂眸，痛苦地说道，"快刀斩乱麻，才可以给他也给我一个平静的生活。"

"我不能毁了他。"楚曼抬头。

雷妈妈轻轻地叹了口气，抚摸楚曼眼角的滚烫："我相信你们的缘分不会就这么断了的。翰墨是个好孩子。"

楚曼不说话。

雷妈妈咧开灿烂的笑容，拉起楚曼："来吧，今晚包饺子，晚上给安安煮饺子吃！"

到了黄昏的时候，天空突然下起了大雨。

雷妈妈和楚曼正在厨房里忙活，听到了门铃声，雷妈妈搓搓手说她去开门。

不一会儿，楚曼隐约听到"翰墨"两个字。

她微微一愣，以为自己听错了，洗了个手出去，就这样看到雷妈妈把全身湿透的翰墨拉进屋，安安又惊又喜地扑上去抱住他的腿道："哥哥，你怎么这么久不来看我啊？"

翰墨定定地看向楚曼："乖，我这不是来了吗？"

雷妈妈将翰墨上下打量，又赶着去拿毛巾，"你怎么弄成个落汤鸡啊？都不打伞的吗？你是从哪里淋过来的呀？小心别感冒了！"

翰墨就这么呆呆地站着，不动。

楚曼也捏着围裙没有动。

安安拉着翰墨往沙发上坐，他的头上和肩上都搭着雷妈妈拿过来的毛巾。

翰墨微笑地捏捏安安的脸："小宝贝，我不是来了吗？"

"来，擦擦，不然去洗手间洗个热水澡吧，把湿衣服换下来，这样才不会感冒。"见毛巾不管用，雷妈妈又催着翰墨去洗手间，"楚曼你去烧姜汤，我去拿一套雷景天的衣服过来给你换。"

翰墨越过楚曼时，目光在她的脸上停留两秒。

楚曼回到厨房，心像失控的乒乓球。

她扶着琉璃台，平缓着情绪。

他来了，终究还是来了……

他怎么会过来的……

他怎么会一个人过来的……

他怎么会知道这里的？是雷妈妈主动叫的他吗？还是夏木？

楚曼的脑袋混乱极了。

她拼命摇晃脑袋，机械地煮着姜汤。

等她端着姜汤出来时，在客厅里看到安安黏着他各种撒娇。

"安安好想你。"

"我要哥哥陪我睡。"

"哥哥，你就不要走了吧。"

"哥哥，你这几天有想安安吗？"

安安又是给翰墨擦头发，又是亲他的脸，恨不得把翰墨当成他失而复得的大玩具。

翰墨十分温柔地接着他，任他又亲又抱的。

雷妈妈都看不下去了，要把安安从他身上扯下来："好了，安安，别打扰哥哥了，哥哥刚洗完澡要喝姜汤，不然会感冒。感冒就不能陪安安玩了。"

安安一听这话，立刻乖乖地下来回房间去了。

"曼曼，你好好照顾翰墨哈。"

客厅里转眼间只剩楚曼和翰墨两个人了。

翰墨像一头受伤的小鹿，头上盖着毛巾，一双乌溜溜的眼睛透出满满的伤感和难过，一动不动地盯着楚曼。

楚曼把姜汤递上："你先喝点吧，免得感冒。"

翰墨没有接："我的病不是姜汤可以治好的。"

楚曼内心波涛汹涌："你怎么找到这里来的？"

"我不找到这里来,你想躲我到什么时候?"翰墨哼笑,"一辈子?"

一辈子?

一辈子太长了,楚曼还没想过这些。

"你跑来这里找我有什么事吗?我已经不是你的宣传了,慕泽天才是。"楚曼绷紧脸上的神情,尽量让每一个字都变得平息而没有感情。她不想给翰墨希望,也不想给自己希望。

翰墨缓缓起身,一双有裂痕的眼睛俯视她,好像有万千的话要说,可是在他启唇开口的时候,突然身形晃动,紧跟着,楚曼觉得自己的肩膀猛地一沉。

他无征兆地晕倒了。

楚曼扶着他往房间走,用尽力气将他扔到床上,这才发现他一脸通红,再伸手去摸额头,才知道他严重发烧。

姜汤没来得及喝,他已经感冒了。

雷妈妈哄安安入睡后,进到房间,看到楚曼拿了一个退烧贴贴在翰墨的额头,翰墨胸口起伏厉害。

"要不要直接送医院啊?看样子烧得不轻。"雷妈妈皱眉道。

"先看看吧,吃了药还不见好,我再送他去医院。现在外面下大雨,不能再着凉了。"楚曼说着扶他起来吃药。

雷妈妈笑:"我说什么来着,你们两个还是有缘分的。那我先出去了,有什么事你再叫我。"

雷妈妈把门关上,楚曼侧目怀里的某人,心乱如麻。

就算自己再痛苦,她都已经做好了放手的决心。为什么他还要出来,搅乱自己的心呢?

她把药塞进他嘴里,给他喂水。

翰墨艰难地咽下,皱眉时发出一些呓语。楚曼将水杯放到床头柜上,试图将他重新放下,躺好。

不想翰墨一把抓住她的胳膊紧紧抱住:"你不要走,我到底那里做错了,我改还不行吗?"

他滚烫的温度,热切的语气像火炉一样包裹着她。

楚曼的日夜思念在这一刻变成现实,翰墨跑过来见她,此时此刻将她紧紧地抱住,说着成疾的思念。

楚曼的心再坚硬，也没有办法推开他。

她闭上眼睛，咬着嘴唇说道："你好好休息，我不走。"

翰墨抱得更紧了："你不要离开我，我可以不做艺人，玥儿都告诉我了，那天你看见了，但是那件事我可以解释的，是她衣裳脏了，她自己找的衣服换上的，我们没什么的。你相信我，相信我。"

……

翰墨之所以趁着大雨跑过来，是因为他弄清楚了一件事：楚曼为什么要离开他。

那天，姚玥儿撒谎了，哪有什么快递来敲他家的门，是楚曼误会了。

要不是他酗酒又一次迟到，让合作的许冰不满，姚玥儿过来劝场调和，他永远都不会知道这件事。

"翰墨，你以为楚曼为什么会突然离开你，辞了宣传？那天她来敲门，我穿了你的衬衫开门，她以为我们在一起了，所以才会走的。你把一颗心都掏出来给她了，可是她连这么一点信任都不愿意给你，你还要为了她舍弃掉自己的前程吗？"

"你说什么？你说的是真的？"

"翰墨，我们毕竟是一个公司的，你有什么困难我会尽可能地帮你。但是你如果坚决地要给自己断后路，那我……"

没等姚玥儿说完，他就跑去找夏木，让他帮忙一定要查出楚曼现在的所在。

这才有了黄昏大雨，翰墨湿透了全身出现在老宅的场景。

楚曼看着翰墨即便是在意识不清楚的情况下还要跟自己解释，还傻乎乎地黏着她的样子，她心里突然有一个声音在问：

"错过了翰墨，你还能找到第二个对你这么好，对你这么在意的人吗？"

答案是否定的。

"你别走……楚曼你别走……我爱你。"

"我不走。"楚曼眼底滑过一滴热泪，轻轻地拍他的后背将他安抚下来。

夜逐渐地深了，外边的雨小了很多。

楚曼走出房间，客厅里雷妈妈就着昏暗的台灯在看书。

看到楚曼出来，雷妈妈拿下老花镜："翰墨怎么样了？"

"他吃了药睡着了。妈你怎么还没睡啊？"

"想不想聊两句？"雷妈妈拍拍身边的位置问。

楚曼在雷妈妈身边坐下，抱着抱枕认真地说道："我也很矛盾，翰墨带给我的感觉，的确让我觉得特别的开心。但是我跟他在一起，会毁掉他，我不能这么自私。长痛不如短痛吧。他还年轻，一切都会好的。我一直都是这么对自己说的。"

雷妈妈微笑："现在呢？"

楚曼怔怔："现在……"

"我虽然不懂你们的工作性质，但我只知道两个人在一起，相互安心就好。我们那个时候的爱情多简单啊，两人一屋够吃就好，没这么多世俗。楚曼，我们相处这么多年，我把你当成自己的女儿，你的心思我懂，你心里有翰墨，你离婚这么长时间，我从没看你像这段时间这么开心过。"雷妈妈轻摸楚曼的脑袋，"人活一世，开心最重要，谁知道这一生能有多长呢？"

楚曼被最后一句话给击中了。

滂沱大雨过后，第二天的太阳出来得格外早。

翰墨缓缓睁开眼睛，感觉头昏昏沉沉。他环顾四周，过了好一会儿才缓过来，才回想起来自己是怎么来到这个房间，这个地方是哪儿的。

昨晚……

楚曼……

"我是不会离开的。"

……

翰墨坐起，掀开被子下床。

他刚走到客厅，就看到一团小可爱跑过来一把抱住他的腿，"哥哥哥哥！你醒了！"是安安。

翰墨半蹲下来，微笑地打招呼："安安早。"

"你昨晚生病了，妈妈一直照顾你。你现在好些了吗？"安安的小手探着他的额头问道。

一直照顾？

所以昨晚的感觉不是假的，不是在做梦……

"安安，你妈妈呢？"翰墨低声问。

"妈妈在厨房做饭呀。"

翰墨站起身慢慢地走向厨房。

早晨的阳光从窗户里透射进来，在琉璃台上洒下星星点点的光。

楚曼站在琉璃台的中间，低头切着案板。

她穿着一条白色的长款恤，头发慵懒地扎成一个发髻，一些发须覆盖在修长的后脖颈上十分撩人性感。

翰墨想象过无数次这样的场景。

一早醒来，有心爱的她做羹汤。

他看着看着，从后边过来抱住楚曼。

楚曼吓了一跳，但很快镇定下来，轻拍他的手背："干什么呢？"

"楚曼，不要走好不好，就这样，永远待在我身边。"他贪婪地闻着她脖颈上的香气，因发烧而沙哑得嗓音透着别样的诱惑。

楚曼侧过脸，光线虚化了她眼睛里的怆然。

早上十点，马勒办公室。

温沄坐在沙发上把玩着自己的头发。

马勒双手叉腰，皮鞋啪嗒啪嗒地在温沄的跟前来回走动。

"就真的没有办法让楚曼留下来了吗？"马勒皱眉，"我是很希望楚曼能够留下来的。你也知道，现在翰墨这么红，是我们公司的摇钱树啊，沄姐要不你帮我再去劝劝。我老马的命运就交到你手里了。"

"每个人都有自己的安排，楚曼是单亲妈妈，一个人带孩子本来就很难，我也理解她。"温沄继续把玩着自己的头发，比起马勒的着急，她非常平静。

"我也理解啊，要不公司补贴，帮她找个好的保姆？"马勒摊手道。

温沄无语地看着这个马总，心道这个家伙大概也就只能想到这么简单的解决方式了吧，她起身道，"老马，你放心吧，虽然楚曼走了，但我一定会帮你选一个更厉害的人带翰墨，行不行？"

"真的吗？真的有这样的人选吗？"马勒一脸茫然。

"真……"

"我想没有人比我更合适这个位置了。"一个声音从门口响起，打断了马勒和温沄的谈话。

马勒和温沄同时看去，楚曼穿着一身红色醒目的包裙出现在门口，自带光芒！

温沄怔怔。

马勒则惊喜地大喊："楚曼！"

温沄伸手揪住要冲过去抱住楚曼的马勒的衣领，先一步走到楚曼跟前，"你……

想清楚了？"

楚曼点点头，自信地笑道："相信我，我可以处理好的。"

温沄欣慰地扬唇。

马勒激动地鼓掌道："我就说，楚曼一定不会放弃翰墨的。我们继续合约，长期服务，有钱大家一起赚嘛。"

温沄的眼神是有些疑惑的，但是当看到楚曼的坚定后，她终于绽放出安心的笑容。

看来姐妹是真的决定好了，不再退缩犹豫了。

楚曼和马勒单独聊了一会儿，从办公室出来后看到温沄在等她。姐妹两个一起坐电梯。

温沄双手抱臂："我很好奇是什么契机让你放下了心里的顾虑。"

楚曼看着电梯壁门上自己的倒影，感慨道："大概这个契机早就在心里了，只是现在被打开了而已。"

温沄问："决定不放手了？"

楚曼答："是没办法放手。"

从大楼里出来，楚曼收到了翰墨的消息：我在盛堂等你。

盛堂是私人会所，老板和翰墨一样也是艺人。他让她过去，很明显就是要给惊喜。楚曼露出宠溺的笑容，踩下油门。

这个笨蛋，连给惊喜都这么笨拙。

但是是喜欢的人，哪怕是笨拙，也很期待。

到了盛堂，楚曼就看到地上出现的一系列箭头标志，还撒着花瓣。她就按照这箭头的指示，上了三楼的天台。

门上写着：欢迎楚曼小姐。

楚曼缓缓推开门，只见天台飘满了气球，每一个气球上系着一板巧克力，让气球浮在半空中。整个地上洒满了玫瑰花瓣。用许多玫瑰花和彩灯围成的爱心摆在地上。

翰墨坐在圆形彩灯的吧台椅子中间，一身正式的黑色亮片西服，正拿着吉他冲她微笑，开始深情款款地弹唱了一首情歌。

"第一次的邂逅，心就被带走。记忆里的感受，不断在拼凑。不知道从什么时候，不想再与你仅仅做朋友……"

是他的歌。

每一句歌词是他的心声。

楚曼一步步走向她生命里的男主角，满眼泪水。

没错，再坚硬的心都扛不住一个深情的男人反复温柔。

楚曼败了，败得一塌糊涂。

她之前有多压抑自己，现在就有多喜欢翰墨。

翰墨对于她来说，是往后余生中再也不会出现的一道光。在看清自己的心意后，她必须要抓住这道光。

楚曼就这么温柔地注视着只为她一人而唱的他。

翰墨修长的手指拨动最后两次弦，一曲终了，他看向她说道："我知道每个女人都需要安全感，我也知道你为什么会不开心。虽然我的工作性质会让你感到有些不安，但是我保证，在我的心里，你永远都是第一位。我答应你，以后我会尽量避免这些让你不安的瞬间出现。对于你，我可能给不了太多的承诺，但我会保证，和你在一起的日子，我会对你事事有着落，件件有回应。我保证会给你最大的安全感……"

没等他说完，楚曼吻他的脸。

翰墨愣住了。要知道，这可是楚曼第一次主动！主动亲他！

这突如其来的热情，让翰墨又惊又喜，更多的却是无所适从的不自在："楚曼，你，你怎么了？"

"我怎么了？"楚曼挑眉。

"你怎么突然……变得这么浪漫了？"翰墨羞涩地咬唇。

"在喜欢的人面前，我就是会变得这么浪漫。"楚曼抿唇。

"喜欢？"翰墨怔怔，"你……能不能再说一遍？"

太多次，他想从她嘴里听到喜欢，听到告白，可是都求而不得。这一次，像是中了两次大乐透一样，根本反应不过来。

"我说，我喜欢你。楚曼喜欢翰墨，很喜欢很喜欢。"楚曼一遍又一遍地表达着自己内心的想法。一字一句，字字真心。

翰墨放下吉他，起身就将楚曼紧抱入怀。

他只有屏息地抱紧她，不放开！

夜深几许，天上的星星也从云层里探出头来俯视底下的遍地霓虹。

翰墨拉着楚曼来到栏杆边看着夜景，指着远处的中心广告牌："你还记不记得我们第一次在天台喝酒的情景？"

"当然记得。我记得你的梦想是登上那块广告牌。我觉得，你马上要离你的梦想越来越近了。"楚曼自信地说道。

"当初是的。"翰墨扬唇。

楚曼疑惑扭头："当初？现在不是了吗？"

"我有一个更大的梦想。"翰墨拉过楚曼的手。

"是什么？"

"活在当下。"翰墨勾过她的肩，"不去想明天，不去想以后，不去想那些虚无缥缈还没有来的东西。"

楚曼点点头："好，我答应你。"

夜风有些冷，两个人互相抱在一起，什么也不做，都觉得很幸福。

是啊，未来是虚无缥缈的，捕捉不到，她现在能抓住的只是他的手，那就紧紧地抓住吧。

楚曼想，至于明天的路，就一步步地好好走吧，走一步算一步，尽最大的努力就好。

不管发生什么事，她都会和翰墨一起面对。

与此同时，另一边，秦野的别墅。

姚玥儿拿着红酒和两个空杯来到客厅这边，秦野刚挂了电话。

"慕总说，楚曼回来了。"

姚玥儿愣了一下，入座："是吗？"

秦野拿过起子打开红酒，将暗红色的液体如瀑布一样地倒入玻璃杯中："看来他们复合了。"

姚玥儿微微皱眉："现在你的风头很盛，我们占据着新闻各大版面，就算楚曼现在回来管翰墨的事，她也需要一个由头来让翰墨从低谷中重新出来。"

秦野勾唇："低谷？你和他拆CP虽然影响了他的热度，但远远没到低谷那么严重。"

"那宣布他们的恋情，彻底打破粉丝们对他的偶像瞎想，算不算是低谷呢？"姚玥儿问道。

秦野点头："算，但是你想到的，他们一定也能想到。他会不会这么容易让你拿到实锤的。"

姚玥儿挑眉："我，不，信。"

秦野和她轻轻碰杯："这件事交给慕总吧，她比我们更想打压楚曼。我们还是想想我们自己的事情吧。"

"自己的事情？"

"选个地方，去度假吧。"秦野指了指茶几上的微型地球仪。

"度假？"姚玥儿还没反应过来，"怎么这么突然？"

"不突然啊，我们也该温存一下自己的感情了，不是吗？紧绷了这么久，该好好放松一下，到时候才能以更好的精神来面对以后的风浪啊。"秦野意味深长地笑。

姚玥儿眉眼转动，突然明白了他的意思，笑着往他怀里一钻："好，都听你的。"

翰墨和楚曼牵手的第二天。

楚曼下班回家，就看到翰墨的大门打开，他系着围裙站在门口笑眯眯地等着她："欢迎回家。"

楚曼愣了愣，作势要往自己家走，翰墨嗔了一下，夸张地用脑袋示意她往这边走。

楚曼哭笑不得，只好走向他。

他这才重新展颜："快进来快进来！我给你做了甜汤，保管你喝了疲劳全消！"

楚曼被拉着到客厅的沙发坐下，翰墨殷勤地把她的包取下来放到一旁，端来一碗木耳甜汤要亲自喂她喝。

楚曼好说歹说才把汤勺拿了过来，翰墨又要帮她捏肩："我加了好多料在里边，美容养颜的。怎么样怎么样？"

"嗯，好喝。"

"真的？那肩膀这儿呢，我按得舒不舒服？"

"嗯，肩膀也舒服。"

翰墨开心得嘴角要咧到耳后根去了。

楚曼拍拍他的手，示意他坐下来："我有话和你说。"

翰墨眨眨眼："有什么要和我说的呀？楚曼，我最怕你露出正经表情的样子了，总觉得会是什么不好的事。"

他是一朝被蛇咬十年怕井绳呀。

好不容易抱得美人归，他可不想有任何差池！

楚曼哭笑不得，翰墨有时候像个大人，有时候像个孩子，做他女朋友就能拥有很多个的感觉。

"你也知道我们现在的身份。谈恋爱可以，但是我们只能在私下交往，绝对不能让别人知道。"

楚曼今天在公司里和马勒说了接下来翰墨的工作计划，从办公室里出来的时候遇到慕泽天。

出乎意料的是，慕泽天只是看了她一眼，连个表情都没给就直接越过了。

她打听了一下，姚玥儿和秦野接下来的几天没有工作，一起去国外度假了。

公司里的一切静得出奇。

这让她有些不安。

翰墨脸上露出一些悻悻："那就是说不能经常跟你在一起了。"

楚曼安慰："我们住这么近，回来可以见啊。在公司也可以见，但是就是工作关系。"

"那我们在街上也不能牵手。"

"可以回家牵。"

翰墨答应了楚曼的提醒。有爱情的滋润，翰墨完成工作的积极性非常高，也非常顺利。

这天，翰墨在家里陪安安玩。

翰墨看着怀里的小宝贝，计从心来："安安，跟你商量个事呗。"

安安仰头："什么事啊？"

"以后不要再叫我哥哥，要叫我叔叔，知道吗？"翰墨知道他不喜欢，故意先这么问。

果然，安安还是坚持地摇头："不，我不喜欢叫你叔叔。"

"那你叫我爸爸。"翰墨铺垫了以后，终于说出自己想要说的话来。

没想到安安突然很激动地从地上爬起来："不，我不叫！"

"必须叫！"翰墨也急了。

"啊……我已经有爸爸了呀。"安安的小眉毛往两边耷拉，被翰墨捏着脸颊往左右开弓，口齿不清，又备感委屈。

翰墨放开他，帮他揉了揉："那这样，我们来玩个游戏，谁赢了听谁的。怎么样？"

一说到玩游戏，安安的眉眼放晴了："好，什么游戏？"

"东南西北。"

安安眨眨眼又困惑了："东南西北？"

"嗯嗯。"翰墨拿过一张纸，纸上分成三个区域，左边写着"叔叔"，右边写着"哥哥"，底部写着"爸爸"。他将一把钥匙用钉子固定在圆纸的中间说道，"好了，我们现在就来转，转到什么，你就得叫我什么。玩不玩？"

安安还是个小孩子，自然不知道翰墨的"阴谋诡计"，点点头说玩。于是翰墨就把他抱起来，让他自己转："转到爸爸，你就要叫我爸爸哦！"安安信以为真这是一个玩运气的游戏，便真的伸出小手自己上去转。结果，第一次是爸爸，第二次还是爸爸。

翰墨放安安下地，得意扬扬地双手叉腰："怎么样，服了吧？叫爸爸！"

安安抿抿唇，看了看转盘，乖乖地唤道："爸爸……"

"哎！"

翰墨心满意足地想，小孩子真好骗。

晚上，楚曼下班回来，翰墨搂过他们母子俩，说有礼物要送给他们。

楚曼意识到他说的是他们，"我们？"

翰墨笑嘻嘻地摸摸安安的脑袋："安安，去拿。"

安安应声跳下沙发。

楚曼看向翰墨，故作不满地说道："安安什么时候变成你的下属了？"

翰墨轻捏她的脸颊："我是你的下属，一生听你指挥。"

楚曼咬唇，真是一言不合……她就被他甜到了。

安安拖着一个和他人体这么大的方形东西过来了，楚曼奇怪这到底是什么东东。翰墨起身拎过来，把包装纸撤掉，露出里面的照片。

楚曼定睛一看，竟是他们三个人的合照。

可是……她明明记得他们三个人没有一起照过相："这是……"

"我和安安今天照的，然后把你的照片修图进去的。"翰墨笑，"放心，我找稳妥的朋友帮忙洗出来的，相框是我亲自裱的，以后，我们就是一家三口。要一直幸福地生活在一起。一个都不能少。"

楚曼的鼻子猛地酸了。

"怎么样？这个礼物你喜欢吗？曼曼。"翰墨期待地问。

"喜欢。"

怎么会不喜欢？

他送给她一个家，怎么能不喜欢？

楚曼拥过翰墨，用手背擦拭过眼角的泪，听到翰墨开心地说道："今天我请客，带你们去吃大餐怎么样？"

安安开心地手舞足蹈："吃大餐，吃大餐！"

翰墨宠溺地刮刮他的小鼻子："小馋虫你想吃什么呀？"

安安转动眼珠子，想了一下说道："我想吃烤鸡！"

"好，一人一只烤鸡，够不够？"

安安欢呼了起来。

这时楚曼的手机响了，她只瞄了一眼来电显示就从翰墨的怀里起来，走到一旁："我去接个电话。"

楚曼低声问："什么事？"

"我有重要的事情找你，一会儿来四季饭店找我。"说完雷景天就挂断了电话。

楚曼看着电话的息屏，回想刚才雷景天的低气压语气，突然有一种不好的预感。

翰墨问："谁啊？"

楚曼扭头，微笑："啊，是工作电话。一会儿你带安安吃饭，我有急事先出去一趟。"说着她抓过外套和包往外走。

翰墨的粗眉慢慢压下来，低声嘀咕："骗子……大骗子……"

"爸爸，你说谁是骗子啊？"安安探头。

翰墨回神："啊，我说的是……片子，等我们吃完饭回来爸爸陪你看奥特曼。"

他其实看到楚曼的来电显示了，就算不看来电显示只要看她的凝重神情，就知道是谁的来电了。

其实楚曼可以和他说实话的，他又不会多想。

第十六章　为你可以放弃我的一切

楚曼赶到四季饭店雷景天订的包厢。

雷景天坐在大圆桌旁，低气压十足，也没有像之前几次一样态度卑微，起身迎接。

楚曼拉过椅子说道："有事的话赶紧说，一会儿我还要回去陪安安吃饭。"

雷景天保持着刚才的坐姿，一动不动，冷冷道："你是真的去陪安安呢？还是打算去陪翰墨那小子？"

楚曼皱眉："你什么意思。"

"楚曼，我一直都觉得你是有分寸的人，至少比我有分寸。"雷景天冷冷地盯着楚曼，"可是我错了，你居然和自己的艺人谈起了恋爱，肆无忌惮。看来女人都一样，一遇到爱情不管是女强人还是谁，都会失去理智。"

"你听谁说的？"这次她回到公司全身心投入工作，把翰墨的时间安排得满满当当，至少对外是这样。

"安安亲口告诉我的，你带着我的儿子跟那个外人住在一起，安安还叫他爸爸。楚曼，你在外面胡搞我没有资格说什么，但安安是我的儿子，我绝不允许他认别人当爸爸。"雷景天握拳拍桌板说道，"我要拿回安安的抚养权。"

"你说什么？"楚曼不敢相信自己的耳朵。

"你要么跟翰墨断了关系，要么把安安交给我抚养。我现在绝对有权利质疑你没有办法安心照顾我儿子。"雷景天语气冰冷，完全没有情面可讲，吃了秤砣铁了心要把安安带回到自己身边。

"雷景天我告诉你，我是不会答应的！你死了这条心吧！"楚曼恨恨道。

"好啊，你要是不答应，那我们没什么好说的，你等着接律师函吧！不过我可要告诉你，这事一旦闹上法院，谁都不好看，我虽然不是你这行业的，但我也知道你这行业的规则，这事要是爆出去，什么后果你应该比我更清楚。"

"你敢！"楚曼气地起身。

"为了我儿子，我什么都敢。"雷景天定定地迎上她愤怒的眼神，"你可以试试。"

"雷景天你！"

"当然了，你也别这么快拒绝，我给你三天时间考虑，三天后，你要是不给我个满意的答复，你就等着上头条吧。"雷景天起身，越过她时拍拍她的肩，"其实放弃安安你的利益更大，不但有丰厚的赡养费不说，还能跟你的小男友双宿双飞。那孩子比你小很多吧。没想到我的老婆还有这本事。"

最后一句话，他的语气里透出满满的讽刺。

雷景天今天的话，像一盆冷水从楚曼的头顶泼到了脚底，冰凉透顶。

她终于还是激怒了雷景天。

之前一次又一次的拒绝，一次又一次对他的道歉的冷漠，消磨掉了雷景天的愧疚和自责，他露出了他魔鬼的那一面。

楚曼抓了一把头发，在包厢里待了一会儿离开了。

回到车上，她仿佛回到了五年前的黑洞里。

失去安安？

不，她不要。

她好不容易和安安还有翰墨有了一个幸福的家，决不允许任何人破坏。

楚曼告诉自己，不要怕，还有时间，还有机会。

她拿出镜子给自己补妆，练习表情，在接到翰墨的询问微信后赶去和他们汇合。

想了一圈，翰墨还是决定在家自制烤鸡吃。

楚曼开门进去，在玄关处换鞋时就闻到了香气。

安安跑过来给楚曼拿包包："妈妈你回来了！"

"烤鸡来啦！"翰墨把烤鸡放到餐桌上，探头示意两人快过来洗手吃饭。

楚曼换上拖鞋走到餐桌边坐下，看着一桌的美食，尽管脸上是带着笑意的，但还是瞒不过翰墨的火眼金睛。

翰墨不动声色，把烤鸡切成一小块一小块，照顾着安安和楚曼专心地用餐。安安吃得少，很快就饱了。

翰墨给他一杯酸奶："好了，安安，你吃饱了就去玩吧。"

"好的！"安安应声跳下椅子，撒欢一样地跑走。

翰墨则继续给楚曼夹菜："是我做得不好吃吗？你都没怎么吃。来，尝尝这个凉菜，解腻。不管有什么事呢，吃饭还是最重要的，不然哪儿来的力气解决呢？"

楚曼抬眸，放下了筷子："刚才我去见雷景天了。"

翰墨点头："嗯。"

见他一副已经猜到的表情，楚曼苦笑，继续说道："他想要回安安的抚养权，不然就曝光我们的事。"

翰墨一愣，马上反应过来，把筷子往桌上一拍："这绝对不可能！曝光就曝光，反正我们总要见光的，我不想把你藏起来！"

楚曼见他激动地起身就要走，赶紧拉住："你去哪儿？"

"我去找那孙子！"

"你能不能别这么冲动，现在去，说不定他明天就曝出来，到时候你的前程就全毁了。坐下！"楚曼拽住他的手腕，皱眉喝道。

翰墨沉着脸，看着楚曼："你是让我什么都不要做？"

他可忍不了！

"雷景天这个人说得出就做得到。你冲动是解决不了任何事情的。"楚曼头痛地捂额头。

翰墨的眼珠飞快转动，突然眼前一亮："我想到了办法！"

"什么办法？"楚曼半信半疑地看向他。

翰墨冲楚曼眨了眨眼："道高一尺魔高一丈！雷景天就算是大魔王也是有克星的。"

他没说明白，楚曼一时也没反应过来："到底什么意思？"

翰墨重新拿起筷子，挥挥手："继续吃，这件事你就别管了，我保证给你处理完美，安安是我们的，你也是我的。"

楚曼脸上的疑惑更重了。

翰墨反而笑得更开心，一瞬间拨开迷雾见太阳的那种。

之后不管楚曼怎么逼问，翰墨就是不说，扬言这回一定要让她刮目相看，他也有妥妥的办事能力。

第二天，雷氏集团。

雷妈妈穿着一身干练的黑色职业装，戴着度假的那种大檐帽来到会议室。

常年不来公司的董事长，一来必有大事。

所以所有高层都纷纷在最短的时间来到会议室聚集。

雷景天抵达后十分疑惑地看着母亲大人，自从和楚曼离婚后，妈妈就不待见他。这回主动来公司是何目的呢？

"妈，你这是……"他把椅子靠过去试图先打探一下，不想雷妈妈无视他的小心思，直接张嘴对大家说道："今天叫大家来，临时召开这个董事会，我有一件重要的事情要宣布。自从我先生去世之后，将公司交给了我。我不善于经营，将管理权放给了各位功臣和我的儿子雷景天管理，甚少过问。我相信公司在你们带领下，一定会越来越好。前几年的确是这样，但是今年，公司的业务没有扩展，各部门的财务报表也很不好看。"

雷景天一听这话头不对啊："妈……"

雷妈妈一记眼神扫过来，雷景天立刻改变称呼："董事长，今年的大环境都不好。"

"没能力的人才会把业绩差推给大环境。大家都知道，我们公司有一条铁律就是看业绩。业绩不达标，不管权力大小都要离开公司。"

感觉这母子俩气氛不对，要吵架的样子，其他人都不敢轻易接话，纷纷低头不敢直视她的目光。

"所以，我在董事会上，公开决定，处理公司总经理雷景天。明天开始，雷景天暂停所有中国区域业务，调回德国分公司市场销售部做销售，从基层做起。"

雷妈妈此话一出，全场哗然。最哗然的当然是被降职的雷景天了。

他根本坐不住，直接从椅子上站起来。但惊骇的瞬间突然就明白了过来。这件事绝对不是空穴来风，母亲大人的突然降临大概和他要把安安的抚养权拿回来有关。想到这里，雷景天默默地重新坐下，虽然生气，但没有再多说其他的话。

在全体的表决之下，没有意外地，十分顺利地通过了雷妈妈的提议。就这样，堂堂雷总变成了即将要被派遣去德国的一个小小销售员了。天台上，母子俩难得坐下来单独喝咖啡。

雷景天心里憋着气，但对母亲还是保持着该有的尊重："妈，我到底是不是你的亲生儿子？你为什么要这么对我？"

雷妈妈叹了口气："我倒希望你是捡来的。我当时生你的时候就应该把胎盘留下来，人扔了。你但凡有点儿人性都不至于干出这种缺德事。你说说你，除了人模人样长得像我和你老爹，善良、大度、聪明哪一样你随了我们？"

雷景天怒极反笑："妈，我就是想把安安要回来，怎么就错了？难道您不想孙子留在身边吗？"

"儿子，这是你欠楚曼的。"

"我……"

"如果你还想接手公司，就不要再去骚扰楚曼，我知道你争安安的抚养权就是为了继承公司，你要是再这样，我就把家产全部捐掉，到时候你一分钱都拿不到，还会害了安安。你自己想清楚吧。"雷妈妈做了一个打住的手势，非常坚定地表明了自己的立场。

雷景天深吸了一口气，带着满腔怨气起身走了

雷妈妈看着他怒气冲冲离开的背影，拿出手机给翰墨打了个电话："喂，翰墨吗？你说的事情我已经帮你搞定了。他会去到德国，不会再来打扰你和楚曼了。"

"谢谢妈妈！"翰墨嘴甜得很，"亲一个！"

"你这小子！"雷妈妈咯吱咯吱地笑。

翰墨对着空气做了一个敬礼的手势："妈你放心，我一定会好好照顾楚曼和安安的！"

"嗯，这是必须的，再给安安生个弟弟或者是妹妹就更好了！"雷妈妈嘱咐道。

翰墨害羞抿唇："是，儿臣遵命！"

楚曼从卧房里端着笔记本走出来，看到翰墨接完电话手舞足蹈的："谁的电话？"

翰墨刚刚挂断电话，扭头道："是我们妈的来电啊。"

楚曼微怔，意识到他说的是雷妈妈："有什么事吗？"

"哦，没什么事，就是告诉我们一声，雷景天已经被派去德国，不会再来骚扰我们了。"翰墨耸耸肩。

楚曼愣了好几秒才反应过来他说的道高一尺魔高一丈……居然是雷妈妈！"你把安安的事情跟她说了？"

"对啊，这算不算是圆满解决问题？"翰墨开心地拉过她，求夸奖，"安安顺利留下了，我们维持了你所希望见到的地下恋情模式。"

楚曼还是没回过神来，翰墨的脸就凑了过来："咱妈还说了，让我们尽快给安安生个弟弟或者是妹妹，这样，人多热闹。"

楚曼这下猛地清醒过来，手直接拍在他的脸上："不行！现在事业为重！"

翰墨很是委屈地瞪眼。

要知道他为了让雷妈妈出动去解决雷景天，大晚上跑去找雷妈妈谈心，说了一大堆打动人心的话，还梨花带雨地哭了一场！

就在翰墨死死地盯着茶几生闷气的时候，已经起身要走的楚曼突然弯下腰，在他脸上吻了一下。

翰墨抬眸，瞥见某人转身的笑容，心念一动，立马拉过来要求重温，"刚才太快了，你再亲一下！"

"喂，哪有你这样的？我还有工作。"

"不要，不管！我要你再亲我一下！"

"哎哟，别闹了，翰墨！"

……

两人打闹间，丝毫没听到门铃声。

安安耳朵灵，看到爸爸妈妈正忙着打闹，就很乖巧地飘过去开门。

结果看到了一个穿着旗袍面容清丽的女人站在门口。

安安眨巴着眼睛看着她。

她则很意外地看着安安："你是？"

"奶奶，你找谁啊？"安安问。

"我找翰墨，这里不是翰墨的家吗？"翰墨妈妈后退一步再次确认门牌号，自己没有走错。

"哦，你找爸爸啊？"安安笑着扭头喊道，"爸爸，有人找你。"

"爸爸？"

翰墨妈妈的脑袋轰地一下炸开了，她可不知道自己什么时候有这么一个大孙子。

翰墨不清楚情况，听到安安喊，便拥着楚曼一起出来："谁啊？"

翰墨妈妈看到翰墨搂在怀里的楚曼后，一下子明白了情况，脸立刻拉了下来。

在场之人，除了安安，大家几乎都陷入了尴尬。

面对自己妈妈的突然出现，翰墨措手不及："妈，你怎么来了。也不提前说一声。"

翰墨妈妈拿着手包大步迈进："我来看儿子还要打电话预约吗？再说了我要是告诉你，怎么会知道我突然冒出来这么大一个孙子。"

安安不知道这位奶奶为什么突然就生气了，忐忑地看向楚曼。

楚曼摆手低声道："安安，你进房间玩。"

安安点点头。

楚曼试图推开翰墨的手，但是翰墨紧紧地握着她不想放手："妈，这是楚曼，您上次见过的。是我的……"

"楚曼,我想单独和我儿子聊两句,可以吗?"不等翰墨说完,翰墨妈妈就打断了他的话,定定地看向楚曼。

楚曼愣了愣:"可以。"

她轻拍翰墨的手,示意他好好和妈妈谈,看了一眼翰墨妈妈点头致意后,就进房间把安安带出来回自己家了。

翰墨看楚曼拉着安安出了自己家,内心无比委屈和不安。原本的温馨画风因为妈妈的突然到来直接打碎了。

"妈……"

"你不要叫我妈。"翰墨妈妈黑着脸,"我自认已经很好地调教你成长了,也充分尊重你的想法。可是我没想到你会傻成这样。她的孩子都这么大了,你居然会选她当女朋友?"

在她看来,翰墨只要有一点点理智,都不会舍弃掉姚玥儿选楚曼。就是因为他的冷漠,才让姚玥儿心灰意冷宣布和秦野谈恋爱的。

失去姚玥儿这个儿媳妇实在可惜就不说了,无论如何她是不会允许楚曼这样的女人待在翰墨身边的,这实在太离谱了!

"楚曼对我特别好,她对我来说是很特别很重要的存在。"翰墨十分严肃地说道,"安安很可爱,我也很喜欢。妈,我不允许你带有色眼光看他们。"

翰墨妈妈微微皱眉:"不允许?"

"呵,你不允许我一个,你能不允许全世界吗?"翰墨妈妈怒极反笑,定定地看着他,"既然你这么坚定,为什么不和姚玥儿一样公告天下?"

翰墨妈妈戳到了痛点,翰墨无法反驳,顿了顿道:"是楚曼不同意。"

翰墨妈妈点头:"很好,毕竟是年纪大一点,还是有点脑子的。"这也是为什么她刚才看到楚曼时还保留了一些颜面的原因。

"你们两个一旦见光,就会面临各种各样的问题。恋爱本来很简单,只要收获祝福就好了,可是在你们之间有一道大大的枷锁,这会害了你也会苦了她。翰墨,你何必要这样?"

翰墨握拳,压眉道:"妈,不管你怎么说,我都认定了楚曼,绝对不会改变。"

翰墨妈妈缓缓闭上眼睛,波澜不惊的脸上透着隐忍的无奈。

知子莫若母,她了解翰墨,当初他义无反顾要进娱乐圈,不管她怎么阻止他还是去了。这个孩子，从小就这样，看着乖巧，其实倔强得很，一旦认定了什么就不会改变。

她不是那种性格暴躁，暴跳如雷的女人。

如果不是这次的事情太过离谱，她连生气都不会。

刚才对她来说已经是失态了。

翰墨妈妈坐了坐，起身："我话已至此，你坚持己见的话我也没办法。但是你也别想请求我的谅解和答应。"

"妈，对不起。"她越过他的时候，听到了他飞快而低沉的道歉。

翰墨妈妈皱着眉走出来，看到楚曼一个人站在门口。

"阿姨。"

翰墨妈妈看了她一眼没有驻足，而是越过楚曼往电梯口走去，楚曼跟上。

两人一起进到电梯。

翰墨妈妈没有按电梯，楚曼等了一会儿伸手去按一楼。

翰墨妈妈问道："多大？"

"三十二。"

"离婚多久了？"

"六年。"

翰墨妈妈没说话。

静默的空气里仿佛还回响着楚曼的回答，这是最高明的谈话技巧。

抛出两个问题，得到两个难堪的答案。提问者不予置评，让被提问的人陷入自我回味的不安中。

而楚曼即便知道翰墨妈妈的用意，还是不可避免地中了圈套。毕竟，这是她最大的缺点。

楚曼艰难地开口："阿姨，我知道我的情况很难让您接受。但我跟翰墨的确经历过很多。他对我和安安都很好，我也会对翰墨好的。"

"楚小姐，你也是单亲妈妈，你要理解我，我一个人养大翰墨不容易。我也不希望我们翰墨多么有出息，但我希望他能幸福，至少在婚姻上他能找个跟他般配的人。"翰墨妈妈稍稍侧过脸，"我这个要求不过分吧？"

楚曼点点头。

"你也有儿子，我想你更能将心比心。"翰墨妈妈继续说道，"翰墨现在还小，他不懂，你确定几年之后，等他成熟了，见过世面后，他还会像现在这样爱你吗？女人生过孩子后更加容易老，过不了几年，你的岁数就显出来了，到时候跟翰墨走在一起，即便你能忍受旁人的闲话，但最主要的是你能过得了自己心里的这一关吗？"

翰墨妈妈的每一个字，都戳中了楚曼的心口。

她心里有气，但是每一句话都在心平气和的范畴之内，把现实清澈分明地摆出来。

"如果是之前，听到阿姨你这样说，我一定会应了你的想法离开，躲得远远的。"半响，楚曼抬起头，正视翰墨妈妈，"可是阿姨，我已经逃过一次了，我不想再逃避。我喜欢翰墨，真的真的很喜欢他，喜欢到可以……放下我的原则我的一切。我也答应过他，无论如何都会和他站在一起，所以……"

"啪！"

翰墨妈妈一巴掌打在楚曼的脸上。

这时电梯到了一楼，门开了。

翰墨妈妈没再说什么，深深地看了一眼楚曼，转身出去。

电梯门重新关上。

楚曼缓缓勾唇，摸了摸火辣辣的脸，按回楼层。

她没有觉得委屈，反而有一些心安理得，希望这个巴掌能疏解一些翰墨妈妈心里的气愤。

因为除了挨打之外，好像也没什么其他可以为她做的了。

回到楼层，楚曼走出电梯，回到自己家，看到翰墨快步走了过来。

他知道妈妈不会这么轻易地离开的。

楚曼微笑地冲他摇摇头："放心吧，我没事。"

翰墨看到她脸上还没来得及褪下的五指印，心疼到不行："楚曼……"

"我对阿姨说了，我不会离开你。"楚曼知道他担心什么。

翰墨有很多话要说，但是看着她温柔又坚定的目光，到嘴边的话又咽了下去，只想用力地抱紧她。

"未来会有风浪，我不能保证一定会没事，但我会保护你。"

"嗯，我们一起面对。"楚曼拍拍翰墨的后背。

铁板烧餐厅。

楚曼和温沄吃饭。

楚曼用剪刀剪着肉，温沄则举着筷子托腮："有异性没人性的，有了男朋友就忘了我这个闺蜜。这段时间一点音讯也没有。"

"我的手机可是二十四小时开机的，是你不来找我的，好吗？"楚曼纠正道，真是一不小心就会被栽赃诬陷，这个锅她可不背。

"你在热恋，我不敢打扰你啊。"温沄语气发酸地耸肩。

"怎么，你没在热恋？"楚曼觉得自己错过了一些讯息。

"我已经单身一个月了好吗？"温沄翻白眼。

"张亦凯之后就没有再找其他人？"这倒是有些意外，毕竟温沄是一个不谈恋爱就不行人。

"没呢。"温沄意兴阑珊地叹气，"可能我本身就没招惹好男人的气场吧。"

这时服务她们这桌的大厨把烤好的虾递到桌上。

温沄推推楚曼的手："快把你的滋润日子说给我听听，也滋润滋润枯萎的我。"

楚曼叹气摇头。

温沄一愣："怎么？这么快就平淡期了啊？"

"他妈妈，不喜欢我。"楚曼想到电梯里那巴掌，心蓦然紧了紧，不过她不会把自己挨打的事说出来，只简单地这么一描述。

"你早该想到的呀。"温沄还以为是什么事儿呢，夹了一块楚曼刚烤好的肉往嘴里塞，"翰墨对于你来说是奢侈品，你对于翰墨这边来说就是残次品。他妈妈喜欢你才见鬼吧。"

楚曼视线过去。

温沄赔笑："话糙理不糙，你说是吧？"

"那你说怎么办？"

"还能怎么办？哄呗。老太太跟孩子一样，多哄哄就好了。"

这话说得……就是站着说话不腰疼！楚曼翻白眼："哪有这么容易啊！"

"你是谁啊，金牌宣传，他妈妈都搞不定的话，你可别说是我带出来的。"温沄惊呼，一副对她很有信心的样子。

楚曼气叹得更甚了，她可不记得自己是温大美人带出来的。

"哇，这肉真好吃。"温沄被肉的口感惊到了，抬头对大厨说，"麻烦你浇点……"

这一瞬间的抬眸，温沄被大厨的长相迷倒了。

"红酒汁是吗？"温沄犯花痴地忘记了说后半句话，但大厨易查理还是知道了，微笑地拿过一旁的红酒汁给肉浇上,"这样口感更好。"

温沄托腮,用异样的眼神看着他说道:"你有没有闻到烧焦的味道?"

楚曼怔怔,看到温沄陷的神情,明白她已经踏上新一段的爱情道路。

易查理看了一下手下的肉:"没有啊,肉没有烧焦。"

温沄哦了一声:"那一定是我心在燃烧。"

楚曼的鸡皮疙瘩掉了一地。

易查理尴尬抿唇。

待他递上烤好的扇贝肉,温沄又说:"太甜了吧。"

易查理:"啊?我没有放糖。"

"因为是你的笑容太甜了。"

易查理害羞地低下头。

楚曼忍不住身体抖了一大下,只觉得自己再一次从主角沦为背景板,可以撤退了。

她默默地放下筷子,拿出手机给夏木发了一条来接她的短信,便离开了。

今天秦野和姚玥儿从国外度假回来了,打算投入一个直播的出镜拍摄。而翰墨的拍摄暂时告了一个段落,没有活动,正待在家和安安玩。

夏木这才有空给她当了一回司机。

上了车,楚曼问夏木慕泽天的情况。

"曼姐你还别说,慕总这段时间格外安分,除了给秦野跑业务之外,什么小动作都没做。开车去了一趟竞合小区不知道干吗……"

"你说竞合小区?"楚曼皱眉。

"是啊,竞合小区。"夏木点点头,"那个小区是高档小区,进去都要做详细登记,我进不去。所以……不知道慕总到底去了哪幢。"

竞合小区是翰墨妈妈住的小区,慕泽天这段时间没有作妖不符合她的做派。难道这两者之间……

"曼姐?曼姐?"见楚曼又出神了,夏木唤道。

"嗯。"楚曼回神,"我知道了。夏木,你送我去竞合小区。"

"啊?哦,好的,曼姐。"

夏木改变方向,应楚曼要求送她到竞合小区。

楚曼示意夏木先回去,并且嘱咐不要把她今天来这边的事告诉翰墨。

夏木做了一个往嘴巴上拉拉链的动作,点点头:"曼姐,放心,我知道什么该说什么不该说。"

楚曼看着他把车开走，这才走到保安室表示要见十三栋的翰女士。

做完登记，保安打电话确认了以后，楚曼签字进入。

这是她第二次来到这里。

第一次是过来找翰墨，结果看到他和姚玥儿抱在一起；

第二次便是这次，这次应该算是正儿八经的拜访了，可是她没有提前做准备买礼物。为了求证内心的一个疑惑，她必须得敲开翰墨妈妈的门。

翰妈妈开门后，看到是她，连一秒的停留都没有，转过身往里走："你来干什么？"

"阿姨，我来是想问一下，慕泽天是不是来找过您？"楚曼进到玄关没有换拖鞋也没有进去，而是冲翰妈妈急急地问道。

翰妈妈驻足，转身："对。"

"她来……是……"

"要我出面证明你和翰墨在一起，并且对镜头公开表示不同意你们的关系。"翰妈妈答得飞快。

"那您……"果然是这样，楚曼心缩成了一团，"没有答应，对吗？"

如果答应了，此时新闻早就出来，舆论也早就炸了。

"如果你过来是想着谢我就不必了。我这是为了翰墨，也是在给你机会。如果你继续执迷不悟，说不定我会改变主意，就算暂时把翰墨拉下水也要阻止你们的荒唐。"翰妈妈面无表情，望着楚曼，那冷漠的眼神是比讨厌还要更深刻一些的疏离。

她不想和她有任何的关系。

楚曼垂眸："我知道了。"

翰妈妈径直往客厅里走，很快不见了。

楚曼推开门轻轻地关上，站在门外仰头看着明亮的天空睁不开眼，闭上的时候又觉得眼睛很酸楚。

她知道翰妈妈这话是真的，而慕泽天没有能在这边找到突破口，那她一定会另外寻找办法。

唯一能阻止慕泽天的，就是先把秦野拉下马，这样他即便找到了他们的弱点也没有人可以扶植。

两败俱伤，反而是现下最好的结果。但这个结果不会出现。因为慕泽天一旦这么做了，就是亲手断送了自己在公司的前程，以及在圈内的名声。

楚曼重新睁开眼，眸色沉沉地离开。

三天后，出现了一则报道。

秦野和师弟团六月天团体不合，后台搞事情。

翰墨和楚曼在家吃早饭，刷到这条消息的时候，他抬眸看她。

"秦野的脚受伤了。"

楚曼头也不抬地吃着三明治："嗯，托我的福。"

翰墨垂眸。

其实昨天某台的晚会，本来没有他的节目安排，但被楚曼安排去给秦野还有六月天男团送吃的，他就猜到一二了。

六月天男团是慕泽天新带的唱跳团体，名气不是很大，昨天的晚会本来是慕泽天安排秦野带六月天男团合作表演一个节目，还特地让主持人有一个采访秦野和六月天男团的五分钟，这样可以让六月天男团蹭着秦野的热度来一些镜头。

没想到还没上场，秦野换舞鞋的时候就出了意外。鞋子里放了钉子，秦野的脚被扎出血。因为舞鞋是六月天男团这边拿过来的，所以慕泽天很生气地质问三个少年是怎么回事。报道上的新闻照片就是这么出来的。

电视台那边主要是要秦野上场，顺便才接纳六月天的节目表演的。秦野无法上场，这一段特别空出来的黄金时段六月天会浪费掉，于是在慕泽天交涉无果的情况下楚曼表示翰墨可以上。

就这样，电视台大喜过望，立刻临时做出调整。

翰墨就套了一件亮片西装，坐上红沙发唱了一首慢歌。

当晚的收视率很不错。

见翰墨一直盯着手机屏幕不说话，楚曼伸手按过："别看了。"

"真的……一定要做到这样吗？"翰墨问。

他没有责怪的意思，他只是想知道这样的敌对到什么时候才能结束。和秦野之间即便没有了自己以为的那份深厚感情，翰墨也始终想保持和他的安全距离，至少不让彼此伤害来破坏过去的美好。

"秦野的脚伤不会很严重，就是让他休息一段时间不能再工作。"楚曼喝完牛奶，把玻璃杯轻轻地放到琉璃台上，"我们打的是一场没有硝烟的战争，最难的就是不能让敌人一招致命，而让对方不断有反攻的机会。所以不能心软，我更不能让你出事。"

翰墨点点头。

楚曼冲他展露微笑："别多想了，今天你要出席飞娱的品牌秀。好好准备一下。"

翰墨也微笑："好。"

楚曼心里清楚，让秦野受伤是无奈之举，她无法阻止慕泽天对他们这边使绊子，只能尽可能地让她分身乏术。

这次一下子毁掉了她手上带的两组艺人，慕泽天的爆炸心情可想而知。

楚曼回到公司想找慕泽天聊两句，但是慕泽天没有来公司。她到秦野家想做出慰问给慕泽天一个台阶下，结果秦野不在别墅，慕泽天更不在那儿。她到慕泽天家慕泽天也没在。

三连扑空。

楚曼心里的不安提到了最高点。

不过楚曼再次确认自己和翰墨都是在家里约会，窗帘都是拉上的，在公司里也从来不说超过工作以外的话题，翰墨妈妈那边也不会给慕泽天提供照片或其他的佐证。

慕泽天的反攻应该不会得逞。

想到这里，楚曼看看表，决定先去品牌秀的现场。

她现在只能走一步是一步，确保每一次的对外营业都是安全正常的，一天一天顺下来就好。

飞娱是楚曼之前为翰墨谈下来的一个品牌方，一直都很信赖翰墨，几次风波下来，对方始终表现出愿意继续合作的态度。

这次品牌秀主要是为了展推新品，让翰墨做模特队长，带领一众模特宣传他们的这一季理念。

"很荣幸能够得到品牌的认可，邀请我成为这一季的代言。我以后会更加努力，为飞娱树立良好的形象。谢谢大家的信赖与支持。"

台上，翰墨身着品牌主打款的订制运动服，在主持人说完开场白后接过话筒表示了感谢。

所有人的目光都专注在台上。台下人多，都隐匿在黑暗中，谁也看不清谁的脸。

楚曼赶到后也没在最靠近舞台的隐秘位置发现秦野的存在。

秦野怀里抱着安安，指着翰墨说道："安安，你认识台上的哥哥吗？"

安安十分骄傲地点头："认识啊，他是安安的爸爸。"

秦野勾唇，却故作摇头："怎么会呢？他才不是安安的爸爸，小孩子是不可以撒谎的哦。"

安安急了："才没有呢，我没撒谎。"

"这样啊。"秦野还是表现出不相信的样子，"那安安敢不敢上去叫一下爸爸呢？如果他回应你，我就相信安安说的话，怎么样？"

安安并不知道这个给他吃糖的哥哥是坏人，正在给他下套。

安安用力点头，让秦野放他下来。

他小胳膊小腿地穿过人群，踩着梯子就跑上去一把抓住翰墨的大腿大声地喊道："爸爸！"

台下先是一片鸦雀无声，很快哗然。

娱乐记者摄像师们疯狂按动快门，要把这突然出现的意外情况拍下来！

所有人都傻了，包括身经百战的主持人和正在进行流程的翰墨，不知所措地看着这个突然出现叫爸爸的孩子。

楚曼也傻住了，她万万没想到慕泽天会拿安安着手！

她万万没想到安安会突然出现在这里！

时间紧迫，楚曼没再多想，第一时间跑上舞台。而秦野看着成功引起的混乱，很满意地悄然隐退。

并不知道自己制造了爆炸源头的安安只是发现翰墨并没有像往常一样亲昵地答应他并将他抱起，而不住地喊他："爸爸，爸爸！"

台下娱乐记者的镜头疯狂捕捉这一画面。翰墨把自己的外套脱下来盖住安安的脸，并快速将他抱起往后台走去。

主持人无奈地对着已经没有人听他说话的台下说道："今天的活动到这里就结束了，请大家听从工作人员的安排离场。谢谢大家，谢谢……"

马勒急得在台下直跺脚："这是存心让我破产啊！"

第十七章　至少我们三个人还在一起

所有人转至后台。

安安虽不知道发生了什么事，但能感觉到紧张的氛围，他被吓到大哭，不知所措。

翰墨不停地安慰安安："安安不哭，安安不哭。我在这里。"

安安的哭声听起来格外刺耳，楚曼的脑袋要炸了。

她拽过死死抓住翰墨衣领的安安的小手，抑制不住失控的情绪："谁带你过来的？是谁？是慕泽天对不对？还是秦野？还是姚玥儿？安安你说话呀！"

从没见过妈妈这个样子，安安吓得更加说不出话来了，只知道哭。

翰墨按着安安的脑袋，侧过身去："好了，楚曼。安安还是个孩子，他根本什么都不知道。再说了你现在质问还有什么用呢？"

楚曼知道没有用，但她也是个凡人，这么久以来睁开眼睛就一直提着心脏，晚上躺下又会忐忑不安。

苦苦撑到现在，这根紧绷的弦因为安安的出现，瞬间断了。

这时马勒和品牌方匆匆赶到。

品牌方郑总脸上的神色很是阴沉。马勒生气地叉腰大吼："楚曼，你们到底在干什么？我到底哪里得罪你们了，要这么害我啊？"

楚曼抓头发，低声道："马总，你听我说。"

"什么都不用说了。"郑总开口道，"我请你们来是做宣传的，不是砸场子的，你们等着接律师函吧。"

马勒赔笑脸追着郑总出去："不是，郑总，您听我说，我们都合作这么久了，这件事一定有误会，我……"

马勒追到门口，扭头深深地瞪了一眼楚曼和翰墨："你们两个！"

他虽然业务能力不如手底下的人，整天就知道赚钱进账，但也不是一点察觉没有。他早就怀疑楚曼和翰墨的关系了，如今这层窗户纸不过是被捅破了而已！

楚曼浑身战栗，翰墨沉默不语。护了这么久的秘密还是被揭穿了。尽管有心理准备，但两个人还是被弄蒙了。楚曼的手机来消息，她颤抖地拿出来打开看，是慕泽天发来的。

"楚总，期待你的这次扭转乾坤。"

楚曼只觉得头晕目眩。

明星的消息永远都是最快传播出去的，更何况是翰墨这样的流量明星。

秀场上的意外，在外边炸开了。

"翰墨密恋宣传总监，恋情曝光。"

"翰墨六岁私生子，品牌会上当众认爹。"

"翰墨遭受品牌方起诉违约，可能面临着巨额赔偿。"

"翰墨私生活混乱，参与节目均受到影响。"

"翰墨粉丝集体脱粉，粉丝评论社交平台彻底沦陷。"

……

包括安安的幼儿园曝光，楚曼前夫身份爆出为雷氏总裁这些信息都被掘地三尺地挖了出来。

公司的会议室里，黑压压的一片。

马勒拍桌，青筋暴起："至少三个品牌方同时起诉，告翰墨违约，要求按照合同赔偿。一大清早，我就收了好几封律师函。我年纪也不小了，经不起你们这样的折腾，你们能不能让我安安心心地赚几天钱，好好地养老啊？"

楚曼皱眉，神情凝固。

马勒指着楚曼喝道："你说，这事到底要怎么解决！"

慕泽天手里的钢笔在桌面不停旋转，悠悠道："还能怎么解决，楚总的孩子都当着大众的面叫翰墨爸爸了，这个时候再想澄清是误会，恐怕不能服众吧。你作为翰墨的公关，还称自己是业内最专业的，难道金牌公关就是来宣传丑闻的吗？"

马勒真是肠子都悔青了："楚曼，你怎么能犯这么低级的错误呢？居然和自己的艺人……我早该在你频频否认翰墨和姚玥儿炒CP的时候就怀疑你和翰墨有问题的！事实上我也确实怀疑过，可是我相信你，我相信你不会犯这种低级错误，你明白吗！"

慕泽天搭腔道："你的职业道德怕都喂了狗了。马总，您以后找人得当心点，再能干，人品不行也是个祸害啊。"

楚曼不说话，任由他们口出恶语，毕竟是自己做错了事，被说也是情理之中的。她只是在想要怎么解决这件事。

这时温沄推门进来，厉声道："楚曼来你们这儿做外聘合作，但还是我的员工，轮不到你们在这里指手画脚！"

马勒和慕泽天的声音太大声，她在外边都听到了，推门进来看到楚曼静静地低头坐着，更是为自己的好姐妹感到委屈。

慕泽天知道温沄是个火暴性子，挑眉道："既然温总都说明了楚曼是外聘，那就更好办了，她工作失误造成的所有损失，由你们承担吧。"

她这话顺水推舟，既给马勒解决了经济损失的麻烦，又给足了温沄面子，实在是坏到骨子里了。

"够了！"

楚曼低喝一声，拍桌阻止情况再恶劣下去，她深吸了一口气说道："这件事是我造成的，我会一个人承担。"

温沄皱眉："你要怎么承担？"

以前艺人发生任何事，温沄都不担心楚曼会无解。可是这次不一样，这次涉及她自己，已经无法从旁观者的清醒角度解决问题了。

楚曼正要说什么，夏木拿着平板急匆匆地冲进来："曼姐，网上发了很多你跟翰墨的照片，已经被传疯了。还有你和翰墨的微博要不要关闭评论？"

楚曼一怔，拿过平板，看到有一张是他们的一家三口的照片。

怎么会这样？

这么隐私的照片，怎么会流露出去的？马勒探头看到这一幕，仰天哀叹："这下彻底完了。"

就算照片上的修图痕迹可以当做借口来做解释，可是照片被裱起来，挂在墙上这就能被扒出来是来自翰墨的家。

所以，翰墨和楚曼的关系，是一步死棋，无法推翻。

这件事发生的连锁效应就是，大街小巷，网上各大知名网站纷纷讨论翰墨欺骗粉丝，而最明显的就是翰墨的个人微博的粉丝数量从一千三百万骤降到七百万。

翰墨家。

楚曼失落地站在三人合照的照片下，伸手想要把照片取下来。

翰墨阻止道："事情已经这样了，就让它挂在这里吧，至少我们三个人还在一起。"

听到他这么说，楚曼的鼻子立刻酸了："对不起，对不起，是我害了你……"

楚曼知道现在说多少次对不起，都没办法改变什么。

但是她除了这句话真不知道还能说什么。

"你不用说对不起，我从来不认为两个人相爱是一种错误，你没做错，错的是那些用世俗眼光诋毁别人的人。"翰墨将她拥入怀中，心疼地安慰。

比起他失去的那些，他更在意的是楚曼。

"温沄早就提醒过我，我会毁了你，我当初太自信了，自信到以为我只要足够小心，就不会被发现，我以为我会做得很好，没想到却弄得一团糟。"楚曼很是自责。

他的温柔陷阱，她避无可避，明明知道危险还是陷了进去。

如今，她都不知道要怪谁了……

"如果我不做艺人了，你还会在我身边吗？"翰墨抬起她的下巴，微笑地问。

"会。"楚曼点点头。

"那不就好了。"翰墨轻松地耸耸肩，"其实我不做艺人我可以做别的，我长得这么帅，做其他的也可以很成功的。嗯……不如换个职业玩玩，我当主厨，你当老板娘怎么样？"

楚曼点点头，抱过他："好，你开心就好。"

她深深地看向客厅的窗户，心里暗暗发誓一定要让翰墨重新回到舞台上去。

另一边在公司里，马勒在慕泽天的办公室里着急地抓耳挠腮。

慕泽天则气定神闲地喝着咖啡。

马勒难受地吐槽道："翰墨完了，现在公司面临巨额赔款，要是想翻盘，就必须捧出一个新的艺人来，可是现在像翰墨那种质素的人上哪找去？"

"说难也不难啊。"慕泽天看向马勒。

"怎么不难？捧一个新人哪有这么容易。而且前期不知道还得砸多少钱进去。我哪还有钱啊？"马勒皱眉。

"干吗想着培养新人？我之前就说过，公司艺人必须全面发展，就是为了防备现在的情况。"慕泽天笑笑。

"现在公司谁能顶替翰墨？"马勒看向慕泽天，突然意识到她要说谁，"你是想说……"

这时秦野推门进来，恭敬地冲马勒鞠躬："马总，请您相信我。"

新闻的发酵程度会以一个星期为周期，楚曼已经联系了各大公关媒体，动用关系尽量把翰墨的这条新闻给压下来，但是效果不佳。

品牌方的投诉是板上钉钉的事情，楚曼能做的就是把具体的违约金都算出来，再对比翰墨的积蓄，看还有多少的缺口。

这些年她虽然作为第一金牌宣传赚了不少钱，但是工作方面的花销也是很多的，并且还有一部分钱给安安做了教育基金不能动。

明星的违约成本是拿放大镜照着金额数字来的，那点积蓄往就是杯水车薪。

楚曼在客厅里算账之际，手机收到一条转账通知：

"尊敬的楚女士，您尾号(0058)的账户收到温沄转账三百万元。"

楚曼打电话给温沄："温沄，你这是做什么……"

"好了好了，最近的事情我都知道了，那些钱虽然是杯水车薪，但是也能稍微应付一下，我现在只有这些现金，等过几天我把基金全部卖了，应该还能筹到一笔钱。"电话那头温沄好像在走路，气喘吁吁的。

楚曼不知道要说什么好，半晌道："谢谢你，沄。"

这个时候，全世界几乎都抛弃了她和翰墨，可是温沄还坚定地站在她的身边，为她撑腰想办法。

这种情谊是比黄金还要珍贵的。

"咱俩这过命的交情，还要这么矫情吗？"温沄很酷地反问。

"当初你劝过我……"想到之前温沄的提醒，楚曼很愧疚地低下了头。

"你说过人就该奋不顾身一次，虽然你这奋不顾身代价有点大，但没事，天塌下来，有姐给你撑着呢。"温沄笑笑。

"有你真好。"楚曼由衷地说道。

"不跟你说了，我有事要忙，有啥事记得找我，别一个人扛着，听到没？"温沄大姐大的口气，格外让人踏实。

楚曼点头，温柔地说好。

挂断电话后，楚曼收到了姚玥儿的微信，说想要见一面。

楚曼回复了一句："我们没什么好见的。"

合照的事情，很有可能是姚玥儿拍走的，她知道翰墨家门锁的密码，能够进入翰墨的家。

她或许是来挑衅的，又或许是为了秦野来说话的。

不管是什么目的，楚曼都不需要在这个节骨眼上和她浪费时间。

楚曼把温沄转账过来的数目重新加进去再算了一下，愁了一会儿后发现姚玥儿没有再发来消息，便把这事迅速忘掉了，继续奔走钱的事情。

几天后，楚曼终于凑到了他们该赔的数目后来到公司。不过是几天的工夫，娱乐圈里的新贵就从翰墨变成了秦野。公司所有的资源都用在了秦野身上。

楚曼找到会议室的时候，听到马勒和慕泽天还有秦野在谈论接下来的安排，其乐融融。楚曼敲门听到里面人让她进去后，她才推门进去。

马勒看到她，脸色尴尬了一下。

楚曼看向慕泽天和秦野，两个人就像是窃取了别人光芒的贼，坐在不属于他们的位置上气定神闲，改头换面。

如今风光都是他们的了。

马勒清了清嗓子，起身道："楚曼啊，你跟我来办公室。"

楚曼深深地看了一眼慕泽天和秦野，转身准备跟马勒出去，就听到了慕泽天刺耳的笑声。

她告诉自己，要忍耐。

抬头挺胸，迈步，就算是暂时输了，背影也要漂亮！

来到马勒办公室，马勒往老板椅上一坐，示意她也坐。

楚曼没动，径直开口道："马总，翰墨这么多年给公司创造的价值可远不止这些赔款。翰墨这边刚出事，您就迫不及待地要解约，是不是太不近人情了？"

刚才在会议室里他和秦野谈的项目，本来是给翰墨准备的，但在她来的路上就接到了公司发的解约函。

马勒叹气："这都是董事会的主意，我也没辙啊。你也别太激动，我老马虽然贪钱，但也不是没有人情味的嘛。"

"钱我们已经赔偿了一部分了，但是您不能让我们全赔吧？这不是变相地要逼死我们吗？"楚曼定定地看着马勒。

马勒拿出手机操作了一下，楚曼拿出手机看到邮箱里躺着一份新的合同："这份合同是我私下拟的，可以最大限度地减少你们的负担，股东的压力我来承担，但是品牌方那边我真没办法，我也没钱。这已经是我能做出的最大让步了。楚曼，你知道我的，我也是念情念旧的人。"

楚曼点点头，马勒能做到这样已经算是很好了，他也是个老江湖，不管是不是为了他嘴里的念情念旧，还是为了日后好相见先留一条路的规矩。楚曼还是表达了感激："谢谢你，马哥。"

马勒怔怔。

楚曼转身要走，马勒回神叫住她："这是王导的名片，他专门拍文艺片，拿了不少奖。他现在有一个片子，本来想找秦野，但慕泽天认为文艺片商业价值低，给拒绝了。我想，翰墨可以试试。"

楚曼接过名片："这个导演我知道，很有潜力。可是翰墨的情况……"

"去试试吧。我跟导演提过翰墨，他也不是特别拒绝。"马勒平时虽然贪财，动不动就发脾气，但是翰墨毕竟为公司赚了那么多钱，是公司里的台柱子，帮他的公司打出名气的事他也一直记在心里。

楚曼展露微笑，点点头，退出办公室。

翰墨家，夏木正在给翰墨收拾行李。

夏木一边帮翰墨把很多乐高和手办收进收纳盒，一边抱怨："这公司也真是绝情，刚解约就收房子。"

翰墨倒是想得开，反过来安慰："那当然啦。都不是公司的人了，马哥怎么可能白养你呢？"

夏木撇嘴："马勒这么爱钱，你这次让他赔了那么多，估计这会儿正在咒骂呢。"

翰墨笑："马哥才不像你这么幼稚。他虽然爱钱，但还是很有爱心的大叔。"

"反正啊，整个公司就慕泽天和秦野最坏，坏透了。"

说到这个，半蹲在地上正在折叠椅子的翰墨转过脸很是感慨地看向夏木："你也是的，何必因为我丢了工作？"

慕泽天找到夏木想让他过去给秦野当助理，结果夏木直接给拒绝了，于是他也被公司赶了出来。

"哥，我干这行以来就一直跟着你，我早就把你当成亲人了，怎么会屈服在他们的强威之下呢。反正我这辈子跟定你了，你可不能抛弃我哦。"夏木才不觉得可惜，他拍拍胸脯，很不屑慕泽天和秦野，表示自己也是有骨气的人。

"抛弃你？"翰墨挑眉，一脸坏笑道，"我还怕你被哪个小女孩拐走了，抛弃我呢。"

夏木一愣，脸唰地红了："哪，哪有什么小女孩啊……哥，你说什么呢！"

"什么小女孩，什么抛弃啊？"安旋背着挎包走进来，探头问。

夏木转身，忙摆手："没有，我们，我们在说故事。"

翰墨则好整以暇地说道："哟，小女孩来了。"

安旋歪头："哥哥，我们可是差不多大，我才没那么小呢。"

翰墨看向她，打趣道："你怎么来了？现在可没有粉丝愿意喜欢我了。"

安旋脸上闪过一丝难过，随后从包里拿出一个笔记本："哥，这是给你的。"

翰墨怔怔，起身接过打开。

只见上边是他这些年参加活动的照片，还有很多粉丝的亲笔话语：

"哥哥，我们永远在你身边。"

"哥哥，风雨过后才会是彩虹，你这一道彩虹永远是最耀眼的。"

"哥哥加油！"

"你放心吧，粉丝们一直都在。我们相信哥哥一定会崛起的。"安旋吸吸鼻子，做了一个握拳加油的手势。

翰墨很受感动，抬头认真地道谢："谢谢你，安旋。"

安旋一怔，激动又害羞地低下头。

翰墨上前轻轻地抱了一下她，夏木见状，赶紧说道："还有我还有我！"

转眼间，三个人叠叠抱，场面温馨而融洽。

温沄正在想办法帮楚曼打听王导的动态，应楚曼的约中午的时候来到咖啡厅。

不想明明是楚曼约的，但她还是迟到了。

外边太阳很大，楚曼进来后，径直走向温沄，将她手里的冰咖啡拿过来就咕咚咕咚地当水往下咽。

温沄大呼："你慢点喝，慢点！这可是冰美式，你不嫌苦啊？"

一阵冰爽下肚，楚曼觉得热气散去大半，舒服了很多，这才在她对面坐下："再大的苦都吃过了，这点算什么。"

温沄苦笑摆手："对了，你电话里也说不清楚，你急急忙忙地把我叫出来，要查什么？"

"我前几天去帮翰墨找工作，突然看见了上次翰墨受伤时剧组里的摄影指导。"

温泭没明白："怎么了？碰见熟人有什么可奇怪的。"

"他说翰墨当时受伤是因为灯架倒下来，砸到了翰墨。奇怪就奇怪在这。"

温泭还是没明白："那更没什么奇怪了，灯架砸到就是灯架的错啊。"

楚曼忍住翻白眼的冲动，耐心解释："摄影指导说了，当初现场所有的灯光设备都检查过，没有任何问题，但是拍摄当天，灯架突然倒塌。当时翰墨受伤，没有人注意，但是后来摄影指导去看过，监视器的线不知道为什么会缠在灯架上，摄影机移动，灯架就被带倒了。"

温泭意识到楚曼到底想说什么。

"其实当时拍戏的时候我就觉得翰墨伤得太蹊跷。剧组这么多人，怎么这么巧灯架倒下就砸到了翰墨，而跟翰墨在一起的秦野，一点儿都没受伤。只是苦于没有证据，只能作罢。"楚曼眯眯，"这几天我一直在想这或许是我和翰墨唯一翻身的机会。"

秦野已经拿走了一切，站在所有人的目光里，在慕泽天的保驾护航之下逐渐要走上更宽广的星途，没有可寻觅的缝隙。

如果能在之前的这件事上找一些痕迹的话……

温泭压眉道："我帮你想办法。还有我把童童调回来了，一定会帮你找到真相，别担心。我就不信了，邪能压正？！"

楚曼冲温泭感激地点点头。

等她回到家，就看到从玄关处到整个客厅都被一个个箱子给填满了。

翰墨站在箱子中间借着几个空隙跳了过来，拽过她的胳膊脑袋就往她肩上蹭："我无家可归了，只能先暂时借住在老婆家了。"

楚曼宠溺地拍拍他的脸："好。"

这样也好，既然他们的关系都铁板钉钉，公告天下了，也不用矫情地躲避了。搬过来也好。

翰墨抬头："那我要吃饭。"

楚曼这回没同意："冰箱里没食材了。"

"这好办，我们出去买呗，正好也要填充冰箱。"翰墨嘿嘿笑。

"你去吧，我还有些事要忙。"

"你现在还能有什么事啊，走吧走吧，一起去嘛。"翰墨的撒娇功力开启，又是摇晃手臂又是蹭脑袋的，楚曼只好求饶，"好了好了，一起去就一起去。"

"嘻嘻，这还差不多。"翰墨得逞，开心得像个孩子。

楚曼和他来到门口,把钱包和手机塞到他手里。翰墨还以为是她让他帮忙拿,欣然地拿过来后打开门,就感觉后背被人用力一推,然后门砰地关上了。

"去吧,想吃什么就买什么!"

翰墨扭头,看着冰冷的大门这才回过神来……

楚曼!

算了算了,他懊恼地冲猫眼龇牙咧嘴一番后,悻悻地往超市去了。

楚曼隔着猫眼看到翰墨离开后,这才笑着转身。她得留下来收拾这一屋子的行李,还得继续联系王导呀。这种小事就相信翰墨可以办好吧。

这边翰墨来到超市,推着购物车认真地开始挑选食材。而要挑选什么食材就要先确定吃什么。确定吃什么,翰墨就有了家庭主妇一样的烦恼——不知道吃什么。站在食材区好几分钟,翰墨决定还是吃火锅。吃火锅最方便,这也是他的拿手厨艺。

主意已定,翰墨到火锅底料挑选了一包底料就去挑选牛肉。不看还好,一看吓一跳。跟多年前他念书的时候去买肉时的价格相比,现在的价也太贵了。

他又来到特价海鲜区,这里人比较多,打特价的好东西也特别多。翰墨稍稍一瞄就看中了打折龙虾:"这么大的龙虾打五折,不买才叫不会过日子呢。晚上可以跟曼曼享受烛光晚餐呢。"

细思即喜,翰墨拿过袋子就要装,结果被一只肥嘟嘟的手给抢了先。一位大妈拎起翰墨要拎的龙虾,抢先一步甩给称重的导购员:"给我称一下。"

翰墨见自己的龙虾被人抢走,不服气地说道:"阿姨,这是我先看到的。"

大妈见有人挑战她的权威,将翰墨从上到下地打量了一下:"什么你先看到的,落地离手,先到先得。这龙虾我要了。"

翰墨见大妈态度强硬,也有样学样:"这只我要了,您换一只吧。"

正在称重的导购员为难地看着两个人:"这是最后一只了。"

此话一出,两人四目相对,几乎是同时地,立刻地,上手去抢!

"这真的是我先拿到的,您就让给我吧。"

"现在它是我拿到的,就是我的。"

"不要!"

"我也不要!"

导购员:"两位客人……"

通过近距离的争夺,大妈突然认出了翰墨:"哦,我认识你,你就是那个被封杀的明星吧,我闺女以前天天看你。听说你最近赔了不少钱,怎么这么落魄了,跟我们抢饭吃?"

"明星怎么了?明星就不用吃饭了?给我!"

半个小时后,楚曼把家里收拾得差不多了,听到门口有了动静。

她迎上去:"回来了?"

只见翰墨全身是水地提着两大袋东西,笑嘻嘻地说道:"嗯,回来了。"

"你这是怎么了?"楚曼也没发现外边下雨啊,这去趟超市怎么把自己弄得这么狼狈?"发生什么事了?"

"没事!"翰墨自然不会告诉楚曼在超市里和大妈抢龙虾的闹剧,"我买了你最喜欢吃的牛肉,还有大虾!今天我给你露一手,做我的拿手菜——肥牛王火锅。"

火锅只要底料好,什么都是现成的。他这道拿手菜做起来还真是简单呢。

不过楚曼不会说这个,而是点点头道:"好,拭目以待。"

翰墨提溜着东西进到厨房,开始做饭。

这时楚曼的手机响了,是慕泽天。她本来想去一旁接,但被翰墨拦住了:"别瞒着我,我都要知道。"

楚曼只好打开手机免提,那头传来慕泽天的声音:"秦野的新戏有你一个角色,你这几天准备准备进组吧。"

楚曼抬眸看了一眼翰墨:"翰墨已经解约了。"

"我知道翰墨解约了,想到你们现在处境艰难,怎么说也是同一个公司共事过,秦野又心善,觉得能帮你们一把就帮一把。事情我已经通知到了。你们……"

翰墨探头:"我会去的。"

慕泽天话没说完,听到翰墨已经答应了,顿了顿这才把电话挂断。

楚曼听到那头的忙音,有些不敢相信地看着翰墨:"你怎么就答应了呢?"

翰墨语气轻松地一边给牛肉做按摩,一边说道:"我现在的任务就是养家糊口,能有赚钱的机会,当然不能放过啊。"

"可是这摆明了就是秦野在找机会整你。现在不比以前,你进组一定会被欺负的。"楚曼皱眉。

翰墨双手沾着酱,他还是把脸凑过来往楚曼的脸上蹭了蹭:"放心吧,你男人没那么容易受欺负。他这辈子只会也只愿意被你欺负。"

他信手拈来的情话攻击,真是让楚曼措手不及。楚曼是又好气又好笑地推开他的脸，望着他轻松的笑容，心里的乌云始终没有消散。

另一边，别墅里。

秦野挂断电话，姚玥儿从楼上下来，说道："你让翰墨进你剧组拍戏了？"

"是啊，以前都是他带着我，给我机会，相距最初我带他入行照顾的时候太远太远了，现在……我终于能重新体会这种感觉了。"秦野勾唇，眉眼间的光芒都是出人头地的舒坦，"放心吧，我会好好照顾他的。"

姚玥儿在他斜边的座位坐下，脸色有些暗沉，也没了和他一同开心的欢悦："其实你现在得到了一切，他已经对你构不成威胁了，真的没必要再把他拉回来的。"

秦野听出了语气里的忧郁，不由得瞥向她："怎么，你心疼了？看到他如今的落寞场面，你不是应该也高兴的吗？"

姚玥儿缓缓看向秦野审视的目光，扯了扯嘴角："我本来也以为我会很高兴的。不过我现在看到你这副嘴脸，突然觉得很恶心，高兴不起来。"

之前一直都拥有着绝对的坚定目标，那就是看到翰墨不再风光，这样他和楚曼就不会再有幸福的资格了。

可是现在，翰墨过得很好，他和楚曼的感情反而因为这件事更加坚定了。

姚玥儿突然觉得好没意思，看到秦野这么紧咬不放更觉得没意思。

"恶心？呵呵，原来你的心里还有翰墨。"秦野把手机往一旁轻轻放下，"看到现在翰墨这个狼狈模样你心疼了，你觉得我恶毒了。"

姚玥儿垂眸没有说话。

"玥儿，你是大小姐，你和翰墨都是天之骄子，不管要什么都可以信手拈来。你当然会有你那该死的高傲感。你永远都不会明白那种不管多努力都不会被看到，眼睁睁地看着自己走下坡的感觉有多难受！"

"我知道。这段时间我待在你的身边，我有看到你的不容易，你的努力，你的……"姚玥儿皱眉。

"还有我的虚伪嘛！"秦野截过她的话，冷冷一笑，"你现在后悔还来得及，反正我们两个不过是互相利用，各取所需。我从来没奢望过你会真的喜欢我，我也从来没有真的喜欢过你！"

"你……"姚玥儿胸口一痛，脸色瞬间苍白，她摇晃地起身，不想和秦野再说下去，快步沿楼梯走了上去。

在她进到房间的瞬间，一口血吐在了地上。

姚玥儿咬唇，用强大的意志力逼自己不要昏过去，她赶紧上前找药服下。

她瞥向包里外露出来的病历单，拿过手机再次给楚曼发了一条微信：

"楚曼，我必须要见你。晚上八点，流云咖啡厅见。你不来，我不会走。"

她深呼吸了好一会儿，感觉到腹部没有那么痛了，这才勉强挣扎着起来，到洗手间打了一盆水，过来把地上的血迹擦掉，然后洗了一把脸。一切都整理干净后，才坐在镜子前开始化妆。

不知道从什么时候开始，她的脸色就变得很差了，明亮的眼睛也黯淡无光了。姚玥儿一边擦腮红，一边盯着镜子里的自己流泪。人只有到最后时刻，才会恍然发现自己错过了好多。姚玥儿不想在自己最后的时间尽头还执迷不悟。

"楚曼，你一定要来啊……"

她把梳子上的头发拿下来扔到垃圾桶，苦笑地呢喃。

晚上八点，流云咖啡厅。

姚玥儿戴了一副黑色的粗框眼镜，穿了一件黑色帽衣，目不转睛地看着门口，希望每一个进来的人都是她要等的楚曼。

直到过了十分钟，终于看到了楚曼。

姚玥儿舒了口气，冲她挥手。

楚曼朝她走过来，在对面坐下："不好意思，堵车。"

"没关系。"姚玥儿摇摇头，"要喝点什么？"

楚曼看了她一眼："不用了，你坚持要见我，到底是为了什么事？"上次她提出见面，她拒绝了，这次她再次提出见面，楚曼没有再拒绝。她想姚玥儿应该不会这么无聊，亲自约她出来就只是为了奚落她一顿。

姚玥儿从包里拿出病历单推到楚曼跟前："我时日不多了，已经确诊，是胃癌晚期。"

楚曼怔怔，拿过病历单，愕然抬眸："你……"

姚玥儿笑："我刚开始知道这个消息的时候也跟你一样的表情，我这么年轻，才二十多岁，就要和这个世界说再见了，怎么可能？怎么会这样？我不相信，我不要相信。"

前不久她总是感觉到胃痛得厉害，一开始没在意，没想到后来越来越严重。终于有一次痛到晕倒被送去医院时，检查之后才发现，她竟然得了胃癌，还是晚期。

也是那个时候，她才发现，她对翰墨的感情，从来没变。

楚曼确实没想到姚玥儿坚持要见她，居然是因为这样的事。

她把病历单合上，半晌问道："不能，不能治吗？"

姚玥儿耸耸肩："可以啊，做化疗，可以多活几天。可是我才不要那样。我漂亮了一辈子，怎么可能躺在病床上等死呢。"

楚曼不知道要说什么。

姚玥儿喝了一口咖啡："我坚持见你，是想跟你和翰墨说声对不起。"

楚曼看向她。

"当然，我知道我现在说这话已经没用了。"姚玥儿苦涩自嘲，"我爱过他，也恨过他，我现在没有脸面见他。"

"其实翰墨他……"

"楚曼，他天生就是当明星的。你好好地陪着他，不要放弃。"姚玥儿勾唇，"有你陪在他的身边，我就放心了。"

楚曼眉头动了动，只觉得姚玥儿每一句话都像是在交代遗嘱。

"这张卡上是我这些年的积蓄，你拿着。"姚玥儿把一张卡放到桌上，"就算是我的补偿。"

"这个我不能收。"楚曼皱眉，坚持拒绝，"翰墨也没有真的恨过你，你别想太多，安心治病吧。"

"如果可以，也请你们不要恨秦野。"姚玥儿摁住银行卡，"他也不容易，之后……他如果有什么做得过分的地方，请看在我的面上多担待多包涵。"

楚曼张了张嘴，不知道要说什么，心里像是放了一块大石头一样堵得慌。

"以前我真的觉得，这个世界上能匹配翰墨的除了我没有其他人。现在……经过这么多事我才明白，他为什么选择你。"姚玥儿叹了口气，"楚曼，我们这辈子成为不了朋友还挺遗憾的。"

听到她这么说，楚曼由衷地点头："但我很高兴能认识你。"

姚玥儿眼睛突然红了一下，她吸了吸鼻子起身道："见你的事别告诉翰墨，还有……我生病的事也别告诉他。谢谢。"

楚曼看着桌上留的银行卡，闻到空气里的香水味，恍然一怔，想起身去追的时候，人已经远去了。楚曼深深地叹了口气，人和人的际遇发展真是奇怪非常啊。当初她怎么也没想到和翰墨会有未来，也没想到会和姚玥儿有这样心平气和平等相对的谈心。更没想到，姚玥儿得了重病后唯一愿意见的人会是她。事实上，不只是姚玥儿让她很意外，楚曼在来见姚玥儿之前，还见了一个人。

楚曼没有想到翰墨妈妈也会主动约她见面，见她之前，楚曼心里有些没底。最近发生了太多事，这个时候翰墨妈妈找她，她知道一定没有好事。

事实上，楚曼的预感是正确的。两人见面还没有寒暄几句，翰墨妈妈就直接开门见山地进入了正题。

"楚曼，你应该知道，今天我约你出来不是为了找你喝咖啡的。"翰墨妈妈毫不客气地说，"我知道你对我们家翰墨很好，但是现在你把翰墨害得那么惨，他的一切都被你毁了。算我求求你，离开他吧。"

"阿姨，我知道这次的事情很棘手，但是您相信我，我一定会帮翰墨东山再起的。"楚曼并没有被翰墨妈妈的话击倒，她抬头认真地向她保证。

翰墨妈妈皱眉，满眼都是对翰墨的心疼："虽然我不懂你们的圈子，但是我也知道这件事情的严重性。阿姨不是老古董，平常也上网。翰墨是个单纯的孩子，怎么能被那些人恶意中伤呢？还有安安，他这么小，你考虑过他吗？"

"翰墨现在的处境，我的确有很大的责任，但是现在我已经考虑不了这么多了。我曾经答应过翰墨，不管发生什么困难，我都会在他的身边陪他一起走下去。以前那么多次危机我们都解决了，这次我相信，我也能够帮他度过。"楚曼的话里虽有自责，但更多的却是坚定。

也许就是因为她的这份坚定，她再次抬头看向翰墨妈妈的时候，发现她的眼神变得慈祥了许多。

听完她的话，翰墨妈妈叹息道："有时候我真的不懂你们这些年轻人怎么想的。可能是我老了吧。"

楚曼趁机向她表态："翰墨现在需要我，我绝对不能在这时候离开他，我要是这个时候走了，翰墨只会更加痛苦。"

翰墨妈妈看着眼前神情坚定的楚曼，忽然站起了身。

楚曼以为她生气要走，没想到她却从包里拿出一张卡递到自己的面前。

"我也不知道能不能帮到你们，这里是我所有的存款了，你们拿去应个急吧。"说完，翰墨妈妈起身便要走。

楚曼怎么也没有想到翰墨妈妈会这样做，满眼的感动，却还是喊住了她。

"阿姨，我们不能要您的钱。"

"这是我给我儿子的，你帮他收着。"翰墨妈妈头也不回地说，走得更急了。

看着手里的卡，又看了看翰墨妈妈的背影，楚曼的眼中不知不觉闪过一丝泪光。

楚曼看了看手里的银行卡，又从包里拿出翰墨妈妈给她的银行卡，眼睛又一次湿润了。她突然很想很想见翰墨。今天发生了太多事，她发现自己更加不能没有翰墨了。

楚曼走出咖啡厅的时候看着深沉的夜色，她拿起电话打给了翰墨。

翰墨正在客厅里无聊地按着电视等楚曼回家，听到手机响便接起："喂，楚曼。"

"翰墨。"她轻轻地唤了一声。

"嗯，怎么了？"翰墨只觉得楚曼有气无力的，不知道是不是又背着他去见什么导演然后被拒绝了，起身道，"你在哪儿？"

"没怎么，我就是想你了。"楚曼说道。

"你在哪儿？"

"我快到家了。"

"好，我下来接你。"翰墨说着拿上外套出门了。

楚曼拎着包走到楼下，看到翰墨的身影出现在路灯下，她三步并作两步地跑上前一把将他抱住。

翰墨微微一怔，柔声问："楚曼你怎么了？发生什么事了？"

楚曼拼命摇头："没有，就是想你了。"

翰墨轻拍她的脑袋："傻丫头。"

楚曼眼前闪过姚玥儿那黑框眼镜都盖不住的脸色，眼眶一红："翰墨，有件事我想你还是需要知道一下的……"

第十八章　无论怎样我都会支持你

秦野待在别墅里喝着闷酒，站在客厅的落地窗前看着外边的黑夜，想到姚玥儿说的那些话，心烦意乱地把手里的酒杯扔向墙角。

这么久了，她的心到底还是向着翰墨的。这让他很生气。气性像篝火一样地不停燃烧，烧着烧着，秦野紧皱的眉宇颤了颤。他发现他其实很在意姚玥儿。如果真的只是把她当成利用的工具，他就不会这么生气了。

为什么，为什么所有的好人好事都是属于翰墨的？

为什么老天要让他和翰墨认识，为什么要让他体会到既生瑜何生亮的痛苦？

为什么……

秦野的手机响了，他没有看来电显示，烦躁地接起："喂。"

那头传来了一个陌生的女声："请问您认识姚玥儿吗？这里是第一医院，姚玥儿女士在路上晕倒被好心人送到医院，您是她的一号键联系人。"

秦野心下猛地一紧："是，好，我知道，我马上赶过来。"

迟迟没回来的姚玥儿被送医院去了？

秦野顾不上搞清楚是什么事，拿起车钥匙就往外冲。

来到医院，秦野被通知姚玥儿在抢救室抢救，他以为是在路上出了什么意外，着急地通知慕泽天。

很快，姚玥儿的家人都赶了过来。

面对姚家人的询问，秦野一问三不知。

不知道过了多久，抢救室的灯灭了，医生终于出来了。

大家一拥而上，姚玥儿的姐姐抢先一步抓住医生的胳膊问道："医生，我妹妹怎么样了？"

医生拿下口罩："癌症细胞已经扩散到全身，恐怕撑不过一个月的时间。你们家人朋友尽量多陪陪她，让她开心一点。"

"癌症？什么癌症？"

姚家人蒙了，面面相觑，秦野也是一脸不知。

"你们不知道吗？病人是胃癌晚期。"医生见所有人都不知道的表情，也是很诧异。

姚家父母当场就哭了出来，姚玥儿的姐姐扶着父母到一旁坐下，也是满脸无措，却只能强装坚强。

秦野怔怔地站在原地，耳朵嗡嗡作响，不断地回响着医生说的那句话——"你们不知道吗？病人是胃癌晚期啊。"

胃癌晚期？

怪不得自从国外度假回来后，姚玥儿就变得沉默寡言，脸色也不是很好，刚才从别墅出去的时候好像不太对劲……

可是所有的恍然都如此的后知后觉。秦野只觉得自己糊涂得可以。他缓缓转身，看到翰墨和楚曼从走廊那边跑了过来。随着急急的脚步声，翰墨奔到了他的跟前。这一刻，翰墨的脸变得陌生又熟悉。

秦野望着他，神情有些恍惚。

如今，他已经是光芒万丈加身，翰墨是被挤到边缘可有可无的配角。可是不知道为什么，此时此刻相对而站，他还是觉得自己成了边缘人，翰墨才是主角。

翰墨问："玥儿怎么样了？"

秦野缓缓垂眸，什么也没说越过了他。

他一个人走到饮料自动售卖机前买了两瓶酒去到天台，拼命地想用酒精来灼烧心里抬头的疯狂。

姚玥儿生了重病，怎么会这样……

她明明就是那个漂亮的，高高在上的，从看到第一眼就是由内而外透着千金光芒的女孩。这样的意外怎么会落在她的头上？

秦野的眼睛湿润了，看不清近在咫尺的黑夜，他闭上眼睛就能看到姚玥儿主动把水递给他的情形。

不管当初她是不是为了接近翰墨才对他如此照顾，他只记得她明亮的眼睛冲他微笑的样子。

……

秦野哽咽地哭了。

突然，他的手机在口袋里疯狂地震动，他拿出来看到是微博炸了。半个小时前，秦野转发了姚玥儿生病的微博内容。于是秦野的微博点赞和评论的人数不断地增加。

"秦野是个大好人，第一时间送上祝福。"

"翰墨平常不是跟玥儿最好吗，为什么不发微博为姐姐祈祷？果然平时的好朋友关键时刻比不上男朋友啊。"

"玥儿加油，我们永远支持你。秦野哥别难过，玥儿会好起来的。"

"秦野哥哥别担心，玥儿会好的，你也会更好。"

"切，好什么好，他就是在吃人血馒头，蹭热度。"

"用别人的痛苦立自己的人设好吗？假惺惺的。"

"真正关心的人哪还有心情发微博的。"

……

微博热搜第一条：秦野女友患癌。

第二条：秦野人血馒头。

秦野脸上渐渐浮现出诡异的冷笑，把手机息屏，眼里出现愠怒。

姚玥儿患病的事情本来是想瞒着全世界，因为意外晕倒在路边，最终也是纸包不住火。

公司全面停了她的工作安排，让她安心地在医院养病。

想探病的粉丝和记者络绎不绝，马勒安排的安保总是被见缝插针，这引起了姚家人的不满，姚家亲自请了靠谱的保镖团队，这才杜绝了这些骚扰，让姚玥儿处于绝对安心的养病环境中。

秦野剧组医院两边跑。

他作为大男主，戏份自然是从头贯穿到尾的，不过翰墨是小角色，拍了七天就可以杀青。

这天，他们要拍最后一场戏。

这场戏，是他们的兄弟戏。

所谓戏如人生，人生如戏，不知道是有意还是无意，编剧的台词就像是映衬他们的心境一般，只是对调了角色罢了。

秦野："你忘了吗？以前的那些事你都忘了吗？你为什么要害我？"

他一拳打在翰墨的脸上。

翰墨苦笑一声："害你，我害过你吗？我只不过是拿回我应有的东西。你满身荣誉的时候，记得过我吗？你只是把我当作你的陪衬。活在你的阴影下我受够了！"

秦野微微一怔，抬手按在他的肩膀上："我们是兄弟。"

"你什么时候真正把我当成兄弟。你自私，无情，还要假惺惺地装作对我好。你以为你自己是救世主吗？"翰墨推开他的手。

秦野盯着翰墨，要说的台词再也说不下去。

他扭头看向导演，道歉："对不起，导演，我们再来一遍。"

导演索性说休息十分钟。

于是工作人员重新布置，翰墨和秦野各自下场休息。

有工作人员一边工作一边聊天。

"最后那一场戏，我觉得翰墨比秦野演得好多了。"

"唉，要不是那件事，秦野怎么追都赶不上翰墨。这都是命。"

秦野坐在隔板后边喝水，听得清清楚楚。

经过重新拍摄，翰墨的戏杀青了，可以离开剧组了。

晚上，秦野回到房车上，慕泽天来探视。

慕泽天微笑地把带来的酒放到桌上："要不要喝点？"

秦野不置可否。

慕泽天拎来两个酒杯，倒上："祝贺你，这可是你第一部真正意义上的男一号。"

秦野兴致不高："没什么可庆祝的。"

慕泽天看他一眼，笑笑："怎么了，心情不好？因为姚玥儿？"

秦野把手里摇晃的红酒一饮而尽："是你用我的账号发的微博？"

微博账号密码只有他自己和慕泽天知道。

"我还以为什么事呢。没错，是我发的，这是个爆点，你不是占了两个热搜嘛。"慕泽天咳了一声，不以为然地笑了。

"这样的热搜榜我不需要！"秦野怒了。

慕泽天怔怔，继续说道："你需不需要，只有我最清楚。我只是帮你得到你想要的。这有什么错？"

"帮我？"秦野冷笑一声，"还是帮你？你是什么样的人，我最清楚，在你眼里只有名利，当初你离开我，不就是因为这样吗？"

慕泽天气不打一处来，把玻璃杯放到桌上，情绪也变得有些激动："我走是我的错,我道过歉了,难道到现在你还要耿耿于怀吗?"

"你的确回来了,可是你控制我,利用我,只是为了达到你自己的目的!"秦野指责慕泽天。

"你说什么?达到我自己的目的?"慕泽天觉得秦野的指责莫名其妙,"你没有目的?没有我,你现在还是一个名不见经传的小艺人。你能挤掉翰墨有现在的地位吗?你会受人尊崇吗?"

"那又怎么样?可是我失去了最美好的东西。"秦野想到姚玥儿,想到在拍戏的时候翰墨说出的那些曾经是他内心潜台词的台词,只觉得心里一直支撑着自己的怒意和怨气骤然变得毫无意义,变得可笑至极。

"你现在良心发现了?想洗白了?一切都太晚了。"慕泽天仿佛不认识眼前的秦野了,之前那个一心只想往上爬的人不见了,转眼变成现在这个多愁善感的人了!

"难道你的心里就没有一点自责和内疚?"秦野盯着从来都是坚定地要一条道走到黑的慕泽天,转过身去,"算了,我不想和你说了,你走吧。"

慕泽天看着拒绝继续对话的秦野,一口气憋在心里上不去也下不来。

慕泽天摔门离开。

秦野看着桌上剩下的半瓶红酒,拾起后把它丢进垃圾桶,随着一声闷响,心里的一个想法也逐渐被肯定。只是他没想到,慕泽天先他一步。

第二天,马勒办公室。

慕泽天进到马勒办公室,马勒笑嘻嘻地说道:"大经纪人,我正要找你呢。达克品牌打算跟秦野续约,秦野现在已经不比前一段时间了,代言费起码得翻好几倍。你待会儿好好跟他们谈谈。"

慕泽天拉过椅子在他对面坐下,冷声道:"要谈您自己去谈吧。"

马勒没反应过来:"什么意思?"

慕泽天不喜欢废话,直接开门见山:"我是来跟您解约的,包括秦野以及您旗下的五名艺人的合约,全部解除。"

马勒大惊:"解约?你是在跟我说笑话吗?你对公司有什么意见?"

"我对公司没什么意见。"慕泽天摇头,"只是我值得拥有更好的平台。"

马勒还是没反应过来,眨着眼睛努力让自己搞清楚这到底是怎么回事:"不是……公司花了这么多金钱和资源让你发展,你怎么能说走就走呢?"

"说白了我们只是一个替补而已。要是楚曼和翰墨还在,您会把资源给我们吗?"慕泽天摊手。

马勒赔笑:"大家都是一个公司,一起赚钱嘛。"

"钱我们也帮您挣了不少了。不是吗?"慕泽天敲桌面。

马勒见慕泽天去意已决,便拍桌道:"慕泽天,我们可是有合约的,你可不能这么任性啊。"

说到合约,慕泽天的脸色丝毫不改,反而更加轻松了:"我是一个专业的经纪人,你以为我跟楚曼一样是傻子吗?公司所有的合同全部有漏洞,你要是执意不解约,我保证你不仅解约还要赔付大量的解约金。"

慕泽天丢下解约合同,微笑道:"马总,我劝您还是不要这么执着。"

马勒看着慕泽天转身离开,一副吃定他的样子,气得肺都要炸了。

怎么会这样?

楚曼走了以后,他可是全心全意地依靠着慕泽天的啊。

如今慕泽天也要走,还要带走手底下的艺人!

这不是在要他的老命吗!

马勒慌了,可是慌了之后也不知道要怎么做。

以前他遇到任何问题都是由底下的楚曼来帮忙想具体方案,他只要做个大致决定就好,可是现在……

楚曼走了,慕泽天也走了!

马勒只有干跺脚的份!

只要在公司里,在圈子里就会有无尽的利益互相牵扯,楚曼和翰墨出来后索性离这些都远远的。

这不,趁着风和日丽,一家三口在商场逛街。

翰墨牵着楚曼的手,抱着安安,没有戴帽子也没有戴口罩。相比楚曼看到别人投来的目光有些不习惯,他反而更平静。

如今他不再是众人追捧的流量明星了,跌下神坛的好处就是可以当个普通人。

当然了,这份普通是要加引号的,大家虽然不再围过来,但仍然不改紧盯加窃窃私语的关注。

楚曼看到有两个年轻的路人停下来,拿手机在拍。

"哎哎，这不是翰墨吗？"

"是啊，还真是他。好大胆啊，就这么堂而皇之地牵着女友跟小孩出来散步……"

"如今名气都臭了，有什么大胆不大胆的……"

……

楚曼看向翰墨："要不我们先回去？"

翰墨牵起楚曼的手故意将其抬了抬："以前跟你在一起的时候，总是小心翼翼的，怕被别人发现，现在我反倒觉得轻松了，至少可以光明正大地牵着你，抱着安安，像普通的一家三口那样逛街吃饭。走吧，管别人说什么呢，想想我们一会儿去哪儿吃！"

每一次翰墨的眼神都是那样的坚定，他不是逐渐地坚定的，而是自始至终，从未变过。这一点才是让楚曼最感动的。每当这个时候只要她回复一个简单的微笑，一个鼓励的眼神，他就很开心了。

翰墨带头往前走，下电梯去一楼："安安，下去给你买章鱼烧吃好不好？"

"好啊，谢谢爸爸。"

"不客气。"

他们有说有笑地刚要迈步，翰墨的余光突然看到旁边的楼梯有一样东西正在往下滑落，定睛一看是一辆婴儿车。

旁边的父亲坐在那儿专心地刷着手机，丝毫没有注意到婴儿车已经离开了自己的身边，往楼梯那边滑去。

而婴儿车上躺着一个什么都不知道的小婴儿。

翰墨赶紧放下怀里的安安，冲过去道："危险！"

这一叫引起了前边人的注意。

大家很快就注意到了这边的动静，包括刷手机的父亲。

楚曼紧紧地牵着安安，看着翰墨跨开大长腿试图奔过去抓住婴儿车的车把手，结果还是没能赶得上婴儿车的速度。

手指刚碰到车把手的刹那，婴儿车就加速地滑了出去。

孩子父亲着急地从后边大惊失色地追过来："宝宝，我的宝宝！"

旁边的其他人不由尖叫了起来。

翰墨没理会围观的人，眼看着婴儿车已经倾斜，孩子就要从车子里飞出去了。

情况紧急，他抓着电梯扶手往下跳，再翻过玻璃隔断，跳到婴儿车下边的阶梯上，抱住了婴儿车。

这个过程行云流水，一气呵成。

当他按住因为惯性从车子里要飞出来的小孩子后，全场响起了雷鸣般的掌声。

危险可以在一瞬间发生，也可以在一瞬间制止。

孩子的父亲追上来，看到孩子没事，惊魂未定地看着翰墨不住地表达感谢："谢谢你，真的太感谢你了。"

翰墨摇头："孩子没事就好。"

他看着围观的路人纷纷以赞赏的目光冲他鼓掌，不好意思地挠挠后脑勺，随后望向他最重要的人。

楚曼和安安一起向他竖大拇指，露出灿烂的笑容。

这段视频被路人自发地传到网上，楚曼回家的时候看到微博热搜已经安排上了。

她划着底下的评论，一条条地读出来：

"哥哥还是原来的哥哥，给英雄点赞。"

"支持哥哥。"

"作秀吧？又想复出了？"

"楼上的你是阴谋论吧，再说了人家没犯错吧，谈个恋爱至于吗？"

"路转粉，我要粉翰墨。"

"翰墨加油。"

翰墨递咖啡过来，楚曼抬头："说什么的都有，不过大部分都是正面的、夸奖的、支持你的。你的微博粉丝数量回来不少。"

这件事发生得突然，也很意外，没想到会给翰墨带来热度。

楚曼回想起来都觉得是老天爷在有意帮忙，感慨道："这也算是这么久以来最好的事了。"

翰墨则坐在她身边轻轻地摸摸她的头，很认真地说道："对我来说，有你在就是最好的事情。"

经过了这么多事，他的心态已经很平稳了。不管是好事还是坏事，在他看来只要不去计较利益得失，只要楚曼和安安陪伴左右，其他的都可以不做计较。

楚曼虽然知道翰墨的心态，但身为他的经纪人，内心深处还是希望让他有机会重新站上舞台的，就如姚玥儿说的那样，他天生就是当明星的。

很快，温沄那边传来了消息。当初翰墨受伤的视频被找到了。得到消息后，楚曼第一时间赶到温沄那边，查看视频内容。

温沄说这个视频是她辗转问过很多人才得到的，视频拍摄得不算特别清晰，她又找可靠的人高清了一遍。

视频里，秦野走到角落对灯架做了手脚，但看不太清，能看清的动作是拍摄前，他将监视器连接线故意绕在灯架上。

拍摄的时候，秦野故意朝灯架这边移动，翰墨为了配合他只能跟过去。

就这样，秦野用脚一勾，灯架就倒在了翰墨身上。

楚曼皱眉握拳。

温沄看得怒火中烧，把优盘递给楚曼："有了这个证据，我看慕泽天还怎么捧秦野。干脆曝光他，让秦野身败名裂！"

楚曼接过优盘，抱了抱温沄："谢谢你，温沄。不过……这个事还是交给翰墨决定吧。我想尊重他的意见。"

温沄捏捏楚曼的脸颊："现在是要夫唱妇随的节奏？"

楚曼笑而不语。

她知道这个优盘里的内容对秦野意味着什么，想到姚玥儿之前的嘱托，她没有了之前的报复心，而是想更宽容更平和地去处理它。

回到家，楚曼把这个优盘交到翰墨的手里，告诉他："只要你把这个优盘里的内容公之于众，秦野如今的地位就会不保，成为过街老鼠，舆论就会倒向你，不仅能打垮秦野，还能打垮慕泽天。"

翰墨站在窗边，垂眸没说话。

楚曼轻拍翰墨的肩，抱了抱他："不管你做什么决定，我都会支持你。"

翰墨感激地点头："谢谢你，楚曼。"

他抬头看着窗外的夜色，只觉得许久许久没有这么宁静过了。

在秦野接到翰墨希望出来见个面的微信时，慕泽天敲开了他家的门，不由分说地给了一份协议："我帮你跟公司解约了。这是新东家的新合同。你看一下。"

秦野皱眉："你什么意思？"

戏杀青之后，这几天他一直待在家里，没有和公司也没有和她联系，没想到会突然听到这样的事。

"天艺娱乐已经挖我过去，我把你也带走，你去了那里，才有真正的发展。"慕泽天坐下跷着二郎腿，保持着淡淡的微笑。

"谁让你帮我解约了，你做这些事的时候能不能先经过我的同意？"秦野对慕泽天的忍耐已经到了极限。

"你的一切都是我争取的，我是你经纪人。"慕泽天挺起胸脯，再次向他表明自己的身份，"你不应该质疑我。"

秦野不耐烦地侧过脸："我不同意！"

"你现在是摇钱树，我们自己赚钱不好吗？"慕泽天把合同拿起来，"你看一下，条款都是很好很宽松的，我都是为了你好。"

"你那是为了你自己好！慕泽天，你不要以为你以前做的那些事情没人知道！"秦野打掉慕泽天的合同，音调提高了。

慕泽天怒极反笑："你不要以为自己很崇高很伟大，干我们这一行的向来都是逆水行舟，你不去争不去抢，总有人会把你的东西全部争走抢走。我们都是身不由己，所以我们都是一样的人。"

"我们以前也许是一样的人，但以后，一定不是！"秦野转身，拿起衣服和车钥匙。

慕泽天喝道："秦野！你如果今天这么走出去，我们之间就真的结束了！"

走到门口的秦野顿了顿，稍稍侧过脸："我们早就结束了。"

秦野摔上门，听到屋里传来杯子摔碎在地上的声音，他的心里突然有一种豁开朗的轻松。

上了车，他开往翰墨约他见面的地方。

那是一家店面不大、很普通的小面馆。

他和翰墨已经很久很久没有再去过了。

以前倒是常去，两个人都还是学生的时候，他刚毕业进到圈子还没步入正轨的时候，都没什么钱，就来这里吃面。

一人一碗面，和蔼的老板和他们混熟之后会经常给他们赊账。

秦野把车停好，戴着帽子和口罩走进来，看到翰墨坐在他们之前常坐的位置。

翰墨给他倒麦茶，神情轻松地问："你还记得这里吗？这是我们大学的时候经常一起来的面馆。以前穷，为了省钱，我们一起吃一碗面。那时候虽然日子苦，但我觉得特别的真实。"

秦野看看翰墨是要和他叙旧的神情，不明白他到底要说什么，便道："难道现在不真实？你到底想说什么？我很忙。"

翰墨笑笑："再忙也要吃饭。"

秦野不说话，此时他们已经心知肚明彼此的情谊已经不如从前了，如今突然叫他出来，还来这里，他总觉得翰墨是有什么要告诉他。

这种不安让秦野坐不下去，他起身道："来这种面馆，很容易被粉丝拍到。你要是没什么事情，我先走了。"

翰墨拿出手机，把视频播放出来："你看一下这个。"

秦野皱眉，扫过去，就这样看到模糊不清的视频里自己对他做的手脚。

不用看到脸，他也认得出来自己。

翰墨抬眸，定定地看着他："你真的，就这么恨我吗？"

看到这个视频的时候，翰墨很奇怪自己的心情，他一点也不感到意外，好像这些年他们之间的微妙变化他心里一直都知道，只是不愿意面对而已。

亲眼看到秦野丝毫没有犹豫地对他加以伤害，不愿意面对的缺口好像终于有了一个宣泄的出入。

"如果我把这个视频曝出去，你有没有想过会有什么后果？"

秦野的喉头艰难地滚动了一下。

这时老板端了两碗面过来，看到翰墨认出来了，再看向秦野，不由欣喜地说道："没想到这么多年，你们还记得我这里，真是不容易啊。看到你们真好，来，多给你们加了一个鸡蛋，慢慢吃哈！"

老板的热情一下子让两个人陷入了过往的回忆。

以前，钱不多，他们也是这样，两个人买一份加菜，鸡蛋，或者是火腿，或者是鸡爪，然后分着吃。

秦野说他是哥哥，要多分点给翰墨吃。

翰墨说他要减肥保持身材，所以让秦野多吃一点。

其实他们知道，彼此都是想让对方多吃一点。

那个时候，他们的快乐很简单，感情很深厚。

现在挣钱变得很简单，但是已经没有那样简单的快乐和深厚的感情了。

人真的很讽刺，想要的得到了，而曾经拥有的就会不见，仿佛要守着某种平衡，来提醒你不要贪心。

翰墨先拿起筷子，吃了几口："你尝尝看，是不是以前的味道。"

秦野重新坐下，拿起筷子挑了几根面条吃，却吃不出任何味道来。

翰墨认真地吃完这碗面，放下筷子："这顿饭学长你来买单。"

秦野微怔，拉住他："翰墨……"

翰墨知道他想问什么，淡淡地说了一句："放心，我不是你。"

我不是你，没有那么狠的心。我最终，还是决定放你一马。我最终，还是想让我们两个人的关系停留在最美好的阶段。

翰墨将他的手推开，秦野怔了半晌后，意识到翰墨对老板说："面条还是当年的味道，没有变。"

秦野仰着头，看着恍惚的白炽灯，仿佛望着两个笑容灿烂的模糊的少年。

窗外不远处就是学校的操场，仿佛应景一般，此时有学生正在操场跑步。

几乎是一刹那，秦野的脑海里忽然闪现了当年他和翰墨在学校一起跑步情景。他们一起并肩的样子在脑海里太过清晰，好像就在眼前一样。

不仅如此，他们一起在教室里打闹的样子，他们一起排练节目的样子，他们一起为了梦想宣誓的样子……这一幕幕都无比清晰地在他脑海里闪现。

眼睛不知不觉就湿润了。

秦野吸了吸鼻子，不敢再去回想。他抬头朝老板说了声："老板，给我来两瓶酒！"

今天，他要不醉不归。

第二天，秦野趴在客厅的沙发上，被手机给震醒了。

慕泽天的声音从那边急躁地传来："你在哪？"

"有什么事吗？"秦野的头有些疼，不记得自己是怎么回的家，但是始终记得和慕泽天吵过架。

"昨天不是告诉你今天要来天艺娱乐见见新老板吗？大家都在等你……"

秦野懒洋洋地撑着坐起："那是你的新老板，跟我有什么关系？"

慕泽天在那头深呼了一口气，换了种口吻说道："你有什么不满全撒在我身上就行，能不能别用自己的未来赌气。我不管你现在在哪，在想什么，总之你必须半小时内赶到天艺娱乐。"

秦野抬起沉重的眼皮，眯眸："你是在命令我吗？"

"你可以这么认为。"

秦野哼笑："哦，既然慕大经纪人下了命令，那我也只能服从了。"

慕泽天的工作室暂时租在离马勒公司不远的地方。

秦野很认真地着装了一番，开着自己新买的座驾来到办公楼楼下，上了电梯，推开慕泽天办公室的门。

慕泽天和其他人已经在里边谈笑风生有一会儿了。

秦野推门进去的那一刻，慕泽天委婉地对天艺娱乐的老板李总赔笑地说道："秦野马上就到了，刚刚跟我说路上有些堵。"

慕泽天扭头看到慢悠悠出现的秦野，赶紧起身过去拉："你总算来了！晚来了得道歉，快来见过天艺娱乐的李总，还有林总监。"

秦野没说话，冲两人点头。

"秦野这种类型确实是市场所稀缺的，难怪会这么火。泽天，你的眼光可真是毒啊。以后跟林总监好好合作，相信咱们公司能够向市场输送更多的顶尖艺人。"李总笑着夸捧。

慕泽天拍拍秦野的后背："秦野本身就是一个非常努力的艺人，以后有公司的支持，相信他一定会走得更远。"

李总点点头："你放心，我可以保证，你的发展绝对会更上一层楼。林总监，你们好好商量商量，尽快出一个他们以后的发展计划。"

秦野总算露出了微笑，开口道："李总，不必这么麻烦了。我并没有打算跟着慕总监签约天艺娱乐。打扰您了，实在抱歉。"

他说完，谁也没看，便转身走了出去。

仿佛他过来，就是为了特地说这句话的。

李总瞪大眼睛，看着慕泽天："这，这话是什么意思？"

慕泽天脸红一阵白一阵的，但还是赔笑地后退："对不起李总，我们稍后再谈。"

看着她有些狼狈地退出会议室的样子，林总监哼笑："连自己的艺人都管不好，也算是金牌经纪人吗？"

李总皱眉，脸上的愠怒表情逐渐外露。

秦野特地过来，穿得隆重，却给了慕泽天这么一大惊喜。他直接越过了慕泽天的底线。

"秦野，你给我站住！"

昨晚的气话她自认为已经过去了，今天她主动打电话来就是想变相和好。

没想到，她想错了。

走在前边的秦野转过身，看着暴跳如雷的穆泽天，面无表情地说道："我今天来，就是为了告诉你，从今以后，我秦野跟你慕泽天一点关系都没有了。"

慕泽天看着如今站在面前的他已经完全不像是自己认识的秦野了，情绪万千复杂，她很不喜欢这种失控的感觉！

"你想撇开我。你别忘了，你是我带出来的艺人。难道你也想像翰墨一样吗？放弃掉这一切你舍得吗？离开我你什么都不是！"

秦野笑了："可是我能更像我自己。"

"秦野，你给我站住！你站住！"

秦野坐上自己的车，扬长而去。

他好后悔，现在才发觉以前的那些面条很好吃，以前的那个自己才最可爱；

他又好庆幸，现在幡然醒悟将不再错下去，还没有完全跌入悬崖粉身碎骨。

翰墨去医院看望姚玥儿。他带了一束花。

姚玥儿坐在病床上正在看书，没有化妆，头发随意地扎着，但是精神看上去不错。

翰墨在门口站了一会儿，唤道："玥儿。"

姚玥儿抬眸，微怔："翰墨？你，你怎么来了？"

翰墨晃了晃手里的花束，迈步进来："怎么？不欢迎我？"

"不，不是……"姚玥儿摇头，错开视线。

"我来看看朋友，怎么了？"翰墨知道姚玥儿为什么会这么问，他故意用一种轻快的口吻笑着调侃，"放心吧，我过来的时候没有狗仔，我确认过。"

姚玥儿怔怔："朋友？"

她以为……他们已经不是了，他也不会再当她是朋友了。

"当然，朋友。"翰墨点点头，"所以你最近怎么样？"

姚玥儿笑："每天积极地配合医生，该吃药吃药，该检查检查，其实我并不期待会发生奇迹，只是……想成全家人罢了。"

此时的姚玥儿平和、淡定没有以前的任性和傲娇，像是换了一个人一样，很成熟很懂事。

翰墨看到床头柜上的花有卡片，便问："秦野……有来看过你吗？"

姚玥儿眸色黯淡了很多："没有。"

每天的花按时地在送，但是人始终没有出现过。

翰墨垂眸："或许秦野是不知道要怎么面对你吧。那天楚曼告诉我你的事情之后，我赶过来看到秦野一个人很无助地站着，他满眼的红血丝，满眼的愕然。我从来没有看到过他那个样子，整个人像是被抽干了一样。"

姚玥儿静静地听着。

"秦野他挺在乎你的。"翰墨看向姚玥儿。

越在乎一个人，越不敢面对他的生死。

将心比心，如果今天出事的是楚曼，翰墨很能明白秦野的心情。

听到这话，姚玥儿的眼尾飞快地涌出一滴泪来，用力吸了吸鼻子："不说我了，你呢，怎么样？"

翰墨耸耸肩："还好，去见了王导，试了戏。他的新戏是我之前从来没有尝试过的类型，主角是一个失去了妻子和儿子的父亲。王导对我并不满意。"

翰墨说的新戏是楚曼为她争取来的，上次马勒给的名片被她利用了起来。只是王导的戏是文艺片，名叫《疯爸》。在楚曼的极力争取下，王导答应让他试了戏，只是从未演过这个类型戏的翰墨，最终的表演并没有让王导满意。

想到这些，翰墨有些心灰意冷。

"你想放弃？"姚玥儿看着他有些低落的情绪，问道。

"是啊，我想放弃来着，跨度确实太大了，但是楚曼劝我再试试。所以我现在在揣摩这个角色。"翰墨咧嘴笑。

姚玥儿点点头："楚曼说得对，不能轻易放过任何一个机会。如果总是在自己的舒适圈就不会有进步。"

翰墨点点头："我会努力的。"

姚玥儿投以鼓励的目光。

这时医生走了进来，要推姚玥儿去做检查了。

翰墨起身："那我先走了，你好好照顾自己。"

姚玥儿点点头。

走到门口，翰墨想起了什么，扭头道："对了，慕泽天离开公司了，秦野和慕泽天也解约了。我想他很快就会来看你的。"

姚玥儿怔怔。

半晌过后，她反应过来翰墨这话的意思是什么，苍白的脸露出了会心的笑容。

真好，秦野终于也想通了。

第十九章　是一个演员在跟我对话

不知道是听了姚钥儿的话，还是他想到了什么，翰墨回到家就一头钻进书房，到了吃饭的时间也不出来，楚曼便进到书房去，果然看到他拿着王导的剧本走走停停。

楚曼笑："嘿，可以吃饭了。"

翰墨没立刻回答，又嘟囔了好几句才意识到有人进来了，回头愣了一下这才说："哦，好。"

来到餐桌前，看着桌上的四菜一汤，翰墨开心地俯身闻了闻："真香！"

但是坐下开吃的时候，他只夹了一些素菜放到自己碗里，还倒了一杯清水过油。

楚曼怔怔："怎么？我做得不好吃吗？"

翰墨一怔，笑道："怎么会，我家老婆做的饭是最好吃的。只不过呢，我看了剧本，这部剧的主角是一个失去妻子和儿子的父亲。他成天疯疯癫癫的受人欺负，但是在他的内心呢，一直觉得他的妻子和孩子并没有离开，带着这个希望，他独自艰苦生活着。我觉得像这样的人，每天捡着剩饭剩菜吃，从来没有吃饱过，我只是想揣摩一下男主角的意识，保持着饥饿感，顺便减减肥，以我现在的状态，起码还得瘦个十斤才能演出那种常年挨饿的沧桑感。希望下次见导演，能给导演耳目一新的感觉。"

楚曼缓缓托腮，看着翰墨，眉眼里是满满的笑意，却又是抿而不发的那种。

翰墨哭笑不得："怎么了吗？"

"我只是觉得是一个演员在跟我对话。"

翰墨傲娇地挑眉："对啊，我是演员。"

"曾经我对别人说过，你将会是一个真正的好演员。现在我更加相信了。这部戏对你来说很重要，你一定要好好把握哦。"楚曼笑眯眯地拍拍翰墨的肩。

翰墨顺势拉过她的手亲了亲："你放心吧，为了你，为了安安，为了那些支持我的人，我一定会再站起来的。"

楚曼把肉都夹给安安，自己则和他一样只吃素："我也跟你一起，咱们有福同享，有饿同挨。"

"你这叫夫唱妇随吗？"翰墨捂嘴笑。

"你说是就是喽。"

……

几天后，楚曼再次给王导打电话。

那头王导很快接起："哦，是楚曼啊，怎么了？"

"是这样的，王导，上次我带翰墨来见您，可能您觉得翰墨不是很合适，我您能不能抽出一点点宝贵的时间，再给他一次机会？"

王导停顿了一下："哦，那孩子，我记得，但是我现在比较忙，我马上要出国一趟，等我回来再定，好吗？"

楚曼一听这话，赶紧说道："导演，您几点的飞机啊？我去送送您，只需要一点点时间就好。"

王导还是推诿："这就不必了吧，太麻烦了，还是等我回来再说吧，好吧？"

"一点都不麻烦……"楚曼还想乘胜追击，就听那头王导把电话挂了。她在这行这么多年知道这是说辞，也知道很多事的改变只在一瞬间。

所以，不能等王导回来再说。

楚曼立刻打电话给温沄："亲爱的，十万火急，你帮我查一下王竟导演下午的行程，发给我。"

温沄也毫不含糊："好，给我五分钟。"

楚曼从房间走出来，示意翰墨换衣服："我们这就去见王导。"

这次翰墨没有穿特别漂亮的衣服，楚曼给他搭配了一套最质朴的衬衫和牛仔裤，连头发都没有整理就这么直接出门了。

楚曼刚发动车子，温沄的消息就传了过来：王导下午三点的飞机，从公司出发。

楚曼看手机的时间此时已经是十二点半，她侧目旁边副驾驶座上的翰墨，说道："坐稳了。"

翰墨伸手抓住扶手，楚曼狠踩油门，车子飞奔而去。

当他们用了不到半个小时的时间赶到王导公司门口时，正好看到王导和他的助手栗子走了出来。

楚曼把车停下，翰墨解开安全带就跳下车。

"王导！"

翰墨的突然出现把王导吓了一跳，整个人都往后仰了一下。

楚曼也紧跟着下车："对不起，导演，耽误您几分钟，几分钟就好。翰墨为了这部片子，熬了很久，每天都在揣摩练习。他真的是一个很用心的演员，我请您再给他一次机会，好吗？"

本来在电话里已经拒绝过了，现在人直接追了过来，王导觉得有一种压迫感，于是他的态度更加强硬了："我真的要赶飞机！"

"导演，我求您，就五分钟，给我们五分钟。"楚曼抓住王导的胳膊。

王导无奈地摊手："我就算给你时间，你也没地方表演啊！"

翰墨赶紧说道："王导，我可以在这里表演！"

"什么？你要在这里演？"王导愣愣。

"教我表演的老师曾经说过，哪里都是舞台。"翰墨说着冲王导深深一躬，"谢谢您了，王导。"

也没等王导说好与不好，翰墨闭上眼睛深吸一口气，就进入到了表演状态。

他弯下腰，脚步蹒跚，陡然就变成了另外一个人。

这些天通过对剧本的揣摩，对王导需要的这个角色状态的研究，翰墨有了自己的心得，此时都将其用心地呈现出来。

当他把大段的台词说完，从地上哽咽地站起身时，所有人都安静了。

两边的树林轻轻地透过风，仿佛也在观赏着翰墨的表演。

楚曼热泪盈眶，她被翰墨的表演感动了，她缓缓转头看向一语不发的王导，只见王导认真地盯着翰墨，像是没回过神来，又像是在仔细地思考着什么。

半晌，仿佛忘记了时间。

楚曼："导演……"

王导做了一个打住的手势，轻声道："这就是我要的疯汉，就是他了。"

楚曼怔怔。

王导投以坚定的目光指了指栗子："就这么定了，我现在赶着出国，有什么事情你跟栗子联系，等着我回来。"

王导拍了拍翰墨的肩，大步跨上车子。

翰墨认真地冲王导点头："谢谢王导，我一定会努力的。"

楚曼赶紧给王导关门。

车子离开了，四周重新安静了下来。

翰墨微笑地看着楚曼，楚曼也激动地看着他。

直到楚曼飞扑向翰墨，开心地像个孩子在原地直跳："天哪！你做到了！你真的做到了！"

"是啊，我做到了，我真的做到了！"翰墨抱着她原地飞转，两个人享受着这被录用的喜悦，肆意地挥洒着激动的心情。

功夫不负有心人，努力过后终会有好的结果。这个世界上还有比这更让人开心的事情吗？翰墨捧过楚曼的脸，用力地吻了一下，挑眉道："我说过，我一定能行的。"

"那是我说的。"楚曼刮他的鼻子，也学起他的傲娇姿态来。

和他在一起久了，连他的表情都忍不住学了几分。两个人再次对视大笑，仿佛看到了久违的光明。

很快，翰墨要演王导新片的事上了新闻，与之一起上新闻的还有秦野解约以及拒签新东家的消息。

一时间，大家都很诧异，也都在猜测纷纷。

有人说王者就是王者，无论到了怎样的低谷也会有往上走的机会。

也有人说秦野突然有这么大的动作和翰墨脱不了关系，可能有黑料在翰墨手里不敢声张。

更有人说秦野知道自己不行，所以让路给翰墨。

说什么的都有。

一时间，翰墨和秦野的关注度同时迎来了空前的上涨。

但秦野玩起了失踪，没人找得到他。

等王导回来后，楚曼陪着翰墨再次到他公司进行签约。

王导高兴地起身迎接他们。

彼此热络地握手打招呼后陆续坐下。

王导表达了自己小小的顾虑："这个戏用翰墨肯定没有问题了，上次翰墨表演的那一段戏，真的很打动我。只不过，我们这个片子是个小制作，拍摄条件又很艰苦，不知道翰墨能不能受得了啊。"

楚曼看了一眼翰墨，翰墨立刻说道："导演，您放心吧，我肯定受得了。能跟您学习，是我的荣幸。"

王导突然意识到了什么，歪头道："怎么感觉你瘦了很多，也憔悴了不少？"

"翰墨为了演出沧桑感和饥饿感，每天只吃一顿，每顿饭也只吃些青菜、萝卜，活生生把自己饿成现在这个样子。"楚曼趁机说道，"翰墨说这个角色一定是他的，所以他必须要和角色合二为一！"

"是吗？这么自信？"王导重新看向翰墨，眼神里又多了几分赞许。

翰墨不好意思地说道："我也是为了角色。不经历一下，就没办法真实地体验。"

王导笑着点点头："看来我真没有选错人，你现在的样子，跟我们选的形象参考，真的是越来越贴近了。"

翰墨道："导演，栗子已经把所有的剧本发给我了，我把整个剧本的戏在这些天都揣摩了一遍，但是疯子的生活状态，我觉得自己的理解还有些出入，想向您请教一下，您看方便吗？"

像王导这样一个对戏要求很高的人，特别喜欢演员不懂就问和他讨论戏的角色内容等等，翰墨投其所好也好，认真表达自己的疑惑也好，开口去问总是好的。

果然，听到翰墨这样问，王导脸上的兴奋劲便上来了："当然了，这部片子最难的就是把疯子的状态演出来，尤其是他那种半醉半醒的状态，特别难以揣摩。当初我想选择用老戏骨，就是觉得现在的年轻人大多走流量，浮躁，根本静不下心来去打磨这样的一个角色。"

这时夏木拿着咖啡进来了，赔笑地说辛苦了。

楚曼趁机问道："导演，定好什么时候开机了吗？"

"出品方那边基本没问题，预计月末就能顺利开机了。"

"行，我保证翰墨会以最好的状态入剧组。"楚曼拍拍翰墨的肩。

顺利地签约完毕，翰墨张开手挡住有些刺眼的阳光，忍不住问身边的楚曼："曼曼，你说我是真的接到这部戏了吗……"

"怎么？幸福来得太突然，有些不敢相信？"楚曼扭头。

翰墨笑笑："我也不知道为什么，就是觉得有一点点不安。"

楚曼摸摸他的后背："别怕，不管怎样，我们最难的时候已经过去了，未来再差也差不到哪儿去！"

翰墨拥过她的肩，点点头："也是。"

上了车，翰墨和楚曼的手机同时响了。

两人拿出手机来看，分别是医院和温沄来的。

翰墨看向楚曼："我想我可能要去医院一趟。"

楚曼点头："嗯，我也要去温沄那儿一趟。"

翰墨突然眯眸："你不吃醋？"

楚曼皱眉："咦，怎么办？我没办法回答你这句话哎，我吃亏了。"

翰墨笑："这样啊，那我不能让你吃亏。"说着他把脸凑过去，示意她把亏补回来。

楚曼好整以暇地拍他的脸："别闹，先送你去医院。"

车子径直开出办公园区，来到医院门口，远远地，看到一群记者在门口蹲守着。

翰墨不由感叹："他们还真是乐此不疲，专注力十足啊。"

楚曼："秦野自解约后就没再出现过，他们肯定认为至少他会过来看姚玥儿。"

翰墨拿过帽子戴上，手落在门把手上，回头亲了一下楚曼："我去去就回。"

"嗯，小心点。"楚曼看着他从侧门溜了进去，又看了一会儿门口的那些记者们，就转车离开了。

温沄给的地址是个全新的，楚曼来到二十三层，一直往里走，就这样看到温沄一个人站在空荡荡的房间里看着窗外。

楚曼探头进去："温沄？这是干吗？"

温沄扭头，笑笑地摊手："这是我的新办公室，刚租的，怎么样？看看还行不？"

楚曼怔怔："你的新办公室？"

温沄点点头："我辞职了，打算自己干，你也要跟我一起，没有你我可不行。"

温沄每一次总是会惊到她，好不容易适应了她那变幻莫测的爱情，这回还要适应她超快的办事速度。楚曼哭笑不得："你还真是雷厉风行。高层舍得放你走？"

"有老板投资的。等公司弄好了，我第一件事就是把翰墨签进来，我们再一起好好干。"温沄双手抱臂，一副女强人的姿态迅速展现了出来。

楚曼好整以暇地琢磨她的话："老板？不会又是你钓的小哥哥吧？"

温沄拉过她的手，往前走："急什么，到时候你就知道了。"

"切，还卖关子……"

……

楚曼告诉温沄翰墨接到了王导戏的好消息，姐妹两个面对空荡荡的办公间，开始计划着哪里摆放什么，怎么装潢怎么设计。

这边已经有了新的期待，而到医院的翰墨面对的却是姚玥儿的放弃。

给他发消息的是姚玥儿的助理，她告诉翰墨姚玥儿已经放弃治疗了。

进到病房里，姚玥儿背对着门口，坐在床上看着窗外，她的背影比起之前瘦了一大圈，原本精致油亮的头发变成了枯草。

星星上前接过翰墨手里的花，看了一眼姚玥儿，眉头不展地说道："哥，你陪玥儿姐聊两句吧。"

翰墨点点头。

他上前，拉过椅子坐下。

姚玥儿缓缓转头："翰墨，你来了。"

"星星说你不肯吃药？"翰墨把"不肯治疗"变成了"不肯吃药"。

姚玥儿笑笑，抓了抓头发："我现在是不是很丑？"

翰墨摇头："你永远都是最好看的大明星。"

姚玥儿笑意更盛了："以前你怎么就不跟我说几句好听的话呢？现在突然嘴巴变得这么甜。"

翰墨惭愧地抿抿唇："以前……不懂事。只要你好起来，以后你想什么时候听我就什么时候说，怎么样？"

姚玥儿看着窗外跳动的麻雀，淡淡道："我好不了了。"

"玥儿……"

"为了父母我努力地逼自己装一装，但是现在……我已经装过了。翰墨，我想按照自己的意愿度过最后的这段时光。"姚玥儿看向翰墨，"我自己的情况我自己知道，配合化疗，除了让我更痛苦以外，还能让我活多久？一天？两天？还是一个月？然后变成一个头发掉光的丑八怪，让你们看着我离开，还不如让我留下最美的样子，给你们一个美好的回忆。"

听到她这样说，翰墨的心很难受。

他没想过曾经那么活泼开朗又明亮四射的姑娘如今心如死灰，就愿意静静地坐着等死，仿佛看淡了一切，放下了一切。

"你舍得秦野吗？"半晌，翰墨问。

姚玥儿的脸僵了僵，随后问："对了，你那个戏接到了吗？"

翰墨点点头："接到了，是个疯子的角色。我要演一个疯爸爸。"

姚玥儿笑："想象不出来你演疯子是什么样子。"她揉乱自己的头发，"是不是这个样子？咳咳……"

翰墨赶紧拿过纸巾递给她。

姚玥儿剧烈地咳嗽，纸巾上出现了红色的血迹。

翰墨瞪大眼睛，她苦笑道："也不知道能不能看到你的戏上线了。"

"我去叫医生！"翰墨转身就往外跑，结果在病房外看到拿着花的秦野。

秦野见到翰墨，愣了一下赶紧转身。

翰墨三步并作两步抓住了他："秦野，你要去哪儿！"

秦野侧过脸去。

"你不打算见玥儿了吗？她一直在等你！"翰墨大声喝道。

就算他能明白秦野为什么不敢去看她，可是这么久了，他还不准备出现，难道是要等姚玥儿彻底闭上眼睛再出现吗！

秦野垂眸。

"玥儿不准备治疗了，她想静静地等待死亡。最后一点时间了，你不想陪陪她吗？"翰墨深吸一口气，感叹地说道，"她一定很想见你。"

"我还有资格见她吗？"秦野冷冷一笑，"我连她生病了都不知道，我和她在一起当初只是为了打压你。"

翰墨定定地迎上他自嘲的目光，问："那现在呢？就算当初你们在一起是因为我，那之后的点点滴滴呢？"

秦野不说话。

"学长，别再计较那些没有意义的了，也别再浪费时间了。不然你真的会后悔一辈子的。"翰墨由衷地劝道。

秦野黝黑的眸子幽然黯淡了。

翰墨拉他来到病房："玥儿，秦野来了。"

姚玥儿始终平静的神情终于有大幅度的颤动。

翰墨把门轻轻关上，很快听到了里边的哭声。

他不能为姚玥儿做点什么，希望通过这次见面，能燃起姚玥儿对生的希望吧。

秦野比他更适合劝她。毕竟，人不到最后一刻都不应该放弃。

翰墨悄悄地离开医院，回到家继续钻研本子。他不知道有一场变故正悄悄降临。

与此同时，天艺娱乐的办公室里。

慕泽天生气地把一份解约合同摔在李总的办公桌前，质问道："李总，你这是什么意思！"

李总靠着椅子，淡淡道："没什么意思，我要跟你解约。"

"你凭什么跟我解约，当初可是你求着我跳槽过来帮你的，你现在把我的艺人全部签走，还要跟我解约？"慕泽天冷笑一声，目光变得锐利可怕。

"对，没错。"李总仍然很淡定。

"行，你要解约也可以，但是你得按照合同赔偿我三倍的违约金。"慕泽天双手抱臂，也不和李总废话。

李总笑着起身，俯桌道："你在跟我说笑吗？我可不是老马，任你欺负。当初我签你可是有条件的。你必须把秦野一起签进公司，现在多少天过去了，秦野早就跟你撇清关系了。你还敢跟我要违约金，我不起诉你就已经很给面子了。"

当初，他给慕泽天那么优厚的待遇让她过来，前提条件可是秦野。

现在秦野没有搞定，还想要三倍违约金？

真是滑稽！

慕泽天俯身："好，既然你要我走，我必须把我的艺人全部带走。"

李总并不慌张和他摊牌："随你的便，他们已经全部和公司签约了，如果你能承担得起他们的违约金的话，你可以随时带走。"

慕泽天气得牙痒痒，这次她跳槽过来确实是大意了，没想到在李总这儿栽了一个大一个跟头。

万万没想到，给马勒摆的道如今也回到了她身上……

"卑鄙！"

李总哼笑地坐下，跷起二郎腿："世界上没有不透风的墙。说实在的，我很看好你的能力，但是我也绝对不会像老马一样任你摆布。"

慕泽天深深地看了他一眼，转身摔门而出。

外人都道明星如股票，今天被众人抬，明天说不定就要被众人打压。但是没人知道作为经纪人，每一个举动也都是一场豪赌。

慕泽天自信满满地归来就是为了成为王者，现在……却因为秦野的不给力，变得灰头土脸。

说来说去，都是翰墨和楚曼的错！

站在深夜的霓虹街道上，慕泽天眼里喷出了愤然的怒火。她不甘心极了，她不要这么无动于衷。

她拿起手机翻到一个号码打了过去："徐总，听说你最近投资了一部戏？"

……

月末，翰墨如约来到王导剧组。

"导演，我这些天一直在揣摩疯子的状态，我想再跟您演一下。你看我这里……"翰墨看到王导就开心地要说戏，并没有注意到王导的神情有什么不对。

还是楚曼先发现了，拉了拉翰墨的袖子示意他先停一停。

"王导，是出什么事了吗？"

王导一脸凝重地看向楚曼，欲言又止，犹豫地开口："是这样……资方那边出了点问题，他们知道我最后定了翰墨男一，他们撤资了。"

楚曼和翰墨的心同时咯噔一下。

不安的预感还是应验了。

翰墨苦涩地捏紧手里的剧本："导演，没想到我给您造成了这么大的困扰，如果实在为难，我就退出吧，我们打磨了这么久，这部片子是您的心血，不能就这么没有了。"

王导拍拍翰墨的肩："我从来没觉得自己选错了人，你的努力我都看在眼里，你是一个好演员，我不放弃，我希望你也不要放弃。你先回去，我再去找找资金，能开机的时候我再通知你。"

这时楚曼开口道："导演，您先别着急，片子是您的心血，对翰墨也非常重要，资金的事情我们一起想想办法，一定要把它做出来。我手上也有些资方，我看看这几天再去找他们谈谈。"

王导点头："这样最好不过了，那我也找找别的渠道，看看可不可以扭转乾坤。"他向楚曼伸手："希望我们能有一个好的新的开始。"

楚曼清楚，这样的飞来横祸也不是王导想要看到的。

到这份上，他没有立刻说和翰墨解除合作，这就说明他也有自己内心的坚持，所以才会这么积极地想要寻找办法。

楚曼带着翰墨离开，看到了他脸上无尽的失落。

她很心疼地抱抱他："放心，还没到最后一步，你要相信我能起死回生。"

翰墨道："我只是觉得……我挺没用的。"

"傻瓜，说什么呢。"楚曼轻拍他的脑袋，试图把他的沮丧打掉，"这些都不是你该操心的事，你只管琢磨你的戏就好。"

楚曼把他送回家，转而去了温沄的新办公室。

这些天温沄都在盯着新公司装修的事，楚曼一到那里就能找到她。

果然，楚曼推门进去的时候，温沄正一个人踩着梯子在刷墙壁。

不回头，温沄就知道是楚曼："哎，来了？"

楚曼嗯了一声道："温沄，我需要你的帮忙。"

温沄扭头看楚曼，眨了几下眼睛，从梯子上下来："说吧，啥事？"

几个小时后，两人再碰头的时候，温沄给了楚曼一张支票："前期先拿这么多用着，后边的我会再想办法的，一定不会让你们断了。等一下我会亲自打电话给王导，让他安心。"

楚曼看看支票上数额不小的钱，又看向温沄，问道："这是你背后的老板给的吧？"

温沄见她有负担，便说道："放心，安心地用。这笔人情不用你还的！"

楚曼知道温沄虽然说得轻松，但是这笔钱一定来之不易，背后的人也一定是看在温沄的面上才给的钱。这么多年以来，温沄一直都是在她最需要的时候及时出现，给予她最大的帮助。

仿佛有她在，她就可以一往无前。

感动了太多次，楚曼已经不能用简单的"感谢"或者是"姐妹"这样的贫乏词汇来表达了。

温沄似乎看出了她有万千言语但无法诉说，便笑着说道："这么想感谢我的话，以后我的婚礼你一定要参加，接我的花束就成！"

楚曼扑哧地笑出声来："行！那是必须的！你如果能牵着一个人的手走进礼堂，我怎么可能不来参加呢？"

温沄脸色一红，挑眉道："那就这么说定了哦！"

有了这笔钱，剧组可以顺利开机了。

王导不用换演员，翰墨的危机也彻底解决了。

《疯爸》的开机仪式来了很多记者，王导拥着翰墨站在最前边，一起揭开红布。

消息一出，大家都对翰墨这样一个流量明星来演这样一个颠覆角色而大肆讨论。

很快，翰墨灰头土脸毫无形象可言的定妆照流传到了网上，所有人都为翰墨和王导捏了一把汗。

但更多的人是抱着一种看热闹的心态等着这部戏的上线，看看翰墨到底能不能承担得起这样的颠覆。

毫不夸张地说，有很多的影视评论家都拿好了笔就等着翰墨出糗。

而心态最稳定的人就是楚曼了，因为她是目睹了翰墨是怎么用心演的。

于是这场戏，他们足足拍了六次。女演员的嗓子都喊哑了，翰墨的嗓子也哭哑了，每个人都十分疲惫。

晚上大家一起吃饭的时候，王导毫不掩饰地夸奖翰墨："翰墨，你真的是给了我不少惊喜。"

翰墨谦虚地笑笑："是王导会导戏。"

这时夏木带着安安过来探班。

安安一看到翰墨，起初没认出来，直到翰墨甜甜地唤道："安安？"

安安这才认出这灰头土脸浑身是伤的疯子是自己的爸爸。

看到爸爸，安安就像滚动的泥鳅，夏木一放下他他就奔向翰墨。翰墨将他抱起，安安在他的脸上吻了一口，难过地睁大眼睛看着翰墨手臂上青一块紫一块的伤问："爸爸，你怎么了？谁打你了吗？"

翰墨赶忙摇头："没有没有，安安别怕，爸爸这是在演戏。"

安安若有所思地皱眉："演戏？"

"对，是爸爸的工作。"翰墨解释道，"可有意思了，还能给安安赚钱买棒棒糖吃呢！"

安安一听这话，开心地屁股一撅："原来爸爸这么久没和安安玩，是在赚钱啊。"

"是啊，赚钱养你这个小可爱啊。"

父子两个其乐融融，楚曼则宠溺地摸摸安安的脑袋瓜，三个人站在一起就像一幅灵动的画一样。

所与人都围过来啧啧感叹："真甜啊你们。"

夏木则乖巧地站在一旁淡定地说道："我已经习惯了。"

王导笑呵呵地凑过来："安安来得正好，昨晚刚想着加一场主演的闪回，跟儿子的戏，这不你就送过来了。刚好这也是最后一场戏了。不知道有没兴趣入个镜啊？"

翰墨看向安安："安安，你愿意和爸爸一起演戏吗？"

安安虽然不知道演戏具体是做什么的，但是只要和爸爸一起总是愿意的，便用力点头："好啊！安安要和爸爸演戏！"

于是，王导大概讲解了一下这场戏的内容，翰墨尽量用通俗易懂的话再解释给安安听，楚曼躲在镜头后边给安安一个可以看的方向。

　　这场哭诉妈妈不在的戏，安安演得格外顺利。

　　王导欣喜地夸赞真是虎父无犬子，安安以后可以跟翰墨一起进娱乐圈了。

　　大家呵呵地笑成一片，便顺利杀了青。

第二十章　今后余生都为你

温沄过来接楚曼他们，顺便带来一个好消息。

"我要结婚了。"

楚曼还在奇怪温沄怎么跑来剧组接他们，没想到是为了迫不及待地告诉她这个好消息。

"结婚？跟谁？"

以往她都是说和谁谁恋爱的，真没有直接跳到结婚这一步的。

自从和张亦凯分手之后，温沄不是一直在空窗期的吗？

楚曼赶紧打开喜帖想看新郎的名字，结果新郎一栏的名字是空的。

楚曼有些傻眼："温沄，你说的是真的假的？"

翰墨打趣道："肯定沄姐是怕婚礼上又遇见哪个帅哥，动摇了，干脆先不写，到时候万一换人了，还能现填名字。"

"我呸！"温沄斜眼后视镜里已经恢复了帅气容貌的翰墨，"翰墨你可别瞎说哦！我这是给你们留个悬念，给你们惊喜，我找了大半辈子才遇到一个能让我安定下来的人，肯定是要隆重登场的。还有，不要再说我花心，我可是专一的人。"

翰墨和楚曼四目相对，不约而同地噘了噘嘴。

看样子温沄这次是认真了，也许真的是背着他们遇到了一个好人，才会让这位大小姐义无反顾地走进了婚礼的殿堂吧。

翰墨握紧楚曼的手，抱着安安看向开车的温沄："行吧，那我和曼曼就先祝福沄姐以后的生活幸福美满了！"

温沄挑眉："嗯，这话听着才舒坦。"

《疯爸》杀青后，楚曼特意召开了记者会，翰墨的曝光度开始平稳地一点点攀升。王导坐镇，翰墨也做好了迎接记者们犀利问题攻击的。楚曼站在一旁，看着台下的记者，心里一半是欣慰一半是期待。这是她动用关系请到的最全阵仗，也是以这场记者会公开告诉圈内的所有人翰墨回来了。以后，不论怎样都没有人可以阻止。

记者们已经开始的发问拉回了出神的楚曼。

"导演用翰墨，会不会担心这部戏因为主演之前的事情，影响到片子的票房？"

王导淡笑："我不在乎演员流量，只在乎演技诠释。翰墨是个很好的演员，给了我很多的惊喜和启发。"

"你确定和楚曼是恋人关系，你承认孩子是你的？"

楚曼微微皱眉，翰墨却连眉头也没有眨一下："事情发生这么久了，我一直没有公开声明，今天我就在这里郑重地向大家声明，安安跟我并没有血缘关系，但是我会对他好，对楚曼好。"

"所以你是说安安不是你亲生的对吧？"

很显然，记者们对这场发布会的主旨并不感兴趣，而是想追问隐私。翰墨回答道："楚曼是上天给我的礼物，安安也是上天赐给我的天使。"

"那你这么年轻，就做别人的继父，你觉得你可以把握好这个角色吗？"

记者们还要围绕着这些发问，楚曼上前适时打断了这场发布会："谢谢大家，这次的采访到此为止，辛苦了。"

粉丝们从两边涌过来要给翰墨送花送礼物。

助理夏木从后台上来轻声附耳跟翰墨说道："哥，医院那边传来消息说玥儿姐她快不行了……"

翰墨神色微变，看向楚曼。楚曼看懂了翰墨的眼神，不动声色地上前，带着翰墨从后台退去。两人避开所有人往医院赶去。

到了病房门口，楚曼止住了脚步，示意翰墨进去。她想，姚玥儿突然病危，最想见的一定是自己心里挂念的人。翰墨还想说什么，楚曼微笑摇头说："你进去吧。"

翰墨抿抿唇，快步走进病房。一进去，看到秦野也在。

他异常平静地跪在地上握着姚玥儿的手，姚玥儿已经很虚弱了，她的脸色苍白，仿佛只剩下一口气在撑着。

翰墨有些反应不过来，上次他来看她的时候，她还能坐着，还能很好地说着话，怎么忽然之间就变成这样了……

姚玥儿的眼神慢慢地转过来，容不得翰墨多想，也紧紧地握住了姚玥儿的手：

"玥儿，我来了。"

她的手冰，柔弱无骨地像即将破碎的纸片。

姚玥儿勾唇，虚弱地说道："真好，我这辈子爱过的两个男人都来了。"

翰墨和秦野百感交集地互相看了一眼对方。

她看向翰墨："翰墨，我很想知道，你……有没有，哪怕只是一瞬间，喜欢过我？"

这个问题她一直都很想知道。

只是之前她一直不愿意面对，后来便不屑知道了。

现在，弥留之际，姚玥儿什么都放下了，也真的很好奇这个问题的答案。她不想带着一丝未知，遗憾地离开。

翰墨皱眉。

他知道，他这个时候可以骗骗她，让她开心地走。

可是翰墨不想骗她："玥儿，你一直都知道的，我始终都把你当妹妹。一直都是。"

姚玥儿听到这话，苦笑地闭上眼睛："真好……"

翰墨不知道她说的"真好"是指他没有骗她真好，还是说她终于听到了回答真好。

翰墨和秦野同时感觉到她的手用了最后的力量紧紧地握了握他们："你们一定要好好的。一定要幸福……"

然后，她的眼睛就再也没有睁开过了。

病房里很安静。

安静得像他们刚来时的样子。

可是又有些不同了。

姚玥儿依然躺在病床上，但她永远不在了。

原来，离别是没有预兆没有彩排的，就在不经意间发生。

翰墨和秦野的眼睛都婆娑迷离，都试图在对方的眼神里找到错觉，找到这是一场梦的错觉……

可是心电图的直线，无法将他们从现实带走。

秦野侧过脸，僵硬地从椅子上起身，缓缓地从病房里走了出去。

楚曼等了一会儿，推开门看翰墨瘫软在地上，便上前将他扶起："翰墨，你别这样。"

翰墨起身，紧紧地抱住楚曼，害怕她也跟姚玥儿一样，变成蝴蝶飞走了。

生死，他现在还是无法从容面对的。

他有太多留恋的，他有太多想要保住的。

曾经他有无数次觉得姚玥儿很烦，现在姚玥儿走了，他才意识到自己之前对她有多冷淡。

楚曼轻声叹息，理解翰墨心里的感受。她什么也没说，带他回家了。

姚玥儿的后事由姚家人处理。

微博上很快出现了关于姚玥儿之死的热搜。

姚玥儿的粉丝自发拿着小白花来到姚玥儿公司楼下祭奠。

秦野隐在黑暗的角落，看着那些仰头抽泣的粉丝，回想起病房里姚玥儿对他说的话："秦野，我到了这个时候才知道什么才是最重要的，是快乐。不是其他的，不是金钱，不是名誉，不是其他任何东西，而是拥有美好的回忆。秦野，你快乐吗？"

……

没有开灯的车内，秦野低头看着无尽的黑暗。

是啊，快乐。

他好像很久很久，都没有关于快乐的记忆了。

这些年，为了红，为了如何从翰墨的阴影里走出去，他每天过得如同行尸走肉一般，每天都在算计……

快乐，他失去了人生中最重要的东西。

"玥儿，我答应你，以后我会去寻找快乐的。"

深夜里，秦野的一滴泪落进了无声的黑暗中……

与此同时，翰墨在家里做了一份牛排放到桌上，静静地看着这份牛排，把它往前一推，再配了一杯红酒，又给自己倒了一杯，轻轻地去碰杯："玥儿，你说过最喜欢吃我做的牛排了，以前我总是找各种理由推脱，现在我给你做了，你却再也吃不到了。玥儿，你在另一个世界一定要快快乐乐的。哥哥以后不能再照顾你了，但是在哥哥心里，会永远记得你。干杯。"

楚曼坐在沙发上，鼻子微酸。

她突然想不起来姚玥儿的脸了，只是依稀记得那是一张明媚的轮廓。关于姚玥儿，她印象最深刻的就是她的年轻，她的嚣张，以及她对翰墨义无反顾的感情。

虽然没有过多的交集，但也算是生命中出现过的人。

这个夜晚，注定是伤感的。

楚曼没有去说什么安慰翰墨，而是等到他喝醉了，带他回屋里休息。

时间会抚平一切伤口，也会用新的方式让姚玥儿重新回归到美好的人间。

这一点，楚曼始终坚信。

第二天，楚曼的手机响了，是夏木。

夏木没说什么，而是让楚曼去看网上的新闻。

原来，秦野在个人微博上留言他走了：感谢大家一路的支持和陪伴，走得越远，越觉得疲劳。我决定暂停所有演艺工作，去寻找自己真正的未来。

楚曼盯着这段话，想到了慕泽天。

慕泽天把个人主页的说说都被删了，个人简介也变了，就发了一张图片。

一个人拉着行李箱的背影。

她翻开微信，慕泽天没有给她留言，她再翻开之前她和温沄还有慕泽天的三人小组群，也是没有信息。

正要关掉手机时，忽然弹出慕泽天发来的信息："没想到这个群一直都在，当初我带走艺人，其实发展得并没有那么顺利，艺人们最终离我而去了。我在国外过得一点也不好，没有朋友，没有亲人，这也许就是我的报应。我知道你们不会原谅我，但我还是真心祝福你们。再见了，我最亲爱的姐妹。"

看完这条信息，楚曼正要说些什么，忽然发现慕泽天退群了。

楚曼缓缓放下手机，始终还是什么也没说。

走了也好。

她们之间，终究是尘土各归去，前事已惘然。

或许，很多年后大家有机会再见，到时候可以冰释前嫌地相视一笑。

时间很快，温沄结婚的日子来临了。

温沄没有把婚礼现场布置得那么独树一帜，相反地还特别地普通自然，就是租了一个花园场地，搭了一个白色的小小的舞台，到场的宾客们分两边坐好。

最搞怪的大概就是她自己穿了一身白色的燕尾服西装，打扮成了新郎的样子。

翰墨和楚曼坐在左边最前面，看着台上的温沄笑嘻嘻地要把新郎到底是谁的秘密留到最后，忍不住感叹道："温沄可真是一个奇女子。可是这新郎到底是谁啊？曼曼你当真不知道？"

楚曼可冤枉了，她是真不知道。

这时婚礼进行曲响起，司仪说道："有请新郎入场！"

所有人被吊足了胃口，眼睛目不转睛地看向温沄的后边。

只见一个人高马大分明是男人的身影，穿着一身抹胸蕾丝白色婚纱，十分害羞地出场了。

但还是没能看到庐山真面目！

直到他把遮在脸上的手放下来，楚曼和翰墨大惊起身，齐齐地喊出了他的名字："马勒！"

温沄大步上前，拉过马勒的手一起亮相在众人面前，挺起胸脯说道："感谢大家今天来参加我和我的老公马勒先生的婚礼。我今年已经三十六岁了，我曾经一直以为男朋友要年轻有活力，才能维持我年轻的状态，直到遇到我的老公，我才发现，女人的婚姻唯有找到一个真正懂你、疼你的男人，才是最完美的。其实我也没想过自己会嫁给他。有时候感情就是很微妙。有的时候惊喜浪漫确实很动人，但是经历这些浮华之后，才会真正明白，身边有一个人跟你志趣相同，朴实无华，愿意用最真诚的心对待你时，那才是真正的幸福。他或许不是我心中最完美的老公，但当他一直支持我、鼓励我，他害怕的时候会需要我时，我就知道，他才是我值得托付的人。"

说着，温沄深情地对马勒说："你总是在我最需要关怀的时候，及时出现在我的身边。虽然，你没有别人那样浪漫，那样会说情话，但是你的踏实，你的细心，却让我感受到了最细腻的关心。这么多年，我一直在寻找着一个真正懂我内心的人，很庆幸，我已经找到了。谢谢你出现在我的生命里。我爱你，老公！"

"我也爱你，老婆。"马勒早就激动得痛哭流涕了。

楚曼瞪大眼睛看向这位以前的顶头上司，脑海里浮闪过很多温沄和他大吵大闹的场景，还有很多他在她面前走来走去的画面。

她突然明白了很多事，温沄一直不肯透露的默默在背后支持她和翰墨的人，就是他。鼓励温沄和她一起开公司的也是他。

如此不对付的两个人，如今居然喜结连理，到底是发生了什么才会有如此大的转弯。更让人难以置信的是，这么看上去还真有一种和谐感。真是太不可思议了……

司仪道："让我们祝福这对新人，这对新人真的让我又惊喜又感动。作为朋友，我们希望马勒先生和温沄女士能永远幸福，白头偕老。"

众人纷纷鼓掌。

楚曼回神间，就看到穿着新娘装的马勒在和温沄接了一个吻之后转身丢手里的捧花了。

嘉宾里赶热闹的年轻人都围上去要一争高下。

"我要抛了哦！"

就这样，在人群中，楚曼看到了一个熟悉的身影一跃而起。

捧花都没来得及落下，就被翰墨跳起牢牢抓住了。

整个动作，行云流水，一气呵成。

众人都鼓掌叫好。

楚曼预感到了什么，果然看到翰墨转过身，温柔地看着她，脚步坚定地朝她走来。

楚曼的心咚咚地跳了起来。

翰墨走到她跟前，单膝跪下："自从第一次遇见你，我就对你一见钟情，我们一起走过了风风雨雨，虽然艰难，但是我很感谢上天，把你送给了我。往后余生，春花风雪都是你，你愿意嫁给我吗？"

好像就等着他把这段台词说出来，所有人都配合地应声鼓掌。

即便之前听翰墨说过好多情话，即便楚曼对当下的求婚已经了没什么惊喜，但还是被感动得一塌糊涂。

她没有多做考虑就含泪点头："我愿意。"

翰墨抱起她，原地转圈，开心地大喊："楚曼要嫁给我了，楚曼要嫁给我了！"

这场婚礼因为有了新一对的承接，而变得格外热闹。

三个月后，翰墨因为《再靠近一点点》提名入围，受邀参加飞鹰奖晚会典礼。

楚曼作为经纪人陪同前去。

车上，翰墨梳着大背头，穿着黑色西装沉默不语，手却不住地往膝盖上搓。

这是他们结婚后首次面对镜头。

楚曼清楚他的紧张和压力，便握过他的手："放心，不管到时候，不管有没有得奖，你都是我心里的最佳男主角。"

翰墨投以感激的笑。

这场晚会，圈里的人几乎都来了。

有提名的来争夺一下名次，没有的就算是来走个过场也行，至少还能在镜头里出现一下。

翰墨和其他几个一同被提名的年轻演员并排坐在了一起，有陈泽、王博、张一铎。他们个个神采奕奕，帅气程度不相上下。选出最佳男主角还有一部分是要观众投票的，和其他几位比较起来在这一点上翰墨并不占优势。但是最后，主持人还是宣布了翰墨的名字。

翰墨上了台，接过话筒激动地说道："谢谢！我能得到这个奖，首先要感谢我的粉丝，是你们一直陪伴着我，不离不弃。其次我要感谢我的两位妈妈，是她们给予了我生命和鼓励。另外我要感谢我的两位老板给予我的扶持。谢谢导演给予我一个有灵魂的角色，让我能够塑造有血有肉的人物。褪去浮华，我终于成了一个真正的演员。最后，我还要特别感谢我的老婆和儿子——楚曼和安安！是你们，让我成为一个真正的、有担当的男人。我爱你们。"

安安在台下早就激动得手舞足蹈，不停地对着他舞动双臂。

楚曼微笑地站起身，也冲翰墨挥手。

他们之间有一句默契的话都放在眼神里传递，那就是——终于可以实现当初说过的梦想，那个市中心硕大的广告牌上可以放上翰墨的脸了。

爱情发光发热，连带着事业也可以扶摇直上。

大概这就是勇敢的人才拥有的殊荣吧：只要不放弃，一定就会迎来春暖花开！